DU MÊME AUTEUR

Aux Éditions Gallimard

VIE AMOUREUSE

Du monde entier

ZERUYA SHALEV

MARI ET FEMME

roman

Traduit de l'hébreu par Laurence Sendrowicz

nrf

GALLIMARD

Titre original :
בעל ואישה
BAAL VE-ISHA

À mes parents,
Rika et Mordekhaï Shalev

CHAPITRE 1

À mon réveil, avant même de sentir le chaud ou le froid, le bien ou le mal, je vis la vallée du Jourdain, plaine solitaire piquée de buissons de poussière blafarde, aussi tristes que des tentes abandonnées. Je n'y avais pas mis les pieds depuis un bon bout de temps, mais lui, si, il en était d'ailleurs revenu cette nuit, maintenant il ouvre un œil étroit, couleur de sable, et dit, même au fond d'un sac de couchage dans la vallée la plus profonde du monde j'ai mieux dormi qu'ici avec toi.

Une odeur de vieille chaussure lui sort de la bouche, je tourne la tête de l'autre côté, vers la face aplatie du réveil qui justement se met à sonner, combien de fois t'ai-je demandé de le flanquer dans la chambre de Noga, râle-t-il, moi je me redresse vivement, des taches de soleil tournoient devant mes yeux, arrête de dire n'importe quoi, Oudi, Noga est encore trop petite, c'est à nous de la réveiller et pas le contraire. Comment sais-tu toujours ce qu'il faut faire, maugrée-t-il, quand comprendras-tu qu'on ne peut jamais être sûr de rien, mais tout à coup une voix enfantine résonne au loin, fait un pas hésitant, enjambe les cahiers éparpillés sur le tapis, trébuche sur les piles de livres fermés pour tenter sa chance, papa ?

Il m'écrase, arrête brutalement la sonnerie, je murmure à son épaule, elle t'appelle, Oudi, vas-y, ça fait presque une semaine qu'elle ne t'a pas vu. Même dormir normalement, c'est impossible dans cette baraque, il se frotte ostensiblement les yeux, une fille de dix ans qu'on traite comme un bébé, encore heureux que tu ne lui mettes pas des couches, mais soudain une frimousse apparaît dans l'embrasure de la porte, elle est là, le cou en oblique, le corps encore caché derrière le mur. Qu'a-t-elle saisi de nos propos, je n'en ai pas la moindre idée, ses yeux affamés, qui gobent les mouvements de nos lèvres sans rien digérer, se tournent vers lui dans une expression déjà blessée, papa, tu nous as manqué. Il lui renvoie un sourire fripé, vraiment ? Bien sûr, ça fait presque une semaine.

Il pince les lèvres, vous n'avez pas besoin de moi toutes les deux, vous iriez beaucoup mieux si je n'étais pas là, elle fait un bond en arrière, ses yeux se plissent, moi je sors aussitôt du lit, ma chérie, il blague, va t'habiller. Je tire sur les brides du volet avec des doigts énervés, une violente lumière jaunit subitement la pièce, comme si, braqué sur nous, un projecteur céleste de forte puissance suivait nos faits et gestes. Naama, je crève de soif, apporte-moi un verre d'eau, Oudi, je rétorque, si tu crois que, en plus, j'ai le temps de m'occuper de toi, Noga va être en retard et moi aussi d'ailleurs, il tente de s'asseoir, je le vois ramer dans le lit, ses gestes s'épuisent, ses bras bronzés battent l'air, son visage rougit d'effort et de mortification, je ne peux pas me lever, chuchote-t-il.

Ça, elle l'entend tout de suite, la voilà à côté du lit, dans une main elle tient sa brosse à cheveux, l'autre, elle la tend vers lui, viens, papa, je vais t'aider, elle essaie de le tirer, s'arc-boute les lèvres contractées, ses fines narines s'écartent, mais elle finit par s'écrouler sur lui, cramoisie, impuissante, maman, pour de vrai, il ne peut pas se lever. Je m'affole, qu'est-ce que ça veut dire, tu as mal quelque part ? Non, nulle part, marmonne-t-il, mais je ne sens pas mes jambes, je ne peux pas les bouger, sa voix se perd dans un grognement canin, imprécis, je ne peux pas.

J'arrache la couverture, ses longues jambes reposent immobiles sur le matelas, avec leur soyeux duvet sous lequel s'étalent, les uns à côté des autres comme des cordes tendues, ses muscles figés. Combien ai-je pu être jalouse de ces jambes-là, jamais fatiguées, capables de guider des touristes à travers la plaine du Jourdain ou le désert de Judée, la Basse ou la Haute Galilée, tandis que, moi, je restais à la maison parce que marcher longtemps m'a toujours été pénible ! Des histoires, tout ça, me lançait-il à chaque fois, le sac à dos exultant déjà, tel un bébé ravi, entre ses omoplates, des prétextes pour ne pas venir avec moi, et debout devant lui, embarrassée, je ne pouvais qu'indiquer avec désolation mes pieds plats, toujours douloureux, qui nous séparaient.

Qu'est-ce que tu ne sens pas ? Je palpe, mes doigts tremblants remontent le long de ses cuisses, pincent sa chair contractée, là, tu sens quelque chose ? Et Noga, qui en fait toujours trop, lui ratisse les jambes avec sa brosse à cheveux, y trace des sillons rouges, et ça, tu le sens, papa ? Arrêtez, foutez-moi la paix, il y a de quoi devenir dingue avec vous ! Elle se plante les piques de la brosse dans la paume, on voulait juste voir si tu sentais.

Je sens quelque chose de cotonneux, lâche-t-il, regrettant déjà son éclat, mais je ne peux rien remuer, comme si mes jambes s'étaient endormies et que je n'arrivais pas à les réveiller. Les yeux fermés, il cherche la couverture du bout des doigts, je l'étale sur lui avec des gestes lents, l'agite devant son visage comme ma mère le faisait quand j'étais malade et qu'elle rafraîchissait mon front avec le souffle de son amour. Ses cheveux fins volettent et retombent en même temps que la couverture, mais en dessous il se met à gémir comme s'il avait reçu un coup, qu'est-ce que c'est que cette couverture, elle est tellement lourde, enfin, Oudi, c'est la même que d'habitude, je réplique mais il continue, elle m'étouffe, je ne peux pas respirer.

Maman, il est déjà sept heures et demie et je n'ai pas encore mangé, pleurniche Noga dans la cuisine, moi je m'énerve, qu'est-ce que tu me veux, sers-toi toute seule, tu n'es plus un bébé, aussitôt je m'en mords les doigts et accours, verse des flocons de corn-flakes dans un bol, sors le lait du réfrigérateur, mais elle se lève avec une moue vexée, j'ai pas faim, se harnache de son cartable et se dirige vers la porte, me laissant là à contempler son dos, quelque chose d'étrange gambade sous mes yeux entre les bretelles, des dessins enfantins multicolores, des nounours et des lapins qui sautillent joyeusement tandis qu'elle descend les marches, tout à coup je comprends, Noga, tu es encore en pyjama, tu as oublié de t'habiller !

Elle remonte paupières baissées, presque fermées, j'entends son cartable valser par terre puis les ressorts de son sommier grincer, je me précipite dans sa chambre, elle est allongée sur le lit, toujours recouverte de nounours et de petits lapins, je la secoue, qu'est-ce que tu fais, il est huit heures moins le quart, mais elle éclate en sanglots, je ne veux pas aller à l'école, je ne me sens pas bien, son regard accusateur me piège, ses yeux voient que mon cœur s'endurcit, se recroqueville comme un raisin sec tandis qu'un dégoût insurmontable me plaque, comme un poing, contre le mur. Des pleurs rageurs s'emparent de chacune de ses boucles, pourquoi est-ce que tu me compliques toujours la vie, je m'écrie, tu m'épuises, et elle hurle, c'est toi, toi qui m'épuises ! Elle se lève avec une telle violence que je me dis, ça y est, elle va ouvrir la bouche et me dévorer, mais non, elle me pousse hors de sa chambre et s'enferme.

Je recule à pas déconcertés, scrute la porte furieusement close de ma fille, la porte muette de mon mari, je pose un pied derrière l'autre jusqu'à ce que mon dos heurte la porte d'entrée que j'ouvre, je sors sur le palier et m'assieds en chemise de nuit sur la marche fraîche, je regarde cette belle journée toute parée d'air doré, une légère brise guide une classe de maternelle qui part en sortie et ramasse au passage des fleurs colorées, au-dessus les nuages de miel s'enlacent langoureusement. J'ai toujours détesté les journées comme celle-ci, je m'y promène tel un hôte indésirable parce que la douleur est cent fois plus évidente par un temps pareil, où pourrait-elle se cacher dans le chatoiement général, elle s'agite comme un lapin affolé par une lumière soudaine, se cogne et se recogne entre les roues étincelantes du bonheur.

La porte s'ouvre derrière moi, de lourdes chaussures de sport, surplombées d'une Noga habillée et coiffée, descendent les escaliers, je lève vers elle un visage étonné, elle a tellement grandi tout à coup, elle se penche et sans dire un mot me dépose un baiser sur le front, moi non plus je ne dis rien et, des picotements dans les yeux, je suis du regard le cartable qui s'éloigne. Une énorme navel trop mûre tombe soudain sur le trottoir, presque sur sa tête, s'écrase en une flaque orangée, qui donc lui a donné l'ultime secousse, certainement pas ce vent à peine perceptible, un vent d'après Pâque, dans un instant des enfants vont marcher en plein dedans, leurs pas pourriront sur l'asphalte avant qu'ils ne rentrent dans l'après-midi, Noga aussi rentrera, épuisée, les boucles pâles et défaites, une phrase déjà au bord des lèvres, une phrase qui aura commencé dans les escaliers et dont je n'entendrai que la fin, papa, papa, papa.

Je me lève lourdement, je suis tellement fatiguée qu'il me semble que la journée est finie, pourtant des heures me séparent encore de la nuit. Je regagne la chambre à coucher sur la pointe des pieds, m'arrête devant le lit, détaille en silence le beau corps allongé, qui n'a rien à cacher et s'offre dans la franchise la plus totale. Ce corps, je le connais depuis l'enfance, je me souviens de l'époque où il était plus petit que le mien, ramassé sur lui-même comme un bourgeon, j'avais pris l'habitude, afin de nous éviter d'avoir à rougir de notre ombre commune, de marcher sur la chaussée tandis qu'il restait sur le trottoir, je me courbais par égard pour lui, le regard braqué sur le caniveau grisâtre, il s'est étiré, a mûri sous mes yeux jusqu'à ce fameux soir où il m'a hissée à ses côtés, a passé un bras autour de mes épaules et où notre ombre m'a renvoyé une image idéale, j'ai ressenti alors une immense fierté, comme si, à force de foi et de persévérance, j'avais réussi à renverser le cours des choses. Le cœur serré je l'observe, cherche à discerner le moindre tressaillement, la couverture légère gît, punie, à ses pieds, au-dessus de lui la lampe de chevet incline innocemment la tête, comme si ce n'était pas à cause d'elle que nous nous sommes disputés nuit après nuit, moi à lui demander d'éteindre, je n'arrive pas à m'endormir avec de la lumière, lui à s'énerver, je suis encore en train de lire, je ne peux pas trouver le sommeil si je ne lis pas, et il ne me restait plus qu'à maudire intérieurement cette foutue lampe, à lui souhaiter un court-circuit fatal, parfois, je sortais de la chambre avec une exaspération ostensible, le coussin et la couverture serrés dans les bras pour m'effondrer comme une malheureuse réfugiée sur le canapé du salon, ce qui ne l'empêchait pas au matin de devancer systématiquement mes reproches par les siens, tu m'as encore fui, toujours prête à saisir le moindre prétexte pour te débiner.

Ses jambes maigres sont immobiles mais sa bouche se fend en un soupir, ses lèvres de gamin vieillissant se tirent et se perdent dans son visage tout à coup fané, disparaissent dans le creux de ses joues, sous des sourcils précis qui observent, désolés, l'affaissement des traits dont la beauté s'est ternie en une nuit, et tout a exactement la même couleur, la couleur du sable, gris doré, comme un uniforme impossible à enlever, un uniforme de soleil et de poussière. Je tente de le soigner par mon regard, l'angoisse me grimpe dessus comme une chenille velue, est-ce l'instant que j'ai toujours redouté parce que je le savais inéluctable, l'instant qui coupe la vie en deux, qui transforme tout, ne laisse après lui qu'un reflet grimaçant de ce qui l'a précédé, est-ce son odeur, est-ce sa couleur, suis-je vraiment en train de vivre le moment qui, à l'instar de l'orange tout à l'heure dans sa chute, me fera percevoir notre vie d'avant comme éclatante de bonheur en comparaison de la solitude, malsaine et honteuse, qui envahira ce matelas, pour toujours.

Du lit, une main imaginaire, longue et chaude, rampe vers moi, la main chaleureuse d'un géant qui m'invite à sombrer avec lui, à me laisser gagner par sa paralysie, je tressaille, voilà que ma vie se distille, s'écoule goutte à goutte, pour se rassembler en une flaque à l'extérieur de la chambre, et je reste vidée, évanescente, impondérable, j'essaie de m'agripper à la fenêtre ouverte, je scrute la pièce comme si j'étais un oiseau de printemps coincé là par hasard. Ici la grande armoire, plaquée contre le mur, hier encore je montais sur l'échelle pour descendre les vêtements d'été et remiser ceux d'hiver, que j'ai fourrés tout au fond comme si l'hiver ne devait jamais revenir, Noga a déboulé de sa chambre, toujours au milieu d'une phrase, quand est-ce que papa rentre, a-t-elle demandé avant d'enchaîner, on mange quand, moi je lui ai répondu, il va rentrer dans la nuit, pendant que tu dormiras, tu le verras demain matin. Il me conduira à l'école, a-t-elle continué, les narines palpitantes, et moi, oui, pourquoi pas. Après quelques jours sans lui, nous ne pouvons nous empêcher de croire que c'est son absence physique qui se dresse entre nous, que, dès l'instant où il reviendra, le vide de l'appartement sera comblé.

Voilà le tapis rouge, le tapis de mon enfance, avec ses petits cœurs lacérés, et le lit que nous avons acheté non sans réticence, il y a des années, à un couple qui divorçait, à côté, son sac à dos, vidé et poussiéreux, sur le mur la photo d'une vieille maison avec un toit de tuiles et de jeunes nuages qui glissent dessus, j'essaie de me raccrocher à l'immuabilité des objets, rien ne manque, rien n'a changé, ce qui implique que dans ma vie non plus rien n'a changé. Dans un instant il va se réveiller et essaiera de me tirer dans le lit avec son impétuosité toute hérissée, je sais exactement ce dont tu as besoin, déclarera-t-il, pourquoi refuses-tu ce que j'ai à te donner, et cette fois je ne commencerai pas à discutailler comme d'habitude, je ne lui mettrai pas sous le nez, avec l'incommensurable sérieux d'un conservateur de musée débutant, le catalogue de mes déceptions, non, j'enlèverai ma chemise de nuit et je sauterai dans le lit comme on saute dans la piscine, d'un bond, sans vérifier la température de l'eau, pourquoi pas d'ailleurs, puisque nous sommes mari et femme, et que nous n'avons pas d'autre vie que celle-là.

CHAPITRE 2

Plongée sous des trombes d'eau presque bouillante, j'ai l'impression d'entendre un gémissement de bébé, il ne traverse pas mes tympans mais se plante directement dans mon cœur, entre les côtes. Ma petite Noga s'est réveillée, son front pâle brûle, ses yeux brillent de fièvre, je fais taire la douche, abandonne à regret son flot apaisant, je tends l'oreille, mais ça me revient tout à coup, Noga est loin maintenant, me dis-je soulagée, de même que sa petite enfance, elle ne peut plus nous menacer de sa terrible impuissance, je rouvre le robinet, il fut un temps où ma mère posait une montre devant moi, pas plus de sept minutes, me prévenait-elle, il faut laisser de l'eau chaude pour les autres, moi je suivais hargneusement la progression des aiguilles, tellement courtes ces sept minutes d'étreinte fluide, j'aspirais à grandir et à quitter la maison rien que pour me doucher sans montre, je m'apprête à retourner sous le jet, à l'enrouler fougueusement autour de moi, mais un nouveau gémissement m'alerte, faiblard et exigeant, je cours vers lui toute mouillée et le trouve en train de sangloter les yeux fermés, de la morve transparente lui coule des narines. Oudi, calme-toi, tout va bien, je le secoue par les épaules, mes cheveux ruissellent sur son visage hâlé, même ses larmes ont la couleur du sable, comme s'il était condamné à se fondre au désert sans que personne puisse jamais le retrouver, je m'assieds à son chevet, j'essaie de prendre sa tête sur mes genoux, mais elle est lourde, sa tête, froide comme du marbre, et soudain un cri jaillit de sa gorge dans une gerbe d'étincelles rougeoyantes, on dirait une balle qui s'échappe de la gueule d'un fusil, ne me touche pas, tu me fais mal !

Je me relève aussitôt, me dresse devant lui, toute nue, pas cette nudité voluptueuse et impatiente que j'arborais dans le passé, cette nudité naturelle et assurée des animaux, non, une nudité humaine mal à l'aise, dans laquelle un œil aimant aurait pu discerner une certaine beauté, mais ce n'est pas un œil aimant qui s'ouvre maintenant sur moi et me crache du sable au visage. Dans une tentative pour trouver quelque secours dans les vieilles certitudes, je lui dis en bredouillant, excuse-moi, je croyais que tu aimais quand je te touchais, mais une nouvelle éruption rouge gicle de sa gorge, tu ne comprends pas que j'ai mal !

Tu as dit tout à l'heure que tu n'avais pas mal, décidément, je n'arrive pas à me faire aux rebondissements de cette matinée, j'en suis encore à espérer que dans un instant tout redeviendra comme avant, qu'on en parlera au passé, où avais-tu mal, demanderai-je, quelle importance, me répondra-t-il, le principal c'est que ce soit fini, j'ai juste la bite encore un peu douloureuse, il glousserа, elle veut un bisou, et de ses mains déterminées il aidera ma tête mouillée à trouver le chemin, qui paraît toujours plus long qu'en réalité, de mes lèvres à son sexe.

Je veux de l'eau, murmure-t-il, ça fait des heures que je te le demande. Je cours remplir un verre, le lui tends mais il ne réagit pas, ses bras fins et secs restent posés de part et d'autre de son corps, tiens, bois, et il me demande, comment ?

Qu'est-ce que ça veut dire comment, je réplique, paniquée, prends le verre, je n'y arrive pas, soupire-t-il, mes mains ne bougent pas, mais moi je continue, énervée, c'est impossible, il y a à peine une heure ces mains-là étranglaient le réveil, aucune maladie ne progresse à un tel rythme, non mais, à quoi ça rime, il fait semblant, je suis violemment ballottée entre la colère, la compassion et la méfiance qui se chamaillent en moi comme des gamines et se font honte à tour de rôle. Comment oses-tu le soupçonner, regarde, il souffre vraiment, mais c'est inconcevable, il ne peut que simuler, oui, mais la simulation aussi est une maladie, non moins inquiétante d'ailleurs, comment vais-je assumer tout cela, jusqu'à ce que la voix de la compassion finisse par se renforcer, elle prend le dessus, les autres s'éloignent petit à petit, tête basse, c'est la miséricorde qui tonne dans le vide de l'appartement, il est malade, il est malade, la maladie vient de débarquer et me le prend, l'entraîne dans ses abysses.

J'enfile un peignoir et m'assieds à son chevet, j'essaie de lui donner à boire à la petite cuiller, l'eau coule sur sa langue aride, fait danser sa glotte, ferme les volets, murmure-t-il, et je repousse courageusement le soleil et toutes ses armées, m'allonge à ses côtés dans l'obscurité, caresse les monticules cendreux de son torse étroit, qu'est-ce qui t'arrive, Oudi, quand est-ce que ça a commencé.

Je n'en ai pas la moindre idée, sa voix tremblote, cette nuit je suis revenu crevé à la maison, je me suis péniblement hissé jusqu'à notre étage mais j'ai pensé que ça venait de la fatigue, maintenant je comprends que ça n'avait rien à voir, je n'ose même pas imaginer ce que ça peut être. Où as-tu mal ? Partout, chuchote-t-il, j'ai mal partout, même quand je respire, alors moi je passe une main sur son visage, ses membres graciles scintillent dans l'obscurité, leur beauté oubliée, cette caresse monotone m'apaise, déjà mes yeux se ferment dans une agréable langueur, voilà bien longtemps que nous n'avons pas traîné au lit le matin, et si nous restions là à nous cajoler comme ça toute la journée, et si je le cachais comme on cache un petit kidnappé, cloîtré à la maison pour toujours, il ne pourra plus nous fuir pendant des jours avec ses groupes de touristes dans le désert, n'arrivera même plus à s'aventurer jusqu'aux cabinets, il restera couché dans le lit totalement dépendant de notre bon vouloir, il dédommagera Noga de ses absences, il écoutera le récit détaillé de sa journée d'école, la maîtresse lui a crié dessus alors qu'elle n'avait rien fait, rien, elle s'était juste retournée une seconde pour attraper une gomme, pourquoi s'en prend-on toujours à elle, moi, je quitterai mon travail, expliquant que je ne peux plus m'occuper des autres, je vais prendre un congé maternité sans maternité, mais sa maladie, je la tairai, qu'on ne m'oblige pas à l'emmener chez un médecin, nous allons nous occuper de lui rien que nous deux, il sera notre prisonnier choyé et dorloté, un gigantesque bébé qui ne sait encore ni se retourner ni ramper, c'est comme ça qu'on va se le garder pour nous toutes seules, il ne guérira pas et ne mourra pas, c'est le bébé que j'ai toujours désiré, celui qui fera de nous une vraie famille.

Une plainte fait voler en éclats le silence noir, m'extirpe du berceau de la somnolence, Naama, j'ai peur, aide-moi. Je me secoue, qu'est-ce qui me prend à lambiner comme ça, d'une voix énergique, qui m'écorche les oreilles à moi aussi, je lance, il faut aller aux urgences, il sursaute, ses épaules se contractent, il a toujours détesté les médecins encore plus que les maladies, je ne veux pas, je veux rester à la maison, mais sa vaine protestation capitule facilement devant mon ton sans réplique.

Essaie de remuer les mains, je tente encore, le charme a peut-être été rompu, mais elles ne bougent pas, ses mains, ni ses jambes, ni son dos, aucun mouvement ne traverse son corps, il n'y a que ses lèvres qui se tordent et ses yeux affolés qui s'agitent dans un va-et-vient ininterrompu d'un coin à l'autre de la chambre. On n'a pas le choix, Oudigui, je reprends dans un murmure, il faut t'examiner, te soigner, moi, je ne sais pas quoi faire, mais il s'entête, et si on attendait encore un jour ? Non, c'est exclu, ce serait un manque de responsabilité, je rétorque avec fermeté, oubliant que l'instant d'avant j'avais moi-même envisagé de le cacher ici à perpétuité. Comment veux-tu qu'on y aille, je ne peux pas marcher, gémit-il, et je réplique, effrayée par la clarté de mes mots, on n'a pas le choix, on va appeler une ambulance.

Ses sanglots me suivent tandis que je tire des vêtements de l'armoire, cela fait des années que je ne l'ai pas entendu pleurer, depuis la chute de Noga, ses lamentations, bourdonnement mordant et inquiétant, m'irritent le tympan, j'enfile un jean délavé mais change aussitôt d'avis et opte pour le nouveau tailleur-pantalon gris très léger que je n'ai encore jamais mis, je me maquille religieusement, défais mes cheveux, plus je serai élégante, plus j'arriverai à conjurer la maladie, au milieu de l'anonymat impuissant de la salle des urgences, si j'apparais auréolée d'assurance, tous les médecins, persuadés que ma présence en ces lieux est fortuite, nous emmèneront ailleurs le plus vite possible. Soudain un étrange émoi me fait vibrer, nous partons à l'aventure, nous nous offrons une escapade matinale tous les deux ensemble, nous ne nous séparons pas, comme d'habitude, pour aller au travail chacun de son côté. Je sens ses yeux se planter dans mon dos avec une hostilité aiguisée, tu es tombée sur la tête, lâche-t-il dans un grincement rauque, où crois-tu que tu vas, moi je tourne vers lui mon visage fardé, qu'est-ce que ça peut te faire, Oudi, si ça me rassure, voilà, tout de suite à me justifier comme si je l'avais trahi, d'ailleurs il continue, apparemment ma voix balbutiante lui donne des forces, je me demande bien comment tu peux être rassurée en te couvrant de ridicule, tu vas à l'hôpital, tu piges, pas à une soirée mondaine, tu y vas parce que je ne peux pas bouger, mais toi, évidemment, tu projettes déjà des réjouissances, tu crois que tu as enfin trouvé le moyen de te débarrasser de moi.

Je me couvre le visage de mes doigts engourdis, j'ai l'impression que, de son lit, il me jette des pierres à la figure, des petits cailloux de syllabes souillées, comment ose-t-il s'introduire grossièrement dans mon for intérieur et y déverser toute sa crasse, comment vais-je me nettoyer maintenant, comment lui prouver qu'il se trompe, pourquoi d'ailleurs devrais-je lui prouver quoi que ce soit, toujours à me justifier, comme si ma culpabilité, systématiquement, tombait sous le sens. Tu n'as qu'à t'en foutre, m'aurait dit Anath, de toute façon il ne t'entend pas, il n'entend que ce qu'il dit, lui, il se monte volontairement contre toi et moi, j'aurais protesté, mais qu'est-ce que ça lui rapporte, puisqu'il m'aime, c'est justement parce qu'il t'aime, aurait-elle continué d'un ton doctoral, et moi j'aurais commencé à la supplier comme si tout dépendait d'elle, explique-moi, Anath, pourquoi on n'arrive pas à s'aimer simplement, à se comporter en bons amis, pourquoi est-ce si difficile, c'est la vie, Naama, m'aurait-elle interrompu de sa voix tranchante, et j'ai soudain envie de courir jusqu'au téléphone pour tout lui raconter, comme avant, il a dit que et j'ai dit que, il a rétorqué que et ça m'a vexée, mais aussitôt je me souviens, Oudi n'arrive à bouger que ses lèvres, il ne peut plus m'atteindre, il est dans l'incapacité de se lever et de partir, oui, le voilà totalement sous ma dépendance. Privées de mes oreilles, ses paroles resteraient vaines, ridicules, perdraient leur sens et n'arriveraient pas à me heurter. Je sors de la chambre et m'approche du téléphone pour appeler le boulot, mais mon regard est capté par le numéro tout fripé des ambulances, bien en vue sur le réfrigérateur qui se dresse devant moi, il est maintenu par l'aimant du pense-bête multicolore que Noga m'a fabriqué pour une ancienne fête des mères, je le contemple, étonnée, depuis quand est-il accroché là, qui donc savait qu'on allait en avoir besoin ?

D'une voix égale, comme s'il s'agissait d'un simple taxi, je commande une ambulance puis regagne la chambre à coucher à pas énergiques, presque provocants, me plante devant ses yeux étroits, même ouverts ils ont l'air fermés, et déclare d'un ton assuré, Oudi, tu dois enfiler quelque chose, ils vont venir te chercher dans un instant. Il sursaute, détourne le visage, ses yeux passent d'un objet à l'autre dans un adieu muet, s'agrippent à l'armoire, aux volets fermés, à la photo de la vieille maison, c'est quoi là sur le toit, des nuages ou l'ombre des nuages. Un coup de klaxon étouffé se fait entendre, je tire de l'armoire un tee-shirt blanc et un short de gymnastique, que ce soit facile à enfiler, je lui passe le tee-shirt par la tête, son cou est un peu moins raide, comme si savoir qu'il quittait la maison lui faisait du bien, ses mains répondent, elles aussi, seules ses jambes restent rigides et inertes, j'y fais glisser le short jusque sous les fesses, voilà, il est habillé, on le dirait fin prêt pour un petit jogging. C'est ainsi qu'il débarquait parfois chez moi, le soir, il racontait à ses parents qu'il allait courir et venait frapper à ma porte, gringalet rayonnant que ma mère toisait comme s'il était le dernier de ses prétendants, elle lui proposait un verre de lait puis se détournait pour se caler devant la télévision et attendre, dans une pose souveraine, le début de ses vieux films, dont l'héroïne était une actrice qui lui ressemblait à s'y méprendre. Moi, j'étais convaincue que c'était ma mère, je reconnaissais ses pommettes saillantes, ses lèvres bien dessinées, sa peau lisse et hâlée, et j'étais sûre que tard le soir, quand elle nous laissait seuls, elle allait tourner ses films en cachette, d'ailleurs ils étaient en noir et blanc, ce qui prouvait bien qu'on ne les faisait que la nuit. Cela expliquait aussi pourquoi elle ne pouvait pas se lever le matin pour s'occuper de nous, m'obligeant à réveiller mon petit frère, à l'habiller et à lui préparer ses sandwichs. Ce n'est que des années plus tard que j'appris qu'elle traînait dans les bars en compagnie d'amis avec qui elle se soûlait. Parfois, sur le chemin du retour, elle se faisait déposer devant la vieille maison au toit de tuiles, réveillait mon père et pleurait dans ses bras en lui promettant que demain, oui, demain, elle reviendrait avec les enfants. Il l'écoutait, tout triste, et disait, oui, Ella, je sais que tu es sincère, mais demain matin tu auras changé d'avis. Parfois, elle rentrait à la maison et me réveillait pour me chuchoter à l'oreille que si j'étais une gentille fille, nous retournerions peut-être vivre avec papa, alors, moi, le lendemain, je me levais tôt, descendais à l'épicerie, faisais la vaisselle et les lits, jusqu'au jour où je compris que j'étais la seule à prendre au sérieux ses promesses nocturnes, éthyliques, sans valeur.

Des coups martèlent la porte, agressifs et impatients, comme frappés par des policiers persuadés d'être devant la tanière d'un dangereux criminel. Où est le malade, me demandent les deux gaillards vêtus de gilets fluorescents, moi, mal à l'aise, je me tortille dans mon nouveau tailleur ridicule, me justifie déjà, c'est par là, il est encore au lit, et les guide jusqu'au sourire juvénile et rayonnant d'Oudi, un sourire que je n'ai pas vu depuis longtemps, car il est exclusivement réservé aux étrangers et aux groupes de touristes qui l'écoutent avec dévotion. Quel est le problème, s'enquièrent les deux gars, et il répond de la voix calme de quelqu'un qui a pris une mûre décision, je ne sens pas mes jambes, elles ne veulent pas bouger et mes mains c'est presque pareil, eux le dévisagent avec incrédulité, il a l'air tellement sportif dans sa légère tenue de jogging. Depuis quand, cherchent-ils à savoir, cela vous est-il déjà arrivé, non, jamais, c'est la première fois que je ne peux pas sortir du lit. Avez-vous mal quelque part ? Partout, lâche-t-il en louchant vers moi comme pour se faire pardonner, j'ai mal partout, même les zones que je ne sens pas me font mal, le paradoxe ne semble pas les déranger, ils tendent les mains vers lui, prennent son pouls, lui passent un bracelet autour du bras et écoutent avec attention la fuite précipitée de l'air, pour finalement lui annoncer, il faut vous faire des examens plus approfondis, on va vous emmener aux urgences. Faut-il préparer quelque chose, ma voix s'étrangle dans ma gorge, des vêtements de rechange, une brosse à dents ? Oui, c'est une bonne idée, répondent-ils, le plus âgé des deux me lance même un regard compatissant auquel je réponds par un piètre sourire, leur présence me rassure un peu, tout vaut mieux que de rester seule avec lui, je m'agite, fourre dans mon vieux sac quelques culottes, des chaussettes et une robe de chambre, exactement ce que, tordue de douleur et le corps secoué de contractions, j'avais pris avec moi pour la maternité, la brosse à cheveux, le soutien-gorge, et tout à coup je contemple le sac, ahurie, qu'est-ce que je fais, je suis en train d'emballer mes affaires et non les siennes ! Je renverse tout sur le lit et me précipite sur son côté de l'armoire, prends-moi aussi un bouquin, que j'aie de quoi lire, me lance-t-il, lequel, je demande, il est déjà sur le brancard, ses pieds pendouillent de chaque côté, ma Bible, elle est dans mon sac à dos.

Nous sortons de l'appartement en triste convoi, Oudi ouvre la marche, tout long et tout mou sur sa civière, avec une expression de confiance absolue incrustée sur le visage, on dirait un bébé descendu en poussette par des parents dévoués, moi, bouleversée, je verrouille la porte, m'y appuie un instant en guise d'adieu, qui sait quand je la reverrai. À côté de l'ambulance, quelques voisins curieux se sont déjà regroupés et, pleins de compassion, cherchent à savoir ce qui nous arrive, et lui, qui en général daigne à peine leur dire bonjour, répond volontiers, leur détaille les événements de la matinée, la fille des voisins du dessous, celle qui vient de rentrer d'Inde, lui parle d'une doctoresse tibétaine, elle est extraordinaire, je vous le dis au cas où à l'hôpital ils ne vous soulageraient pas, il opine en signe de gratitude, prêt à en entendre plus, mais, agacés, les hommes en gilets fluo coupent court à cette nouvelle intimité et profitent des vagues de sympathie pour le glisser à l'arrière du véhicule avec des gestes d'éboueurs professionnels. Je le rejoins, m'assieds sur le banc destiné aux parents affolés, ceux dont, lorsqu'ils passent sous le mugissement des sirènes, on ne voit que le profil à travers les rideaux, vers qui on lève des yeux désolés avec la certitude que leur vie est brisée, leur destin foutu.

CHAPITRE 3

À travers les rideaux blancs, rompus à la souffrance, je vois mon monde familier me dire adieu à grands gestes, il agite fictivement la main et me quitte pour toujours. Voilà le magasin de légumes et son désordre multicolore qui rappelle la palette d'un peintre, ensuite le nouveau café et ses habitués du matin, je les vois si nettement que je distingue ce qui remplit leurs assiettes et leurs journaux, on ne va pas tarder à passer devant mon vieux bistrot, celui où j'aimais m'asseoir avec Noga bébé, la serveuse lui tendait des petits sablés au citron et elle les faisait fondre sur sa langue, de la salive acide lui coulait sur le menton et, de sa poussette, elle lançait autour d'elle de grands sourires, trop radieux pour être personnels, moi, toute mon attention reportée sur mon adorable bout de chou qui se bavait sur le col, je ne voyais pas les yeux braqués sur moi, l'intérêt non dissimulé avec lequel ils épiaient chacun de mes mouvements pour actionner une main leste dessinant sans trêve, comme si elle reproduisait quelque chose d'extrêmement important. L'ignorer, rester concentrée sur Noga, mais soudain le voilà qui s'approche, carnet ouvert, je vous ai dessinée, dit-il en me mettant sous le nez mon propre visage au fusain, j'ai un sursaut étonné, non, ce n'est pas moi, je ne suis pas aussi jolie que ça, mais il s'empresse de protester, vous l'êtes beaucoup plus, on me dit toujours que j'enlaidis les gens, mes amis refusent de poser pour moi parce qu'ils en ont marre de se voir enlaidis. Je lâche un éclat de rire, peut-être, mais, moi, vous m'avez embellie. Avec un grand sérieux, il me compare à son croquis comme s'il hésitait entre nos deux représentations, puis décrète, vous dites n'importe quoi, vous n'avez aucune conscience de votre beauté, attendez de vous voir en couleurs, le fusain n'est pas capable de rendre toutes vos nuances. Sur ce, il recule, regagne sa place, sa main recommence à virevolter sur la feuille et ses yeux sur mon visage.

L'ambulance s'arrête au feu, voilà, il est là, à droite, le vieux café, mes matinées volées, ce n'est pas lui que j'y ai aimé, c'est moi, moi à travers ses dessins, mais où sont les tables rondes en bois, si accueillantes, où sont les monticules de petits sablés au citron, par les brèches scintillent des flammes de soudure, ces flammes qu'on n'a pas le droit de regarder sous peine de se retrouver avec des nénuphars blancs dans les yeux, mais moi je regarde quand même, comment se peut-il que l'on détruise le café, que l'on anéantisse ce dernier vestige. Bouleversée, je me tourne vers Oudi et lâche trop vite, d'un ton qui démasque mon tumulte intérieur, ils sont en train de raser le café, et j'intercepte le sourire tordu, mystérieux, qui se dessine sur son visage un bref instant, comme si c'était lui qui tirait les ficelles du feu blanc. Au fond, peut-être que cet endroit mérite de finir ainsi puisque c'est quelques mois après cette rencontre que Noga est tombée de la terrasse, Noga avec ses boucles, ses petites joues rebondies et ses fossettes, son ventre tout doux, ses jambes minuscules, Oudi l'avait prise dans ses bras et elle lui a échappé, poupée de chiffon en chute libre, moi je hurle, dévale les escaliers comme si j'avais la moindre chance d'arriver en bas avant elle et de la rattraper, un étage après l'autre, un serment après l'autre, je jure que jamais plus je ne tomberai amoureuse, jamais plus je ne connaîtrai la joie, jamais plus je ne sortirai de la maison, faites qu'elle puisse encore marcher, qu'elle puisse encore parler, ma Nogui, Nogui à moi, faites qu'elle n'ait rien de grave, mais déjà nous sommes dans l'ambulance, comme maintenant, si ce n'est qu'à l'époque, sirène mugissante, elle ne s'arrêtait à aucun feu, la petite est sans connaissance, mannequin de cire livide, avec, sous son masque à oxygène, une expression de terreur accrue, comme si on était en train de lui raconter une histoire à suspense et qu'elle attendait le dénouement prête à formuler sa supplique familière, ça finit bien, maman, s'il te plaît, il faut que ça finisse bien, Oudi pleure, il a la gorge sèche, c'est à cause de toi, hurle-t-il, à cause de ton foutu peintre, ça fait des nuits que je ne dors pas, que je ne fais que boire et fumer, je l'ai prise et tout à coup elle a bondi, je n'ai pas de force dans les bras, j'arrive à peine à tenir un bouquin, alors comment j'aurais pu tenir une petite fille, mais il devient de plus en plus flou, un minuscule tas d'os, sous mes yeux tournoient des dizaines de Noga qui brillent dans le ciel comme des étoiles, elles dansent en tutu avec des cerceaux argentés entre les jambes, pourquoi ne bougent-elles pas, toutes ces jambes, non, je découvre horrifiée que ce ne sont pas des cerceaux mais des petites chaises roulantes, le ciel est rempli de chaises roulantes qui font la course et dévalent des pentes abruptes, comme des autos tamponneuses, mais au lieu du rire enjoué, effrayé et ravi des enfants, éclatent de terribles sanglots, maman, qu'est-ce que tu m'as fait, et je crie, ma Nogui, je renonce à tout, prends mes jambes, je n'ai plus où aller, prends mon cœur, je n'ai plus qui aimer, prends ma santé, je n'en ai plus besoin, prends ma vie, et mes pleurs se heurtent à ceux d'Oudi, ce n'est pas ensemble que nous pleurons, mais l'un contre l'autre, dans la parfaite continuité de nos interminables disputes.

Soudain, ses paupières se fendent et un jet poisseux jaillit de sa bouche, qu'est-ce que ça veut dire, le livre de ma vie est en train de s'écrire sous mes yeux en caractères sibyllins que je ne sais pas lire, j'implore le médecin, c'est bon signe, non ? Elle s'en remettra, n'est-ce pas, docteur ? Il l'examine d'un air dubitatif, elle referme les yeux, je la secoue mentalement, réveille-toi mon enfant, ma petite, j'ignore encore qu'elle va ainsi se jouer de nous pendant des jours et des jours, ça y est, elle marche, nous sommes sauvés, c'est un miracle, oui, elle a vraiment l'air guérie, nous nous asseyons avec elle sur la pelouse de l'hôpital, elle demande un esquimau, moi, heureuse, je me précipite à la cafétéria, bouscule des gens au passage sans prendre le temps de m'excuser, ma fille veut un esquimau, je ferai tout pour le lui mettre dans la main le plus vite possible et voir sa langue le lécher de toutes parts. Plantés sur la triste pelouse, aux aguets et pleins d'espoir, suspendus aux mouvements de ses lèvres, les yeux rivés sur cette glace qui lui fond dans la main comme si nous pensions que le danger serait écarté si elle arrivait à en venir à bout, nous attendons sans oser respirer, ça y est, elle a tout mangé, elle va bien, peut-être que demain nous pourrons la ramener à la maison. À l'entrée du service de traumatologie, nous tombons sur son médecin, elle va bien, ça y est, je lui lance, elle a mangé une glace entière, mais une fois de plus le jet de vomi familier jaillit, la vanille sucrée se déverse sur le sol, elle s'évanouit à nouveau, et nous revoilà sous le joug d'une réalité déchue et humiliée, deux esclaves maudits ballottés par un destin capricieux. La résignation nous ferme le visage, les commissures de notre bouche tombent, chacune de ses phrases nous fait monter les larmes aux yeux, dis, maman, je vais grandir, demande-t-elle à l'improviste, je serai plus grande que toi, non, et moi j'essaie de refouler les sanglots qui m'assaillent aussitôt, bien sûr que tu vas grandir, j'affirme malgré ma sourde peur, qui m'assure qu'elle grandira, personne ne peut estimer les dégâts subis par un cerveau qui continue à accuser le choc dans sa petite boîte, dire qu'elle doit la vie à un seau en plastique, un seau rempli d'eau que la femme de ménage des voisins avait oublié dehors, et la sensation d'avoir frôlé le danger de si près a continué à me poursuivre même une fois le danger écarté, oui, même après que nous fûmes enfin rentrés à la maison, le moindre écart me terrorisait, et j'ai dû être tellement obnubilée par mes propres terreurs que je n'ai pas remarqué qu'à un certain moment, à un lacet de cette route sinueuse qui nous avait menés de la catastrophe de sa chute au miracle de sa guérison, j'avais perdu Oudi. Pire, qu'elle l'avait perdu.

Nous sommes arrivés, dit-il, et je me ressaisis, étonnée un instant de le voir lui sur la civière et pas elle, l'ambulance s'arrête devant les urgences comme à l'époque, mais aujourd'hui personne ne se précipite vers nous en brandissant tout un arsenal d'appareils ni ne nous envoie directement en traumatologie, non, notre arrivée ne déclenche pas le moindre émoi, comme si notre vie, nos souffrances n'avaient pas grande importance, d'ailleurs, depuis le début, nous nous sentons, lui et moi, totalement déplacés. En attendant humblement qu'on nous ouvre les portières, Oudi me lance un regard où se lit l'effort, ses doigts rampent vers mes genoux qui se trouvent à peine à quelques centimètres de lui, je suis avec des yeux indifférents leur pénible progression, qu'est-ce qu'il essaie de me pianoter là, quelle est donc cette mélodie intérieure, soudain je comprends, me toucher, il essaie de me toucher avec ses mains coupables, et je l'entends marmonner, je suis désolé. Recevoir de sa part une excuse est si rare que j'oublie de lui en demander la raison, est-ce à cause de ce qui s'est passé ce matin ou de ce qui s'est passé il y a presque huit ans, et, dans un sursaut de joie dénuée d'amour-propre, que je ne cherche pas à cacher, je tends la main, entrecroise mes doigts dans les siens. Lorsque nos vieux copains en gilets fluo apparaissent, c'est ainsi, main dans la main, qu'ils nous trouvent. Ils ouvrent les portières et font rouler la civière avec une telle facilité qu'on pourrait la croire vide, nous poussent à l'intérieur de ce qui ressemble à une ruche frétillant de toutes sortes de maux, nous nous frayons un chemin, lui sur sa civière et moi sur mes jambes tremblantes, parmi une foule agglutinée qui semble quémander quelque chose comme si on distribuait une denrée rare, eh oui, c'est la santé ici qui s'est faite rare, elle se promène en liberté dans la rue mais a déserté ce lieu. À nouveau j'ai honte de mon beau tailleur, j'aurais dû écouter Oudi, je nargue les malades avec ma santé si élégamment vêtue, je nargue le destin, je le nargue, lui, lui dont le corps bascule de la civière sur un lit, ça y est, ils l'ont déposé, un vieux gamin en tenue de sport sans aucune blessure apparente, pas comme cette femme, en face, dont la jambe gonflée saigne, ou la voisine de l'autre côté du rideau, dont la peau transparente révèle une carcasse toute rongée et qui porte un masque blanc sur la bouche, comme s'il y avait encore quelque chose sur terre qui pouvait lui faire plus de mal que le diable qui la détruisait de l'intérieur. Pourquoi me suis-je tant précipitée, il n'est pas à sa place ici, il ne tombe jamais malade, j'ai envie de me pencher et de lui chuchoter à l'oreille, viens Ouguidi, viens, on se tire vite fait et on rentre à la maison. Oui, soudain, l'appartement si pesant que nous venons à peine de quitter se transforme en havre de bonheur et de miséricorde, la chambre à coucher obscure se pare d'un irrésistible attrait, vas-y, remue les jambes, ce n'est pas possible qu'elles soient paralysées pour de vrai, ce serait comme si la terre s'arrêtait de tourner un beau matin, je lui lisse les cheveux vers l'arrière, dévoile son grand front parcouru de rides sinueuses comme des chemins escarpés, Oudigui, tu te souviens que tu venais me retrouver à la récréation de dix heures et que tu me disais, viens, tirons-nous, rentrons à la maison, et nous nous esquivions vite fait, achetions en chemin un *beiguel* orné de cristaux de sel scintillants que je me passais au poignet en guise de bracelet, on allait chez moi ou chez toi, là où c'était libre, Oudi soupire, si seulement je pouvais m'enfuir avec toi maintenant, Noam, il aimait m'appeler comme ça à l'époque, utiliser mon prénom au masculin marquait pour lui à la fois l'affection et le reproche, parce que j'étais encore toute plate, que j'avais les cheveux courts et que, de loin, on nous prenait pour deux garçons. Si tu le voulais vraiment, tu y arriverais, je persiste, Oudi, concentre-toi, fais un effort, mais lui me contemple presque avec pitié, tu refuses d'accepter ce qui te dérange, tu ne piges pas que je n'en suis pas capable, c'est comme s'il y avait un court-circuit, comment le formuler pour que tu comprennes enfin, moi je détourne la tête, je supporte mal de voir ses lèvres mordre dans ces mots avec un tel appétit, mes yeux fixent le sol, la logique de la situation m'échappe, comme un écureuil qui s'approche mais disparaît aussitôt, ne laissant que le bout de sa superbe queue luire entre les lits, toute la matinée je m'escrime à comprendre et à ne pas comprendre, sale bestiole qui joue à cache-cache avec moi, tous ces efforts contradictoires m'épuisent, mes mains effleurent son crâne, de l'extérieur tout semble normal, aucune bosse, aucune déformation, et à l'instant où je crois avoir enfin réussi à piéger l'écureuil avec des noix, le rideau s'ouvre violemment et une jeune infirmière au beau visage déterminé nous demande, quel est le problème.

Je ne peux pas bouger les jambes, s'empresse-t-il de répondre, et mes bras sont tout mous, elle baisse les yeux, la main d'Oudi est encore prisonnière de mes doigts, un éclair de raillerie passe sur ses traits en nous voyant ainsi agrippés, si vous croyez que ça vous servira à quelque chose, dit le charmant minois, si vous croyez que faire corps vous donne plus de force, sachez que de tels gestes n'impressionnent absolument pas les maladies, au contraire, elles adorent briser les couples. Quand est-ce que ça a commencé, demande-t-elle machinalement, ce matin, répond-il, je me suis réveillé et n'ai pas pu sortir de mon lit, il parle avec une perplexité encore fraîche, naïve, il est prêt à partager son étonnement avec tous ceux que cela intéresse, d'ailleurs la femme allongée à côté cesse un instant de gémir pour couler vers lui un regard rouge et prendre, elle aussi, un peu de son incompréhension face au changement des lois immuables de la nature, on dirait que l'immense salle se remplit de l'incompréhension de monsieur Neumann Éhoud, fils d'Israël, comme il sera rapidement inscrit sur la pancarte accrochée à son lit, cicérone confirmé, presque la quarantaine, marié et père d'une fille, à qui les membres n'obéissent plus.

Dans un semblant de réponse, totalement inadaptée et qui ne correspondrait de toute façon à aucune question posée, elle farfouille dans la poche de sa blouse, en sort un thermomètre, le lui tend, je me hâte de l'attraper pour ne pas voir à nouveau les étranges spasmes agiter ses doigts, puis elle me demande, où sont les papiers, et je regarde autour de moi, quels papiers ? Vous devez vous occuper de l'admission, me dit-elle en me toisant d'un regard aussi hostile que si elle nous avait attrapés en train de resquiller au cinéma. Je les quitte à contrecœur pour rejoindre une des files d'attente, lignes brisées tête contre tête et épaule contre épaule, sur lesquelles plane le même étonnement candide, instinctif, que lorsqu'on se retrouve soudain dans un affreux pays étranger en ignorant si on pourra en sortir. Dans quelques jours, ils s'y seront habitués, s'assiéront au chevet de leur proche dans les différents services avec une amère résignation, et seul le souvenir de leur premier étonnement les fera un instant tressaillir, comme à la vue d'une photo d'enfance floue, presque indécodable, que l'on chérit sans savoir pourquoi.

Me voilà soudain sans lui, à distance respectueuse de ses jambes inertes, de ses yeux fermés qui m'observent depuis que j'ai douze ans, de toute sa présence qui me définit, moi, plus qu'elle ne le définit, lui. Alors, juste avant que n'arrive enfin mon tour de me présenter au guichet, avant de nous inscrire et de recevoir en échange une liasse de feuillets vierges qui se rempliront d'annotations inquiétantes, je suis saisie par la totale misère de ce corps que la mobilité a déserté, comme le Temple, déserté par l'esprit divin juste avant sa destruction, et je me sens si petite, tant elle est puissante, cette misère, que les gens autour de moi me paraissent gigantesques... ce qui fait que je n'en reviens pas d'entendre quelqu'un remarquer ma présence, en l'occurrence cette employée aux taches de rousseur qui me lance avec impatience, oui, madame ? Car je n'existe pas, la détresse de cette matinée a effacé mon existence, toi, la demoiselle aux taches de rousseur, tu termineras ton service et rentreras chez toi, sachant exactement ce que tu retrouveras, tandis que, moi, j'ai perdu mes repères, toutes les certitudes établies se sont écroulées en quelques heures, uniquement parce que mon

Oudi est malade, il est paralysé, il ne me quittera plus. Ne me reviendra plus.

Je m'en retourne, les mains pleines de feuilles et d'étiquettes où chaque mot inscrit est aussi indéniable que blessant, je retourne à mon Neumann Éhoud fils d'Israël, le cœur serré d'angoisse comme une mère qui a laissé son fils entre les mains d'une nouvelle nounou, mais c'est alors que je me rends compte que j'ai oublié l'endroit exact où il se trouve, j'écarte les rideaux les uns après les autres, m'introduis, affolée, dans l'intimité de malades qui n'ont pas encore été admis, un court instant j'ai peur de ne jamais arriver à le reconnaître, ils ont tous le teint verdâtre de ces tristes tentures, leurs pitoyables couvertures tirées jusqu'au menton, mais non, chez mon malade à moi justement, le rideau est ouvert, il est couché au vu et au su de tous, mais comme un enfant il n'en éprouve pas la moindre honte, prend sa température avec obéissance, m'accueille avec un signe de tête sans joie, un tuyau transparent lui sort du bras, on l'a relié à une perfusion, et j'ai l'impression de m'être absentée pendant des heures tant le changement opéré en lui est grand. Oui, le voilà maintenant partie intégrante de cet endroit, malgré son aspect juvénile, malgré ses vêtements de sport. Comme si je sentais qu'elle m'avait supplantée et volé les faveurs de mon mari, je suis d'un regard hostile les mouvements de l'infirmière qui navigue calmement d'un malade à l'autre. Allez, enlève donc ce thermomètre, ça suffit, je maugrée, mais il secoue négativement la tête, j'attends que l'infirmière me le dise, chuinte-t-il, moi ça m'énerve, enfin, Oudi, quoi, tu as besoin d'une autorisation pour le faire, oui, réplique-t-il en haussant servilement les épaules, elle m'a dit de le garder dans la bouche. Lui qui a toujours été un rebelle, qui n'a jamais obéi à personne, ni aux professeurs du lycée ni à ses supérieurs militaires, et qui de surcroît s'en est toujours bien sorti, comment a-t-il pu changer à ce point en une matinée, quoi, la capitulation de ses jambes peut-elle suffire à ébranler tout son édifice intérieur ?

Je vois ses yeux hypnotisés suivre les gestes, grossiers tant ils sont efficaces, de l'infirmière, le thermomètre planté dans la bouche lui évite de me parler, jamais je ne l'ai vu regarder ainsi une femme, les autres femmes ne l'ont jamais intéressé, c'est du moins ce qu'il a toujours affirmé et que j'ai toujours cru, oui, il n'a cessé de m'agiter sa fidélité sous le nez, un drapeau blanc par mer houleuse, mais, à force d'insistance, cette fidélité s'est métamorphosée en une arme brandie contre moi, un moyen supplémentaire de me dénigrer et de prouver sa supériorité. Il ne s'est focalisé que sur moi, j'étais l'unique cible des flèches destructrices de ses humeurs changeantes, de sa jalousie, de ses conflits intérieurs, de son insatiable désir, mais maintenant, quand je vois les regards éperdus qu'il lance à l'infirmière, je resserre des bras offensés autour de mon corps, le froid de la solitude me fait trembler comme si j'étais une gamine que l'on venait de mettre à la porte sans même la laisser s'habiller.

Elle s'approche, lui, avec le sourire mielleux d'un enfant qui offre un cadeau à sa mère, la laisse prendre le thermomètre, un thermomètre qui même s'il est un peu resté collé à ses lèvres indique qu'il n'a pas de température, avec mépris elle inscrit trente-six sept sur le papier quadrillé de la pancarte, soulève rapidement la couverture et moi, interloquée, je découvre un petit tuyau sinueux qui lui sort du pénis et mène à une poche en plastique cachée sous le lit, en train de se remplir d'un liquide orangé. Avec quelle aisance tout ce que le corps s'efforce de cacher se révèle ici, quand a-t-elle trouvé le temps de lui introduire cette sonde, est-ce à ce moment que l'intimité s'est instaurée entre eux, maintenant elle lui attrape le bras pour lui prendre la tension et le pouls, elle veille à garder un contact physique avec lui, mais non, ça y est, c'est fini, elle le plaque, inscrit sur la feuille les différentes données et lui tourne le dos, le médecin va bientôt arriver, lâche-t-elle encore, ses pas s'éloignent et elle ne voit pas le sourire avachi qu'il lui lance. Moi, si. Parfaitement.

Le médecin arrive, un véritable gamin, tellement jeune que ç'en est vexant, et nous nous sentons ridicules de l'avoir attendu à ce point. Énergique, impatient, le visage impassible, il nous écoute retracer les événements de la matinée, combien de fois peut-on parler de jambes récalcitrantes, mais non, Oudi n'en a pas marre, c'est le médecin qui en a ras le bol, son peu de politesse s'émousse et, tel un enfant qui interrompt son père en train de se perdre dans des souvenirs ennuyeux, il montre son manque d'intérêt en commençant à palper les héroïnes du jour à la fraîche notoriété, puis il tire une aiguille de sa poche et s'en sert pour lui piquer les cuisses. Incrédule, je vois la pointe s'enfoncer sans éveiller la moindre réaction, l'aiguille continue à se balader sur la chair, un petit marteau vient lui prêter main forte, frappe les genoux qui restent aussi inertes que des bouts de bois, tandis qu'Oudi, fier comme un fakir, s'agrippe toujours à son sourire mielleux. Le médecin remet ses instruments en poche, consulte la pancarte accrochée au lit, il faut vous faire une radio pour voir s'il y a quelque chose à la colonne vertébrale, décrète-t-il rapidement, ensuite on pourra avancer, et, hop, il a disparu.

Je me retrouve à zigzaguer avec le lit dans les couloirs qui grouillent de monde, un court instant les murs vitrés me renvoient l'image de nos silhouettes, oui, c'est bien nous, Oudi et moi, la perfusion et la sonde, deux couples en vadrouille dans l'hôpital. Où fait-on les radios ici, je demande, où est l'ascenseur, et comment allons-nous tous nous serrer dedans, j'en laisse passer plusieurs qui s'arrêtent pleins à notre étage, inutile d'essayer d'y pénétrer, mais voilà qu'on me fait de la place, les gens se plaquent contre les parois métalliques, rentrent le ventre, respirent avec parcimonie, tout ça pour que nous nous joignions à eux, Oudi et moi, la perfusion à liquide transparent et la sonde à liquide orange, dans cette dégringolade vers les salles de radiographie obscures, éclairées par la lumière souffreteuse d'un néon qui ne s'éteint jamais, plus fiable que la lumière du soleil, mais, au bout du couloir, une ampoule clignote, un enfant complètement chauve appuie sur l'interrupteur de ses maigres épaules, il allume et éteint, Oudi ferme les yeux, les rouvre, il essaie de se redresser, arrête de jouer avec ce bouton, crie-t-il, tu n'as rien de mieux à faire, ça me fout les yeux en l'air. Qu'est-ce qui te prend, je chuchote, pourquoi tu lui cries dessus, tu ne vois pas qu'il est malade, mais Oudi se renfrogne, comme toujours quand il a l'impression d'être pris en faute, moi aussi je suis malade, lâche-t-il entre ses dents. Je m'approche du gamin, effleure son bras avec hésitation, ne fais pas attention, il ne va pas bien, je tente de lui expliquer, cela n'a rien à voir avec toi, petit, mais l'enfant hausse les épaules, il a l'air de s'en foutre, ce n'est que moi qui ai toujours besoin de remettre les choses en place, ça vient de lui, pas de toi, ne cessait de me répéter Anath, ce sont ses problèmes, pas les tiens, et moi je répliquais que si nous vivions ensemble tous ses problèmes devenaient les miens, qu'on ne pouvait pas faire la différence, mais si, s'entêtait-elle, tout au fond de toi, tu peux et tu dois faire la différence.

Il me semble qu'il marmonne quelque chose, je me penche vers la calvitie jaune, qu'est-ce que tu dis, petit ? Petite, je ne suis pas un garçon, me corrige-t-il pour la deuxième fois, je suis une fille, moi j'ai l'impression d'entendre une espèce de mantra incompréhensible, mais, quand il se redresse, je vois des seins pointer au milieu de ce torse malade, ce corps doit être le théâtre d'une guerre de titans, l'instinct de vie contre la pulsion de mort, on peut presque voir sous sa chemise le bras de fer que se livrent ces deux monstres. C'est une fille, pas un garçon, comme si ça changeait totalement le tableau, c'est une fille et il a à peu près l'âge de Noga, oui, rien qu'à imaginer Noga privée de ses boucles et de ses adorables rondeurs enfantines, adossée au mur en train de martyriser un néon, je suis prise de vertige et je dois, moi aussi, m'appuyer contre le mur. Comme sur une radiographie, les couleurs s'inversent, le crâne chauve du gamin qui est une fille s'obscurcit, sombre dans un puits noir de nuit, les appliques lumineuses se vident, se creusent et apparaissent comme les orbites vides d'un cadavre, sous mes yeux Oudi noircit dans son lit à roulettes, sa colonne vertébrale se replie sur elle-même, ses souvenirs les plus amers remontent pour faire bouillir son sang, j'y reconnais les signes avant-coureurs de la tempête, je ferme les yeux et essaie de retrouver mon calme en m'accrochant aux taches transparentes qui se dissolvent les unes dans les autres sous mes paupières closes.

Quand je les rouvre, Oudi n'est plus là, je regarde autour de moi, coupable et inquiète, où est-il, je l'ai abandonné. Le gamin qui est une fille me contemple de ses yeux globuleux et indique la porte fermée en face de moi, ils l'ont amené à la radio, je me mets à paniquer, comme si là-bas derrière la porte il subissait je ne sais quelle dangereuse opération, bravo, au lieu de lui prouver mon dévouement je l'ai abandonné exactement au moment où il avait le plus besoin de moi. Arrête de vouloir tout justifier, me disait Anath, tu ne vois pas que c'est suspect, qu'as-tu tellement à te reprocher pour essayer sans cesse d'avoir l'air réglo, c'est justement ça qui le rend inquiet. Je tente de prendre une grande inspiration, m'adosse au mur et m'étire, sans le faire exprès mon coude presse l'interrupteur, la lumière s'éteint au moment précis où la porte s'ouvre et où Oudi émerge, suivi d'un infirmier en blouse verte qui tient une grande enveloppe dans une main et pousse le lit de l'autre, moi, il ne me reste qu'à lui emboîter le pas, oui, d'un coup, je ne sers plus à rien.

Ils t'ont trouvé quelque chose, je m'enquiers, qu'est-ce que tu crois qu'ils peuvent trouver, marmonne-t-il avec animosité, mais j'essaie à nouveau, qu'est-ce qu'ils t'ont dit, rien, s'énerve-t-il, rien, ici personne ne dit rien, et, malgré cela, sa voix ne se teint pas d'amertume mais plutôt d'une sorte de résignation puérile. Retrouver les urgences lui fait visiblement plaisir, comme si nous étions rentrés à la maison, il contemple son coin familier, je m'assieds à ses côtés, une main posée sur la pile de radios, écriture codée qui éclairera l'inquiétant mystère. Et si on jetait un œil dessus, je lui propose d'une voix qui se veut coquine, mais lui, toujours jaloux de sa récente soumission, préfère refuser, non, ces clichés ne nous sont pas destinés, comme s'il s'agissait d'une affaire privée entre le médecin et l'infirmière et que nous n'étions que des intermédiaires. Incapable d'en supporter davantage, j'attrape l'enveloppe dans laquelle est scellé notre destin, je la plaque contre ma poitrine et pars en quête du docteur.

J'aurais été ravie d'entendre n'importe quel son, même les pas de l'infirmière, mais on dirait qu'on a tous été abandonnés, des enfants livrés à eux-mêmes, je m'approche du comptoir désert, essaie de voir ce qui se passe dans le fond, d'une pièce voisine fuse un léger brouhaha, l'excitation de cancans dissous dans une odeur de café frais, je m'approche de la porte qui n'est pas tout à fait fermée, on l'a laissée entrebâillée pour se donner bonne conscience, je regarde par la fente, le jeune médecin mastique avec volupté un petit pain tout en vérifiant de temps à autre d'un regard inquiet combien il lui en reste, l'infirmière, elle, se contente de café, il y a encore quelques membres du personnel qui mangent et papotent, je les observe comme s'ils étaient sur un écran, je les vois mais eux ne me voient pas, un rideau transparent nous sépare, ils sont les vainqueurs, les seigneurs du lieu, et, moi, la dernière de leurs sujets. Dans cette pièce, c'est la pause de dix heures alors que moi je suis encore en pleine nuit, je n'ai même pas eu le temps de boire un café ce matin, ces odeurs me donnent le vertige, bien sûr il ne me vient pas à l'idée de m'approcher et de me servir, comment imaginer participer à un repas que l'on voit sur un écran de cinéma, je reste debout à contempler le spectacle, serrant dans mes bras la colonne vertébrale radiographiée de mon mari... jusqu'à ce que le médecin me remarque et que sa mastication ralentisse, il est arrivé quelque chose, me demande-t-il, je lui tends l'enveloppe, une supplication muette dans les yeux, mais, comble d'humiliation, je sens que, malgré moi, mes lèvres frémissent et j'éclate en sanglots.

Il me dévisage avec une expression soucieuse, son regard passe de mon visage à son petit pain, les autres m'observent en silence, avec une répugnance non dissimulée, d'ailleurs, moi aussi je me dégoûte, si seulement je pouvais dominer mes larmes, mais ce sont elles qui me dominent, me font honte en public, encore heureux qu'Oudi ne soit pas là, lui qui a horreur de me voir pleurer. Pas besoin que je me regarde dans la glace pour savoir que mon visage rougit, que sous mes yeux mon maquillage du matin coule en larmes noires, je recule, tente de dissimuler ma honte derrière l'enveloppe, mais le médecin se lève, vise la poubelle et y lance avec précision le reste du petit pain, puis son visage poupin s'adoucit tandis qu'il s'approche de moi. Il tire de l'enveloppe trois radiographies qu'il examine à la lumière, je retiens mon souffle, les yeux braqués sur ses traits, j'essaie d'interpréter le moindre changement de son expression, de deviner le verdict, mais alors il entre dans une autre pièce, moi sur ses talons, plaque les clichés contre un tableau lumineux, examine avec sévérité l'intérieur de mon Oudi, je ne vois aucune lésion, finit-il par conclure, la colonne vertébrale est parfaite.

C'est bon signe, non ? je murmure. Je ne sais pas, réplique-t-il, il faut envisager toutes les possibilités, il ne bouge pas les jambes, et ça, ce n'est pas bon signe. On le garde, lance-t-il à l'infirmière debout sur le seuil, et il lui énumère rapidement les examens à faire, presque tout l'alphabet latin y passe, je voulais lui demander ce qu'ils cherchent avec tous ces examens mais il a déjà disparu, et je n'ai plus qu'à courir derrière la femme en blouse blanche qui fond sur le lit d'Oudi et l'atteint avant moi.

Tu as pleuré, me reproche-t-il immédiatement, et je marmonne, mais non, je suis juste enrhumée, l'infirmière retient un sourire, rien n'échappe à son regard aiguisé, on vous hospitalise, lui annonce-t-elle, il a un sursaut étonné, mais ses yeux scintillent de fierté, comme un élève qui apprend son passage en classe supérieure, elle est déjà en train de remplir une feuille de soin de caractères bleus et m'envoie faire tamponner des formulaires, je me dépêche, jeune coursière un peu fanée, et du coup je loupe leurs adieux, car, lorsque je reviens, je trouve son lit qui trône au milieu de la salle, tel un enfant en train de fêter son anniversaire, les papiers et les enveloppes accumulés au cours des dernières heures lui recouvrent le corps comme des cadeaux généreusement offerts par une famille aimante, en dessous émerge son visage aux traits si délicats et... peut-être que je me trompe, mais il me semble intercepter sur ses lèvres l'esquisse de l'esquisse d'un sourire vainqueur.

CHAPITRE 4

Nous avons à peine entamé notre périple en direction du service de médecine interne que le pin-pon d'une ambulance nous rattrape, nous déchire les tympans comme des braillements de bébé, et en un instant nous nous retrouvons totalement livrés à nous-mêmes car c'est lui, le nouveau venu, qui mobilise l'attention générale. Une curiosité malsaine me fait jeter un œil en arrière, qui donc est ce roi tout juste couronné, et c'est alors que je la vois, elle gît sur une civière pleine de sang, ça fait des années que je ne l'ai pas vue autre part que dans mes cauchemars, mais c'est bien elle, aucun doute, c'est Guéoula. Je prends mes jambes à mon cou, pousse le lit à toute vitesse, pourvu qu'elle ne m'ait pas reconnue, mais soudain je comprends, elle est à moitié morte, elle ne reconnaîtrait pas même son enfant dans l'état où elle se trouve, avec tout ce sang qui coule de ses veines tranchées, d'ailleurs comment reconnaîtrait-elle son fils puisqu'une autre mère l'élève à sa place, son petit Daniel au visage anguleux, et dire que tout ça, c'est de ma faute. Combien de fois nous a-t-elle menacées, si vous me le prenez je me suiciderai, je ferai du hachis Parmentier de mes veines, mais, nous, nous avons vu l'enfant, maigre comme un clou et couvert de bleus, devenir fou. Elle lui faisait des scènes de jalousie comme à un mari, ne l'a pas laissé aller à l'école maternelle de peur qu'il tombe amoureux de la maîtresse, le battait s'il souriait à une autre femme, non que je l'aie jamais vu sourire, cet enfant, elle le mettait debout sur une chaise, l'embrassait, introduisait sa langue noire de nicotine dans la petite bouche édentée. Il fallait le sauver, combien de fois l'avons-nous suppliée, envoie-le à la maternelle, Guéoula, prépare-lui à manger, donne-lui un cadre de vie équilibré, mais elle hurlait, tu ne me diras pas comment élever mon enfant, elle le serrait contre sa poitrine, petit otage impuissant, si je vois encore une fois la sale gueule de l'une d'entre vous, je tue le môme et je me tue après. À la fin, sur mandat du juge, nous lui avons arraché le bambin, véritable accouchement à hauts risques, j'entends encore ses imprécations dans mon dos, si tu crois que tu élèveras ta fille alors que tu m'as enlevé Daniel, sache que tu n'auras pas une minute de bonheur ! Moi, après m'être rongée pendant des jours, c'est vrai, comment avais-je pu les séparer, j'ai démissionné, incapable de continuer un boulot dans lequel chaque décision, juste ou injuste, était obligatoirement cruelle, et j'ai rejoint l'équipe qui travaillait au centre d'hébergement. Plus tard, j'ai entendu dire qu'elle avait essayé de faire appel, mais aucun tribunal ne lui a rendu son enfant, alors elle a essayé de se suicider, mais ça aussi elle l'a loupé, et voilà que je la retrouve ici après une tentative supplémentaire, elle me poursuit, les anciennes malédictions resurgissent d'outre-tombe.

Oudi ouvre un œil hostile, tu recommences à pleurer, mais moi, incapable de me retenir, je lui demande, tu te souviens de Guéoula, la fille à qui on a enlevé le gosse contre sa volonté, eh bien, elle vient d'arriver aux urgences sur une civière, sans doute une nouvelle tentative de suicide, quand je pense que c'est à cause de moi. Il ouvre son autre œil, je t'ai toujours dit que vous en faisiez trop, toi et tes copines de l'aide sociale, pour qui vous prenez-vous à vouloir vous battre contre la nature, pour l'incarnation du bon Dieu ? Comment osez-vous séparer un enfant de sa mère ? Furieuse, je gare le lit à roulettes sur le côté, nous sommes suffisamment loin du danger maintenant, la réaction d'Oudi me révolte, mais au moins, celle-là, elle est bien de chez nous, je la connais, pas comme les nouveaux sourires avachis qu'il arbore. Arrête de faire le naïf, j'explose, toi et ta sacro-sainte nature ! La nature peut être abominable, une catastrophe, cette mère-là a détruit son enfant, elle le martyrisait, tu aurais dû le voir couvert de bleus, la bouche sans dents.

Mais elle l'aimait, me défie-t-il, toujours prêt à prendre la défense des victimes, et je renchéris, un amour aussi malsain ne vaut rien, elle l'a rendu fou avec cet amour-là, oui, maugrée-t-il, il fut un temps où tu me disais la même chose, où tu me reprochais, à moi aussi, mon amour malsain, tu te souviens ? Je comprends qu'il n'est intéressé que par ce qu'il peut ramener à lui-même, j'essaie tout de même d'éveiller un peu de sa compassion, Oudi, que signifie sa présence ici, j'ai peur, c'est un mauvais présage, mais à nouveau il me repousse, me refuse son soutien ne serait-ce qu'un instant, que signifie ma présence ici, voilà à quoi je pense, voilà ce qui me préoccupe présentement, mais pas toi semble-t-il, toi, ce qui arrive à tes paumées t'intéresse toujours plus que ce qui m'arrive à moi. Comment oses-tu dire une chose pareille, je m'insurge, c'est tellement injuste, mais déjà des regards étonnés nous encerclent, comment peut-on se disputer sous les bons auspices de la perfusion qui goutte, il faut s'unir dans un endroit pareil, alors je me tais, je laisse Guéoula derrière moi, ne tourne pas la tête, me contente d'imaginer le ballet de soins intensifs autour d'elle, le jeune médecin penché sur son corps sombre qui n'est que douleur et fumée, et quand je songe à son amour destructeur, à sa vie aussi amère qu'une plante vénéneuse, je ne sais plus quoi lui souhaiter.

Chaque fois que je leur rendais visite, il me fuyait comme un animal sauvage, elle le gardait enfermé à longueur de journée dans leur studio obscur entre un réfrigérateur vide et des cendriers pleins, un jour je lui ai apporté une boîte de peinture, mais comme il ne savait pas à quoi ça servait, il a mis un godet dans la bouche et l'a sucé, elle, elle m'a fait une scène, pourquoi lui apportes-tu des cadeaux, tu veux qu'il tombe amoureux de toi, qu'il t'aime plus que moi, c'est ça ? Il est à moi, tu piges, ni à ton État de merde, ni à tes services sociaux de merde, moi j'essayais de lui expliquer, tu as raison, Guéoula, il est à toi, mais, si tu ne t'en occupes pas bien, nous serons obligés de le prendre en charge, nous défendons les intérêts de l'enfant, pas les tiens, alors elle écarquillait des yeux rougis, moi et mon enfant avons les mêmes intérêts, nous sommes un même corps, une même chair, et immédiatement elle l'attrapait, le pressait contre elle, le serrait entre ses bras desséchés, personne ne me dira comment m'en occuper. Je sortais de chez elle désemparée, les deux possibilités me montraient les dents tandis que je descendais les escaliers, aussi effrayantes l'une que l'autre, le lui prendre ou le lui laisser, et, lorsque j'ai finalement décidé de recommander une adoption, le juge s'est ouvertement étonné du temps que cela m'avait pris. Elle l'aime tellement, avais-je alors invoqué pour sa défense, pour ma défense, mais il avait répliqué, la question n'est pas de savoir si elle l'aime mais comment elle l'aime, et j'avais sursauté comme s'il parlait de moi, de moi et d'Oudi, oui, je me suis répété pendant tellement d'années qu'il m'aimait au lieu de me demander comment il m'aimait et si, moi, j'aimais cet amour.

Mais peut-être connaissais-je la réponse, peut-être est-ce pour cela que je n'ai pas osé m'appesantir sur le sujet, préférant me museler en me persuadant que je devais m'estimer heureuse d'avoir un mari qui m'aimait, mieux vaut cet amour-là que pas d'amour du tout, mais, tandis que nous avançons vers les portes du service de médecine interne, quelque chose en moi se braque, pourquoi pas d'amour du tout, pourquoi ce défaitisme, et si j'avais droit à mieux, là, à portée de main, un mieux qui attendrait sagement que je le remarque ? Tu as déjà essayé et tu as vu comment ça s'est terminé, oui, stop, il faut que j'éteigne immédiatement la petite flamme, surtout qu'à présent, je le sais, c'est du définitif et de l'absolu, ici et maintenant se scelle réellement notre mariage, sous la protection du goutte-à-goutte de la perfusion, car si, jusqu'à ce jour et tant qu'il était en bonne santé, je n'ai pas pu le quitter, eh bien, à partir d'aujourd'hui, je le pourrai encore moins, les portes de ma vie viennent de se refermer, personne n'entre ni ne sort, et quand je me contemple dans le miroir de l'ascenseur, corps penché sur un lit étroit, cheveux en bataille, regard inquiet, maquillage étalé comme si j'avais un œil au beurre noir, j'ai l'impression de ne pas savoir quoi me souhaiter à moi non plus.

En médecine interne, on nous accueille avec une placidité silencieuse, notre tas de formulaires est suffisamment éloquent, une charmante infirmière qui arbore l'expression affable d'une réceptionniste de grand hôtel nous guide vers la chambre, je remarque avec surprise un policier assis devant la porte, il est à moitié endormi et bâille tout le temps. Méfiante, je regarde autour de moi, sur quelle personnalité importante veille-t-on, et c'est alors que je vois, dans le lit d'en face, un beau jeune homme avec de longs cheveux clairs, menotté au sommier. Il est nu à l'exception d'un pied bandé, qui est-ce, je demande, incrédule, à l'infirmière, un type qui a été blessé au cours d'une rixe en prison, me répond-elle, mais ne vous inquiétez pas, il est attaché. Il n'y a pas d'autre chambre ? Désolée, c'est le seul lit, vous préférez être mise dans le couloir ? Je m'empresse de rectifier, ce n'est pas moi, c'est lui le malade, j'indique Oudi immobile sur son lit, les yeux ardemment fixés sur le plafond, mais elle persévère, c'est mieux d'être mise dans cette chambre plutôt que de rester dans le couloir.

Avec précaution, comme s'il était un nouveau-né, nous le soulevons, lui ôtons son tee-shirt pour lui enfiler une veste de pyjama éculée à laquelle il manque la majorité des boutons. L'infirmière a des longs doigts fins aux ongles soignés, je vois soudain ma main à côté de la sienne, je frissonne devant mes taches brunes précocement apparues, ma peau qui a perdu son lustre, la flétrissure du temps, les sillons gravés par d'indélébiles injures, j'ai envie de les dissimuler, mes mains, je laisse la jeune femme lui passer le bas du pyjama, le tuyau de la sonde reste humblement caché dans son coin, j'observe avec une étrange sérénité ses beaux doigts glisser le long de ce corps qui m'appartenait mais n'est déjà plus de mon ressort, ni de celui d'Oudi, nous l'avons tous deux abandonné aux bontés de ses nouveaux maîtres, voilà, la tête a retrouvé l'oreiller mais les yeux sont toujours braqués sur le plafond, il m'ignore ostensiblement, qu'ai-je donc fait, je n'arrive pas à m'en souvenir.

Je vais prendre une chaise et m'assieds à ses côtés, ma capacité de mouvement m'étonne un court instant, sur les trois adultes de la pièce je suis la seule à pouvoir bouger, à pouvoir aller me chercher une chaise, à pouvoir me débrouiller seule, oui, moi justement, contre toute attente, alors peut-être est-ce cela qui l'énerve, peut-être est-il jaloux du fossé qui s'élargit entre nous, de cette distance inattendue, presque ridicule et aussi discordante que le rire du destin. J'aimerais lui caresser le bras mais l'aspect de mes mains me dérange tant que je les cache sous mes cuisses, pour le restant de mes jours j'aurai ces mains-là et pas d'autres, ce mari-là et pas d'autre. Tu veux que j'aille te chercher quelque chose à boire, je lui demande, je n'ai pas soif, répond-il en indiquant des yeux la perfusion qui l'hydrate, mais j'insiste, quelque chose à manger alors ? La seule chose que je veux, Noam, c'est dormir, je n'ai plus de force, moi je m'adoucis aussitôt, non, il ne m'en veut pas, il est tout simplement fatigué. Je pose ma tête sur son épaule, mon Oudi, dors, je suis là, et déjà sa respiration couvre mes mots, s'élève en un gémissement amer, la plainte d'un chaton abandonné par une nuit pluvieuse, non, ce n'est pas de sa bouche que ça sort mais des superbes lèvres du prisonnier, ils se sont tous les deux assoupis, comme des frères qui partagent la même chambre et sombrent dans le sommeil après avoir épuisé toutes leurs chamailleries.

Je me faufile dehors sur la pointe des pieds, le policier a quitté son poste, alors, moi aussi je peux, je me hâte vers l'ascenseur, avec quelle facilité je me déplace quand je n'ai que moi à traîner et pas de poussette ni de lit à roulettes, je descends à la cafétéria, m'achète un café et un petit pain, m'assieds avec un soupir d'aise à côté de la fenêtre, j'ai l'impression que c'est exactement le même petit pain que celui du médecin des urgences, d'ailleurs il entre, ce médecin, je lui lance de loin un sourire contrit, oui, même une femme dont le mari est paralysé a droit à un petit plaisir, mais il m'ignore, j'aurais pourtant voulu lui demander des nouvelles de Guéoula, au fond peut-être vaut-il mieux ne rien savoir, d'ailleurs ce n'est peut-être pas elle du tout, j'aurais voulu qu'il voie que moi aussi j'ai un petit pain à la main, que moi aussi je suis un être humain, mais il ne s'attarde pas, repart immédiatement avec une bouteille de Coca, d'ailleurs ce n'est peut-être pas lui du tout. Je suis des yeux les mouvements de ses courtes jambes, il en a toujours une en l'air, il avance avec la légèreté de quelqu'un pour qui le miracle de la marche coule de source, et il n'est pas le seul, tous ceux qui m'entourent remuent avec un tel naturel leurs bras et leurs jambes ! Quoi, ils ont tous appris à marcher dans le ventre de leur mère et il n'y a que mon Oudi qui, trois étages au-dessus, ne peut pas bouger ? À nouveau l'angoisse monte de mon estomac, contourne la bouillie du petit pain mâché, investit ma gorge, visqueuse et tangible comme des glaires sans cesse renouvelées, il est malade, il est malade, la maladie vient de débarquer et me le prend, l'entraîne dans ses abysses.

Je m'envoie le reste du café au fond du gosier et quitte la cafétéria en courant, j'arrive essoufflée dans le service, Oudi dort toujours mais le prisonnier, lui, se tortille sur son lit, venez, soyez sympa, libérez-moi, me chuchote-t-il d'une voix rauque, mais je dis, je ne peux pas, comment voulez-vous que je vous libère, je sais que vous pouvez, le policier vous a donné les clés, réplique-t-il, non, je vous jure que non, arrêtez de dire n'importe quoi. Alors qu'est-ce que vous faites là, maugrée-t-il et je lui explique, mon mari est dans la chambre, puis j'enchaîne avec compassion, et vous, qu'est-il arrivé à votre jambe. À mon grand étonnement, il hausse la voix, qu'est-ce que ça peut vous foutre, glapit-il, pourquoi m'adressez-vous la parole, moi je me sens rougir de vexation et me dépêche de m'asseoir au chevet d'Oudi en lui tournant le dos, je l'entends crier à l'intention de l'infirmière, cette débile m'embête, virez-la. Lorsque celle-ci apparaît, le visage toujours aussi aimable, je m'empresse de me justifier, comme devant une maîtresse d'école, je n'ai fait que lui demander ce qu'il avait. Elle me sourit, ne vous inquiétez pas, il s'en prend à tous ceux qui essaient d'être gentils avec lui, il ne connaît qu'un seul langage, pas vrai, Jérémie ? Tiens, il s'appelle Jérémie, comme c'est étrange, mais je n'ose rien dire, c'est à peine si j'ose respirer de peur de raviver sa colère.

Le problème, c'est que mon silence l'irrite apparemment autant que mes paroles, peut-être par hasard auriez-vous une cigarette, me demande-t-il soudain avec une politesse exagérée, malgré moi je réponds, on n'a pas le droit de fumer ici, qui veut fumer, me mouche-t-il, j'ai juste demandé une cigarette. Je tire de mon sac un vieux paquet, le lui tend, mais il s'énerve, c'est quoi, ces clopes de merde, je ne touche pas à ça, moi. Je retourne à ma place tandis qu'il s'époumone, infirmière infirmière, j'ai besoin d'une cigarette, attendez que je me débarrasse de ces menottes et ça va être votre fête. Le policier va revenir dans un instant et ce sera votre fête à vous, lui lance l'infirmière du couloir. Il glousse et se tourne à nouveau vers moi, il a quoi, votre mari ? Rien, je réponds et lui se met à rire, il veut sûrement se débarrasser de vous, mais vous le poursuivez jusqu'ici, foutez-lui donc un peu la paix, sinon il va vous claquer entre les mains, c'est dangereux ce qu'il a, on peut aussi mourir de rien, vous savez, j'en ai connu beaucoup, moi, qui sont morts de rien.

Quel pied de nez du bon Dieu, je songe en l'observant à la dérobée, d'avoir mis une personnalité aussi tordue dans une beauté aussi angélique, je sais que je ferais mieux de me taire mais j'ai du mal à m'y résigner, il doit tout de même y avoir un moyen de le toucher, ce garçon. J'essaie la douceur, écoutez, Jérémie, c'est déjà assez difficile comme ça pour nous aujourd'hui, mon mari est malade, il est venu ici se faire soigner, je suis inquiète, alors n'en rajoutez pas. Il se tait un instant comme s'il réfléchissait à mes paroles, et soudain il lâche un rire hideux, c'est moi qui en rajoute ? Moi, j'étais couché là, pénard, c'est vous qui êtes venue me déranger avec vos questions, vous pensez que c'est facile pour moi, d'être attaché à ce lit comme un chien ? Si ma mère me voyait, elle deviendrait aveugle sur le coup. On dirait que son corps est soudain traversé par un courant électrique, ses muscles de serpent sont pris de spasmes frénétiques, essaient de se débarrasser des menottes, et ce n'est que lorsque le policier réapparaît et lui plante son estomac proéminent sous le nez qu'il arrête de gesticuler, se couche calmement comme un enfant docile, non sans cependant me lancer un regard furibond.

Oudi reste plongé dans son sommeil entêté, pourquoi est-ce que je le soupçonne de faire semblant de dormir et de savourer le spectacle de mon humiliation et de mon impuissance devant ce gâchis humain, comme s'il poursuivait en silence notre éternelle querelle, les gens, c'est de la merde, affirmait-il inlassablement, tu perds ton temps pour de la merdc, pour la lie du genre humain, jamais tu ne corrigeras personne, jamais tu ne sauveras le moindre gamin, crois-tu vraiment que, si tu déracines un enfant pour le planter sur un autre terreau, tu le tireras d'affaire ? Personne ne peut duper la nature, ni l'aide sociale ni personne, votre prétention a quelque chose de révoltant, de gratuit, il faut accepter la nature telle qu'elle est, c'est tout. Infatigable, il s'improvisait des circuits pour partir à l'aventure, parfois en groupe, parfois tout seul, dormait sous des tentes dans toutes sortes de coins reculés et en revenait les yeux brillants, je n'ai pas vu le moindre être humain pendant trois jours, me racontait-il avec fierté, comme s'il avait réussi à échapper à quelque dangereux ennemi. Jamais il ne s'est plaint des inondations, des tempêtes de sable, de la faune grouillante, tout, il a toujours tout accepté avec une égale indulgence, poursuivant un dialogue intime avec la nature, tandis que, moi, je me suis enfoncée de plus en plus dans une existence de chair et de sang. J'ai l'impression qu'il l'entend à présent, cette discussion sans cesse répétée, et qu'intérieurement un sourire victorieux le réchauffe, je pose la tête sur le rebord du lit, soudain écrasée de fatigue, avec la sensation d'avoir perdu le combat, et j'ai l'impression de rêver la conversation qui se déroule derrière moi, oui, elle a une logique étrange, onirique, une logique implacable, absurde et menaçante, si on ne prolonge pas sa garde à vue il va falloir le relâcher, explique le policier à l'infirmière, on vient de m'informer par téléphone qu'il fallait convoquer un juge à l'hôpital pour qu'il signe un ordre de prolongation de détention, sinon, légalement, nous n'aurons plus le droit de le garder.

Qu'est-ce que ça veut dire, le libérer, lance l'infirmière affolée, vous allez nous le laisser sans menottes, mais c'est dangereux, nous avons ici des gens malades. Nous ne pouvons pas contourner la loi, répond le policier, si d'ici quatorze heures un juge n'est pas venu prolonger sa détention, on devra le libérer. Moi je regarde ma montre, il est déjà midi, Noga va bientôt rentrer à la maison, il faut que j'y sois avant elle, que je lui explique ce qui s'est passé, mais comment pourrais-je le laisser là, me voilà à nouveau déchirée entre eux, en train de me demander lequel a le plus besoin de moi, comme si j'avais deux maris. D'ailleurs, pourquoi sommes-nous venus ici, cet endroit nous rend encore plus vulnérables qu'à la maison, nous met à la merci de n'importe quelle secousse, ma tête tombe à nouveau sans force sur le rebord du lit, je sais que je dois me lever, aller rejoindre Noga ou au moins lui téléphoner, mais j'ai l'impression d'être vidée de tout sentiment, ce qui me prive de toute existence, je ne suis plus qu'un assemblage fortuit d'organes, et soudain je songe à toutes ces filles que nous emmenons à la maternité, elles regardent le bébé qu'on leur a déjà pris avec un sourire figé, détaché, elles savent que l'instant de la séparation est proche, elles sont à bout de forces et ce qu'elles veulent, en réalité, c'est en finir, oui, elles aspirent à la liberté que donne le gel total d'une émotion trop forte, au bonheur terrifiant du renoncement.

À cet instant précis, je le sais, elle est en train de frapper à la porte, maintenant elle cherche la clé dans son cartable, tire ses cahiers froissés, sa trousse s'ouvre et le contenu se répand dans les escaliers, des feutres, des crayons noirs et des gommes rongées, où est la clé, elle pleurniche déjà, frappe à nouveau, maman, papa, où êtes-vous. Ça y est, elle l'a sentie tout au fond, la pêche avec soulagement, pénètre dans la maison vide, aucun message ne l'attend sur la table, pas de repas dans le frigo, mais moi je la contemple avec froideur, voyons voir ce que tu vas faire maintenant, ma petite chérie gâtée pourrie, que m'arrive-t-il, je me suis endurcie subitement, lui, il a les jambes paralysées et, moi, ce serait le cœur ? Tiens, il se réveille, un bâillement lui ouvre la bouche, il est quelle heure, demande-t-il en essayant de voir ma montre, Noga, il faut téléphoner à Noga, justement quand je m'en fiche, il fait preuve de responsabilité, et je suis en train de lui répondre que j'y songeais effectivement quand un cri sauvage me transperce, papa !

Je lance un regard vers le prisonnier mais il a la bouche close, seuls ses yeux brillants s'agitent, j'entends une course affolée, une galopade qui passe d'une chambre à l'autre, quelqu'un demande, qui cherches-tu petite ? et elle crie, mon père. Sa tête apparaît dans l'encadrement de la porte, visage ouvert, ses yeux de raisin vert sont exorbités par l'angoisse, papa, que t'est-il arrivé, hurle-t-elle avant de se jeter sur son corps immobile, sans voir les tuyaux qui y sont reliés, sans me voir. Il essaie de la serrer dans ses bras, mais ses muscles ne bougent qu'à peine, tout va bien, Noga, on m'a juste hospitalisé pour me faire des examens, ne t'inquiète pas. Je l'attire à moi et l'installe sur mes genoux, ma chérie, comment es-tu arrivée ici, comment as-tu réussi à nous trouver, j'allais justement te téléphoner, mais elle me coupe, incapable de se contenir, la voisine du dessous m'a dit qu'une ambulance était venue chercher papa, elle m'a appelé un taxi et je suis arrivée ici toute seule, un soupçon de fierté rehausse sa voix enfantine, le chauffeur a été très gentil, il m'a accompagnée jusqu'à l'accueil. Tu as sûrement faim, viens, je dis, descendons à la cafétéria, je vais t'acheter quelque chose à manger, mais elle secoue la tête, non, je ne veux rien avaler jusqu'à ce que papa guérisse, déclare-t-elle, me supplantant avec son dévouement sans bornes. Elle lui saisit la main, il la regarde avec attention comme s'il la voyait pour la première fois de sa vie et essaie de lui caresser la main du bout des doigts, nous voilà ensemble, comme avant, une famille unie, attendant les résultats médicaux le cœur serré d'angoisse, pendant tout ce temps, je sens les yeux du prisonnier qui nous observent avec ironie, et je prie, pourvu qu'il reste allongé sans rien dire, qu'il ne l'effraie pas, mais, bien sûr, c'est plus fort que lui.

Ne t'inquiète pas, fillette, ton père n'a rien, dit-il d'une voix étonnamment douce, vous êtes sûr, lui demande-t-elle avec naïveté, comme s'il était une sommité médicale, mais oui, répond-il, fais-moi confiance, j'ai tout vu dans la vie, il n'a rien, il va très bien, à ta place, je m'inquièterais plutôt pour ta mère. Ne fais pas attention à ce type, Noga, je lui chuchote, il dit n'importe quoi, mais cet imbécile continue, qui veux-tu voir mourir, ta mère ou ton père ? Personne, lâche-t-elle pleine d'effroi, ni ma mère ni mon père, non, fillette, nous sommes dans la réalité, renchérit-il, pas dans un conte de fées, et, dans la réalité, un membre de chaque famille doit mourir pour que les autres survivent, quoi, tu n'es pas au courant ? Paniquée, elle le dévisage, s'efforce de tenir bon, mais, devant l'assurance qu'il affiche, elle rend les armes et bredouille, vraiment ? Bien sûr, lâche-t-il, d'ailleurs parfois c'est justement l'enfant qui meurt, comme chez nous dans la famille, tu vois, je me suis sacrifié pour ma mère, déclare-t-il avec fierté, j'ai laissé mon père me tuer. Elle quitte mes genoux et s'approche lentement de lui, mais vous êtes en vie, dit-elle, perplexe, alors il éclate de rire comme s'il avait entendu une plaisanterie, que tu crois, s'esclaffe-t-il, mais interroge donc ta mère, elle te le dira, elle, que je suis mort. Je me penche vers Oudi, fais quelque chose, qu'il se taise, il va la traumatiser. Relève-moi le dossier du lit, me demande-t-il, je tourne la poignée jusqu'à ce qu'il soit presque en position assise, il découvre avec étonnement le superbe jeune homme menotté qui lui fait face et murmure, tu n'as qu'à faire comme si tu n'entendais rien, ne te laisse pas impressionner, mais Noga sanglote, c'est vrai ce qu'il dit, que l'un de nous va mourir ? N'importe quoi, répond Oudi, il fait le mariolle pour qu'on s'occupe de lui, et le jeune gars, qui nous écoute avec intérêt, lance, plein d'amertume, moi, je veux qu'on s'occupe de moi ? C'est toi qui prends ton cas pour une généralité, pauvre con, va !

Je me lève et tire le rideau, pourquoi n'y ai-je pas pensé plus tôt, les plis font rempart autour de nous même si son rire grossier arrive à nous atteindre, à quoi bon, grince-t-il, vous savez bien que j'ai raison, j'ai toujours raison, c'est pour ça que mon père veut me tuer, j'aimerais me tromper ne serait-ce qu'une seule fois. Quand est-ce qu'on va l'emmener, me demande Oudi, et je chuchote, je n'en ai pas la moindre idée, d'après ce que j'ai compris, si un juge n'arrive pas sous peu, ils seront obligés de le détacher. C'est alors qu'une infirmière que nous n'avons encore jamais vue pénètre dans notre refuge, il faut vous faire un scanner, déclare-t-elle avec une expression sévère, comme si elle lui reprochait de paresser au lieu de se préparer à ses examens médicaux. Il la regarde, embarrassé, un court instant on dirait qu'il a oublié où il se trouve, où l'ont cette fois mené ses jambes paralysées.

Restez là avec la petite, c'est mieux, me dit la femme au moment où je me redresse, il a toute une série d'examens à passer, je vais m'arranger pour qu'on vienne le chercher, d'ailleurs au même instant une chaise roulante vide s'avance vers nous, un jeune infirmier énergique soulève Oudi avec la même facilité que s'il avait soulevé un tas d'os creux. Nous nous retrouvons dans la chambre sans notre malade à nous, rien qu'en compagnie du prisonnier, comme si nous étions venues le voir lui, à cet instant le policier réapparaît avec des nouvelles toutes fraîches, le juge ne peut pas venir, nous devons le libérer. L'infirmière surgit sur le seuil de la chambre, faites ce que vous voulez, dit-elle, le principal c'est que vous l'emmeniez, mais le policier réplique, je ne peux pas l'emmener, dès qu'il sera libéré, il ne sera plus sous notre responsabilité, alors sous la responsabilité de qui sera-t-il, demande la jeune femme, à qui appartient-il, et le policier rétorque en pointant un doigt épais vers moi, à qui appartient-elle, celle-là, et vous, à qui appartenez-vous, eh ben, lui, c'est pareil, il appartient à lui-même, c'est tout. A-t-il de la famille, insiste-t-elle dans un dernier espoir, il faut téléphoner à ses proches pour qu'ils viennent le chercher. C'est alors que, à notre grande surprise, l'intéressé éclate en sanglots, non, s'il vous plaît, bredouille-t-il, n'appelez pas mes parents, s'il vous plaît, pas mes parents. Écoute, Jérémie, reprend l'infirmière, ta blessure est quasiment guérie, tu vas bientôt quitter l'hôpital, quelqu'un doit t'apporter des vêtements, tu as peut-être oublié que tu es arrivé ici directement de la maison d'arrêt et sans rien avec toi. Tu ne peux tout de même pas sortir en pyjama, et pourquoi devrais-je sortir, lance-t-il, ma blessure ne s'est pas encore refermée, vous faites exprès de me renvoyer chez moi trop tôt, si cette nana avait la même blessure, il pointe le menton vers moi, vous l'auriez gardée pendant des semaines.

Je me tourne vers Noga, viens à la cafétéria, allons manger quelque chose, mais elle se plaque contre le lit vide, je reste ici jusqu'à ce que papa revienne, elle s'agrippe au drap comme elle s'agrippait, petite, à son doudou, Nogui, je la supplie, je n'en peux plus, j'étouffe, viens, allons prendre un peu l'air, mais elle s'entête, on doit rester ici si on veut que papa guérisse, moi je sens que je perds patience, ma chérie, ça ne dépend pas de nous, j'aimerais bien, mais ça ne dépend vraiment pas de nous.

Alors pourquoi je sens que si, déclare-t-elle avec une assurance qui m'effraie et m'amène à lui concéder, bon, d'accord, si c'est ce que tu sens, mais laisse-moi au moins t'apporter quelque chose à manger, tu dois crever de faim, non, je ne mangerai que quand papa sera guéri, s'entête-t-elle. Je jette autour de moi un regard impuissant, que dire de plus, que faire de plus à part espérer que le temps passe vite, voilà, nous l'attendons, comme d'habitude, nous passons notre vie à attendre qu'il rentre de voyage, fatigué, couvert de poussière, qu'il réintègre notre quotidien, discute avec nous, mange avec nous, mais il a toujours faim une heure avant le repas ou une heure après, et, quand Noga revient de l'école, il faut justement qu'il s'endorme pour se réveiller au moment où elle va se coucher, il se joue de nous avec sa présence anarchique qui ne fait que renforcer l'appétit inassouvi de sa fille, et j'en suis toujours à me demander s'il a choisi la fuite pour ne pas avoir à affronter un nouvel échec, ou s'il cherche par là à punir quelqu'un, mais qui, moi, lui, pour ce qui s'est passé il y a presque huit ans. Comment était-ce avant, je ne m'en souviens qu'à peine, les années passées se sont transformées en une marmelade de sérénité dorée, Oudi qui serre Noga bébé dans les bras, elle apparaît par-dessus une épaule scintillant comme un pic enneigé, oui, ses régurgitations lui blanchissaient toutes les chemises, elle tétait mes seins mais rendait le lait tiède sur lui, nous mêlait l'un à l'autre, Oudi qui lui murmure du bout des lèvres dans le creux de l'oreille, Oudi qui gazouille avec elle dans la langue des bébés, qui fait danser son petit corps, oui, les premières années de Noga ne furent, entre nous deux, qu'une farandole enchantée de miel et de lait.

Le premier hiver, nous l'avons passé dans la même chambre, dans le même lit, avec le chauffage allumé en permanence, si l'un de nous sortait de la pièce, le froid ambiant lui donnait l'impression de s'aventurer sur un autre continent, moi je revenais toujours en courant, trouvais Noga installée sur le ventre nu de son père, elle souriait béatement, je posais ma tête sur le bras d'Oudi, mes mains sur les petites fesses emmaillotées, me lovais sous l'aile protectrice des sentiments qu'il éprouvait pour elle et sombrais, les sens brouillés par tant de générosité et de tendresse, dans un divin sommeil. Tels des miroirs polis, nous nous renvoyions l'image de notre adoration pour elle, et cette adoration qui nous revenait doublée ou triplée nous illuminait nous aussi, moi je ne cessais de m'émerveiller et, éperdue de reconnaissance pour l'amour sans bornes, pour la chaleur capiteuse qui émanaient de lui, j'en ai perdu toute indépendance, quand il sortait de la maison j'étais complètement déboussolée, j'ai failli retomber en enfance durant les premiers mois de notre enfant, et, lui, il était heureux, exalté, me fredonnait à l'oreille des comptines en me tapotant le dos. Où se cachait cette richesse insoupçonnée, surgie de nulle part en l'honneur de ce petit bout de chou, en l'honneur de cette petite famille que nous étions devenus, trois êtres soudés et dépendants, coupés du monde, cachant leur trésor comme s'il avait été usurpé. Parfois des amis frappaient à la porte, les bras remplis de cadeaux tardifs mais nous n'ouvrions pas, un lien secret nous unissait, une relation trop entière, que toute intrusion extérieure abîmerait, des mois entiers je n'ai manqué de rien, je m'en suis remise à ces deux êtres qui me suffisaient pleinement, Oudi et Noga étaient devenus mon père et ma mère, à nouveau réunis sous un même toit parce que j'avais été une gentille petite fille.

Cela fait des années que je n'ai pas osé me remémorer cette époque, dont la tendresse sirupeuse m'étouffe à présent, la nausée obstrue ma gorge, comment les mains d'Oudi, des mains si passionnées, qui, soir après soir, l'ont tenue dans la baignoire, ont savonné son corps gorgé de lait, petite jarre gonflée et souriante, comment ces mains-là ont-elles pu la laisser tomber de la terrasse. Ensuite, après la guérison quasi miraculeuse, je n'ai plus voulu qu'il la touche, je n'ai plus osé les laisser seuls, un fossé empoisonné s'est creusé entre nous, et, elle, je l'ai mise d'office de mon côté, oui, je me la suis appropriée, cette petite boule de chair blanche. D'ailleurs, si étonnant que cela puisse paraître, il a renoncé sans se battre, sans essayer de la récupérer, il a interrompu ses études en plein doctorat, s'est inscrit à une école de tourisme, a commencé ses excursions qui lui ont permis de rester pour de longues périodes loin de la maison, et dont il revenait, indifférent et distant, les mains vides de caresses. Je lance un regard furtif vers Noga, vers son visage à fleur de peau, elle fixe le lit abandonné avec des yeux exorbités d'inquiétude, on dirait qu'elle y voit des images cauchemardesques, et je me demande ce qu'elle sait de tout cela. Quels souvenirs garde-t-elle de ses deux premières années de vie ? Jamais nous ne lui avons parlé de sa chute, sait-elle, elle qui ne cesse de se battre telle une épouse délaissée pour gagner le cœur de son père, qu'elle est déjà après la perte de l'essentiel, sait-elle qu'il fut un temps où elle était l'unique dépositaire de l'amour d'Oudi.

Arrête de te culpabiliser, disait Anath qui n'en pouvait plus de ma perpétuelle litanie, si je ne m'étais pas amourachée de cet homme rien ne serait arrivé, oui, j'ai détruit la vie de trois personnes à cause d'une histoire totalement inutile, quelle arrogance, quel orgueil déplacé de m'être permis le sentiment amoureux, arrête, m'interrompait-elle sur un ton de reproche, qu'as-tu donc fait, pourquoi crois-tu mériter une telle punition, mais je savais qu'elle avait tort puisque c'est cette histoire qui a anéanti Oudi, qui a tout cassé, cette histoire qui a privé Noga de son père, et m'a privée, moi, d'autres enfants. Tu n'es pas responsable de sa réaction, s'énervait Anath, tu es un peu tombée amoureuse, et alors, tu en as le droit, on ne vit qu'une fois, tu n'as même pas couché. Mais j'en ai eu envie, si tu savais à quel point je l'ai désiré, ce fameux matin, un matin que je lui décrivais en long, en large et en travers, jusqu'à ce qu'elle soupire, exaspérée, l'envie ne compte pas, on ne paie pas aussi cher pour avoir eu des velléités.

Légère comme l'air, je me hâtais d'aller le retrouver, déposais d'abord Noga chez ma mère, m'engouffrais dans la longue rue, juste avant le tournant je savais que l'immeuble glacial m'attendait un peu voûté, avec, tout en haut, la mansarde envahie de tubes de peinture et de toiles, à l'atmosphère saturée par l'odeur de la térébenthine. Voilà, il m'ouvre la porte, un fin pinceau à la main, ses yeux se plissent comme un myope qui essaierait de décrypter au loin un panneau important, il ne dit rien mais je sais qu'il est ravi de me voir, il m'indique du geste le fauteuil qui me tend les bras, disparaît dans la cuisine, le café monte et descend dans le petit *finjan* comme si le vent jouait avec lui, la maison baigne dans son arôme et, un instant plus tard, une tasse chaude atterrit entre mes mains, me dégèle les doigts. Il pose une toile sur le chevalet, commence ses allers et retours réguliers et me détaille de ses yeux limpides. Il s'approche de moi, effleure mes cheveux, as-tu un élastique, me demande-t-il, je farfouille dans mon sac et en ressors une pince, qui ne lui convient pas, il tire d'un de ses tiroirs un large ruban rouge et m'en entoure les cheveux, maintenant on voit ton cou, déclare-t-il, pourquoi le caches-tu, tu as un cou de cygne, et je me tends vers son regard, jamais je ne me suis sentie aussi belle, non, peut-être ne s'agit-il pas de beauté, je me sens neuve, toute neuve. Son pinceau me débarrasse de couches et de couches de frustrations, de rancœurs et d'angoisses, me recrée comme j'ai toujours voulu être, un cygne tranquille et majestueux, droit et fier, voilà, mon corps revient de loin, il flotte maintenant sur les eaux vives de fontaines bleues, ce corps, qui a appartenu d'abord à Oudi puis à Noga, m'est enfin revenu, oui, il m'a enfin été rendu.

Tu veux voir, demande-t-il, moi je m'approche de la toile, comme c'est beau, je m'émerveille, les couleurs sont transparentes et profondes, le ruban rouge se mêle à ma chevelure, l'illumine comme un diadème de princesse, il est debout derrière moi, je sens son haleine sur ma nuque, encore un café ? Non, je suis terriblement désolée mais je dois retourner auprès de Noga, j'enlève ma couronne à contrecœur, me sépare du réconfort qu'il me procure. Tu reviens demain, s'enquiert-il, et je réponds, je ne sais pas, on verra. Il sourit, de toute façon, je suis là, tu n'es pas obligée de me prévenir à l'avance. Je sais qu'il m'ouvrira toujours la porte avec la même joie calme, pinceau à la main, yeux plissés, qu'il sera toujours seul au milieu de ses couleurs, et j'attends le lendemain matin avec impatience, mais Noga se réveille brûlante, je la serre contre ma poitrine, ravale ma déception, elle brûle de fièvre et moi de rage, le soir, Oudi revient inquiet, comment va mon petit amour, demande-t-il en se penchant sur elle et lui embrassant le front. Le médecin a dit que c'était une grippe, je l'informe agacée, et il tire de son sac une poupée qu'il lui a achetée en rentrant, les voilà tous les deux happés par leur nouveau jeu, la poupée est malade, dit-il, elle ne peut pas sortir tant qu'elle n'est pas guérie. Le lendemain matin, invoquant quelques courses à faire, je lui demande de la garder un peu, je cavale jusqu'à sa rue, stoppe devant l'immeuble mais n'ose pas monter, je scrute la grande fenêtre, j'entends presque ses déambulations régulières autour du chevalet, je m'arrête à l'épicerie, reviens à la maison avec des oranges, elle a besoin de vitamine C, je décrète, et je me mets à presser rageusement une orange après l'autre, papa, reste avec nous, réclame-t-elle, mais il embrasse ses lèvres colorées, j'aimerais bien, ma chérie adorée, mais je ne peux pas, ce soir quand je reviendrai, je veux trouver la poupée guérie, d'accord ?

Au bout de quelques jours sa température finit par baisser, je la couvre le mieux possible et, malgré Oudi qui conseillait de la garder à l'intérieur encore un ou deux jours, je l'emmène chez ma mère qui me dévisage d'un air soucieux, mais je ne m'attarde pas, je viendrai la récupérer dans une heure et demie, je lui dis avant de détaler, le corps vibrant de désir, je dois le voir, essoufflée je me retrouve devant sa porte, une porte qui m'a toujours répondu avec rapidité, mais il n'ouvre pas. Déçue, je m'appuie sur la rampe fraîche, incapable d'accepter son absence, quand soudain un frémissement me fait sursauter, l'espoir renaît, la porte s'ouvre avec hésitation mais ce n'est pas lui, pardon, j'ai failli ne pas le reconnaître, des poils de barbe sinistres lui rongent les joues, ses cheveux sont hirsutes, son pantalon s'ouvre avec négligence sous un tricot de corps noir qui révèle un large torse et des avant-bras que je n'imaginais pas aussi épais. Je t'ai réveillé, je m'effraie, tu es malade ? Maintenant ça va, sourit-il, c'est bien que tu sois venue, moi je m'embrouille dans mes explications, je voulais venir mais Noga était malade, il me coupe du geste, tu n'as pas à te justifier, je suis content chaque fois que tu viens, assieds-toi, je vais m'habiller. Je m'enfonce dans le fauteuil, les volets sont baissés, mais malgré l'obscurité je vois avec stupeur mes propres yeux qui, du mur, m'examinent avec une assurance limpide. Des dizaines d'yeux gris me piègent, je me lève pour allumer la lumière, passe d'une toile à l'autre, les murs en sont couverts, des grandes, des petites et des moyennes, toutes avec mon visage, les cheveux attachés, le sourire fermé et souverain. Dans un coin de la pièce, je me vois nue, adossée au mur, longue et mince, je m'approche du tableau, et, survoltée, le détaille comme s'il pouvait éclairer une partie de moi que j'ignorais.

Il toussote dans mon dos, tend une main hésitante vers ma nuque, ne te fâche pas, murmure-t-il, moi je sursaute, pourquoi me fâcher, tu as le droit de peindre ce que tu veux, il lâche un rire soulagé, c'est ce que j'ai fait toute la semaine, j'ai peint ce que je voulais, comme tu n'étais pas là, je t'ai peinte de mémoire, et le voilà déjà dans la cuisine en train de souffler sur le *finjan*, tendue, j'observe ses gestes, la manière dont il mélange le café, verse le sucre, jamais je ne me suis demandé ce qu'il faisait quand je n'étais pas là, son existence se résumait à ces matinées intenses passées avec moi, maintenant, je me sens acculée et regagne le fauteuil très gênée, il s'arrête devant moi, sans son pinceau à la main il semble totalement vulnérable, tu veux t'en aller, me demande-t-il d'une voix rauque à laquelle je réponds, tu n'en as pas marre de me peindre ? Au contraire, plus on approfondit un sujet, plus c'est palpitant, aux Beaux-Arts, on a travaillé sur le même modèle pendant trois ans, tous les jours, et d'année en année ça devenait plus intéressant. Il se saisit d'un pinceau, me regarde, regarde les peintures tout autour, mais la nouvelle toile reste vierge comme si ma présence le dérangeait. Je tourne la tête vers les toits, tout un champ de tuiles rouges s'éclôt en dessous de nous, je pourrais presque distinguer nos fenêtres en contrebas, mon regard revient se poser sur lui, il a enfilé un pull blanc troué sur son maillot de corps noir, pour la première fois je remarque qu'il est un peu voûté lui aussi, comme son immeuble, sur sa nuque serpentent quelques boucles grises, le pinceau tremble dans sa main, et je m'entends lui demander, tu veux que je me mette toute nue ?

Il hoche la tête sans rien dire et sort de la pièce. Très troublée, je commence à me déshabiller, plie soigneusement mes vêtements comme chez le médecin, et lorsqu'il rentre je lui demande, pourquoi es-tu sorti, je n'aime pas voir le déballage d'un cadeau, m'explique-t-il, je veux le découvrir en entier d'un seul coup. Il me détaille avec une attention accrue, membre après membre, il est déçu, c'est sûr, et je m'excuse immédiatement, tu m'as peinte plus belle, peut-être, dit-il, mais moins intéressante, je ne recherche pas la beauté, et, sans plus attendre, il attrape son tableau et le déchire sous mes yeux ahuris. Ne t'affole pas, rit-il, je fais ça très souvent, chaque fois que je découvre à quel point je suis resté superficiel, par exemple, quand je te vois, là, devant moi, je comprends que je me suis complètement gouré. Il se détourne et commence à mélanger des couleurs, une immense toile l'attend sur le chevalet, il s'en approche et s'en éloigne dans une totale concentration, change de pinceaux avec ardeur, moi je m'étire dans le fauteuil, peu à peu ma gêne s'évanouit, comme un mauvais souvenir qui aurait terni, j'examine mes cuisses, blanches, presque transparentes, fatiguées, je leur souris avec indulgence, soudain gagnée par la mansuétude, pardonner au temps, à ces années qui s'empilent les unes sur les autres comme des cubes jusqu'à ce que la tour s'écroule, pourquoi elle est tombée, maman, lançait Noga avec une déception chaque fois renouvelée, pourquoi toutes les tours finissent toujours par tomber ?

Le tableau s'imprègne d'une douloureuse suavité aux pupilles orange et luisantes, elle me mord les mamelons qu'il palpe sur la toile, redresse avec son pinceau. Les lèvres serrées, il descend par violents à-coups vers les hanches, incendie la toison, les couleurs dégoulinent le long de mes cuisses, je suis lourde de désir, j'écarte les genoux pour lui faire de la place, si seulement il pouvait s'approcher à cet instant précis, enlever son pantalon et combler ce vide lancinant qui s'est creusé en moi. Je baisse les yeux et vois ses pieds de plus en plus près, des pieds délicats, féminins. Il lève mon visage vers lui, trempe son pinceau dans l'eau, l'essuie dans son pull dont la blancheur se tache d'un vague roux, le passe sur mon cou qui frissonne à son contact, le glisse sur mes seins, l'enroule autour de mes mamelons, dessine des cercles transparents sur ma nudité, son rythme s'accélère, tout mon corps nu n'est plus qu'un immense cercle, comme si on avait jeté une pierre dans l'eau, une pierre précieuse que je n'arriverai jamais à repêcher des fonds marins, les poils de son pinceau, tout doux, caressent les poils de mon pubis, y allumant un brasier sucré, j'ai le souffle court tandis que lui, tout ce temps, a gardé les traits crispés de concentration, à la recherche d'une couleur si rare que l'on ne peut la discerner qu'avec les yeux de la chair, jusqu'à ce qu'enfin, enfin, il enfouisse son visage dans mes cuisses et laisse échapper un long soupir.

Les quelques petits cheveux rebelles qui poussent sur sa nuque grisonnent juste en dessous de la ligne de sa coupe masculine, j'ai l'impression qu'il murmure quelque chose, je n'arrive pas à entendre, passe un doigt sur ses lèvres, qu'est-ce que tu dis ? Mais il ne dit rien, m'entraîne jusqu'à la grande fenêtre, je m'arrête à ses côtés et, détendue, m'appuie contre lui, nous regardons les toits qui se dessinent dans le cadre, la ruelle tortueuse où des gens se pressent, engoncés dans leur manteau. Soudain, une pluie drue s'abat sur la ville, elle fouette l'asphalte, un jeune homme s'arrête, regarde d'un air surpris le nuage qui a éclaté juste au-dessus de sa tête, il n'a même pas de manteau, rien qu'un pull à rayures multicolores, le même qu'Oudi, il cherche d'où vient cette pluie et ses yeux incrédules transpercent ma nudité étincelante, moi qui, en haut de l'immeuble, scintille comme un chandelier de Hanouka. Je me fige, électrocutée par ce regard, silhouette en carton plantée sur le champ de manœuvre démoniaque d'un destin dont la main, avec une précision de tireur d'élite, ne manque jamais sa cible. C'est Oudi qui se dépêche de rentrer pour jouer avec Noga, Oudi, un sac d'oranges à la main, de la vitamine C pour sa gorge malade, et je me jette aveuglément sur mes habits devenus méconnaissables, j'essaie de glisser une jambe tremblante dans la manche du chemisier, il me fait asseoir dans le fauteuil, le visage creusé de regret, m'aide à passer un vêtement après l'autre comme si j'étais un bébé, s'agenouille pour lacer mes chaussures, me met debout et me soutient dans les escaliers jusqu'à ce que je sente le souffle de l'air glacial du dehors qui brûle mon visage offert, comme elle est fictive, la différence entre le froid et le chaud. La pluie pétille sur ma tête, je cours vers la maison, la bouche pleine d'explications, de prières et de serments, je tombe, me relève, retombe... mais il ne sera pas là.

Voilà papa, s'écrie Noga avant de se précipiter vers lui. Je tourne les yeux et le vois sur le pas de la porte, il avance vers nous dans sa chaise roulante, tête inclinée, visage gris et desséché, on dirait que la vieillesse lui a mis le grappin dessus pendant qu'il n'était pas là. Je me lève vivement, mc penche sur lui comme sur un enfant dans sa poussette, ça s'est bien passé, Oudigui ? On n'aura de réponse que demain matin, marmonne-t-il. Il est tout recroquevillé, comme si on l'avait humilié, et je demande, compatissante, ça t'a fait mal ? Non, c'est juste désagréable. Papa, lui annonce alors Noga sans dissimuler sa fierté, je ne mange rien jusqu'à ce que tu sois guéri, et lui, d'un sourire exsangue, accepte son sacrifice avec indifférence.

Oudi, oblige-la à manger, je proteste, dis-lui que tu ne guériras que si elle mange, mais il nous contemple comme si notre logique lui était aussi étrange qu'étrangère, comme s'il ne comprenait pas notre langue. Une bouffée de solitude m'assaille, il n'est plus avec nous, il est déjà dans un autre monde, et je vois comment on le recouche dans le lit, on le recouvre, je l'entends dire, Naama, rentrez à la maison, je veux dormir, j'entends Noga couiner, mais, papa, qui veillera sur toi, je veux rester, non, soupire-t-il, crois-moi, je n'ai qu'une seule envie, c'est de dormir et je n'ai besoin de personne quand je dors, s'il me manque quelque chose je vous téléphonerai. Moi qui voulais tant m'en aller, j'ai soudain du mal à accepter cette condamnation, même de sa maladie, il nous expulse, oui, nous, les perpétuelles exilées. Oudigui, j'insiste encore, et si je laissais Noga chez ma mère et revenais plus tard, inutile, me coupe-t-il, c'est moins pénible quand je suis seul, je te jure, je préfère rester seul jusqu'aux résultats des examens. Je ne le fais pas contre toi, ajoute-t-il en s'adoucissant un peu, oui, mais pas pour moi non plus, je réplique dans un soupir. Noga l'embrasse tendrement sur la joue, papounet, lui chuchote-t-elle comme quand elle était petite, je veux que demain matin tu te lèves et que tu marches comme avant, d'accord ? Je me penche sur lui et dépose un baiser sur ses lèvres minces. Je t'aime, Oudigui, tu verras, tout ira bien entre nous quand tu seras guéri. Il hoche la tête avec impatience, et, lorsque je tente de caresser ses cheveux secs, je reçois une décharge électrique.

Nous nous arrêtons encore sur le seuil, je passe un bras autour des épaules de Noga, nous le contemplons avec tristesse mais il a déjà l'air de dormir et nous ne pouvons que nous résigner, tête basse, à longer le couloir. Lorsque nous passons devant le poste des infirmières, Jérémie nous fait un signe ravi de la main, vous avez une cigarette ? crie-t-il, et je réponds, non, je n'en ai pas. Il s'approche de nous, pas plus vêtu qu'auparavant, je suis libre, claironne-t-il, exactement comme vous, ils ont été me chercher des habits et des chaussures d'un de leurs dépôts, je suis libre, mais je ne sais pas où aller.

Et votre mère ? Voilà que je me laisse à nouveau entraîner malgré moi dans la conversation, ma mère ne veut pas de moi, réplique-t-il, et il lance soudain, et si je venais chez toi puisque ton mari est ici, il y a de la place maintenant, allez, emmène-moi, je t'en supplie, je n'ai pas où aller. Noga me tire par la manche, maman, on peut peut-être le prendre, elle a parlé comme s'il s'agissait d'un pauvre chat de gouttière. Tu dérailles complètement, je lui chuchote, ce type a un grain, il a besoin d'être suivi, tu ne vois pas ? Mais il nous poursuit, Tarzan menaçant avec un pyjama déchiré en guise de cache-sexe, tu verras que je viendrai, je te suivrai jusque chez toi, alors je me retourne, écoute, Jérémie, je suis désolée mais, vraiment, notre appartement est trop petit, nous n'avons pas de place pour toi. Bientôt tu en auras, de la place, et plus qu'il n'en faut, renchérit-il, moi je pousse Noga dans l'ascenseur, les portes se referment devant son poing menaçant, mais sa malédiction, qui s'est faufilée avec nous, résonne dans la cabine, se cogne contre les parois argentées, bientôt tu en auras, de la place, et plus qu'il n'en faut.

CHAPITRE 5

Elle est avec moi dans le grand lit et, toute la nuit, je la serre dans mes bras, nous n'arrivons quasiment pas à dormir, passons d'un sommeil abrupt aux limbes brûlants d'un semi-réveil, la terreur nous gifle au visage, et si, parfois, elle cède la place à des moments de perplexité heureuse, voilà, il nous arrive enfin quelque chose, un événement inattendu a surgi dans une vie que je croyais à jamais figée, des coups de poing réprobateurs me labourent les côtes, le plafond m'oppresse de sa colère, dans un instant il va tomber sur nous comme une couverture en béton et nous ensevelira, je tends les bras pour l'empêcher de s'écrouler, qu'est-ce que tu fais, maman, marmonne Noga, et je me ressaisis, je vois, soulagée, que le plafond prend son envol, mais à nouveau je suis prise de vertige, ses examens médicaux tourbillonnent sous mes yeux avec leurs données effrayantes qui ne formeront qu'au matin un verdict précis, pour le meilleur ou pour le pire. Les tubes à essai rouges de son sang pétillant, l'ombre pâle de ses os, les coupes de son dos, les circonvolutions de son cerveau, l'image floue de ses muscles et de ses nerfs, tous ces éléments cruciaux se sont ligués contre Noga et moi et ont fomenté un complot que nous devons démanteler avant l'aube, je me mets à prier, faites que l'on ne trouve rien ou que l'on trouve quelque chose de bénin, je suis prête à faire de nouveaux serments, à prendre de nouvelles résolutions, tout, pourvu qu'il guérisse, mais le sommeil me ravit, m'entraîne dans une équipée sauvage aussi violente et douloureuse qu'une tempête de sable puis me repose, deux fois plus crevée, à ma place dans le lit, face aux yeux grands ouverts de Noga. Maman, tu dors ? Non, je bafouille la bouche pleine de poussière, je veille sur toi. Tu crois que papa dort, demande-t-elle, et je dis, oui, bien sûr qu'il dort, dors toi aussi, ma chérie, papa pourra remarcher, continue-t-elle, et s'il ne remarchait plus jamais, que deviendrons-nous, mais avant que j'aie le temps de répondre elle s'est assoupie pour se réveiller aussitôt, maman, j'ai faim. Je me lève lourdement, vais lui préparer un sandwich, mais elle refuse, non, j'ai dit que je ne mangerai que quand papa sera guéri.

Je la laisse devant la clôture de l'école, on dirait vraiment une prison, me sépare de ses boucles rebelles qui, toutes ratatinées, tombent d'inanition autour de son visage, de ses yeux qui brillent du feu sec de l'obstination minée par la faiblesse physique. Elle avance seule, des groupes d'enfants la dépassent, ils rient entre eux ou papotent à voix basse, personne ne s'arrête à sa hauteur, personne ne lui offre la possibilité de noyer ses tourments dans les siens. Le cœur gros, je prends la direction de l'hôpital, à ma droite surgissent à nouveau les vestiges du vieux café d'où s'élèvent des serpents de fumée blanche et épaisse, des ouvriers en salopettes claires hantent le lieu comme des anges exterminateurs, tout détruire, ne pas laisser le moindre souvenir. Pendant des années, je ne suis passée là qu'avec un sentiment de gêne, cherchant du coin de l'œil ses pieds délicats, son pull blanc troué avec la tache rousse, son visage dont j'avais presque oublié les traits, une quête qui ne devait surtout jamais aboutir, comme une lettre que l'on écrit avec beaucoup de soin, de sincérité et d'émotion tout en sachant qu'on ne l'enverra pas. Je ne l'ai pas revu depuis, comme si depuis il se terrait chez lui à retoucher inlassablement le fameux tableau, saison après saison, année après année, à y ajouter les traces perfides du temps, moucheter les mains, épaissir les hanches ramollies, brouiller la couleur du visage, atténuer l'éclat des yeux, chaque fois que je passais par là, sombre et fuyante comme une ombre, le visage braqué sur le trottoir en priant pour qu'il ne m'aperçoive pas, je ne me permettais que des coups d'œil furtifs, c'est lui, ce n'est pas lui, à quoi ressemble-t-il d'ailleurs, tantôt tous les hommes lui ressemblaient, tantôt j'étais sûre que même s'il passait devant moi je ne le reconnaîtrais pas, car jamais je ne l'ai réellement observé, je n'ai pas laissé les traits de son visage se graver dans ma mémoire, je n'ai pas laissé ses paroles faire vibrer mes tympans, qu'a-t-il donc chuchoté à mes cuisses, son haleine a dissous ses tendres syllabes et elles ont coulé sur ma peau, tièdes et poisseuses.

Le feu passe au vert, mais je reste à contempler la fumée blanche où viennent s'imbriquer, comme si elles n'attendaient que ça, mes visions sans espoir, un épais rideau est descendu sur mes yeux pour me masquer les panneaux de signalisation de la vie, j'attends un mouvement des voitures d'à côté pour me convaincre qu'il faut effectivement démarrer, me rapprocher du verdict, quelles promesses pourrais-je encore faire que je n'ai pas faites à l'époque, il y a huit ans, lorsque Noga était dans le coma, j'ai déjà juré de ne plus le revoir, de ne plus tomber amoureuse, à quoi pourrais-je bien m'engager maintenant pour qu'Oudi guérisse, j'entends le rire fatigué d'Anath, qui donc a besoin de tes sacrifices, à quoi ça va servir que tu souffres, et je lui rétorque en silence, même si ça ne sert à rien, ça ne fera de mal à personne, si, me lance-t-elle, ça te fera du mal à toi, tu ne t'en rends pas compte ? Je ne vois rien, me colle à la voiture qui roule devant moi comme si mon salut en dépendait, la fumée blanche du café me suit tout le long du chemin comme une traînée de mauvais augure qui sème la discorde entre mes serments.

Je me gare loin de l'hôpital, au pied de la colline, comme si j'allais pique-niquer juste avant que l'été ne se jette sur le paysage toutes griffes dehors, profiter du tapis vert qui, en toute naïveté, couvre encore les versants épanouis, dans quelques jours il sera piétiné par l'armée des ronces en uniformes jaunes, puis ce sera au tour des incendies d'étendre leur couverture noire, une seule nuit brûlante suffira à rompre le merveilleux équilibre de la nature. Je me gorge de l'air vivifiant du matin qui s'échine à satisfaire les arbres et l'herbe, j'avance lentement, un pas après l'autre, j'ai déjà mal aux pieds, ce n'est pas de la mauvaise volonté, devais-je toujours jurer à Oudi qui ne me croyait qu'à moitié, marcher me fait vraiment mal. Lui, il cavalait devant, moi, je me traînais derrière, vexée, attends-moi, mais lui continuait à tracer, long et pointu, telle une flèche qui ne peut pas s'arrêter après avoir été tirée. Qu'allons-nous devenir, comment pourra-t-il vivre sans ses jambes, ce sont les outils dont il a le plus besoin, je suis prête à renoncer aux miennes pour lui, de toute façon elles ne valent pas grand-chose, oui, je me vois déjà, calme et majestueuse, dans une chaise roulante, me déplaçant d'une pièce à l'autre avec une expression triste, et des larmes d'auto-compassion me submergent au moment précis où je pénètre dans le service de médecine interne, mais on dirait que ce n'est plus le même endroit, les visages ont changé, ou peut-être n'est-ce que leur expression qui a changé, comme un paysage qui se métamorphose au rythme des saisons. L'infirmière aux jolies mains passe devant moi, je lui demande avec appréhension des nouvelles d'Oudi, il va bien, me répond-elle, mais son regard marque la réserve, comme si elle venait d'entendre je ne sais quels ragots à mon sujet, je décide de passer outre et enchaîne, les médecins sont-ils déjà venus, mais elle m'arrête à la porte de la chambre, vous ne pouvez pas entrer. Je recule, le rideau est tiré autour du lit d'Oudi, une ombre se penche lourdement sur lui, quoi, on l'examine ?

Oui, le psychiatre, lâche-t-elle presque involontairement, en me dardant du regard et moi je m'affole, quoi, pourquoi, qu'a-t-il fait ? Son expression suspicieuse éveille instantanément en moi une sourde culpabilité, les médecins vont tout vous expliquer, je ne sais pas exactement de quoi il s'agit, me dit-elle avant de tourner la tête et de disparaître dans une autre direction. Je m'assieds à l'entrée de la chambre et tends les jambes au risque d'entraver la vive circulation qui règne dans le couloir, qu'est-ce que c'est que ce psychiatre, qu'ont-ils trouvé, entre mes doigts se désagrège le peu de certitudes qu'il me restait encore, Oudi n'a jamais accepté de suivre une thérapie, ni avec moi ni sans moi, alors pourquoi demanderait-il maintenant à voir un psychiatre, et pourquoi tant de réticence dans le regard de l'infirmière, hier, lorsque nous le déshabillions à quatre mains inquiètes, elle compatissait pleinement avec moi, aujourd'hui elle me tient à distance comme si j'avais commis un crime. Je jette à nouveau un œil dans la pièce, le lit de Jérémie est occupé par un vieil homme triste, relié à des tuyaux, son visage s'anime à ma vue, enfin une visite pour lui, mais se décompose aussitôt de déconvenue, en sait-il plus que moi, dire que j'ignore ce qui s'est passé dans cette pièce depuis hier après-midi, alors que lui, ce total étranger, a tout vu.

Je regarde le fin rideau avec rage, essaie de saisir un mot

clé, qu'est-ce qu'ils complotent là-dedans, comment se fait-il que tout à coup je n'aie plus mes entrées dans son périmètre, le premier venu en sait plus que moi sur son compte, il m'a répudiée pour s'unir à sa maladie, et ces gens-là, l'infirmière, le psychiatre, même ce vieux type, constituent sa nouvelle belle-famille, la famille du côté de la mariée, c'est avec eux qu'il communie, à eux qu'il révèle ses secrets les plus intimes. Je regagne ma chaise devant la porte, hier le flic était assis là, je sens l'infidélité d'Oudi me brûler le dos, comme si, derrière le rideau, toute l'équipe se livrait à une gigantesque orgie.

Le grand baraqué, un vrai géant, qui finit par émerger de la pièce n'a pas le moindre regard pour moi, son crâne est recouvert d'une chevelure blanche et drue, d'épaisses lunettes masquent ses yeux, je ne vois que son dos, carré et vide commc un écran noir, tandis qu'il se hâte de disparaître, quelle capacité étonnante ils ont tous, dans la famille de la maladie, de se dissoudre soudain, lestes et fuyants, pour ne laisser derrière eux qu'une perplexité blessée. J'entre dans la chambre, le vieux se redresse à nouveau plein d'espoir pour retomber à nouveau déçu sur l'oreiller, mais rien ne bouge du côté d'Oudi, calfeutré dans sa tente comme s'il était en excursion. J'ouvre le rideau avec une gaieté forcée, Oudigui, comment ça va, et il me répond par un sourire triste, son visage, déformé de stupeur, ressemble à celui de Noga. Qu'est-ce qu'ils ont trouvé dans les examens, la question m'a échappé, dissonante, je l'ai tant répétée pendant la nuit que j'en ai perdu le contrôle, rien pour l'instant, m'annonce-t-il, moi je respire de soulagement, j'ai l'impression d'être enfin réhydratée après une longue période de sècheresse, l'eau coule dans mes veines et draine avec elle, d'un organe à l'autre, la nouvelle réconfortante. Tant mieux, je dis avec une certaine prudence tout de même, alors tout va bien, non ? Non, mes jambes ne vont pas bien, et soudain il lâche un gémissement craintif, ils veulent me transférer en psychiatrie ! Affolée, je le prends dans mes bras, sous le pyjama je sens un corps froid et sec qui m'est presque étranger.

Pourquoi, je lui demande, quelle drôle d'idée de vouloir t'envoyer en psychiatrie ! C'est parce qu'ils ne trouvent rien, continue-t-il à couiner, tu ne comprends pas, parce que mes examens sont tous parfaits mais que mes jambes ne fonctionnent pas. Je revois alors l'image du dos carré et hermétique, des pas dédaigneux, non, je ne les laisserai pas faire, je ne l'abandonnerai pas ici, le mécanisme interne de mon Oudi est particulier, complexe, depuis que je le connais je m'échine à le décrypter sans y parvenir, alors comment y arriveraient-ils, eux, en un seul jour, oui, je dois le sauver avant qu'ils ne le détruisent. Et les mains, je lui demande, il remue lentement les doigts, ça va un peu mieux. Une assurance radieuse me réchauffe, alors les jambes aussi iront mieux, tu verras, le principal c'est qu'ils n'aient rien trouvé de grave, tu dois simplement te reposer, nous allons te gâter à la maison et, dans quelques jours, ces petits troubles seront rentrés dans l'ordre. Soudain tout s'éclaire, une lumière violente balaie les laboratoires menaçants, les tubes à essai remplis de sang et les cultures grouillant de microbes, les ampoules à rayons X tournoient dans les tunnels des scanners jusqu'à étourdissement, soudain un nœud se défait, si le corps est intact, pas de problème, je saurai me débrouiller avec son âme.

Allons faire un tour avec le lit, il fait si beau dehors, je lui propose avec entrain, je ne sais pas, hésite-t-il, la lumière me gêne. Exactement à cet instant, l'infirmière pénètre dans la chambre, elle est suivie de près par plusieurs blouses blanches à l'expression sévère, sortez, s'il vous plaît, m'ordonne-t-elle, je proteste, je veux comprendre ce qui se passe, pourquoi est-ce qu'on ne m'explique rien, c'est mon mari, je suis sa femme, j'ajoute avec insistance, mais les mots rebattus qui sortent de ma bouche s'écrasent sur le sol, pépient aux pieds des médecins comme de faibles petits poussins incapables de se relever. Le groupe se resserre autour de lui et m'ignore totalement, seul le plus jeune d'entre eux, celui qui est arrivé en dernier, me dit d'attendre dehors, quelqu'un viendra vous parler après la consultation.

De plus en plus tendue, je rebrousse chemin, me replie sur le seuil, pourquoi l'ai-je conduit ici, cet endroit ne lui convient absolument pas, je dois le tirer de là et je suis déjà en train d'échafauder un plan de fuite, je ferai rouler son lit en cachette jusqu'à la voiture, l'arracherai des griffes de cette maladie traîtresse, je nous en débarrasserai à tout jamais, quand soudain le téléphone sonne dans les profondeurs de mon sac et j'entends la voix d'Anath chargée de reproches, où es-tu, on a besoin de toi, Galia a accouché avant-hier, elle n'arrête pas de pleurer, tu dois venir lui parler. Je ne peux pas, Oudi est à l'hôpital, j'ai prévenu Hava hier, mais cet argument n'impressionne pas ma collègue, il ne lui arrivera rien si tu le laisses pour une demi-heure, tu dois parler à Galia sinon ça va mal se terminer. C'est alors que je les vois sortir, en rangs serrés, une délégation aussi impénétrable qu'une société secrète, je cours derrière eux, dites-moi ce qui lui arrive, je tire les pans de la blouse du dernier qui finit par marmonner à contrecœur, nous ne sommes pas encore tout à fait sûrs, mais apparemment il s'agirait d'une paralysie de conversion. Une paralysie de quoi ? De conversion, c'est ce qui arrive quand un sujet transforme son stress mental en problème physique, c'est une réaction somatique, m'explique-t-il en jetant des regards inquiets autour de lui comme s'il divulguait un lourd secret. Et voilà, il a réintégré la troupe, me laissant seule avec un mot nouveau. C'est donc comme ça qu'elle s'appelle, sa nouvelle femme, Conversion, je me gargarise de chacune des lettres de son nom, elles ont un arrière-goût obscur de salles de torture antiques, de hurlements de Juifs effrayés, convertis de force, obligés de se soumettre à une foi impie, mais qu'est-ce que ça veut dire exactement, et combien de temps ça dure, et comment ça passe, j'ai vaguement l'impression d'avoir étudié cet épisode en Histoire, mais je ne m'en souviens que très vaguement, et cette voix qui n'arrête pas de brailler dans ma main serrée, Naama, s'époumone Anath, tu dois venir, tout ce que nous avons investi en elle va partir en fumée. Je coupe le téléphone, le fourre dans mon sac, y enterre la pauvre Galia, une gamine de quinze ans au ventre énorme, et pénètre dans la chambre d'un pas rapide.

Ils t'ont dit quelque chose, je l'interroge au cas où il serait mieux informé que moi, mais ça n'a pas l'air de beaucoup l'intéresser, ils m'ont à peine parlé, se sont contentés de passer en revue les résultats des examens et de contrôler encore une fois mes jambes. J'ai réussi à les bouger un peu, ajoute-t-il avec fierté, regarde, et, effectivement, je vois un faible mouvement faire trembler ses pieds, comme un souffle de vent entre les orteils. Et maintenant qu'est-ce qu'ils attendent ? Ils veulent voir s'il y a une amélioration dans les heures qui suivent, chuchote-t-il, sinon, ils me transfèrent en psychiatrie. Je lui prends la main, Oudi, tu dois faire un effort, concentre-toi, il le faut, je sais, dit-il, je fais des efforts. Enfin je nous sens unis vers un même but, oui, nous nous battons l'un à côté de l'autre, et non l'un contre l'autre.

Je réitère ma proposition d'aller faire un tour dehors mais il secoue la tête, non, je veux me reposer, tu peux descendre, toi, si tu en as envie, veux-tu que je te ramène un journal, non, pas de journal, tu as un livre sur toi ? Non, rien, mais tout à coup ça me revient, hier, j'ai mis ta Bible dans le sac. Avec quelle joie il accueille ce piteux volume qui le suit dans toutes ses expéditions, un jour Noga n'a pas pu contenir sa jalousie, pourquoi tu l'emmènes lui et pas moi, elle a jeté le bouquin par terre et l'a piétiné, penser à elle fait resurgir mon angoisse, tu sais, Oudi, elle n'a rien mangé ce matin, c'est à peine si j'ai réussi à lui faire avaler son chocolat chaud, mais il tourne déjà les pages, ce n'est pas grave, un jour de jeûne ne lui fera aucun mal, déclare-t-il tandis que son visage s'apaise à la lecture des versets antiques. Je l'informe que je descends boire un café et sors vite de la chambre, mais ce n'est pas à la cafétéria que je vais, mes jambes me conduisent à ma voiture, au pied de la colline, il ne saura pas que j'ai fait un saut au boulot. Bien qu'il disparaisse pendant des jours et des jours, il se permet encore de critiquer mon travail, comme si mes activités professionnelles se faisaient à ses dépens, comme si ces malheureuses femmes solitaires, au secret aussi encombrant que le ventre de plus en plus gros, le privaient d'une attention qu'il estime lui être due.

De l'extérieur, notre centre d'hébergement est un immeuble comme les autres, impossible de deviner à quel point il est différent. J'entre vite, Anath émerge de l'une des chambres, elle a comme d'habitude drapé sa maigreur d'un jean et d'un tee-shirt blanc, ses cheveux courts grisonnent autour de son visage qui semble toujours avoir été passé à l'eau froide et au savon, tout en elle est fonctionnel, mesuré, rien à voir avec la débauche qui me caractérise, mes longs cheveux qui prennent tellement de place, mes lèvres pleines et mon visage rond. C'est bien que tu sois venue, dit-elle sans demander des nouvelles d'Oudi, moi je dois me retenir pour ne rien lui raconter, c'est vrai, nous ne sommes plus des amies. Chaque fois que je la vois, je me souviens avec un étonnement sans cesse renouvelé que notre amitié s'est brisée net il y a de cela quelques mois. Arrivée au foyer les yeux rouges parce que, pour changer, je m'étais disputée avec Oudi, je l'avais prise à part pour lui relater les faits avec ma fougue habituelle, il a dit que et j'ai dit que, il m'a rétorqué que et... et elle avait coupé mon débit de sa voix cristalline, Naama, je ne veux plus en entendre parler, hein, qu'est-ce que ça veut dire, avais-je alors protesté, pourquoi ?

Parce que ça ne sert à rien, m'avait-elle répondu, tu n'arrêtes pas de te plaindre mais tu n'agis pas, tu le laisses diriger ta vie, tu es incapable de l'affronter et incapable de le quitter, peut-être que, toi, tu n'en as pas encore marre, mais, moi, si. Pendant des semaines, j'en suis restée blessée et estomaquée, et, en plus, je n'avais même pas avec qui partager mon incompréhension, j'ai d'ailleurs fini par en parler à Oudi, justement, pourquoi te mettre dans un tel état, m'a-t-il dit avec une satisfaction non dissimulée, elle est tout simplement jalouse de toi parce que tu as une famille et pas elle. Mais je savais qu'il se trompait, je savais qu'elle avait raison et j'ai continué à discuter avec elle en mon for intérieur, ses arguments me sont tellement familiers que je les formule à sa place, parfois même plus facilement que les miens, voilà ce qui me reste de notre belle amitié, après tout ce n'est pas négligeable, depuis, nous nous contentons des rapports corrects de collègues et, tel un couple divorcé qui se domine pour le bien des enfants, nous nous dominons pour le bien de nos pensionnaires, je m'efforce de cacher ma blessure, même si, le matin au réveil, j'ai parfois l'impression d'avoir été poignardée dans mon sommeil.

Qu'est-ce qui se passe avec Galia, je lui demande, ça ne

va pas du tout, me répond-elle, elle refuse d'abandonner la petite, elle dénonce tous nos accords. Je monte rapidement dans sa chambre, la gamine semble complètement perdue sans son ventre proéminent, comme si on lui avait enlevé la moitié d'elle-même, un éclat rouge émane de ses yeux qui, dès qu'ils me voient, se remplissent de larmes, elle sanglote de plus belle entre mes bras, je ne donne ma fille à personne, elle est à moi, je lui ai déjà choisi un prénom, celui qui veut l'adopter devra m'adopter avec, moi je la serre encore un peu plus, si seulement c'était possible, je lui chuchote, mais tu sais bien que non, la question est de savoir si, toi, tu peux l'élever seule. Telles les ultimes contractions de son accouchement, les sanglots la secouent de part en part, je ne peux ni la donner ni l'élever, hurle-t-elle. Je lui caresse les cheveux, on en a beaucoup parlé, Galia, tu sais que la décision t'appartient, tu dois penser au bien du bébé, et elle explose, j'ai oublié tout ce dont nous avons parlé dès que j'ai vu sa frimousse, jamais je n'aurais dû la voir. Moi, c'est sa frimousse d'adolescente que je vois, sa peau marquée par les premiers bourgeons d'acné, si jeune, quinze ans à peine, une gamine prise au piège à qui je dis, tu as encore un peu de temps pour réfléchir, l'accouchement t'a épuisée, repose-toi et les choses s'éclairciront, je regarde ma montre, elle, elle a peut-être encore le temps, mais moi, pas. Je dois partir, Galia, mon mari est à l'hôpital, on en reparlera demain, je lui embrasse le front et sors rapidement. Sur le seuil, je me cogne presque à Hava, notre directrice, debout à côté de la porte comme si elle avait écouté notre conversation, mais son visage à la fois autoritaire et altier dissipe immédiatement tout soupçon. Naama, s'exclame-t-elle, surprise, je ne pensais pas vous voir aujourd'hui, comment va votre mari ? Il est toujours à l'hôpital, je dois y retourner. Elle me laisse passer mais je sens un léger reproche, chez nous, les obligations familiales ont toujours été considérées avec un certain mépris. Est-ce que nous vous verrons demain, me lance-t-elle encore, je ne sais pas, ça dépendra de son état, mais dehors, je suis rattrapée par le doute, n'aurait-elle pas, cette fois, préféré m'entendre dire que je ne viendrai pas, n'attend-elle pas d'avoir le champ libre pour faire pression sur Galia en mon absence et lui extorquer sans mon intermédiaire les formulaires d'abandon.

Il dort, quelle chance, je suis rouge comme si je revenais d'un rendez-vous amoureux, au fil des années, j'ai, semble-t-il, fini par accepter, quoique avec rage, qu'il considère toute activité étrangère à sa propre personne comme une trahison, jour après jour, je rentre du travail coupable, et là, j'ai passé le trajet de retour à hésiter entre lui avouer que j'avais fait un saut au boulot ou lui raconter que je m'étais endormie à la cafétéria, qu'est-ce qui le vexera moins, mais, ouf, en pénétrant dans sa tente, je vois qu'il dort, la Bible ouverte sur le visage est plus rouge que moi, on dirait qu'il vient d'être décapité et qu'on lui a mis ce livre grassouillet à la place. Je lâche un soupir de soulagement, m'apprête à tourner les talons, cette fois pour aller vraiment à la cafétéria, mais une voix faible et joyeuse m'arrête, une voix qui vient de l'autre lit. Il a marché, il a marché, claironne le vieillard comme s'il s'agissait d'un miracle, prends ton lit et tire-toi, tes péchés sont pardonnés, et je demande, qui a marché, votre mari, répond-il, trois pas, avec un déambulateur. Effectivement, à côté du lit d'Oudi, tel un chien fidèle qui attend son maître, un grand déambulateur monte la garde, quand est-ce que ça s'est passé, et il m'explique avec la fierté de celui qui se sait être l'unique témoin oculaire, un grand professeur est venu d'un autre service, il lui a parlé, a proposé d'essayer avec un déambulateur et voilà, trois pas, répète-t-il avec émotion. La Bible se met à remuer, tombe sur le côté et Oudi se dresse sur son séant, les yeux hagards.

Tout est rentré dans l'ordre si je comprends bien, je m'exclame avec entrain, mais il sape immédiatement la bonne nouvelle, ils ne croient pas que j'ai du mal à marcher, se plaint-il, ils sont persuadés que je simule. Je lui caresse le bras, ne les écoute pas, Oudi, je veux juste qu'ils te laissent tranquille, le principal c'est que, moi, je te crois, mais le doute recommence à s'immiscer en moi, il jette un coup d'œil narquois sur le déambulateur et la chaise roulante, un doute certes presque imperceptible et qui reste caché la plupart du temps, un doute qui se terre comme un rat dans les profondeurs du placard de la cuisine, que l'on ne voit jamais, mais dont la présence indéniable dans la maison devient de plus en plus pesante, de plus en plus envahissante, si bien que, à la fin, on a l'impression de ne plus être chez soi, mais chez lui.

CHAPITRE 6

Ça y est, l'hôpital est derrière nous, il se fait tout petit tandis que nous escaladons la colline en voiture, survoltés et inquiets comme des enfants qui font l'école buissonnière, se gorgent de chaque instant mais savent que ça tournera mal. Assis à mes côtés, Oudi serre son bulletin de sortie de ses doigts rigides, un document que nous avons attendu pendant des heures, ils n'en finissaient pas de comploter derrière son dos, disparaissaient pour soudain resurgir, indécis, moi j'affichais une calme assurance, laissez-le rentrer à la maison, je sais ce dont il a besoin, lui, il contemplait toute cette agitation sans arriver à savoir ce qu'il préférait, il ne voulait apparemment pas rester à l'hôpital mais n'était pas non plus très chaud pour rentrer à la maison, derrière ses yeux fermés il cherchait visiblement une autre possibilité. D'après les regards qu'on lui lançait, je savais que s'il n'était pas libéré dans la journée il serait transféré en psychiatrie, ils ne le croient pas, ne cessent de l'agresser avec leurs questions blessantes, veulent le chasser de ce service qui ne garde que les vrais malades, les sincères, ceux qui ont honnêtement gagné leur place, lui en est exclu puisqu'il a trahi leur confiance. Le sans-faute de ses examens médicaux en a fait un simulateur et l'a relégué dans cette zone floue qui sépare les malades des bien portants, il n'appartient ni à un groupe ni à l'autre, je lis tout ça sur son visage gêné, il a lui-même honte de son corps pris en défaut, de ses jambes qui se jouent de lui, de son pitoyable retour à la maison, presque aussi surprenant que son départ, à peine un jour auparavant.

Il a les mêmes yeux hagards que Noga le jour où nous l'avons ramenée, j'étais assise sur la banquette arrière et je la tenais sur mes genoux, Oudi conduisait en silence, la nuque raide, nous étions les morceaux épars d'un vase brisé qui essayait en vain de se recoller... peut-être y arriverons-nous justement maintenant, oui, peut-être que sa maladie nous unira tous les trois en son sein. Je lui caresse la main, Oudigui, ne t'inquiète pas, le principal c'est d'être sorti de l'hôpital, tu vas te reposer pendant quelques jours et tout rentrera dans l'ordre. Dubitatif, il froisse la feuille de l'hôpital, comme un enfant qui ramène un mauvais bulletin à la maison, je ne sais pas, dit-il, tant que je ne comprendrai pas ce qui s'est passé, j'aurai toujours peur que ça revienne, je me sens si vulnérable, comment ça se guérit, ce genre de chose, soupire-t-il, mais moi je me leurre encore avec la certitude réconfortante que je saurai me débrouiller avec son âme. N'exagère pas, ça arrive à tout le monde d'une manière ou d'une autre, le principal c'est que ce soit terminé et qu'ils nous aient renvoyés à la maison, je lance, sincèrement soulagée, en sortant de la voiture. Je me penche vers lui, il passe ses bras autour de mon cou et se soulève, il avance lentement, comme un vieillard exténué, s'appuie sur moi, membres ramollis, le visage braqué sur le trottoir, honteux d'être vu dans son ignominie, le fier héros parti sur une civière en proie à quelque mal mystérieux s'en revient chez lui penaud, banni de l'hôpital.

J'ai l'impression de voir, derrière un rideau à peine écarté, la fille des voisins du dessous qui jette un œil par la fenêtre, les clochettes accrochées à ses cheveux accompagnent notre laborieuse progression, nous stoppons au milieu des escaliers pour nous reposer, ses jambes semblent presque se dérober sous lui dans un grincement de genoux dissonant. Un ballon bleu est accroché à notre porte qui s'ouvre brusquement, Noga jaillit sur le palier, nous l'avons surprise en train de nous préparer une fête de bienvenue, d'étonnement elle lâche ce qu'elle avait à la main, à savoir un ballon orange qui est aussitôt emporté par le vent et rapetisse, le voilà déjà de la taille d'une orange, il se prend dans les branches du mélia qui pousse sur le trottoir et le transforme d'un coup en orgueilleux citrus. Notre fille contemple la tache orange, puis nos deux silhouettes, la tristesse d'avoir perdu son ballon se mêle à la joie de nous retrouver, une joie qui finit par la gagner entièrement, papa, dit-elle, tu es guéri, mais après l'avoir observé elle ajoute, tu vas bien, pas vrai ? C'est obligé, sinon ils t'auraient pas laissé sortir, continue-t-elle pour se convaincre... en vain, car au moment de passer le seuil, il pâlit et ses jambes squelettiques le lâchent.

Nous le traînons jusqu'au lit à quatre mains, comme il est lourd malgré sa maigreur, l'amertume qui lui remplit le corps doit peser deux fois plus lourd, Noga s'effondre à ses côtés, blême, presque transparente. As-tu mangé quelque chose, je lui demande, pas encore, je voulais d'abord m'assurer que papa était guéri, alors viens manger maintenant, je la presse, tu ne peux pas rester à jeun, tu vois qu'il va bien. Mais elle le contemple d'un regard dubitatif, non, pas encore, un lourd sanglot s'échappe de sa gorge, j'ai mangé une pomme à l'école, hoquette-t-elle, j'ai oublié que je n'avais pas le droit et j'ai mangé une pomme à la récré, voilà, c'est à cause de ça que papa ne va pas bien.

J'en ai ras le bol de tes conneries, j'explose, quand comprendras-tu qu'il n'y a aucun rapport entre ton estomac et ses jambes, tu peux mourir d'inanition, ça ne changera rien. Je sors en claquant la porte, pénètre dans la cuisine, une chance que dans le congélateur il reste encore des escalopes de dinde datant de notre vie d'avant, je les mets à frire dans la poêle, je commence à rassembler de quoi faire une salade de crudités, je suis tellement tendue que je soliloque, où sont les tomates, je me demande tout haut, je les ai vues il y a à peine une minute, je les cherche dans le frigo pour finir par les découvrir sagement posées sur le plan de travail, un peu ridées, elles entourent le malheureux concombre que j'ai trouvé, un concombre un peu vieux, voilà, le saladier est plein, j'ouvre une bouteille de vin dans l'espoir qu'un peu d'alcool nous convaincra que la crise est passée, pose le tout sur l'immense plateau que nous avons reçu en cadeau de mariage et, telle une serveuse débutante, me dirige vers la chambre à coucher d'un pas mal assuré. Je les trouve allongés en silence, tellement tristes tous les deux, je pose mon plateau sur le lit, les presse de manger, verse du vin dans les verres, allez, à la tienne, je le force à trinquer, buvons à notre santé. Noga lève son verre vide, ce que je veux, c'est que papa guérisse, répète-t-elle, cette fois comme si elle venait de souffler son gâteau d'anniversaire et qu'il ne lui restait plus qu'à faire son vœu, puis elle en profite pour ajouter du bout des lèvres, sachant pertinemment qu'elle en demande trop, faites que, tous les trois, on aille bien.

Nous voilà retranchés dans la même pièce, dans le même lit, comme si une guerre grondait de l'autre côté de la porte et que nous nous cachions, les assiettes et les couvertures se mélangent, je mange vite, comme d'habitude, pour finir avant qu'on me dérange, je bois de plus en plus de vin, et juste avant de m'effondrer tout au bord du matelas et de me faire happer par le sommeil, je vois dans l'assiette de Noga l'escalope panée, intacte, qui grossit à vue d'œil et prend la forme d'un pays lointain, presque inhabité, un pays occupé où les gens sont torturés, j'ai l'impression de fouler de mes pieds nus l'immense escalope brûlante, après avoir marché pendant des jours et des jours sans voir âme qui vive, je finis par croiser un moine vêtu d'une espèce de robe rouge qui me chuchote, les lèvres desséchées, sauve-toi, prends tes jambes à ton cou et va-t'en, ceux qui sont capturés ici sont tous convertis de force, où suis-je, je demande, dans quel pays, tu es en Conversion, dit-il, quoi, tu n'as jamais entendu parler de ce pays, la Conversion ?

Je me réveille dans une pièce obscure et étouffante où stagnent des relents de friture qui empêchent la brise printanière de venir nous rafraîchir, à mes côtés je trouve une assiette graisseuse, elle me dégoûte comme si elle était vivante, ma mère disait toujours, celui qui se réveille après le coucher du soleil ne sourira plus de la journée, et c'est très juste car je contemple le large lit, je nous contemple en train de cuver notre vin au beau milieu de l'après-midi, et reçois en pleine figure la fête improvisée que j'ai essayé d'organiser, tu parles d'une fête, et pourquoi une fête, avant ça allait déjà très mal, alors maintenant... Le besoin frénétique de réintégrer mon train-train quotidien pour m'y recroqueviller comme un chien dans sa niche par une nuit d'orage, un besoin dont je n'arrive pas à me débarrasser depuis hier matin, me semble tout à coup dérisoire, à quoi bon rechercher ce qui a été ?

Soudain je constate que mon côté du lit est vide, où est Noga, je me précipite dans sa chambre, l'obscurité y règne déjà, personne, elle n'est pas non plus dans le salon où s'attarde encore une lumière grisâtre, sur la table de la cuisine je trouve un bout de papier déchiré, j'ai été chez grand-mère, a-t-elle griffonné de son écriture maladroite, je vais dormir chez elle, j'ai pris mon cartable. Je m'étonne, depuis quand y va-t-elle de son plein gré, ma casanière de fille, qui n'accepte que de mauvaise grâce de participer aux ateliers extrascolaires, qui passe son temps à traîner à la maison comme un chien de garde, son absence n'est certainement pas fortuite, plus je pense à elle, plus je me sens gagnée par la perplexité et la tristesse, une petite fille avec un grand rôle dans la vie, celui de recoller le vase cassé, c'est ce qui la préoccupe depuis huit ans déjà, et plus elle grandit, plus le rôle devient envahissant, règne en despote sur son enfance, lui bousille la vie.

De la chambre à coucher montent de lourds ronflements, aussi agressifs que des reproches, j'y retourne contrite, tends les bras vers lui, le toucher ravive toujours en moi un dégoût ancestral qui précède systématiquement ce qui va suivre, le désir ou la passion, mes mains, en sœurs jumelles, s'efforcent de le vaincre à grand renfort de caresses joyeuses et énergiques, parfois elles le chassent et il s'en va, penaud, laissant la passion, chaude et fougueuse, fêter sa victoire, parfois c'est lui qui prend le dessus, on pourrait croire un instant que le désir s'embrase, mais non, le voilà déjà éteint, comme c'est difficile d'enflammer des brindilles mouillées, et alors ne reste que l'odeur feutrée de bonnes intentions qui ont fini en queue de poisson. Nous nous serrions l'un contre l'autre dans mon étroit lit d'enfant, ses mains de gamin cherchaient les trésors enfouis de mon corps tandis que j'entendais les sandales en caoutchouc de mon père aller et venir, sa solitude résonnait dans toute la maison et une vague de dégoût m'étouffait jusqu'à presque me faire vomir. Je m'asseyais sur le lit, repoussait tous ses doigts, Oudi, comment veux-tu que je puisse avoir du plaisir alors qu'il est si malheureux, mais il ne renonçait pas, m'enlaçait, se plaquait contre moi, son désir limpide essayait de vaincre mon dégoût, y arrivait presque, oui, l'ennemi finissait par se retrancher si profondément dans ma gorge qu'aucune langue, si longue soit-elle, ne pouvait l'y débusquer, et j'ouvrais mes portes une à une à mon jeune amant pour qu'il puisse de ses mains libérer toute la douceur que je retenais... Si ce n'est que, au matin, je me réveillais la gorge en feu, incapable d'avaler, fiévreuse, papa téléphonait à maman, elle est encore malade, encore une angine, et ils nous transportaient d'une maison à l'autre, moi, mon mal de gorge, mon pyjama et ma couverture, pour éviter que je contamine le petit Yotan, qui, de toute façon, n'avait pas besoin de mes microbes pour aller mal. Oudi venait me voir après l'école, se glissait entre mes draps brûlants, laisse-moi, je marmonnais, je suis malade, alors il s'en allait vexé, sans me dire au revoir, et moi je continuais à entendre le frôlement des sandales dans toute la maison et me rongeais les sangs, c'est ce que tu veux, vivre dans une telle solitude ? Parce que ça te pend au nez si tu le fais fuir.

Sa bouche ouverte m'envoie d'acides effluves éthyliques, je me presse contre lui sous la couverture, passe son bras endormi autour de mes épaules dans un semblant d'étreinte, j'essaie de caresser tout son corps, de l'exciter, comment éveille-t-on le désir, d'où viendra-t-il cette fois, il peut suffire d'un mot pour le raviver, d'un sourire mordant, ou séducteur, mais comme ça, quand on n'a affaire qu'à la chair dépouillée d'autres ingrédients, rien que des membres immobilisés par une maladie mystérieuse et dérangeante, comment faire naître le désir ? Pourtant, je ne renonce pas, si je veux le soigner, je dois la tenter, la méthode ancestrale, les filles de Loth non plus ne désiraient pas vraiment leur vieillard de père dans la caverne sur la montagne, à Soar, après la destruction de la plaine, mais elles l'ont tout de même abreuvé de vin et ont fait l'amour avec lui pour faire survivre l'humanité et il n'en sut rien, ni lorsqu'elles se couchèrent ni lorsqu'elles se levèrent. Je pose une main sur son sexe endormi qui instantanément se durcit, se redresse tel un bébé curieux qui ne veut rien perdre du spectacle, je me penche sur lui avec une joie soudaine, voilà le seul membre de son corps qui n'a pas changé, aussi prompt que d'habitude, un ami sur lequel on peut toujours compter, un allié fidèle en terrain devenu hostile, jamais je ne m'étais imaginé que je me sentirais un jour si proche de lui, j'ai l'impression qu'il est à moi, il fait presque partie de moi, je m'assieds délicatement sur son ventre, plat comme un tableau en liège, et me balance de gauche à droite. Voilà qu'il monte en moi au moment où je désespérais, qu'il pointe comme s'il émergeait d'un puits profond dans un seau suspendu à une corde, oui, il monte, le désir épais et poisseux, je serre sa taille entre mes cuisses, peu m'importe de le tirer de ses limbes alcoolisés, je me penche au-dessus de lui, mes seins dégoulinent dans sa bouche grande ouverte, sa langue les lèche, ses dents se plantent dans mes mamelons, il m'attache à lui en me faisant mal, aspire tout mon corps, oui, mon corps fatigué et précocement fané mijote à présent à l'intérieur de son palais tout chaud et en ressortira aussi frais et odorant qu'un petit pain, sans avoir besoin de faire un effort, sans même le vouloir vraiment, je sens que le seau à peine remonté se déverse sur moi et me submerge d'une jouissance tiède et liquide pour redescendre aussitôt dans les profondeurs de la terre, il grince dans une chute aveugle, ses oscillations deviennent les miennes, passives, imprévisibles, et voilà qu'un nouveau nuage éclate, se morcelle au-dessus de ma tête, je revois le vieux puits du bout du village, au cœur des plantations de manguiers et d'avocatiers touffues, mes pieds s'enfoncent dans la douce couche de feuilles, en haut elles sont sèches, en dessous mouillées, oui, ce matelas de verdure mène droit au puits, et tout à coup quelqu'un crie, éloignez-vous, un jour un gamin est tombé dedans, l'eau a étouffé ses cris, un enfant unique que ses parents avaient eu sur le tard, et je me tortille, je ne veux pas de cette eau, elle est maudite, mais le seau continue à monter et à descendre en moi, un va-et-vient qui s'amplifie, jusqu'à ce que tout à coup un rire rocailleux, insouciant, grince à mes oreilles.

Tu profites de la situation, me reproche-t-il, ravi, en ouvrant les yeux, je halète au-dessus de lui et enfouis ma tête enivrée sous ses bras. Tu ne pouvais pas attendre mon réveil, continue-t-il, tu m'as fait boire pour me violer dans mon sommeil tellement tu es en manque, où donc était ton appétit vorace pendant toutes ces années ? Je ricane, comment sais-tu que je ne te viole pas toutes les nuits dans ton sommeil, et il glousse, si ça pouvait être vrai, à nouveau il lâche un éclat de rire insouciant, il est toujours différent après avoir fait l'amour, l'amertume coincée dans sa gorge fond et laisse libre cours à sa douceur. Ma Noam, ma pauvre chérie, tu t'es vraiment inquiétée pour moi, il me caresse le dos et je suis déjà prête à me répandre en sanglots soulagés, oui, c'était terrible de te voir comme ça, à l'hôpital, avec tous ces tuyaux. Moi j'ai trouvé que l'infirmière des urgences, me titille-t-il, était drôlement bien roulée, oui, je lui mords l'épaule, j'ai vu qu'elle t'excitait, et il me répond par un rire, n'importe quoi, tu sais très bien que je ne désire que toi. Je sais qu'il dit vrai, le problème, c'est que ça n'a pas toujours l'air aussi romantique, en général, c'est plutôt une menace, mais là, à cet instant précis, ses mots, caresses apaisantes, me touchent au plus profond de moi-même, oui, d'un coup, la différence entre intérieur et extérieur s'est brouillée. D'ailleurs ce silence que j'entends vient-il de l'intérieur ou de l'extérieur, comment se fait-il qu'aucune voiture ne passe dans la rue, je songe soudain au silence effrayant qui régnait sans doute là-bas, dans la caverne, rien que le frissonnement de la fumée qui s'élevait de la terre comme la fumée d'une fournaise, au-dessus de la plaine ravagée, je vois le squelette des villes calcinées, détruites, le jardin de Dieu anéanti, et soudain je l'entends me dire, à propos, en rentrant de la vallée du Jourdain, figure-toi que je suis monté jusqu'à Sodome, savais-tu que la montagne était creuse ? Que c'était en même temps un relief et une grotte ? Non, je murmure, je ne le savais pas. C'est l'endroit le plus triste du monde, reprend-il, et tu sais pourquoi ? Parce que jamais ce lieu ne s'en remettra. Malgré les milliers d'années écoulées, c'est comme si rien n'avait changé là-bas, le péché était si profond que la terre ne guérit pas, elle est condamnée à une éternelle stérilité. Moi je suis habituée à ce qu'il intercepte ainsi mes pensées, il avait déjà cette sorte de don inquisiteur quand il était gamin, et, même s'il lui arrivait de se tromper, je ne me souviens que des cas où il tombait juste, quel émerveillement servile m'envahissait chaque fois qu'il continuait une pensée que je n'avais formulée qu'en mon for intérieur, qu'il répondait à une question que je n'avais pas posée !

Ne t'inquiète pas, lance-t-il avec un rire satisfait, je ne suis pas le dernier homme, les filles de Loth pensaient que tous les hommes de la terre avaient été exterminés, mais chez nous, c'est le contraire, je vais peut-être bientôt disparaître tandis que le pays grouille de mâles. Je le serre dans mes bras, arrête de dire n'importe quoi, tu es mon dernier homme, mon premier aussi d'ailleurs, j'ajoute avec une fierté hypocrite, oui, bien sûr, nasille-t-il, mais, entre les deux, il y en a eu un autre, sa voix se glace, comme son corps, qui s'écarte violemment de moi, j'essaie de le retenir, Oudi, pourquoi est-ce que tu gâches tout ? Moi, maugrée-t-il, c'est moi qui gâche tout, c'est toi qui as tout gâché. Je lui écrase l'épaule, assez, arrête, j'ai fait une connerie, une fois, mais, toi, tu déconnes tout le temps, Oudigui, tu dois guérir, essaie maintenant de ne penser qu'à des choses positives, ton amertume t'empoisonne la vie et nous détruit, tous. Je tente de me hisser à nouveau sur lui, c'était si bon tout à l'heure, rien que moi et son sexe adorable et joyeux, mais il se tortille, je dois aller pisser, se lève lourdement, s'agrippe au mur, au chambranle, il avance à pas cotonneux, j'ai l'impression que jamais il n'arrivera à atteindre la cuvette qui l'attend la gueule béante et je le suis dans le noir, je n'ai pas envie d'allumer la lumière, de voir la vaisselle sale éparpillée dans tout l'appartement, les vêtements, les chaussures, les vieux meubles, autant de signes de cet abandon qui domine notre existence, je fixe son ombre étroite, Oudi, et si nous partions demain matin, ça fait des années que nous n'avons pas fait de voyage ensemble, on laissera Noga chez ma mère et on ira dans le Nord. Il s'appuie sur le lavabo, non, ça ne me dit rien, répond-il, je ne me sens pas encore assez vaillant, mais je ne cède pas, cette idée s'impose soudain, il nous faut sortir d'ici, fuir cette adresse, l'étreinte étouffante de ces vieux murs, comme si un tremblement de terre allait nous engloutir. Quand on sera partis, tu te sentiras mieux, j'insiste, nous méritons un peu de repos, tu verras que ça te guérira, je me plaque contre lui par-derrière tandis que mes mains cherchent un consentement sur son corps.

Mais il reste sur ses gardes, lève la tête vers le miroir, passe une main sur ses poils de barbe, l'entêtement pousse sa mâchoire en avant, lui confère une expression butée, pourquoi ne lâche-t-il pas un peu de lest, toujours à se vautrer dans la même blessure comme si c'était ce qu'il avait gagné de plus précieux dans la vie. À croire que tu as vraiment fait quelque chose, me secoue la voix calme et familière d'Anath, à qui je réplique, même si à tes yeux ce n'est rien, pour lui, c'est très grave, il a été profondément blessé, et elle rit, bien sûr, puisque c'est lui qui la creuse, sa blessure, regarde comme il l'exploite, il te fait mijoter à longueur de journée dans le jus de ta culpabilité, tu passes ta vie à essayer de le dédommager, pour qui il se prend, la perfection incarnée ? Mais moi, qui ne peux que le défendre, j'assène mon ultime argument, quoi qu'il en soit, lui ne m'a jamais trompée, tu ne mesures pas l'ampleur de son amour, de sa sensibilité, oh, que si, rétorque-t-elle, je la mesure parfaitement, surtout envers lui-même, mais qu'en est-il de toi, tu trouves vraiment qu'il pense à toi ? Il obéit juste à son besoin viscéral de vivre dans l'accusation comme toi dans la culpabilité. Elle a raison, ma copine, et je me promets de ne plus me laisser faire, fini, je ne le supplierai plus. Je m'écarte, bon, puisque c'est comme ça, pas la peine, je murmure avant d'entrer dans la douche, si tu ne veux pas, je partirai seule une fois que tu seras remis d'aplomb, je tire vite le rideau, il se fige devant le miroir, elle est intelligente, Anath, il faut toujours l'écouter, bon, d'accord, déclare-t-il, si tu y tiens tant que ça, eh bien, on partira.

Le lendemain matin, je saute sur mon vieil ennemi le réveil, lui cloue le bec avant qu'il ne commence à nous enquiquiner, et je fonce dans la chambre de Noga pour la réveiller... le lit vide me renvoie son absence en pleine figure, je reste pétrifiée, une chambre vide se transforme instantanément en mausolée, les photos accrochées au mur se chargent soudain d'un autre sens. Noga à une semaine, sa tête pointe au-dessus de l'épaule d'Oudi et elle a les yeux mi-clos, nous trois sur la couverture à carreaux, il l'a prise dans ses bras tandis que moi, en retrait, je les contemple, cheveux attachés, beau visage, oui, sur cette photo je suis presque aussi belle que ma mère, à la différence qu'elle a toujours mis sa beauté en valeur alors que moi je m'obstine à la cacher, comme si je la jugeais illégitime. Ses cahiers s'entassent sur le bureau, je les feuillette avec une curiosité déplacée, il me faut y trouver un renseignement primordial, j'ignore lequel mais il vient de prendre un caractère urgent, ils sont quasiment vides, ses cahiers, les premières pages retiennent encore quelques rares phrases mais, après, c'est le désert total, blanc et inquiétant.

Mon regard glisse sur les objets figés dans leur dernière course, les vêtements éparpillés sur le tapis, poignets ouverts comme s'ils avaient été ôtés un instant auparavant et contenaient encore ses mouvements, soudain elle me manque terriblement, et je m'assieds par terre, comment pourrai-je partir sans elle, elle doit venir avec nous, pour ce qu'elle apprend à l'école, oui, on va faire une virée tous les trois, mais soudain ce tous-les-trois me saisit à la gorge, avec la tension qu'il implique, me retrouver à nouveau déchirée entre elle et lui, voir tous les efforts qu'elle fera pour gagner l'amour d'un père à qui j'en voudrais parce qu'il la décevra une fois de plus, ensuite je m'en voudrais à moi aussi, non, je n'ai pas la force, je prends le téléphone et appelle ma mère, qui répond avec une voix grave et triste, tellement différente d'avant. Comment vas-tu ? Cette nuit, mon ulcère m'a réveillée plusieurs fois mais, maintenant, ça va, il s'est calmé. Voilà un an qu'elle vit sous le joug de son envahissante blessure à l'estomac qu'elle soigne comme s'il s'agissait d'un bébé, si seulement elle s'était occupée de nous avec le même dévouement, mon ton se glace, comment va Noga, et elle lâche un soupir, Noga va bien, mais il faut faire quelque chose pour sa classe. Qu'est-ce qu'elle a, sa classe, je m'étonne, qu'est-ce qui s'est passé ? Quoi, s'étonne-t-elle en retour, elle ne t'a rien raconté ? Elle est très seule à l'école, les filles se moquent d'elle parce qu'elle s'habille comme un garçon et les garçons la rejettent parce qu'elle est une fille. Ébranlée, je resserre les doigts autour du combiné, pourquoi ne me raconte-t-elle jamais rien, les larmes me chatouillent déjà la gorge, et ma mère, qui ne cherche même pas à cacher sa fierté au cas où j'aurais pu, un jour, m'être crue meilleure qu'elle, reprend, elle ne veut pas t'inquiéter, tu ne comprends pas ?

Passe-la-moi, bonjour, Noguigui, j'essaie de maîtriser le tressautement de ma voix, bonjour, maman, répond-elle, et le couple de mots officiels qu'elle m'offre me heurte les tympans, bonjour-maman. Je vais partir avec papa pour deux jours dans le Nord, on va se reposer un peu, super, s'exclame-t-elle, le principal, c'est que papa guérisse, ta grand-mère vient de me raconter que tu ne te sentais pas très bien en classe, j'embraie pour essayer de la faire parler, mais elle se défile aussitôt, c'est pas grave, maman, je vais me débrouiller, le principal c'est que vous partiez et que vous vous amusiez bien. Et que papa guérisse. Je commence à m'excuser, tu sais, ce n'est que pour deux jours, on sera de retour après-demain et tu me raconteras tout, mais elle abrège, salut, maman, je suis en retard, et moi je me retrouve seule au milieu de ses affaires. Qu'est-ce que ça veut dire, comme un garçon, je m'insurge, c'est vrai qu'elle ne se pomponne pas, à peine se coiffe-t-elle, c'est vrai qu'elle porte surtout des tee-shirts d'Oudi qui lui descendent presque jusqu'aux genoux, mais pourquoi s'en moquer, soudain je prends conscience que, effectivement, aucune copine n'est venue à la maison depuis des mois, que, depuis des mois, les gazouillis ne retentissent plus dans le combiné du téléphone pour demander à parler à Noga, dire que je ne m'en étais même pas rendu compte. Maintenant je ne veux plus du tout partir, je veux juste me déguiser en gamine de dix ans, aller immédiatement à l'école, m'asseoir à côté d'elle, devenir sa meilleure amie, écouter tous ses secrets et lui dire qu'elle est la fille la plus merveilleuse du monde.

De la salle de bains émanent des exhalaisons de vapeur odorantes, il est allongé dans la baignoire, son corps juvénile est couvert d'une eau limpide, ses cheveux tirés vers l'arrière dévoilent les golfes clairs d'une calvitie naissante et soulignent la précision des traits de son beau visage, je décide de ne rien lui dire pour l'heure, chaque fois que j'essaie de lui faire partager la moindre inquiétude au sujet de Noga il se crispe comme s'il était accusé et contre-attaque avec agressivité. Comment te sens-tu ? Si je suis arrivé jusque-là par mes propres moyens, sourit-il, c'est déjà un succès, moi je le contemple et songe, émerveillée, que tout est à moi, oui, étrangement, il y a là un être humain entier qui est à moi, je l'ai récupéré, j'ai réussi à l'arracher à l'étreinte voluptueuse de la maladie, finalement c'est moi qu'il préfère, un sentiment de victoire imbécile m'envahit, avec enthousiasme je plonge ma main dans l'eau et promène deux doigts sur son corps, il essaie de me tirer à lui mais je me dérobe, attendons d'être là-bas, oh, tu sais, glousse-t-il, on peut le faire maintenant et recommencer quand on arrivera là-bas.

Le vieux sac que j'avais préparé pour l'hôpital il y a deux jours à peine se gonfle à nouveau, j'y fourre des vêtements et des affaires de toilette, mon entrain forcé finit petit à petit par me convaincre, voilà, presque tout n'est qu'une question de décision, la tristesse ou la joie, l'hostilité ou l'intimité, même la santé ou la maladie, et seule, par intermittence, souffle de la chambre de Noga une sombre inquiétude. Je retourne y jeter un coup d'œil, j'ai l'impression que des sanglots étouffés se cachent quelque part, comme les plaintes de survivants coincés sous les décombres après un tremblement de terre, tu lui as parlé au téléphone il y a quelques minutes à peine, je me chapitre, comment veux-tu qu'elle soit là, et pourtant, après avoir fermé la porte à triple tour, après être arrivée en bas, je remonte sous prétexte d'aller contrôler si je n'ai pas oublié de fermer le ballon d'eau chaude, me rue dans sa chambre, scrute l'obscurité ambiante, l'appelle par son nom, la pièce est vide mais je n'arrive pas à me débarrasser de l'impression que nous avons laissé derrière nous, dans l'appartement fermé à clé, un être vivant qui appelle désespérément au secours.

CHAPITRE 7

Nous glissons entre les bras du désert sur un énorme toboggan d'asphalte, il roule à toute allure, je serre mes genoux l'un contre l'autre, les doigts familiers de la peur commencent déjà à me tirailler le pubis, en picotent les muqueuses, je pose une main sur la cuisse d'Oudi, pas si vite, tu exagères. Chaque fois que je prends mon pied, me lance-t-il dans un reproche, tu trouves que j'exagère, mais il ralentit tout de même pour me permettre d'admirer le désert de Judée qui brandit son sceptre, et je reste perplexe, regarde-moi toute cette sècheresse, on se croirait vraiment dans un autre pays, c'est parce que personne ne veut investir ici, lâche-t-il, voilà d'où vient la différence. Il y a deux minutes à peine le paysage était verdoyant, je réplique, comment est-ce possible qu'il change si vite, si abruptement, c'est que, m'explique-t-il avec une étonnante patience, celle qu'il réserve à ses groupes de touristes, dans leur course, les nuages transportent l'eau de la mer jusqu'aux sommets des collines, ils montent de plus en plus, grossissent et atteignent leur paroxysme juste au-dessus de la ville construite au milieu. Passé cette ligne de démarcation, le processus s'inverse à une vitesse fulgurante, l'eau redevient vapeur et la vapeur redevient gaz. Et si un nuage n'a pas eu le temps de se vider jusqu'à Jérusalem, je lui demande, il sèche ? Oui, Oudi hoche la tête, il se rétrécira comme une peau de chagrin. Que deviendra-t-il, j'insiste, gagnée par la tristesse car je viens de me remémorer l'histoire qu'il avait inventée pour Noga quand elle était petite, le Voyage de Petit-Nuage, l'histoire d'un nuage naïf et généreux qui avait décidé vaille que vaille de faire tomber une pluie bienfaisante sur les plantes du désert, il s'était condensé au-dessus de la mer, avait grossi et grossi, retenant ses gouttes, elles étaient devenues si lourdes qu'elles lui déchiraient presque le ventre, il avait tout de même réussi à dépasser Jérusalem mais juste après, sans avoir eu le temps de se transformer en pluie, il s'était subitement évaporé sous le regard désolé de la flore assoiffée qui l'avait vu se disloquer au-dessus de la terre aride, toutes ses bonnes intentions parties en vapeurs chaudes et inutiles. Je pressais Oudi de changer la fin, fais-le éclater à la dernière minute, le tannais-je, raconte que la pluie est tombée à l'orée du désert, comment peut-on tout perdre à cause de bonnes intentions, je m'en émouvais d'ailleurs beaucoup plus que Noga, qui, elle, ne saisissait pas vraiment l'ampleur du gâchis. Je lève la tête, pleine d'espoir, peut-être qu'aujourd'hui Petit-Nuage arrivera enfin jusqu'ici, mais le ciel est clair et stérile, aucun bébé nuage ne s'amuse dans la cour, impassible, il nous veille d'en haut, et, tel un vieux couple resté sans enfants, son ventre est encore strié de fils d'argent désolés tandis qu'il est déjà au-delà du grand désespoir.

La frontière passait à peu près là, m'indique Oudi, et je m'étonne, quelle frontière, avec la Jordanie ? Mais non, qu'est-ce que tu racontes, la frontière entre le royaume de Juda et le royaume d'Israël. Moi j'avais totalement oublié qu'une telle séparation avait un jour existé, je regarde autour de moi avec perplexité, à la recherche des traces d'une antique muraille, mais la terre est la même de tous les côtés, salée et accidentée. Pourquoi se sont-ils scindés, je lui demande, non, la question est, rectifie-t-il, pourquoi se sont-ils unis, car, entre eux, c'est la séparation qui était naturelle, elle datait du temps des temps, a précédé l'unité, fragile dès le départ. Je baisse les yeux, pourquoi me semble-t-il qu'il parle de nous, une crispation froide me coince le dos, des insectes de glace l'escaladent, vertèbre après vertèbre. Comment définirais-tu leurs relations, je demande, instables, avec des guerres, des périodes de calme, des alliances, moi je fais un effort de mémoire, Israël était plus vaste et plus fort que Juda, non ? Alors comment expliquer qu'il a été détruit en premier ? Oudi lâche un petit rire, c'est justement ce qui l'a perdu, le royaume d'Israël s'est montré moins vigilant, il a osé s'écarter de Dieu, tandis que celui de Juda, de par sa faiblesse militaire, s'est mieux préservé, il n'avait pas le choix. Il vaut donc mieux être faible, je dis, et il opine, du point de vue de Dieu c'est sûr, mais sans dépasser la limite au-delà de laquelle la survie est impossible.

Le peuple de Juda a dû être drôlement étonné de se retrouver seul après la déportation d'Israël, je continue, comme dans un couple où c'est le plus vaillant qui surprend l'autre en mourant le premier. La vérité, m'explique Oudi, c'est qu'Israël n'avait que l'apparence de la force, en dedans, il était fragile, faible, instable, secoué par des luttes intestines sanglantes, les prophètes fanatiques incitant à la révolte y poussaient comme des champignons, alors que justement Juda était relativement stable et est resté fidèle à sa capitale et à sa dynastie. Mais ça ne les a pas particulièrement aidés non plus, j'objecte, la preuve c'est qu'eux aussi ont été déportés, quelques générations plus tard. Oudi secoue la tête, tu te trompes, ça les a énormément aidés, parce que même en exil ils sont restés fidèles à leur capitale et à leur dynastie, et c'est ce qui les a ramenés ici, eux et pas le peuple d'Israël. Je suis sûre que ça a été catastrophique pour eux de se retrouver soudain seuls sur tout le territoire, je veux poursuivre mon idée mais m'interromps car Oudi me regarde avec étonnement, tu sais que tu es merveilleuse, arrête de te moquer de moi, je réplique en jouant les modestes, mais il me caresse le bras, non, je le pense vraiment, tu vois tout d'une manière si généreuse, si personnelle, je balade ici, depuis des années, des groupes entiers de touristes et jamais personne n'a fait cette réflexion, ce n'est pas pour rien que je suis tombé amoureux de toi à douze ans, se rengorge-t-il, déjà à l'époque j'avais vu que tu étais quelqu'un de spécial, dommage que je n'aie pas prévu que tu te galvauderais en voulant aider des minables, ajoute-t-il avec acidité. Arrête de tout gâcher, je lui donne une tape sur la main, regarde-toi, reprend-il en me souriant, ton visage n'a presque pas changé, tu as l'air si jeune, tant d'éloges m'embarrassent et je m'empresse de les réfuter, tu dis n'importe quoi, regarde les rides sous mes yeux, mais il continue, tu as l'air d'une gamine, ne discute pas, je le sais mieux que toi. J'essaie de savourer le compliment, me laisse envahir par une douceur oubliée, j'ai envie de fermer les yeux dans le cocon de son amour, de me laisser bercer par le vent printanier qui chatouille la vitre, oui, de fermer les yeux et de croire en un avenir meilleur.

Devine ce qu'il y a dans ce monastère, me lance-t-il en indiquant un petit bâtiment dont le dôme scintille au milieu des étendues désertiques qui entourent Jéricho. Les crânes de moines massacrés par les Perses il y a des centaines d'années. Tu veux voir ? Il est sur le point de faire le détour, mais je frissonne, non, surtout pas. Il renonce avec une surprenante facilité, plus nous nous éloignons, plus il affiche sa bonne humeur, ses cheveux volent au vent, son visage est radieux, comment croire qu'hier il gisait paralysé sur un lit d'hôpital, et je respire de soulagement, ce qui lui arrive est vraiment de l'ordre du miracle, de l'inespéré, je regarde autour de moi, soudain piquée de curiosité, les miracles font partie intégrante de ces reliefs étincelants, de ces versants troués de cavités qui me fixent comme des orbites évidées. Ce sont des cavernes antiques, précise Oudi, tu veux qu'on y grimpe ? Non, je tressaille, aucune envie, mais je continue à fixer les yeux vides, ils en ont certainement beaucoup vu, de choses surnaturelles, je ne me rappelle pas exactement lesquelles, ça a un rapport avec le Jourdain, et je m'étonne soudain, où est le Jourdain, on ne l'a pas encore aperçu, Oudi éclate de rire, c'est ce qui est beau avec lui, il est quasiment invisible, celui qui arrive à le voir est toujours déçu, c'est un filet d'eau presque à sec. Pourtant, moi, j'ai l'impression de sentir sa présence à notre droite, comme une sorte d'idéal, fidèle et dérangeant, qui nous accompagne tout le long du chemin à grandes foulées gris-vert.

De nombreux miracles bibliques se sont produits dans les parages, non ? je lui demande, et comment ! Ils ont proliféré, surtout autour du Jourdain, un nombre incroyable de jeunes prophètes ont traîné ici assoiffés de miracles, c'est là qu'Élie monta au ciel dans un tourbillon, là qu'Élisée rendit salubre les eaux malsaines de Jéricho, là que Naaman, le général en chef du roi de Syrie, immergea sept fois sa chair et fut guéri de la lèpre, sans parler de la traversée du Jourdain, de l'eau qui s'est ouverte et dressée en mur pour permettre à tout un peuple de passer à pied sec... mais de tous les miracles qu'il énumère, le nôtre me paraît le plus grand et le plus spectaculaire, et c'est à peine si, de temps en temps, j'entends en moi un murmure aussi faible que l'écoulement d'un fleuve tari, ce n'est peut-être pas un miracle du tout, peut-être ne s'agissait-il, depuis le début, que d'une imposture ?

Ceux qui ne croient pas aux miracles, je m'enquiers, donnent-ils une autre explication à tous ces phénomènes ? Il y a toujours plusieurs manières d'aborder un sujet, quel qu'il soit, on peut toujours trouver une explication rationnelle, par exemple qu'il y aurait eu un tremblement de terre exactement au moment où les fils d'Israël traversaient le Jourdain et que des blocs de marne projetés dans le fleuve l'auraient asséché. Mais moi je l'écoute à peine, le regard rivé à ses lèvres qui polissent les mots, je suis sûre que dans chaque groupe il y a une touriste qui tombe amoureuse de toi, je lui dis sur un ton un peu provocateur, et il rit, pourquoi rien qu'une ? Il promène sa main le long de mes cuisses, la glisse au milieu, et pendant tout le trajet je leur fais ça, il m'ouvre les boutons du pantalon, qui peut m'assurer que ce n'est pas vrai, je minaude, et il réplique, si tu ne le sais pas de l'intérieur tu ne sais rien, mais moi qui pensais justement savoir, je me demande tout de même qui lui a appris à ouvrir des boutons d'une main, comme ça, en conduisant. Stop, ne pas me laisser perturber par cette question, pas maintenant, pas au moment où il me veut si fort, j'ai l'impression d'être une jeune touriste enthousiasmée par la Terre sainte et par le merveilleux guide qui connaît si bien les temps bibliques.

Oudi, fais gaffe, garde tes deux mains sur le volant, je m'écrie au moment où klaxonne la voiture qui arrive en sens inverse, nous avons apparemment dévié sans nous en rendre compte, mais il ne me lâche pas et susurre entre ses mâchoires serrées, je préfère avoir la main sur ton volant à toi, ça m'excite beaucoup plus, dans un instant je vais te le faire tourner, je proteste faiblement, pas maintenant, Oudi, c'est dangereux, mais ses doigts me font frissonner, mon bassin ondule malgré moi, j'ai l'impression d'être couchée tout au fond d'une mer antique, salée et graisseuse, de rejoindre la vie primaire et spirituelle de cette terre, les battements de cœur des bêtes sauvages qui s'agitaient là il y a des milliers d'années, quant à lui, il s'accroche à moi avec une brusquerie inconnue, avec un détachement excitant et étranger, comme s'il n'était pas mon mari depuis ses douze ans, seule sa main me pénètre tandis que ses yeux restent braqués sur la route. Vas-y, laisse-toi aller, chuchote-t-il, je ne m'arrêterai pas tant que tu n'auras pas joui, n'exagère pas, je lâche la bouche sèche, ça peut prendre des années, il ne répond pas mais ses longs doigts insistent, ils moissonnent tout mon corps qui se rassemble autour d'eux comme une gerbe au milieu d'un champ, ils me remplissent de norias de papillons, des ailes minuscules s'ouvrent en moi, se cognent les unes aux autres, se caressent, se lèchent, ma gorge est de plus en plus sèche, j'essaie de murmurer, arrête-toi sur le bas-côté, mais il m'ignore, d'ailleurs moi aussi je m'ignore, des milliers d'ailes me font vibrer du dedans et ricanent lâchement, tapissent mon bas-ventre de baisers de nectar, et, quand j'ouvre les yeux, je vois avec terreur un nuage noir de papillons qui se heurtent au pare-brise, qu'est-ce que c'est que ça, je crie, calme-toi, me dit-il, ça arrive de temps en temps dans ce coin, il n'y a rien à faire sauf rouler lentement, puis, avec une grande douceur, il retire sa main et la contemple d'un air victorieux.

Je baisse le dossier de mon siège, lance un regard contrit vers le ciel, comme c'est agréable de rouler ainsi, j'ai l'impression que tout ce paysage indompté s'est s'invité sur ma couche, je jette un œil émerveillé vers Oudi, oui, on peut encore tomber amoureuse de lui, même moi je peux encore tomber amoureuse de lui, la faim frétille dans mon ventre, une agréable sensation d'appétit, je me redresse dans un sursaut, Noga, que devient-elle, j'ai oublié de demander à ma mère si elle avait arrêté son jeûne, Oudi me regarde étonné, que se passe-t-il, je croyais que tu t'étais endormie. Je dois savoir si Noga a avalé quelque chose ce matin, je bredouille, affolée, tout en attrapant le téléphone, mais il n'y a pas de réponse chez ma mère, et je n'ose pas appeler l'école. Chaque fois que tu te sens bien, me lance-t-il dans un reproche, il faut que tu remues ciel et terre pour te trouver une nouvelle angoisse, je n'ai vraiment rien besoin de remuer, figure-toi, je rétorque, ça pousse tout seul, c'est même déjà à peu près à un mètre et demi au-dessus du sol, est-ce assez haut pour toi ? Il se hérisse, si tu crois que tu l'aides en te torturant, je te garantis qu'elle a très bien mangé, non que ta mère soit capable de cuisiner correctement, rectifie-t-il dans une grimace, du coup c'est plus fort que moi et je lui envoie, les yeux déjà transformés en coussins humides, quoi, tu t'en fous, toi, de ce qui lui arrive ? Pourquoi voudrais-tu que je m'en foute, gronde-t-il, c'est ma fille à moi aussi, seulement j'évite d'exagérer, c'est tout, pas comme toi, et j'en ai ras le bol que tu passes ton temps à me jauger.

Dépitée, je contemple le ciel, plus nous avançons vers le nord, plus il se couvre, mais ça ne me rassure guère, qu'est-ce que je fais de travers, pourquoi chaque fois qu'on mentionne Noga tout déraille, ça devrait être le contraire, les parents se délectent ensemble de leur progéniture, d'ailleurs quand elle était bébé nous nous en donnions à cœur joie tous les deux, pourquoi cette blessure ne se referme-t-elle pas, et j'ai envie de lui demander de rentrer à la maison, ce voyage ne sert à rien, un palace ne convient pas à notre plaie béante qui doit rester cachée à la maison, tant qu'elle n'aura pas cicatrisé ça n'ira pas entre nous, et tant que ça n'ira pas entre nous elle ne cicatrisera pas, alors viens, laissons tomber, ça suffit. Autour de nous l'air refroidit, les couleurs s'assombrissent, comme si nous pénétrions dans un autre royaume, plus triste mais ancré dans la réalité celui-là, et certainement plus fiable que le royaume chaud et sauvage des monts et des merveilles avec ses palmiers et ses bananes, énorme berceau antique suspendu entre les montagnes de Judée et de Moab, son visage aussi semble s'être refroidi, ses joues s'accrochent à contrecœur sur ses os, un pli de peau distendue pendouille sous son menton, un vent mauvais se lève, je dois le stopper avant qu'il ne l'atteigne, ravaler mes reproches, ne pas réveiller la bête, cette Conversion qui nous accompagne et somnole, silencieuse et menaçante, sur la banquette arrière.

Quand est-ce qu'on arrive, j'ai opté pour une question innocente, à peu près dans une heure, répond-il sèchement, je lui propose de nous arrêter en route pour manger quelque chose, mieux vaut attendre au point où on en est, réplique-t-il, la bouffe est bien meilleure là-bas, ses paroles anodines semblent avoir dissipé sa tension, mais pas la mienne, à nouveau le froid monte le long de ma colonne vertébrale, des vers grouillent autour de mes vertèbres fatiguées, les serrant dans une étreinte glacée.

Tu veux aller voir la nécropole, demande-t-il, moi je n'ai qu'une envie, m'asseoir dans un endroit chaud devant un café et un gâteau mais je n'ose pas refuser une nouvelle fois et m'entendre dire que rien de ce qui est éternel ne m'intéresse, que je n'ai aucune considération pour l'Histoire. Comme je regrette à présent d'avoir refusé de visiter le monastère, quelques vieux crânes ne sont rien comparés à toute une ville de morts, j'essaie de m'enthousiasmer, une vraie nécropole ? Oui, confirme-t-il, une ville cimetière, des quatre coins du monde les Juifs venaient ici se faire enterrer, pourquoi justement ici, je m'étonne, parce qu'ils n'avaient pas le droit de se faire enterrer à Jérusalem, m'explique-t-il volontiers, et, après la révolte de Bar Kokhva, ils ne pouvaient même plus habiter Jérusalem ou un endroit d'où on pouvait voir la ville. En fait, tous les rites funéraires ont changé après l'exil, ce n'est qu'à cette période qu'on a commencé à croire en la résurrection. Je me traîne derrière lui jusqu'aux catacombes, elles sont fraîches et profondes, chaque sarcophage est éclairé par une petite lumière qui ne fait que souligner la pénombre ambiante, chaque défunt a droit à sa propre lampe de chevet. La première à nous accueillir est une fillette morte à l'âge de neuf ans et six mois, ils n'ont pas écrit la cause du décès mais je me glace de terreur devant la sépulture, à ton avis de quoi est-elle morte, je m'enquiers, qu'est-ce que ça peut te faire, on peut mourir de tellement de choses, me répond-il, mais pour moi cet âge est lourd de sens, c'est exactement celui de Noga, et tout à coup cette interminable dixième année me semble affreusement dangereuse, il faut absolument que je sache de quoi me méfier.

Il me montre avec fierté les bas-reliefs qui ornent les tombes, le taureau assyrien, l'aigle romain et le paon qui marque l'éternité, la ménorah à sept branches, Niké la déesse romaine de la victoire, quelle tolérance, s'extasie-t-il, tu vois, ils ne crachaient pas sur les symboles impies, mais moi je claudique derrière lui, paniquée parce que je vois tous ces animaux tournoyer autour de la tête de ma Noga à moi, sa vie est en danger, je n'écoute pas ses doctes explications, je n'ai que l'envie de sortir de là, j'attends ma résurrection à l'instar de ces notables figés dans la mort, et, lorsque nous émergeons, il est fier et satisfait comme s'il était le propriétaire des lieux et m'avait fait visiter le cimetière privé de ses ancêtres, tandis que je scrute avec hargne les pelouses bien entretenues, qu'ai-je à faire de cet endroit d'où l'on ne peut même pas voir Jérusalem ?

Qu'est-ce qui t'arrive, tu es toute grise. Je remarque son regard railleur mais la seule chose qui m'intéresse c'est d'arriver vite à la voiture pour rappeler ma mère, ça m'a crevée, je dis avant de composer le numéro avec des doigts tremblants, heureusement elle décroche, je me suis levée tôt pour aller au dispensaire et ils m'ont dit qu'il n'y avait aucune amélioration, m'assène-t-elle, moi je l'interromps, est-ce que Noga a mangé ce matin ? Bien sûr, se rengorge-t-elle, je lui ai préparé sa bouillie préférée, celle avec du chocolat râpé et elle n'a rien laissé. Je respire de soulagement, en un instant tout me semble moins menaçant, même ces affreuses catacombes, et je suis prête à y refaire un tour tant je suis reconnaissante, tu vois, intervient Oudi, elle n'a aucun problème quand tu n'es pas dans les parages, elle ne fait des siennes qu'avec toi. Je m'allonge sur mon siège et demande avec un intérêt qui me surprend moi-même, à quoi ressemblait le site à l'époque ? À peu près à ce qu'il est aujourd'hui, rien n'a vraiment changé à part les cyprès qui n'avaient pas encore été plantés, on trouvait des pins, des pistachiers, des caroubiers. Je regarde autour de moi, c'est donc ce paysage-là qu'ont vu, les yeux voilés de désespoir, les parents de la fillette lorsqu'ils sont arrivés au terme de leur périple. Ils ont porté pendant des jours et des jours le petit corps qui tressautait sur les ornières du chemin comme s'il était encore en vie, une petite fille des temps anciens, qui même si elle n'avait pas disparu prématurément reposerait aujourd'hui sous la roche froide, on peut mourir de tellement de choses, a-t-il dit, ce ne sont pas les motifs d'angoisse qui manquent, alors j'essaie de me rassurer avec les mots gravés sur l'une des sépultures, soyez forts fidèles parents, nul n'est immortel.

Plus nous allons vers le nord, plus la lumière décroît, on dirait que le soleil s'est couché avant midi, un épais brouillard nous barre le chemin et nous nous tortillons en même temps que le lacet sinueux à flanc de coteau qui perce la couche de nuages dont le contact est hostile, étrange, totalement différent de la douce caresse que l'on pourrait attendre. Oudi conduit avec de plus en plus de difficulté, son front touche presque le pare-brise, il plisse les yeux, remue les épaules de droite à gauche comme s'il ramait, les uns après les autres surgissent des panneaux de signalisation qui nous agressent de leur point d'exclamation menaçant, d'en bas monte le souffle lourd du ravin, profond et affamé. Soudain, les nuages qui pèsent comme d'immenses ours blancs sur le toit de la voiture ouvrent la gueule et une pluie noire en jaillit, elle fouette le pare-brise, je me mets à remuer les pieds pour lutter contre une angoisse croissante, j'ai l'impression que les tentacules du gouffre se resserrent autour de mes chevilles tandis que ma tête est entrée dans le champ magnétique du ciel glacial, encore une brève inspiration et l'immuable *statu quo* entre le ciel et la terre sera brisé, je ne tiens plus qu'à un fil, comme quand j'étais petite, tiraillée entre ma mère et mon père.

Dès qu'on arrive, je pique une tête dans la piscine, déclare Oudi, je le regarde avec stupéfaction, comment peut-il être si sûr que nous arriverons, la route est tellement étroite, chaque fois que nous croisons une voiture nous frôlons les rochers à tel point que, un bref instant, j'ai l'impression que ce sera eux ou nous. Comment peut-il parler de superflu alors que notre survie même est incertaine, mais voilà qu'il s'engage sur un chemin de traverse, il échappe au gouffre qui referme sa gueule, dépité, ça y est, nous appartenons à un autre monde, et, tels des réfugiés arrivés au terme d'une longue errance, nous nous sentons aussitôt adoptés par la plaine accueillante qui s'étend à perte de vue. La fine bande d'asphalte à dos de nuages devient un souvenir flou, seule la vision du trajet de retour, côté gouffre cette fois, vient assombrir un court instant mon soulagement, mais je l'évacue aussitôt, le retour semble si loin que d'ici là de nouvelles routes seront forées à travers le pays et que toutes les vallées seront comblées de poussière.

Je me jette sur le lit avec ravissement, jamais je n'en ai vu d'aussi grand, je me sens toute petite dedans, je tends les bras et les jambes sans arriver à en atteindre les bords, tu vois, me dis-je, preuves à l'appui, tout ne déraille pas systématiquement, il arrive parfois autre chose que le pire, tu vois, Noga va bien, Oudi est guéri, nous sommes sains et saufs, installés dans ce palace où tout le monde sera aux petits soins pour nous, les icebergs de mon dos fondent, se transforment en eau tiède, Oudi est en train de fouiller dans le sac, ne prend pas même un instant de répit, où est mon maillot de bain, tu es sûre de ne pas l'avoir oublié ? Il envoie valser nos vêtements par terre, on dirait Noga, jusqu'à ce qu'enfin il découvre, soulagé, le bout de stretch noir qui se retrouve immédiatement plaqué sur ses fesses. Allez, viens, me presse-t-il tandis que je me prélasse encore sur le lit, Oudi, je te rejoins tout de suite, d'accord ? Il enfile un peignoir blanc et sort, je reste les yeux fixés sur la porte qui a gardé l'empreinte de sa volonté de fer, une volonté qui devient aussitôt la mienne et me soulève, j'enfile mon maillot de bain, examine mon corps avec appréhension, le couvre d'un peignoir identique au sien, oui, ici aussi, c'est une sorte d'hôpital, tout le monde se balade en blanc.

Des vitres translucides entourent la piscine comme un ciré en plastique, la protège de la tempête, une agréable pénombre d'après-midi d'hiver règne à l'intérieur, elle cache les morsures de l'âge, je vois les bras d'Oudi qui frappent l'eau, si je racontais aux autres vacanciers que, hier encore, il ne pouvait pas les bouger, ils me riraient au nez, il nage tout à son miracle, ne me remarque pas, nous nous croisons chacun dans son étroit couloir mais je fais semblant de ne pas le voir, sa présence se désagrège, comme si nous ne nous étions pas encore rencontrés, comme si j'appartenais encore à cet autre temps, à cette parcelle d'existence qui m'était propre avant qu'il ne s'empare de ma vie. Oui, je nage dans notre piscine à la sortie du village, mes larmes se dissolvent dans l'eau fortement chlorée, le bassin ne va pas tarder à déborder et je serai la seule à savoir pourquoi, je vois les yeux de mes parents me suivre comme deux couples de poissons bigarrés, aller et retour, aller et retour, braqués sur moi avec inquiétude. Nous étions assis tous les quatre sur la pelouse, maman coupait une grosse pastèque quand elle nous a annoncé qu'ils divorçaient, qu'à partir de maintenant nous aurions deux maisons parce que papa restait ici et qu'elle nous emmenait en ville. Mon frère a sauté de joie en criant, génial ! Deux maisons ! Moi, abasourdie, je l'ai regardée, elle, un instant, puis je me suis mise à courir pour fuir la mauvaise nouvelle, lui échapper en allant me planquer dans les profondeurs de la clôture de buissons, tout à coup j'ai senti une piqûre sous mon pied et j'ai crié, maman, j'ai marché sur une épine, papa est accouru et m'a soulevée bien qu'il n'ait le droit de rien porter à cause de son dos, une abeille s'accroche à mon pied, c'en est fait d'elle, après m'avoir planté son dard, elle a encore quelques soubresauts puis tombe, et moi je hurle, affolée, enlève-moi le dard, papa, mais qu'est-ce que tu attends.

Je ne le trouve pas, bredouille-t-il après m'avoir déposée sur la pelouse chaude, puis il se penche sur moi, la mâchoire crispée vers l'avant comme un boxeur, avec, au-dessus, des joues de bébé rouges et rebondies, je ne le trouve pas, et mon frère demande si on va devoir m'opérer, m'ouvrir de partout pour chercher la pique. Je suis allongée entre leurs pieds avec cette douleur lancinante, soudain le soleil plonge dans mes yeux, aigle jaune affamé et terrorisant, et je sens le désespoir me happer jusqu'à ce qu'il ne reste plus rien de moi sauf cette douleur au pied pour me prouver que je suis encore vivante, sans elle je serais déjà morte, chose qui, à cet instant, ne me paraît d'ailleurs pas une catastrophe. Mieux vaut mourir que de déménager dans l'appartement que maman a loué en ville, mieux vaut mourir que de commencer à être trimbalée de l'un à l'autre, que de le voir agoniser dans son deuil, que de la voir faire des efforts répugnants pour vivre, pour justifier sa faute, et je me dis que, si je mourais, ils ne se sépareraient peut-être pas pour préserver le peu qui leur resterait. Non, je ne les laisserai pas me faire ça, je ferme les yeux très fort, payer de ma vie comme au temps des pogroms, quand une horde de sauvages déboulait chez les Juifs et détruisait tout, on venait de l'étudier en histoire, et je prends soudain peur en pensant à l'école, que diront les enfants, chez nous, un seul gamin est dans ce cas, et de toute façon, c'est le caractériel de la classe, personne ne le fréquente, voilà que maintenant on est tous les deux dans le même sac, un sac dégoûtant, et une gigantesque vague de haine me submerge.

Maman se penche sur moi avec une expression inquiète, sans doute craint-elle de me voir gâcher ses plans, alors je me retourne face contre terre pour ne pas voir sa beauté honnie, je plante mes ongles dans la pelouse, calme-toi, dit-elle, ce n'est pas la fin du monde, ce sera mieux comme ça, pour toi ce sera mieux, je hurle, pas pour moi, pour moi ça sera pire, ce sera toujours pire à cause de toi, c'est toi qui m'as piquée, ton dard restera à jamais planté dans mon corps, l'abeille, au moins, elle est morte, mais toi, tu penses avoir le droit de vivre après ce que tu m'as fait.

C'est alors que je me suis levée et, sautant sur un pied, m'aidant des buissons et des chaises longues, j'ai fini par atteindre la piscine, je me suis jetée dans l'eau, y ai sauvagement plongé mon corps, répandant mes larmes tout autour et j'ai essayé d'arrêter de respirer, je m'imaginais comment on repêcherait mon cadavre, c'était là, si près, à portée de main, il suffisait d'arrêter de respirer, de surmonter cette sale habitude de respirer, et maintenant, au milieu de la piscine couverte et protégée, sur laquelle tombe une bruine qui s'étonne d'être arrêtée par la verrière, j'essaie à nouveau, mais avec moins de conviction, je nage jusqu'au fond et retiens ma respiration, soudain une main m'attrape, me tire vers le haut, qu'est-ce qui t'arrive, dit-il, ça fait une demi-heure que je te parle et que tu ne réponds pas, je le dévisage un instant sans le reconnaître, l'eau lui a foncé les cheveux et il arbore une moue boudeuse, je vais me plaquer contre la paroi et souffle sur un ton d'excuse, je ne t'ai pas entendu, je pensais à autre chose.

La pluie se renforce mais, une fois dehors, Oudi m'entraîne sur la grande terrasse de l'hôtel, une fontaine noire bouillonne juste au milieu, nous sautons dedans, la chaleur de l'eau nous brûle la peau, le mélange de froid et de chaud m'insuffle une énergie nouvelle, mon cœur bat de plus en plus fort et me secoue de part en part. Nos bras s'écartent sur fond de nuages violets qui nous cachent le paysage, par-ci par-là une lueur lointaine arrive à percer, m'envoie des signaux que je ne sais pas décrypter, Oudi m'attire à lui par les cheveux, m'embrasse le cou, les lèvres, je murmure, arrête, il y a une fille qui s'approche, super, répond-il, elle n'a qu'à participer, d'ailleurs la voilà qui tend un pied prudent et sourit, elle a des cheveux bouclés et un long corps hâlé qui disparaît instantanément dans l'eau sombre, moi, cette intimité me met mal à l'aise, viens, montons dans la chambre, je lui murmure à l'oreille en lui léchant le lobe pour qu'il saisisse bien le sérieux de mes intentions, il lance un œil vers la fille mais sort juste après moi avec un maillot de bain qui souligne l'émoi de son sexe, nous courons dans les couloirs, tout mouillés sous nos peignoirs blancs, main dans la main en gosses amoureux nous nous engouffrons dans l'ascenseur, c'est si simple, je me dis, si simple ici, pas comme à la maison, avec notre fille qui dort et nos rancœurs qui veillent.

Une lumière pluvieuse se prélasse aux fenêtres de la chambre, assombrit son corps, on dirait qu'il s'est couvert de pelage comme la terre du sous-bois à la sortie du village qui se couvrait de mousse à la première ondée, et moi je marchais avec prudence entre les jeunes pousses, les yeux braqués sur la route. Toutes les heures arrivait un autobus à moitié vide qui repartait à moitié vide, parfois il me semblait que les passagers étaient les mêmes, que ceux qui avaient débarqué ne voulaient pas rester dans ce trou perdu et repartaient aussitôt arrivés, parfois Oudi en descendait, un petit maigrichon, les cheveux dans les yeux, raides comme des baguettes, je l'examinais, adossée à l'un des pins, luttant contre la déception et une espèce de honte, ce n'est pas à ça que devrait ressembler mon premier amant, mais il avançait vers moi d'une démarche assurée, une démarche qui savait sans doute déjà qu'un jour il deviendrait grand et beau, moi je me répétais au rythme de ses pas, garde-le, tu n'as plus rien à part lui, tout le reste s'est écroulé. Maman avait loué un appartement dans la ville voisine, juste en face de l'école, mais je préférais revenir dans notre maison d'antan, auprès de papa qui me contemplait comme si j'étais un fantôme, son visage torturé s'allongeait de plus en plus, j'ai fait tout ce que j'ai pu pour la satisfaire, disait son expression, aucun être vivant ne peut en faire davantage. À midi j'ouvrais et refermais le réfrigérateur désespérément vide, courais jusqu'aux vergers, en hiver, j'y cueillais des oranges et les épluchais en pleurant, en automne j'y trouvais des goyaves charnues, rouges et blanches, dont l'odeur me collait aux doigts et en été c'était des prunes. Lorsque Oudi pénétrait dans le sous-bois, agitant une main enthousiaste, je me détachais du pin qui laissait sur mon chemisier un baiser résineux, lui emboîtais le pas jusqu'à ma chambre où nous nous enfermions, il me poussait sur le lit, me grimpait dessus comme si j'étais un arbre fruitier, et moi j'entendais mon père déambuler dans la maison vide et tousser, des phrases entières de toux s'échappaient de sa bouche, alors mon corps se figeait, comment pourrais-je prendre du plaisir alors qu'il est tellement malheureux, parfois, au contraire, une violente colère m'envahissait, je vais prendre du plaisir exprès, exprès parce qu'il est malheureux, et j'attirais à moi un Oudi étonné, plaquais ses mains sur mes seins, gémissais bruyamment pour vaincre les lamentations de la toux. De temps en temps, je l'entendais sangloter par-delà nos halètements et le frottement moite de nos corps, des pleurs de bébé abandonné qui sait que de toute façon personne ne viendra, et voilà, maintenant aussi, écartelée sur le lit, j'entends le gémissement familier qui vient subrepticement heurter mes tympans et m'empêche de me concentrer, les lèvres d'Oudi m'énervent, comment arrivent-elles à me picorer tout le corps en même temps, je le repousse, ces sanglots me rendent folle, pourquoi, chaque fois que je vais prendre du plaisir, faut-il absolument que quelqu'un souffre.

Il se lève avec une expression vexée, le menton en avant, et si tu buvais quelque chose, ça t'aiderait à te relaxer, il se précipite sur la bouteille de vin qui nous attendait dans la chambre et l'ouvre comme s'il s'agissait d'un médicament à avaler d'urgence, tu as peut-être tout simplement besoin d'un nouvel homme, ajoute-t-il, acerbe, avec moi tu ne peux pas échapper à toi-même, je te rappelle chaque instant de ta vie, et moi, qui étais justement en train de me dire la même chose, je me hâte de nier, n'importe quoi, pourtant je sais bien qu'un nouvel amour me donnerait l'élan dont j'ai besoin pour ma fuite en avant, au moins au début, là-haut, dans la mansarde, entre les brosses et les pinceaux, rien ne me dérangeait, mais je bois le vin et essaie de m'apaiser, laisse-toi aller, tu mérites bien ce cadeau, offre-le-toi ce cadeau, offre-toi, ouvre-toi, tout le monde y gagnera. Je vais remplir la baignoire, l'eau couvre mes piètres mensonges, Oudi entre après moi, me donne une seconde chance sous la mousse immaculée comme de la neige fraîche, il me lance un regard triste, presque éperdu, dans ses yeux bruns scintille une petite tache verte, oui, il a une oasis à chaque œil. Si j'étais un autre homme, tu ferais plus d'efforts, me reproche-t-il tout bas, j'en ai marre que tu me considères comme acquis, je veux que toi aussi tu fasses des efforts, et je marmonne, crois-moi, j'en fais suffisamment, d'ailleurs pourquoi faudrait-il toujours faire des efforts ? Ce qui me blesse, continue-t-il, c'est que tu ne me désires pas vraiment, tu couches avec moi pour me faire plaisir, pour me mettre de bonne humeur ou pour autre chose. Évidemment que je te désire pour de vrai, je réplique, je ne désire personne d'autre, quoi, ça ne te suffit pas ? Il ferme les yeux, ça ne te suffirait pas non plus. Et voilà, je n'ai plus qu'une envie, c'est de tirer le bouchon et de sortir de la baignoire, de le laisser seul au milieu des lambeaux de mousse, avec son insondable frustration, mais cette journée pèse sur mes épaules, nous ne sommes pas venus ici pour nous disputer, nous avons fait le voyage pour nous aimer, pour nourrir la bête épuisée de nos amours à qui la disette a rétréci l'estomac.

Tu vas regretter de m'avoir provoquée, je lance d'une voix suave, et il ricane, chiche, il ouvre un œil curieux, moi, j'écoute la pluie torrentielle, un nuage a éclaté au-dessus de nos têtes, comme ce fameux matin, au dernier étage, pourquoi suis-je restée derrière cette maudite fenêtre au lieu de l'entraîner jusqu'au lit que je devinais dans le fond de l'appartement, de lui arracher le pull, de me plaquer contre son large torse en tee-shirt noir, d'entendre tout ce qu'il n'osait pas me dire et de lui répondre, moi aussi moi aussi moi aussi, quel ridicule de payer si cher pour m'être abstenue, saisie d'une rage subite j'emprisonne son membre glissant entre mes pieds comme si c'était un poisson que je devais prendre dans mes rets et dont la bouche est remplie de mousse, je plonge dessus, des mains étonnées enfoncent ma tête sous l'eau, j'étouffe presque, j'arrive difficilement à les repousser pour remonter m'oxygéner. Bois encore, dit-il en prenant la bouteille de vin, il me verse le liquide suret directement dans le gosier, j'écarte les lèvres, c'est ainsi que nous essayions d'attraper les premières gouttes de pluie, ma langue a soif de vin, elle va encore en chercher sur son membre dur qui tangue tel un ivrogne entre ses testicules et contre lequel il me plaque, la bouteille vide immobilise ma nuque, dans ses yeux l'oasis s'agrandit de plus en plus et il lâche un profond gémissement, son corps noué se relâche d'un coup.

Viens au lit, me chuchote-t-il d'une voix douce. Il m'enveloppe d'une serviette et m'entraîne comme un bébé qu'on va coucher après le bain, mes yeux se ferment déjà mais il se met à rire, ce n'est qu'un début, tu me dois encore beaucoup de surprises, et je bredouille, ah bon ? Bien sûr, dit-il, tu dois me dédommager en une nuit pour des années d'indifférence, mais je me mets sur le ventre, dormons un peu d'abord, mangeons quelque chose, mais il ne cède pas, un objet froid et lisse glisse le long de mon dos, m'écrase comme un rouleau à pâtisserie, crois-tu, me susurre-t-il à l'oreille, pouvoir entre-temps te satisfaire de cette bouteille ? Assez, Oudi, ça suffit, mais le goulot s'immisce déjà entre mes jambes, lèvres offertes dans un baiser de verre, profond et froid.

Au dîner, il rayonne par-dessus son assiette pleine, moi, je ne sais plus où donner de la tête devant la profusion de victuailles et de boissons, d'odeurs et de lumières, devant la quantité d'amour dont il m'abreuve, je l'observe, émerveillée par son bronzage piquant et plein de charme, ses lèvres dégagent une sensualité délicate et impétueuse, il porte une chemise en jean et un pantalon clair, il mastique avec une retenue séduisante, pas comme moi qui ai déjà vidé mon plat, qu'est-ce qui t'arrive, me sermonne-t-il, tu ne sais vraiment pas profiter de la vie. Je me lève pour me resservir, rajuste ma robe noire sur mes cuisses, le type assis à la table voisine me reluque mais je l'ignore, qu'est-ce qui ne va pas entre nous, pourquoi des fossés se creusent-ils avec autant de facilité, pourquoi suffit-il de quelques coups de pied dans la terre pour que soudain s'ouvre un gouffre qui paraît sans fond. Je dois bien avouer qu'au début c'est moi qui n'y ai pas mis tout mon cœur, j'enviais mes copines qui changeaient d'amoureux alors que je n'arrivais pas à me débarrasser de mon courtisan de la classe parallèle, je pensais que, si j'avais été assez forte, j'aurais essayé de le quitter et me serais cherché quelqu'un de nouveau qui m'aurait plus enflammée, mais je n'ai pas osé, il m'était acquis, tellement acquis que parfois cette trop grande facilité me tapait sur les nerfs. Laisse-la grandir un peu, le sermonnait ma mère, laisse-la respirer, tu l'étouffes avec ton amour, même au Yémen on ne se marie pas à votre âge, mais il restait là, fidèle, mes seins lui ont poussé dans les mains, et, chaque fois qu'un autre prétendant pointait le nez, il le repoussait avec la force de son entêtement puéril. Il était comme ça, un gamin qui avait pris possession de ma vie, je suis le seul à t'aimer pour de vrai, me lançait-il dans une menace, tu crois que tous les hommes de la terre t'aimeront ? Ils te prendront et te jetteront, je te le garantis. Tête basse, je venais m'asseoir à côté de lui, réfléchissais à ses paroles, considérais avec déception sa petite taille et la frange imbécile qui lui tombait dans les yeux, persuadée qu'ailleurs, loin de la maison étouffante où il vivait avec de vieux parents pleins d'amertume, il y avait autre chose, un monde exaltant que j'étais la seule à ne pas pouvoir atteindre mais dont je ne pouvais ignorer l'existence, jusqu'à ce qu'un soir il déclare, j'en ai marre de te voir avec cette tête de frustrée, je ne veux aucune autre fille mais si, toi, tu crois que tu mérites quelqu'un de mieux que moi, vas-y, cherche-le. Je suis restée à le contempler dans un total ahurissement, au lieu de me laisser enivrer par cette libération inespérée, j'ai été saisie de panique, un vide s'est creusé en moi, comme un mal de dent qui élance d'une oreille à l'autre, je suis rentrée à la maison en larmes, enfin il fait quelque chose de bien, s'est écriée ma mère, allez, ne perds pas de temps en lamentations, va t'envoyer en l'air. J'avais à peine dix-sept ans et j'ai senti que ma vie s'arrêtait, tout l'attrait qu'exerçait sur moi le monde extérieur s'est évanoui d'un coup, entre ses bras je pouvais rêver à d'autres amours, mais sans lui je ne voulais que le ramener à moi, comme par un fait exprès c'est à cette époque qu'il a grandi et s'est épaissi, à la récré je le voyais comploter avec d'autres filles, je remarquais l'éclat de fierté de leurs yeux et le défi dans les siens, je me sentais comme une mère répudiée par son propre enfant. La peur au ventre, je le suppliais de me revenir, je le guettais après la classe, allais le surprendre chez lui, tu m'as aimée, lui disais-je, ce n'est pas possible que tu ne m'aimes plus, et il a fini par revenir, au bout de quelques mois, mais quelque chose avait été irrémédiablement abîmé entre nous, une suspicion amère, torturante, a remplacé ce qui, auparavant, coulait de source, soudain je me suis retrouvée à le rassurer à longueur de journée, à essayer de lui prouver noir sur blanc qu'il était un choix et non un pis-aller, et, insidieusement, c'est devenu le but de ma vie. Avec un sourire satisfait il me regarde m'asseoir, me verse du vin, le goulot de la bouteille me fait agréablement frissonner, il éclate de rire, tu as pris ton pied, pas vrai ? Je lui caresse la main, c'était génial, j'ai encore quelques petites idées pour toi, déclare-t-il, moi je ricane, je ne te savais pas aussi inventif, et il réplique, que faire, il faut bien que l'un de nous deux le soit. J'ai des arêtes de poisson plein la bouche, je ne réponds pas, il a bien le droit de me titiller un peu, en fin de compte il ne me fait que du bien, il m'empêche d'oublier que le corps n'est pas qu'un tas d'organes blasés aux mouvements exclusivement efficaces, que, au-delà du labeur et du stress quotidiens, on peut aussi prendre du plaisir. Un couple d'à peu près notre âge passe devant la table, ils sont superbes, très bien habillés, en pleine conversation, derrière eux marchent un petit garçon et une fillette, elle doit avoir l'âge de notre fille, et lui est plus jeune, presque un bébé, je les suis d'un regard jaloux, pourquoi n'avons-nous pas emmené Noga, pourquoi n'avons-nous pas de petit garçon grassouillet et enrhumé, un petit nounours comme celui-là, ne recommence pas, m'arrête Oudi. J'avale en silence les fines arêtes, depuis que Noga lui a glissé des mains, jamais il n'a voulu entendre parler d'un deuxième enfant, il a coupé court à toutes mes tentatives de ramener le sujet sur le tapis, mais, ce soir, je capte une nuance différente dans sa voix, plus ouverte, je tourne les yeux vers la fenêtre, deux mains amantes semblent se frayer un chemin vers nous, les bonnes vieilles mains de quelque aïeul qui nous bénit, rapproche nos têtes, soudain tout paraît possible, même un adorable bambin, exigeant et capricieux, dans le genre de celui qui s'assied par erreur à notre table et éclate en sanglots dès qu'il se rend compte que nous ne sommes ni son père ni sa mère.

CHAPITRE 8

Ce n'est pas une seule chair et un seul corps, mais deux corps distincts, deux corps qui se sont intervertis, j'ai investi son corps et lui le mien, chacun a renoncé au sien, on dirait que nous tendions vers cela depuis toujours, depuis les bancs de l'école. C'est avec un immense soulagement que je me débarrasse de moi-même, de ma conscience hirsute et toujours sur le qui-vive, que je me glisse sous sa peau moulante, dans sa volonté de fer, il me veut moi et qu'y a-t-il de mieux, il veut dominer et qu'y a-t-il de plus facile, des profondeurs de mon corps il me lance un sourire, maternel et chaleureux, mon amour, dit-il, moi, abrutie de fatigue, d'alcool et d'amour j'enlace sa nuque, j'ai l'impression de tanguer dans un immense hamac, de droite à gauche, notre coït se transforme en cérémonie sexuelle mais pas seulement sexuelle, qu'est-ce que ça peut bien être, une sorte d'accouchement où les sexes auraient un autre rôle à jouer, brûleraient d'un feu fondamentalement différent, qui lécherait le bas-ventre comme une petite langue, le feu d'un pacte venu de la nuit des temps, douloureux, que nous aurions dû sceller depuis des années, qui éradique toutes les hésitations, effraie et rassure en même temps, oui, aucun mal ne sera fait à celui qui le respectera.

Entre les draps, les cadavres de nos doutes gisent, lacérés, je me mets à genoux au milieu de l'immense lit qui s'étend autour de moi comme un champ de coton, blanc et généreux, je peux courir à perdre haleine, agiter les mains dans tous les sens, capturer entre mes bras ouverts tout l'air du monde, je suis certaine que la présence divine est passée par là, est entrée par la fenêtre comme un oiseau et nous a bénis pour l'éternité, Oudi se presse contre mon dos, il est sous moi, sur moi, sous moi, sur moi, un gamin qui se délecte de la friandise de ses rêves, je me retourne dans un épuisement total et heureux, j'ai tout compris cette nuit, comme ça fait du bien de se débarrasser de l'insupportable manque de certitudes, j'ai enfin compris qu'il était comme mon enfant ou mes parents, un lien que l'on ne choisit pas et dont on ne peut se libérer, oui, c'est de cette manière que nous sommes unis, c'est ça qui fait de nous mari et femme. Une vague de pitié me submerge tandis que, dans une délicieuse résignation, comme si je n'avais été créée que pour ça, j'accouche encore et encore de son sexe, jusqu'à ce qu'il s'abandonne, maintenant je sens les battements de son corps langoureux à mes côtés, j'attire à moi la couverture et nous en enveloppe tous les deux, j'ai l'impression qu'elle est pleine de baisers tièdes et capiteux, ne t'endors pas encore, me murmurent-ils en me chatouillant, tu n'as pas le droit de dormir, cette nuit est pleine de passions à assouvir, cette nuit tous les vœux sont exaucés, jusqu'à ton dernier souffle tu ne connaîtras pas de telles nuits. Je me dresse sur mon séant et regarde autour de moi, d'où vient ce murmure, Oudi dort déjà, qui est-ce qui instille ici son venin, dès qu'il s'est endormi, ma conscience a recommencé à me tourmenter, réveille-le, susurrent les douces lèvres de la couverture, tu n'as pas entendu qu'on ne doit pas laisser dormir un enfant qui a reçu un coup sur la tête, il risque de ne plus jamais se réveiller, mais non, Oudi t'abandonne dans son sommeil, il ne te reviendra pas, tu regretteras cette nuit toute ta vie, et je me plaque contre lui, ne me quitte pas, Oudi, sa main endormie me caresse, elle dégage de la chaleur comme la fine résistance d'un chauffage électrique, les murmures pernicieux se taisent, je me faufile dans la petite cabane du sommeil, c'est ce que je racontais à Noga quand elle avait du mal à s'endormir, je verrouille la porte derrière moi, ici personne ne viendra me déranger, plus la nuit avance, changeant subrepticement de couleur à la fenêtre, plus je me sens protégée, jusqu'à ce qu'un terrible rugissement me réveille en sursaut.

Je ne vois plus, hurle-t-il, ses mains s'agitent devant lui, brassent l'air engourdi avec des mouvements de bébé, Naama, je ne vois rien. Je me secoue, les battements de mon sang couvrent ses paroles, que dit-il, que signifie ce qu'il dit, non, s'il vous plaît, moi, j'ai oublié cette langue et je ne veux surtout plus m'en souvenir, elle est mauvaise, elle me fait trop de mal. Ne t'inquiète pas, tout va bien, je marmonne entre mes lèvres fermées, mais il s'écrie, arrête avec tes conneries, peut-être que tout va bien pour toi, mais moi je ne vois rien. Je m'assieds et le prends dans mes bras, calme-toi, ça va passer, je suis tellement paniquée que j'ai l'impression que moi non plus je ne vois rien, je ferme les yeux par solidarité, que dira Noga quand nous rentrerons aveugles tous les deux, que nous suivrons sa voix à tâtons dans tout l'appartement. Laisse-moi, il repousse mes bras, je n'ai pas besoin de tes caresses, moi je sors du lit vexée, mon corps est toujours recouvert d'une fine pellicule d'amour, mais le sperme coagulé s'enlève facilement, comme pour me prouver qu'il n'est plus à sa place. Par-delà les rideaux, une belle journée de printemps toute neuve m'interpelle, on dirait que le soleil a avalé une clochette en or qui tinte joyeusement dans son ventre et nous invite à sortir, à jouir des fabuleux trésors du monde, mais voilà, pour nous c'est trop tard, oui, d'un seul coup, c'est redevenu trop tard.

Ses yeux s'arrondissent, lui sortent presque de la tête tant il fait des efforts, ses mains palpent le lit, en un instant il a adopté les gestes de la cécité, je m'approche de lui, ne t'inquiète pas, ça passera exactement comme la paralysie est passée, tes examens sont parfaits, je me fiche de ces examens, glapit-il, ils se trompent tout le temps, je suis sûr que j'ai une tumeur au cerveau qui appuie chaque fois sur une zone différente, c'est impossible, je réplique, puisque c'est exactement l'hypothèse qu'ils ont écartée, il s'agit apparemment de stress ou de dépression, tu dois réfléchir à ce qui te tracasse. Il secoue frénétiquement la tête de droite à gauche, tu oses me demander ce qui me tracasse, hurle-t-il tout à coup, mais c'est toi, toi qui me tracasses à longueur de journée, c'est toi qui m'as rendu malade !

Saisie de nausée, je me précipite dans la salle de bains, m'arrête devant le lavabo, je bois de l'eau au robinet, asperge mon visage déformé de douleur, un visage de prisonnière qui a perdu l'espoir de retrouver la liberté, que se passe-t-il, que lui arrive-t-il, jamais il n'a eu de telles sautes d'humeur, je dois l'aider à se ressaisir, mon amour, je chuchote au miroir, mon amour mon mari, c'est moi, moi qui ai passé la nuit avec toi, ne fais pas de moi une ennemie, ne nous sépare pas, tu as toujours voulu vivre de telles nuits, enfiler l'amour couche sur couche comme des maillots de corps en hiver, alors pourquoi tout détruire maintenant, je me penche à nouveau sur le lavabo, bois et rebois, plus je bois, plus la colère monte en moi, à croire que j'avale de l'eau trouble et démoniaque, mes mots ne serviront à rien, il ne peut pas supporter ce qui est bon, il est comme un enfant qui casse son jouet préféré pour s'assurer qu'on ne le lui prendra pas, je ne suis le jouet de personne, voilà ce que j'ai envie de lui envoyer en pleine figure, comment oses-tu m'accuser de te rendre malade, mais ma voix reste inaudible, regarde-toi, à te vautrer dans ta vexation alors qu'il a perdu la vue, car là est le problème maintenant, peu importe tout le reste, à nouveau je ravale ma dignité, me laisse glisser contre la baignoire, hier encore y coulait la mousse de notre amour, aujourd'hui des barbelés s'érigent entre nous, une muraille s'est dressée en une nuit et, sur ordre de quelque souverain inconnu, coupe grossièrement en deux notre corps commun.

Naama ! je reconnais dans sa voix la tyrannie des malades, où es-tu, j'ai besoin de toi. Je sors de la salle de bains à contrecœur, qu'est-ce que tu veux, je lui demande tout en examinant avec inquiétude ses yeux fermés, je veux que tu m'écoutes, commence-t-il, ça fait plusieurs jours que j'essaie de comprendre ce qui m'arrive, ce qui ne va pas dans ma vie, et je viens de trouver la réponse, la semence gâchée, c'est ça qui m'a rendu malade. Qu'est-ce que tu racontes, je lâche, effrayée, tu dérailles, mais il continue d'une voix posée, comme s'il me communiquait le résultat d'une étude scientifique, je parle du fait que je couche avec toi et que tu m'extorques ma semence, voilà de quoi je parle, c'est fini, je n'ai plus le droit de gâcher mon sperme, qui est l'essence même de la vie, je t'ai laissée me le boire avec toutes les lèvres de ton corps, et le résultat, c'est que tu m'as vidé.

Incrédule, je m'assieds sur le lit, me couvre la bouche des mains, c'est exactement comme les rumeurs qui colportaient que les Juifs buvaient le sang des enfants chrétiens, ça y est, il est converti, la maladie l'a converti, il me calomnie sans ciller, je remarque, furieuse, que son visage est calme, apaisé par cette nouvelle certitude, une certitude dont l'aberration et la mauvaise foi me révoltent, un hurlement incrédule d'animal pris au piège s'échappe de mon gosier dans un hoquet, mais c'est toi qui veux tout le temps coucher avec moi, comment oses-tu m'accuser ? Et il murmure, j'en ai marre de m'entendre dire que je suis celui qui veut, c'est à cause de toi que je te désire, si tu n'étais pas là je ne te désirerais pas, alors je lui crie, parfait, eh bien, débrouille-toi pour te retrouver sans moi, ras le bol de tes accusations à la con !

Tu ne te débarrasseras pas de moi comme ça maintenant que tu m'as rendu malade, susurre-il, c'est moi qui t'ai rendu malade, espèce de salaud, je tremble de tous mes membres, salaud, c'est moi qui t'ai rendu malade ? Mais mes mots s'accrochent à ma gorge, refusent d'en sortir, rebondissent entre mes amygdales gonflées de colère, qui donc a alloué à nos instants de grâce un laps de vie si court, qu'adviendra-t-il de nous, de Noga, dès que je pense à elle je fonds en larmes, condamnée à être systématiquement déçue, elle s'attend sûrement à nous voir revenir demain frais et dispos, prêts à la mener en princesse dans le somptueux château de notre joie.

Dans les couloirs les aspirateurs se rapprochent, invitent bruyamment les hôtes à sortir pour se laisser happer par les plaisirs offerts en ce lieu, il n'y a que nous qui restons bloqués dans notre chambre tels deux rochers de basalte sinistres, étrangers l'un à l'autre, étrangers aux marques d'amour encore éparpillées entre les draps qui seront bientôt changés, étrangers au havre de bien-être qui nous entoure, je sanglote dans la serviette mouillée, je ne peux pas continuer ainsi, je n'en peux plus, mais il me lance, j'en ai marre de tes pleurs, tu ne penses qu'à toi, je suis malade mais, toi, c'est sur ton sort que tu t'apitoies ! Je jette un coup d'œil circulaire sur la pièce, que faire ? Si je m'habille et sors, il dira que je l'abandonne lâchement, mais si je reste, je n'ai pas où me cacher, je suis prise dans la ligne de mire d'un tireur aveugle qui risque de m'abattre sans le faire exprès. Tête basse, je retourne dans la salle de bains, m'appuie sur le lavabo qui se laisse faire, contemple à nouveau mon visage, mes yeux rouges cernés de paupières gonflées, mes lèvres ramollies de larmes, je ne devais pas avoir cette expression-là ce matin, nous ne devions pas nous retrouver confinés ici, nous devions passer cette matinée sur la terrasse, face à l'éclat du Hermon, tasses de café à la main devant des assiettes remplies des mets les meilleurs, ensuite aller nous balader à travers champs et voir fleurir le printemps, mais non, notre mal-être a comblé la vallée, et j'ai beau me répéter, comme je le répète à nos pensionnaires du centre, tu n'es pas une victime, tu peux toujours choisir, tu n'es pas une victime, quel choix me reste-t-il, me voilà enchaînée à lui par son infirmité. Je m'asperge le visage de jets d'eau presque bouillante, comme on lave une casserole encrassée depuis longtemps, me débarrasser de ces taches d'huile noires et laides, tu n'as pas le choix, je me dis, tu n'as pas le choix, sinon de peigner ces cheveux, de vêtir ce corps, de mettre des chaussettes sur ces pieds, et je m'habille avec des gestes lourds dans le petit réduit, m'encourage comme si j'accomplissais quelque action d'éclat, je suis prête à tout, sauf à entrer dans le périmètre de sa cécité. Je descends boire un café, je lui dis, une fois habillée, veux-tu que je t'apporte quelque chose ? Comme il ne répond pas, je jette un œil prudent vers le lit, il a un bras sur les yeux, sa bouche est grande ouverte, apporte-moi du citron, marmonne-t-il, j'ai mal à la tête et une terrible nausée.

Alors ce n'est qu'une migraine, je me sens déjà rassurée,

oui, ma bonne vieille ennemie la migraine, un ennemi familier c'est tout de même mieux qu'un envahisseur inconnu, et moi, je la connais bien, cette gigue qui aveugle les yeux, cette nausée qui scelle les lèvres, ce mal de tête noir, poisseux, la migraine a partagé ma couche tant de nuits, elle s'est même invitée le matin de mes noces, pour faire rempart à ma joie, jusque dans l'après-midi je suis restée couchée dans mon petit lit les yeux fermés, une serviette humide sur le front, dans notre vieille maison qui se vidait lentement de tous ses objets et était devenue la maison de la solitude de mon père. Les chats affamés avaient planté leurs griffes dans les fauteuils en paille, les éventrant tels des nids devenus inutiles, les murs s'étaient déshabillés gardant l'empreinte des tableaux que ma mère avait pris comme autant de traces de coups, seul restait l'immense baromètre de mon père, un thermomètre antédiluvien qui se pavanait au milieu du mur, exposant fièrement son tube transparent qui plongeait dans un lac, d'où, comme par magie, montait et descendait un liquide lourd et foncé qui nous prédisait le temps.

Et lui se plantait devant cette antiquité, méditatif, un sourire très spécial sur les lèvres, on aurait dit un stratège qui, après avoir gagné le combat, embrasserait du regard le champ de bataille. Inutile d'accrocher du linge dehors aujourd'hui, annonçait-il à ma mère du temps où nous étions encore une famille, ça ne sèchera pas. Le météorologiste a dit qu'il ferait sec et chaud, rétorquait-elle avant de sortir d'un pas provocateur avec une bassine pleine... ce qui ne l'empêchait pas, quelques heures plus tard, de se précipiter rageusement sur ses cordes à linge parce que, sous un ciel soudain noir, sa chère lessive était déjà trempée. Venait alors l'heure de gloire de mon père. En voyant le regard perplexe qu'elle lui lançait, il savourait sa victoire sur le météorologiste, cet ennemi mystérieux qui le défiait jour après jour, comme s'ils se battaient tous les deux, lui et ce type inconnu, pour les faveurs de ma mère. Ces instants de triomphe lui étaient tellement précieux qu'il voulut les entretenir même après qu'elle l'eut quitté et il a continué à lui envoyer, pour l'impressionner, des messages météo sans ambiguïtés. Avant d'aller au lit, je ne manquais jamais de lui demander s'il ferait chaud ou froid le lendemain. Il allait se planter devant son baromètre, l'examinait avec un pieux respect, puis rendait sa prophétie, précise, et qui s'est toujours vérifiée. Moi je la transmettais à qui de droit, tandis qu'il me surveillait du coin de l'œil. Toute son assurance, semblait-il, le résumé de toutes les connaissances qu'il avait accumulées au cours de sa vie, le noyau de sa fierté, tout convergeait vers ce lac de mercure épais qui montait et descendait dans le tube en verre, et je me vois, le jour de mon mariage, le front bardé de linges humides qui me couvraient les yeux, quasiment aveugle, avancer en titubant pour aller prendre encore un peu de citron dans la cuisine, mes mains tâtonnent mais soudain un terrible vertige se saisit de mon corps, me retourne les entrailles, j'essaie de me rattraper au mur, mes doigts heurtent un objet dur, et nous tombons ensemble, nous explosons l'un sur l'autre, moi et le plus grand thermomètre du monde.

Le mystérieux liquide se répand instantanément en dizaines de billes de mercure grises, joyeuses comme des prisonnières en liberté, elles roulent sous le lit, leur quotidien de recluses vient de changer du tout au tout et elles ne songent qu'à batifoler, fini, plus jamais elles ne prédiront l'avenir, et moi, à quatre pattes sous le lit, essayant de les recoller les unes aux autres au milieu des éclats de verre coupants, j'écrase sous mes genoux le mythe déchu. J'entends soudain des pas approcher, affolée et incapable de soutenir son regard je n'ose pas relever la tête, papa, ne t'inquiète pas, je sanglote au milieu des débris, je vais t'en racheter un, demain matin je t'en achète un tout neuf, je prends l'argent du mariage, on n'en fait plus des comme ça, me coupe-t-il de sa voix monocorde, c'est un vieux baromètre, une pièce rare, mais moi je m'entête, tu vas voir que je vais t'en trouver un, je vais t'en dégotter un exactement comme celui-là, je vais recevoir plein d'argent pour mon mariage et avec tout cet argent je t'en achèterai un exactement pareil. L'étau de la migraine se resserre autour de ma tête, comment pourrais-je tenir debout sous le dais nuptial, et lui, comment pourra-t-il me donner le bras, pourquoi a-t-il fallu qu'il soit privé des vestiges de sa grandeur justement le jour de mon mariage, et depuis je n'ai cessé de l'éviter, mon père, emportée par la trépidation de ma nouvelle vie j'ai oublié ma promesse, et ce n'est que les rares fois où je venais lui rendre visite que la trace du baromètre sur le mur me terrorisait. Demain je vais t'en acheter un exactement comme celui-là, assurais-je alors, et il hochait la tête en silence, depuis ce jour plus personne ne lui a jamais demandé le temps qu'il allait faire, et c'est ainsi que, dépossédé de ses derniers pouvoirs, il s'est éteint une nuit, dans son sommeil, une crise cardiaque silencieuse, tandis que sous son lit, j'en suis sûre, les petites billes de mercure rebelles continuaient à s'amuser.

Je descends te chercher du citron, je lui lance rapidement pour qu'il n'ait pas le temps de m'arrêter, je referme derrière moi la porte de la chambre et m'y adosse, voilà, un instant de liberté, d'ailleurs, si c'est une migraine, rien à craindre, je sais vaincre les migraines, mais quand je pénètre dans la salle à manger, que je regarde les gens qui se régalent, se remplissent la panse de bonne nourriture bien saine, je comprends que je me trouve déjà dans un autre monde, que ce qui m'attend aujourd'hui n'a rien à voir avec ce qui les attend eux, moi je n'aurai ni balades en Jeep, ni pique-nique au cœur du printemps, ni baignade dans la piscine. Je m'assieds à une petite table, pour deux, ça n'existe pas ici les tables pour personnes seules, je contemple le paysage qui luit après la tempête, la vallée est bleue comme une mer et des barques de tuiles rouges y naviguent paisiblement, pourquoi faut-il que justement dans un endroit aussi beau il perde la vue, à nouveau les larmes, méduses transparentes, viennent me picoter les joues et je baisse la tête, ne pas voir les mastications joyeuses autour de moi et ne pas être vue dans mon ignominie. Le serveur me verse du café, je lui hoquette un merci comme s'il me sauvait la vie, je m'étonne d'être devenue aussi pitoyable en une matinée, et tout ce temps je sens, pesant sur le plafond étoilé de petites lumières, sa présence à lui, autoritaire et ingrate, deux étages au-dessus, qui surveille mes faits et gestes avec hargne et m'écrase de tout son poids. Je me lève, tourne autour du buffet mais cette profusion de mets m'effraie, je n'arrive pas à me décider, à côté de moi une jeune femme se concocte une assiette colorée, chacun de ses gestes enveloppés du peignoir blanc est une provocation, elle renverse sur moi du jus de carotte et ne s'excuse même pas, telle une voleuse j'attrape un petit pain et réintègre ma table très gênée, j'ai du mal à avaler, les nerfs à fleur de peau, toutes ces bonnes choses me narguent et je finis par m'enfuir, je cours dans les escaliers et ce n'est que devant la porte de notre chambre que je me rends compte que j'ai oublié de demander du citron, il y avait tout là-bas sauf cette petite chose, la seule dont j'avais vraiment besoin. Je m'aventure dans la cuisine, avance d'un pas hésitant sous les regards sévères, totalement différents de ceux qui, dehors, dégoulinent de prévenance, je demande du citron, constate que je me sens justement plus à l'aise dans les coulisses des fastes du petit déjeuner et ne me hâte pas de rebrousser chemin même après avoir obtenu un beau fruit doré que je palpe comme si c'était un précieux cédrat à accrocher dans la cabane de Soukkot que j'aurais construite au prix d'un dur labeur, je le porte avec moult égards dans les escaliers, en entrant dans la chambre je le présente devant moi telle une offrande que personne ne reçoit parce que le lit est vide, le large fauteuil aussi, la baignoire, la cuvette des cabinets, la chambre est vide de sa personne, de sa fureur, de sa cécité, je m'assieds sur le lit et mords distraitement dans la peau du citron. Que s'est-il passé dans cette pièce, ai-je failli à ma mission, suis-je arrivée trop tard, ou bien son état s'étant amélioré il a couru me rejoindre pour m'annoncer que tout allait bien maintenant, pour s'excuser aussi des propos lancés dans un moment d'aveuglement. Oui, nous poursuivrons notre lune de miel, déambulerons insouciants en peignoirs blancs comme des anges dans le firmament, cette pensée me transporte, je décide de lui pardonner même s'il ne s'excuse pas, le principal c'est que nous rentrions à la maison détendus, pour Noga, pour ne pas la prendre dans les rets serrés de nos tensions.

Je me lève et m'arrête derrière la fenêtre, soudain cette journée toute parée d'or vient se planter à mes côtés, peut-être deviendrons-nous amis, moi et le soleil, moi, les arbres et les fleurs que je remarque pour la première fois, des rivières de fleurs printanières qui déferlent, jaunes rouges violettes, de loin elles n'ont ni nom ni caractéristiques, ne sont que des taches de couleur vives et bouillonnantes. C'est la fête en bas, pour sûr, et j'ai bien envie d'y participer, de me mêler à la courte existence de ces fleurs de printemps, qui vivent à peine plus qu'une allumette, mais soudain j'aperçois une silhouette claire qui, entre les arbres, exécute une danse étrange, passe d'un tronc à l'autre puis s'agenouille, s'aplatit ventre à terre comme si elle accomplissait quelque rite antique, une silhouette qui me terrorise, je descends à toute vitesse, sors de l'hôtel et cours vers le sous-bois, il est là, couché parmi les hauts chrysanthèmes et les renoncules étincelantes, ses épaules tremblent, les grognements qui s'élèvent de sa gorge semblent monter des tréfonds de la terre.

Oudi, que se passe-t-il, je me jette sur lui, m'accroupis à ses côtés, comment vont tes yeux, tu y vois ? Les yeux ça va, geint-il, mais je n'arrive pas à respirer et j'ai la nausée. Pourquoi es-tu sorti, pourquoi ne m'as-tu pas attendue dans la chambre, j'avais apporté du citron, je ne pouvais pas rester, grogne-t-il, je devais sortir, il n'y avait pas d'air là-haut. Désespérée, je regarde autour de moi, le soleil m'enflamme le dos comme si, au cours de la nuit, le printemps avait été destitué par l'été, viens, rentrons à l'hôtel, je dis, je vais t'apporter de l'eau et quelque chose à manger, il se relève, s'appuie sur moi, long et lourd, mais n'avance pas, je le secoue, Oudi, tu dois boire quelque chose, ça t'aidera, non, bredouille-t-il, non, je n'ai ni le droit de remonter avec toi dans la chambre ni le droit de manger ou de boire, moi je lâche machinalement un oui, oui, comme on répond à un gamin, mais soudain je capte le sens de ses paroles, qu'est-ce que tu viens de dire ? Qui te l'interdit ? Pendant que je t'attendais, reprend-il de son ton résigné qui n'a plus rien à voir avec son agressivité matinale, je me suis souvenu d'une histoire du Livre des Rois, celle d'un prophète venu de Juda à Béthel. Dieu lui avait interdit de manger du pain et de boire de l'eau dans cette ville. Il devait aussi s'en retourner par un chemin différent de celui qu'il avait pris à l'aller. Oui, et alors ? je réplique avec impatience, je sens que ça me concerne, déclare-t-il, que je n'ai rien le droit de manger ou de boire dans cet hôtel, que je dois m'en aller avant que quelqu'un ne réussisse à me faire pécher, parce que c'est ce qui est arrivé à cet homme de Dieu, tu sais comment il a fini ? Il a été tué par un lion et son cadavre n'a pas été enterré dans la sépulture de ses ancêtres. Il me lance un regard terrifiant, fou, j'essaie de me débarrasser des bras de la peur qui m'étreignent, et si effectivement il était dérangé, et si les médecins avaient raison, j'aurais dû les laisser l'hospitaliser en psychiatrie, comment ai-je été assez idiote pour croire qu'avec son âme je me débrouillerais.

Aide-moi à atteindre la voiture, couine-t-il, je t'attendrai jusqu'à ce que tu aies tout emballé, je n'ai pas le droit de rester ici plus longtemps. Je l'emmène donc à la voiture qui bout au soleil, pas de doute, l'été a déjà installé son postérieur brûlant sur le trône, je le couche sur la banquette arrière et regagne l'hôtel à pas mélancoliques. Qu'est-ce que ça veut dire emballer, partir, encore une tentative qui se termine en queue de poisson, mon menton tombe sur mon cou dans une expression de résignation toute neuve, j'ai tellement envie de rester ici, moi, de boire un café dans le hall tranquille ou bien là-bas dehors, sur un banc, mais maintenant c'est clair comme de l'eau de roche, ça aurait dû l'être depuis longtemps, plus je voudrai rester, plus il voudra partir. Et si je me rebiffais, pour une fois, si je lui annonçais que je reste comme prévu jusqu'à demain, que pourrait-il faire, d'ailleurs, dans la réalité, nous sommes deux êtres séparés et distincts, comment arrive-t-il à avoir autant d'influence sur moi, oui, mais aussitôt je songe à sa maladie, je n'ai pas le choix, je suis obligée de céder, peut-être n'est-il malade que pour qu'on lui passe tout, peut-être, mais va-t'en le prouver, et je pénètre dans la chambre, plus ça va, plus je regrette de devoir partir, je n'ai même pas eu le temps de m'asseoir dans ce fauteuil, à ce bureau sous la fenêtre, avec une rancœur qui va croissante je fourre nos habits dans le sac, mélange mes vêtements aux siens. L'armoire est déjà vide, je vais dans la salle de bains ramasser les brosses à dents et son attirail de rasage, prends sur ma table de nuit ma crème de jour, mon déodorant et ma brosse à cheveux, sur la sienne le rectangle rouge de sa Bible que je feuillette avec rage, des grains de sable jaune tombent des pages, mais merde, où se trouve cette foutue histoire qui nous oblige à partir, qu'est-ce qu'il m'a raconté, un homme de Dieu venu de Juda à Béthel ou le contraire, j'ai à peine écouté, je ne sais même pas où chercher, aucune chance de tomber sur le bon chapitre, les feuilles se jouent de moi, me piquent les doigts, je suis tellement en colère que j'envoie valser le volume par terre comme si la folie qui dominait ma vie était enracinée là-dedans, je ferme le sac, vite, avant de le regretter, voilà, ce sera sa punition, sa Bible restera ici pour l'éternité.

Avant de sortir, je scrute à nouveau la chambre pour m'assurer de n'avoir rien oublié, je regarde sous le lit, entre les serviettes, et à nouveau apparaît le pavé rouge, le livre qu'il a reçu au lycée le jour de la cérémonie de fin d'études, je le revois monter sur l'estrade, le directeur lui serre longuement la main, il a du mal à se séparer de l'élève le plus brillant de la classe, il finit tout de même par lui tendre solennellement son prix, moi, le mien, je l'ai perdu depuis belle lurette, mais Oudi a gardé le sien, il l'a emmené avec lui à l'armée, puis dans toutes ses excursions, où qu'il aille, il le tire de sa poche et en lit des passages à ses touristes, explique, indique, et déjà j'envisage de retourner le chercher, mais la distance qui nous sépare me semble infranchissable, surtout que j'ai déjà refermé la porte, inquiète mais non sans une once de joie mauvaise, pour qui se prend-il, quoi, il me ferait du mal et je ne pourrais pas lui rendre la pareille, j'ai l'impression d'entendre derrière moi comme un léger sanglot, un sanglot de bébé abandonné, mais je ne change pas d'avis, c'est à lui, maintenant, de commencer à se morfondre.

Tu n'as rien oublié, me demande-t-il, ah, ce besoin de tout contrôler même des profondeurs de la banquette arrière, si tu n'as pas confiance en moi, je lâche avec agressivité, va voir toi-même. Il ne répond rien, ses joues creuses et rouges de fièvre ressemblent à deux roses fanées, je fourre le sac dans le coffre, m'assieds tout naturellement à ma place, à droite du conducteur, et ce n'est qu'une fois installée que je me rends compte que le seul conducteur ici c'est moi, que je suis censée refaire tout ce trajet sinueux, à flanc de coteau, moi, avec ma peur du vide. Je lui lance un regard suppliant, faites qu'il se ressaisisse et me sauve, mais il reste étendu à l'arrière, rien à en tirer, le volant n'attend personne d'autre que moi, comme dans ce cauchemar qui me poursuit depuis des années, je conduis un véhicule presque entièrement disloqué mais qui roule quand même, je n'arrive pas à m'arrêter, tout autour les autres voitures hurlent telles des lionnes affamées, surgissent de tous côtés, me doublent et me coupent la route mais je ne peux que continuer. Y a-t-il un autre chemin, je lui demande la gorge sèche, il faut bien qu'il y en ait un, marmonne-t-il, puisque je n'ai pas le droit de retourner par celui que j'ai pris à l'aller. Je soupire, il ne sait vraiment plus ce qu'il dit, je regarde le ravin qui s'ouvre en dessous de nous, en plein jour, avec cette forte luminosité, il semble moins effrayant mais plus cruel, et son large bassin qui oscille nous souffle de renoncer avant même d'essayer, de prendre le raccourci qui nous évitera les affres du lendemain et du surlendemain, la tentation est de plus en plus aiguë, la force d'attraction de la vallée profonde croît d'instant en instant, comme une femme qui, voyant ses charmes opérer, gagne de plus en plus en assurance.

CHAPITRE 9

Tel un antique lézard, un animal fossilisé du temps de la Genèse, une espèce disparue, il repose dans la pénombre de la chambre à coucher, séparé du soleil qu'il aimait tant par nos lourds volets, sa peau se ternit, se couvre de croûtes de poussière comme s'il était une pièce de musée dont personne ne voudrait, seule Noga, en début d'après-midi, passe une tête par la porte, elle revient toujours de l'école inquiète et affamée, lui lance un coup d'œil presque muet pour s'assurer qu'il est bien là, couché sur le dos à contempler le vide.

Sa silhouette allongée se raccourcit, ses épaules se rapprochent, on dirait qu'il tend à retrouver ses proportions de gamin, et le matin, lorsque je passe à côté de lui enveloppée d'une serviette pour prendre des vêtements dans l'armoire, je me sens aussi gênée qu'à l'époque, une fillette trop grande et trop épaisse en comparaison de ce gringalet mal développé, car plus il rétrécit, plus je m'épanouis, nous reprenons tous deux les proportions de nos débuts, comme si tout ce qui nous était arrivé entre-temps n'était que du provisoire, facilement balayé. Après des années de régime maigre, je découvre les richesses du réfrigérateur, quand je reviens du travail, avant même d'entrer dans sa chambre, il faut absolument que je me remplisse le ventre, j'ai une prédilection pour les tartines grillées et beurrées, comme celles que mon père nous préparait le samedi matin, il les empilait les unes sur les autres, hautes tours qui finissaient par dégringoler, fines tranches de pain craquantes avec des blocs de beurre fondant en guise de ciment, perplexe, Noga regarde les toasts qui jaillissent du grille-pain comme autant de gifles brûlantes, c'est dingue que tu puisses les avaler par une chaleur pareille, j'esquisse un sourire d'excuse et l'envoie nous acheter des esquimaux, le plus sucré possible, je me damnerais pour celui avec le chocolat à l'intérieur, c'est le plus long à manger, nous léchons nos glaces l'une en face de l'autre, on dirait deux sœurs que des parents trop occupés ne veillent pas à nourrir correctement. Lui, quand il allait bien, me sermonnait, comment pouvez-vous ingurgiter cette merde, me lançait-il en s'emparant de l'emballage, puis, avec un dégoût ostensible, il lisait à voix haute la composition, mais à présent il se fiche éperdument de ce que nous faisons, nous pourrions avaler du poison qu'il ne s'en rendrait pas compte, et seuls mes vêtements protestent, je ne rentre dans plus rien, mes jeans ont renoncé à se fermer, mon nouveau tailleur n'envisage plus d'envelopper mon corps qui se rembourre à vue d'œil, seules quelques larges robes d'été informes que j'ai achetées couvrent mes chairs transpirantes, chaque fois que j'entre au centre d'hébergement, les filles me regardent avec étonnement, au début elles ont cru que j'étais enceinte comme elles, et une nouvelle complicité s'est profilée entre nous, jusqu'au jour où elles ont remarqué que leurs ventres qui pointaient en flèche n'avaient rien à voir avec le mien, avachi, humilié, uniquement gonflé d'aliments sans vie.

Quant à nos nouvelles pensionnaires, elles croient que j'ai toujours eu cette silhouette, que je suis comme ça pour de vrai, seules Hava ou Anath me font de temps en temps une réflexion, c'est quoi, Naama, qu'est-ce qui se passe, mais elles poursuivent leur chemin sans attendre ma réponse, chez nous, il y a toujours quelque chose de plus urgent à faire. Il m'arrive de sentir le regard de mon ancienne amie s'attarder sur moi avec une pitié presque engageante mais je me défile, c'est mon tour de l'éviter à présent, je ne veux pas entendre ses pensées me crier dans un vacarme assourdissant, je t'avais dit de le quitter, ça fait des années que tu aurais dû le quitter, que vas-tu devenir maintenant, tu vois, quand les fondations sont bancales, tout l'édifice s'écroule, tu croyais vraiment qu'il suffisait d'un peu de bonne volonté associée à un sentiment de culpabilité exacerbé pour construire une famille ? Arrête, je m'insurge dans mon for intérieur, ce n'est pas à toi de me donner des leçons, tu n'as même pas essayé, que sais-tu de la vraie vie ? Mais force m'est de reconnaître qu'elle n'est pas la seule que j'évite, j'évite aussi mes autres amies, celles qui sont mariées et ont eu des enfants, comment m'attablerais-je avec elles au café pour les écouter râler contre leur mari qui passe trop de temps au boulot alors que ma vie se désagrège entre mes doigts et que je n'arrive pas à en recoller les morceaux, comme les billes de mercure éparpillées aux quatre coins de ma vieille maison d'enfance.

Quand on me demande comment il va, je me contente de réponses laconiques, glaciales, je reste dans le flou autant que faire se peut, et à ma grande joie personne n'insiste, personne n'a vraiment envie d'entendre les souffrances d'autrui. Ça passera avec le temps, me disent certains, il finira par s'en sortir, tandis que d'autres me mettent en garde, plus tu rentreras dans son jeu, plus il s'entêtera, tu dois rester indifférente pour qu'il comprenne qu'il n'a rien à y gagner, d'autres encore soutiennent exactement le contraire, tu dois l'épauler, lui donner un sentiment de sécurité, c'est ton mari pour le meilleur et pour le pire. Moi j'écoute en silence, je change d'avis comme de chemise, j'ai tellement essayé de lui faire plaisir avec des petites surprises, des gâteries, des bonnes choses à manger, et j'ai tellement essuyé de déceptions que je n'ai plus la force d'imaginer quoi que ce soit. Son regard, hostile et exigeant, m'agresse dès que j'entre dans la chambre, il s'est installé dans une insatisfaction fondamentale contre laquelle je ne peux rien, vu que tout ce que je fais n'éveille que son mécontentement. Si je lui propose de manger avec nous dans la cuisine, il refuse, mais si nous venons nous asseoir à côté de lui, il râle parce que nous le dérangeons, si je vais travailler, il me reproche de le négliger, mais si je prends un jour de congé pour rester avec lui, il m'ignore avec une rancœur affichée. En roulant vers la maison, je me prends parfois à espérer un miracle, peut-être m'ouvrira-t-il la porte, frais et dispos, avec des vêtements tout propres au lieu des loques puantes qu'il refuse d'enlever... Il me prendra dans ses bras et m'entraînera vers le lit comme avant, vite, vite, avant que Noga rentre, ou alors il sera assis sur la terrasse un livre à la main, me lira à haute voix ses passages préférés, si seulement il pouvait m'enquiquiner avec ses histoires bibliques ou m'empêcher de cuisiner, oui, ou au moins montrer un minimum d'énergie, un peu d'intérêt pour moi, pour Noga, pour le monde qui l'entoure, pour tout ce qui auparavant remplissait sa vie.

Mais quand je rentre, il est au lit, et seule la membrane jaunâtre qui s'est formée dans la cuvette des cabinets indique qu'il est passé par là et n'a pas tiré la chasse, il refuse de tirer la chasse parce que le bruit lui écorche les oreilles, de même que la lumière du soleil lui égratigne les yeux. Il refuse aussi de manger, et ne me demande que rarement de lui préparer de la semoule avec du chocolat râpé, la bouillie qu'il aimait quand il était petit, mais que sa mère, pour ne pas en faire un gâté pourri, n'acceptait de lui préparer que lorsqu'il était réellement malade. Pas de doute, quand je lui apporte au lit son bol de bouillie fumante, ce sont là nos maigres instants de grâce, Noga mange la même chose, moi aussi parfois, nous venons nous asseoir à son chevet et avalons de concert notre bouillie en silence, et alors son triste sourire victorieux de gamin malade dévoile ses dents jaunies.

Il m'arrive d'oublier de lui demander comment il va, de toute façon quelle différence entre les mains paralysées ou les yeux qui ne voient plus qu'à peine, un jour ce sont les orteils qui lui font mal, le lendemain la nuque ou encore la tête, à croire que la même déficience glisse dans son corps comme un nuage dans le ciel et se pose tantôt sur un organe, tantôt sur un autre. D'ailleurs lui qui, au début, prenait plaisir à décrire ses douleurs avec moult détails ne s'y intéresse plus, ce qui prédomine maintenant, c'est la déclinaison générale qui synthétise tout, je ne vais pas bien, il ne va pas bien, papa ne va pas bien.

Les premiers temps, les jours qui suivirent l'escapade printanière d'où nous revînmes penauds, Noga ne cessait de demander ce qu'il avait, moi je répondais, rien, rien de grave, alors pourquoi reste-t-il au lit s'il n'a rien, insistait-elle, il est malade, oui ou non ? Il n'est ni vraiment en bonne santé ni vraiment malade, essayais-je de la rassurer, mais alors elle s'en prenait à moi, pourquoi tu ne l'emmènes pas voir un docteur, pourquoi est-ce que tu ne fais rien ? Parce qu'il ne veut pas, il refuse de retourner à l'hôpital, refuse de se laisser examiner, je ne peux pas le traîner de force. Parfois, je me secoue moi aussi, fais quelque chose, ne baisse pas les bras, et je viens me planter sur le seuil de sa chambre, Oudi, ça ne peut pas continuer comme ça, tu dois refaire des examens médicaux, comprendre ce qui t'arrive, tu t'abandonnes trop à ton état dépressif. Je ne me ferai pas hospitaliser chez les fous, me lance-t-il avec un regard distant, si je te dérange, tu n'as qu'à y aller toi-même. Oui, c'est ce que je vais finir par faire, je le menace sans conviction, sache que, si tu ne réagis pas, je vais m'en aller, qu'est-ce que tu crois, que tu vas rester éternellement cloué au lit à me faire jouer les infirmières pour personnes dépendantes ? Je n'ai pas besoin que tu t'occupes de moi, se récrie-t-il immédiatement, d'ailleurs, qu'est-ce que tu fais pour moi ? Je le regarde, totalement démunie, c'est vrai que je ne me vois pas le ramener à l'hôpital, pourtant il faut trouver une solution, comment accepter qu'il n'y ait aucun remède à cet ensemble de perturbations, et soudain me revient en mémoire le nom de sa maladie, trois syllabes au féminin, effrayantes et décourageantes, Conversion, elle s'appelle Conversion, je me les répète comme si elles formaient le nom d'une maîtresse, séduisante et dangereuse.

Même ma mère, qui d'habitude évite d'intervenir, a commencé à me tanner, que lui arrive-t-il, il faut faire quelque chose, un soir elle a d'ailleurs débarqué chez nous accompagnée d'une amie, une psychiatre, on ne fait que passer, a-t-elle lancé d'une voix lourde de sous-entendus, alors, quoi de neuf ? Oudi a immédiatement émergé de son lit, s'est installé avec nous au salon tout sourire et s'est tellement démené pour prouver qu'il allait parfaitement bien qu'à la fin c'est moi que la psychiatre a regardée de travers, à croire que j'étais la malade, et elle s'est contentée de me chuchoter en sortant, il a l'air un peu déprimé mais je n'ai remarqué aucun problème majeur. Instantanément réconfortée, je me suis tournée vers ce mirage de guérison imminente, mais il avait déjà filé au lit, terrassé par ses efforts. Et toute la semaine qui a suivi, il a refusé de parler et de manger, au matin, je trouvais un placard de la cuisine ouvert, une miche de pain rongée, seuls signes tangibles d'une présence dont je cherchais les traces comme on cherche celles d'un rat.

Parfois, sur le ton ânonnant d'une institutrice, je lui demande, alors, qu'est-ce que tu as fait de beau toute la journée, rien, aboie-t-il sur la défensive, comme si, en ce bas monde, il n'y avait de toute façon rien à faire. Depuis la disparition de sa Bible adorée, il refuse d'ouvrir un livre, et moi qui, rongée de remords dès le lendemain, ai téléphoné à l'hôtel pour les supplier de la retrouver et de me la renvoyer, je regarde, désolée et coupable, sa table de nuit vide, comment a-t-on pu voler un truc pareil, qui donc s'intéresse à une vieille Bible usée qui perd des grains de sable chaque fois qu'on l'ouvre. Je me suis bien évidemment empressée de lui en racheter une, mais il l'a fourrée dans son tiroir sans l'ouvrir, comme si seul le vieux volume contenait les histoires qu'il aimait. Il réserve le même sort aux autres bouquins que je lui achète de temps en temps, ne prend pas la peine de les ouvrir, préfère rester allongé les yeux ouverts, de jour comme de nuit, avec sa lampe de chevet allumée qui chauffe l'air au-dessus de sa tête et ressemble aux petites lumières qui brillaient dans les catacombes antiques, soulignant l'obscurité ambiante.

Chaque nuit, après avoir couché Noga, j'ouvre le canapé du salon, étends un drap dessus et m'y installe comme si j'étais une invitée, je reste à distance de la chambre à coucher qui est devenue la chambre à languir, je trouve dans cette solitude nocturne qui me submerge quelque chose de confortable, dormir seule, ne pas me préoccuper de lui, ne pas attendre qu'il éteigne la lampe, n'exister que pour moi-même dans cette pièce qui reste une étuve même la nuit, sentir mon dos s'enfoncer dans la fente creusée entre les deux parties du matelas, et ce n'est qu'à l'aube que le souvenir d'Oudi me réveille en sursaut, tel un gros titre lu dans le journal et qui me frapperait de stupeur, comment en suis-je arrivée là, que fait-il toute la journée, à quoi pense-t-il, que veut-il, a-t-il l'intention de réagir, peut-il réagir… mais quand j'en arrive à imaginer sa chambre, que je vois son visage figé, que son odeur fétide me remonte dans les narines, je prends le même ton agressif que lui pour me répondre à moi-même, rien, il ne fait rien, il ne songe à rien, il ne veut rien. Et alors je pense à moi dans le même sursaut de stupeur, qu'adviendra-t-il de moi, comment continuerai-je à vivre alors que je suis quasiment devenue une épouse délaissée. J'essaie de mesurer ce qui reste de tout cet amour que j'avais pour lui et qui a presque le même âge que moi, oui, que reste-t-il de tout ce que nous avons fait, appris, amassé pendant ces décennies, et c'est toujours le même mot qui résonne, rien, il ne reste rien…

… Rien parce que chaque sentiment est immédiatement annulé par un sentiment contraire, qui lui-même est annulé par un autre, et ainsi l'amour pourrit, comme de l'eau stagnante, une flaque moisie pleine de moustiques, le désir qui pointe un court instant, l'espace d'un souvenir agréable, est repoussé par la répulsion qui me gagne quand je le vois étalé sur des draps qu'il ne me laisse pas changer, face à la pitié et la compassion se dressent la colère et la rancune, comment ose-t-il détruire notre vie, au début, je ne cessais de me demander quel sens donner à sa maladie, j'essayais de choisir entre le problème physiologique et la simulation, mais maintenant, peu m'importe, car que ce soit l'un ou l'autre, je suis pareillement impuissante, je ne peux plus rien faire, plus rien, sauf suivre la progression de l'été qui gagne en puissance et en cruauté, plante des ongles jaunes dans mes yeux, sème sur ma peau des taches de soleil indélébiles, chauffe mon sang jusqu'à ébullition et fait monter de moi des vapeurs, jusque-là inconnues, de convoitise et de haine.

Car j'en suis arrivée à envier la terre entière, je tourne désorientée entre les rayons du supermarché en me parlant toute seule, la première femme qui passe me semble mieux lotie que moi, elle, au moins, elle a de la chance, si elle remplit son caddie de canettes de bière c'est parce que, dans la moiteur de la soirée à venir, elle sera installée sur sa terrasse avec son mari et boira une bonne bière, comme nous le faisions nous aussi, tous les étés, quand nous n'étions pas avachis sur le canapé devant des images décevantes, aujourd'hui ils passent un grand film à la télé, m'annonçait-il plein d'enthousiasme, on s'installait, au bout d'une demi-heure il somnolait mais moi je continuais à regarder, fidèle aux personnages qui m'exposaient leur vie, il ne se réveillait qu'à la fin avec un sourire contraint, nous resservait de la bière et caressait mes cuisses dénudées. J'ose même envier les pensionnaires du centre, ces filles à peine sorties de l'enfance, dont la vie est presque autant déformée que le corps qui arbore en plein milieu une petite excroissance menaçante comme une tumeur. On dirait que mon cœur s'est bardé d'une carapace, je les regarde avec indifférence, certes elles passent un sale moment, mais dans quelques semaines leur problème sera réglé, le bébé caché dans leur ventre naîtra, sera confié à des parents adoptifs, des gens qui l'attendent depuis des années, et tout rentrera dans l'ordre. Je ne nie pas que n'importe quel bébé croisé dans la rue les bouleversera, que, même si elles se marient et fondent une famille, cet enfant abandonné les suivra partout, son silence les réveillera la nuit tandis qu'il glissera sur les immenses toboggans reliant ciel et terre, mais elles ont le choix, leur avenir est encore ouvert alors que le mien est déjà scellé.

Parfois, au cours des réunions, Hava me lance des regards inquisiteurs, et je me demande si elle ne devine pas mes pensées, des pensées taboues dans notre profession. Combien de fois n'avons-nous pas, Anath et moi, discuté du fait que, devant toute cette souffrance, nos problèmes personnels se ratatinaient ? Mais voilà, tout à coup, il m'arrive le contraire, ce sont mes problèmes qui minimisent les autres, ceux dont je suis censée m'occuper, et du mieux possible, comment faire, je n'ai plus la patience, non, je n'ai plus la patience de répéter pour la énième fois les mêmes arguments rebattus, de les aider à analyser leur situation, de leur montrer et de leur remontrer l'alternative, de leur expliquer les conséquences de chaque décision, d'aller les voir à l'hôpital alors qu'elles sont encore fragilisées par l'accouchement pour rediscuter de leur choix, abandonner ou garder l'enfant. J'en ai marre de donner, de donner sans fin, et j'ai l'impression que Hava, avec son instinct aiguisé, capte tout ce qui se passe en moi et me lance des regards méfiants, je suis persuadée qu'elle manigance mon licenciement et je lui réponds par des coups d'œil inquiets, il ne manquerait plus que ça, voilà des semaines qu'Oudi ne travaille pas, mon salaire nous suffit à peine, je dois réfléchir avant d'acheter la moindre bricole, j'attends le verdict de la caissière du supermarché comme si mon sort en dépendait, que se passera-t-il si elle me renvoie, de quoi vivrons-nous. Chaque fois que je passe devant son bureau et que je vois sa porte fermée, je suis sûre qu'elle fait passer des entretiens d'embauche à d'éventuelles remplaçantes, je vais et viens dans le couloir avec nervosité, frappe à sa porte sous divers prétextes, aussi ridicules les uns que les autres et qui ne font qu'attiser ses critiques et ma panique.

Je n'ai même plus de patience pour Noga, j'en ai marre de la voir rentrer de l'école les yeux remplis d'un espoir servile, miroir des miens, d'ailleurs tout en elle reflète ma propre détresse, elle court dans la chambre pour en resurgir aussitôt tête basse et demander d'une voix résignée, qu'est-ce qu'on mange aujourd'hui, fini le temps où elle m'importunait avec ses quand est-ce qu'il sera guéri, papa, quand est-ce qu'il m'emmènera avec lui en excursion. Après le dîner, elle s'enferme dans sa chambre devant sa vieille télévision dont les mauvaises couleurs peignent le visage des personnages d'une rougeur artificielle et repoussante. Pourquoi n'invites-tu pas des copines, je m'enquiers, parce que je ne veux pas déranger papa, bredouille-t-elle, mais je sais que c'est un prétexte, les visites s'étaient arrêtées des mois avant qu'il ne tombe malade. Alors pourquoi ne vas-tu pas chez elles, il fut un temps où tu sortais, que deviennent Shira et Meirav, va les voir, tu ne peux pas rester cloîtrée à la maison devant la télé, mon insistance en devient blessante mais elle tient bon, papa aura peut-être besoin de moi, chuchote-t-elle parce qu'elle ne veut pas me dire une vérité, une vérité que je ne veux d'ailleurs pas entendre, elle n'a plus aucune amie, son monde a été déserté. J'en ai marre de me faire du souci à cause d'elle, je veux que tout s'arrange, au moins pour elle, qu'on lui téléphone, qu'on l'invite à faire la nouba toute la nuit, à aller au cinéma, tiens, hier, j'ai vu Shira et Meirav qui mangeaient une glace au coin de la rue, joyeuses et toutes minces, nombril à l'air sur des shorts très courts, oui, il n'y a que ma sauvageonne de fille qui traîne avec les immenses tee-shirts de son père et un regard torturé, moi je la surveille avec hargne, pourquoi me rends-tu les choses si difficiles, tu ne pourrais pas faire semblant d'aller bien, comment arriverai-je à colmater autant de brèches en même temps, je n'ai que dix doigts, j'ai envie de lui dire de sortir, que je puisse enfin me laisser aller, qu'elle parte, je n'en peux plus de faire bonne figure en sa présence, mais aussitôt je regrette tout ce que j'ai pu dire ou penser et la serre dans mes bras, lui jure qu'elle est ma merveille chérie adorée tandis qu'elle essaie de se dégager, gênée et dégoûtée par une étreinte qui sonne si faux.

Parfois elle ferme la télé et sort, ce qui me plonge dans l'angoisse qu'il lui arrive quelque chose dehors, comment traversera-t-elle les rues avec ses yeux hagards, je fais tout pour la convaincre de rester à la maison, je l'appâte, que dirais-tu d'une autre glace, tout à l'heure peut-être, me répond-elle. Alors je me précipite à la fenêtre, si seulement elle pouvait s'engouffrer dans l'immeuble d'en face, chez Meirav qui fut sa meilleure amie, mais non, elle continue à marcher, moi je me permets enfin de m'effondrer, me glisse dans son lit et inonde son oreiller de larmes pour ensuite aller me rincer le visage à toute vitesse. Alors commence l'attente, je sais qu'elle n'est pas chez une copine mais chez ma mère qui heureusement habite dans le quartier, il n'y a qu'avec sa grand-mère qu'elle arrive à parler, elle lui révèle tous ses problèmes en classe, moi, ça fait des semaines que je me dérobe, non, maman, pas maintenant, ne me raconte rien. Le soir, quand elle rentre, elle semble soulagée, moi je ne peux pas m'empêcher de demander avec un espoir manifeste, tu étais chez Meirav ? Chez grand-mère, me répond-elle sèchement, avant de me rendre la pareille en me demandant avec un espoir manifeste, quoi de neuf avec papa, ce à quoi je réponds sèchement, rien et tes devoirs, phrase qui sert de prologue à la cérémonie quotidienne de l'exhumation du contenu du cartable, rapidement éparpillé sur le tapis, des livres avec des chewing-gums mâchés collés comme des escargots sur la couverture, je regarde dépitée le cahier de textes, elle a encore oublié de noter ses devoirs, ou elle n'a pas eu le temps de les recopier du tableau, la maîtresse efface toujours trop vite, je vais t'emmener voir un ophtalmo, je dis, non, je ne veux pas de lunettes, lâche-t-elle presque en sanglotant, tout le monde va se moquer de moi.

Lorsqu'elle passe la nuit chez ma mère, je me couche dans son lit, c'est sur cet étroit matelas d'enfant que je dors le mieux, au réveil, avant même de sentir le chaud ou le froid, le bien ou le mal, je me prends à croire que je suis encore une petite fille, que j'habite chez mes parents qui n'ont pas encore divorcé et que dans un instant papa viendra m'annoncer le temps qu'il fera et me dire de mettre un pull ou un manteau, je lambine encore un peu entre les draps, ravie de ne pas devoir pousser Noga à l'assaut de cette matinée, de ne pas avoir à la secouer pour qu'elle se lève, se peigne, s'habille, je bois mon café lentement, je me douche sans me presser, entre dans la chambre enveloppée d'une serviette pour prendre mes habits, seuls mes habits sont restés là, derniers vestiges de ma vie d'antan, et lui aussi, il est toujours là, fossile surgi de temps immémoriaux, couché sur le dos les yeux grands ouverts.

Un matin, je me glisse dans son lit, juste après ma douche, un matin d'été dont l'étonnante fraîcheur a éveillé en moi un trouble agréable, m'a soudain donné l'impression que tout était beaucoup plus simple, à portée de main, je secoue son corps sec pour y insuffler un peu de vie, je ris, je pleure et je supplie, Oudi, ressaisis-toi, Oudigui, guéris-toi, viens, on va faire l'amour, après on ira prendre un café sur la terrasse et on mangera notre petit déjeuner, ça ne dépend que de nous, Oudi, finissons-en, son corps commence à me répondre, semble-t-il, il me prend entre ses bras faibles, j'embrasse ses joues creuses, je caresse son sexe avec précaution, étonnée de le découvrir toujours en place, je pensais qu'il avait pourri et s'était détaché comme un fruit trop mûr, je soulève la couverture et m'assieds sur lui comme il aime, je me plaque contre son bassin rigide, mais son membre se dérobe, se fane entre mes cuisses, c'est la première fois que ça nous arrive, pas grave, Oudi, je lui murmure, on réessaiera et ça marchera, j'ai l'impression que tous ses organes sanglotent sous moi, appellent au secours, je m'en veux, pourquoi ai-je essayé, pourquoi me suis-je imposée à lui, je l'ai obligé à apparaître dans sa vulnérabilité, j'aurais dû m'en douter, toute tentative de l'aider ne lui fera que du mal, le salut, à supposer qu'on y ait droit, ne peut venir que de lui.

Il ne réagit pas, comme s'il n'avait rien remarqué, mais, lorsque je reviens à la maison, il m'appelle d'un ton grossier, Naama, viens ici. Je me précipite dans la chambre, enfin un signe de vie, où étais-tu, commence-t-il d'une voix feutrée comme celle des sourds, et je réponds, qu'est-ce que ça veut dire, j'étais au boulot, il est déjà deux heures et demie, réplique-t-il, et j'explique, je suis passée au supermarché pour faire quelques courses. Alors elles sont où, tes courses, continue-t-il, et moi, déjà sur la défensive, je murmure, je me suis fait livrer, ça ne va pas tarder à arriver. Je ne te crois pas, salope, me lance-t-il soudain dans un hurlement sec qui gonfle les veines de son cou, tu as été te faire baiser, tu es allée chercher la bite que je n'ai pas pu te donner. Je le regarde, médusée, comment lui prouver qu'il se trompe, tu déraillles complètement, je bafouille, je suis restée toute la journée au boulot, je ne cherche pas à me faire baiser, menteuse, glapit-il, j'ai bien vu ce matin, tu en crevais d'envie, tu t'en fous de me rendre malade, ce qui t'intéresse, c'est de te faire tringler. Je frissonne mais essaie immédiatement de calmer le jeu,

Oudi, qu'est-ce que tu racontes, j'ai voulu coucher avec toi parce que je t'aime, parce que tu es mon mari et que je suis ta femme, le sexe pour le sexe ne m'intéresse absolument pas, tu le sais, je ne l'ai jamais fait. Tu as changé, grogne-t-il, je m'en suis rendu compte pendant notre séjour à l'hôtel, c'est là-bas que j'ai tout compris, c'est à cause de ça que je suis tombé malade, tu entends, à cause de ça, j'ai vu que la seule chose qui t'intéressait, c'était de te faire baiser, peu importe par qui, tu serais prête à le faire même avec le livreur du supermarché, à supposer que tu m'aies dit vrai.

Je le fixe, incrédule, mes dents claquent de vexation, une sueur furieuse ruisselle de mon front, me pique les yeux, Oudi, je te jure que je veux que tu guérisses, c'est la seule chose qui compte, que nous recommencions à vivre comme avant, rien d'autre. Il me lance un regard étonné, on dirait qu'il soupèse mes paroles, mais l'instant d'après il explose, tu veux me mettre à la porte, c'est pour ça que tu m'emmerdes avec tes médecins, ils t'ont promis de m'enfermer et tu n'attends que ça, me foutre dehors et faire venir quelqu'un d'autre qui te baisera toutes les nuits. Je tourne les talons et me jette sur le canapé, les larmes et la sueur se mélangent en un liquide irritant, et c'est alors que débarquent les courses, portées par un jeune garçon souriant qui disparaît avant même que j'aie eu le temps d'ouvrir mon porte-monnaie, sans se douter de quoi il a été soupçonné. Prépare-moi quelque chose à manger, crie Oudi de son lit, si tu n'as pas oublié ce que j'aime.

Peut-être se ressaisit-il tout de même puisqu'il a de l'appétit, me dis-je en essayant de me remonter le moral. J'opte pour des spaghettis avec des boulettes, je trime deux heures dans la cuisine et quand le plat est prêt je m'approche de lui, veux-tu manger au lit ou à table ? Il me dévisage alors avec une expression méprisante, si tu crois que tu te feras pardonner tes infidélités avec des bons petits plats, lâche-t-il, plutôt crever de faim. Je sors de la pièce en silence, mes mains se tordent en essayant de réprimer leur envie de le frapper, ou de se serrer autour de son cou ou encore de lui arracher les membres, finalement elles se jettent sur la casserole chaude et je me mets à manger à même le plat, sans fourchette, le jus des tomates fraîches me rougit les mains, j'ai la bouche en feu, j'avale sans mâcher, sans sentir le goût, voilà, j'arrive au fond, je gratte les restes collés en me brûlant les doigts, des petits bouts rouges et gras de viande hachée se coincent sous mes ongles, soudain je m'aperçois que j'ai tout fini, que je n'ai rien laissé à Noga, son plat préféré, comment ai-je pu ? D'un pas mal assuré j'atteins les toilettes, m'agenouille devant la cuvette, je ne peux pas garder autant de nourriture dans l'estomac, je m'enfonce deux doigts dans la bouche, persuadée que dès que j'aurai tout expulsé je serai moi-même purifiée, mais rien ne sort, les boulettes de viande restent accrochées à mon ventre comme des embryons indésirables, j'enfonce les doigts de plus en plus profondément jusqu'à me griffer la gorge au sang, qu'ai-je fait, qu'ai-je fait, des larmes rouges coulent dans la cuvette, je me lève, m'asperge d'eau, j'ai du mal à reconnaître ce visage souillé, ce n'est pas moi, qu'a-t-il fait de moi, il m'a transformée en bête sauvage, en hippopotame blessé, ça ne peut pas continuer ainsi.

Fini, je n'entrerai plus dans la chambre, je le jure, je vais amener tous mes vêtements au salon, je n'ai rien à chercher là-bas, qu'il se soigne lui-même, qu'il se haïsse lui-même au lieu de me haïr moi, mais le soir il apparaît sur le seuil, avance en s'agrippant aux murs, il est maigre comme un clou, tremble de tous ses membres, je ne vois de nouveau plus rien, dit-il, où es-tu ? Oudi, je ne me sens pas bien, je chuchote, je ne peux rien pour toi. Ça y est, tu craques, susurre-t-il d'une voix rocailleuse, il y a des femmes qui se dévouent pour leur mari pendant des années, mais toi, tu craques au bout d'un mois, madame ne se sent pas bien, bravo, après m'avoir rendu malade, madame me fait de la concurrence. Je ne réponds pas, mes sens se brouillent, ses paroles m'arrivent de loin, syllabes feutrées qui éclatent dans toute la maison, ne pas marcher pieds nus sur leurs débris, lui aussi s'apaise petit à petit, encore quelques soubresauts, comme les derniers réflexes d'un chaton écrasé qui fait encore quelques bonds souples sur la chaussée après sa mort, moi, il m'a enterrée sous lui, je n'attends plus rien, il n'y a que la peur qui, de temps en temps, me fait tressaillir, et si j'étais licenciée, et s'il arrivait quelque chose à Noga ?

Presque insidieusement, le mirage d'une guérison imminente cède la place à des visions de mort, je me lève à l'aube sur la pointe des pieds et me plaque contre sa porte close, je me représente son corps sec, figé comme un animal empaillé mais irradiant d'un éclat céleste qui m'ordonne de vivre, et je me laisse gagner par une douleur purifiée, lavée de toute rancœur, aussi agréable que celle qui accompagne les premiers amours, le sentiment de soulagement est presque égal à la tristesse de l'avoir perdu, comme c'est facile de l'aimer après sa mort, et je me vois déjà, une fois la période de deuil terminée, grimper les escaliers jusqu'à la mansarde. Je passerai en revue l'exposition de mes visages, sans mot dire j'enlèverai mes habits dans une sensualité exacerbée par ma nudité peinte, et là, dans le fauteuil, tous les serments seront caducs, les engagements nuls et non avenus, tombés en désuétude, et je serrerai mes cuisses autour de ses hanches, les boucles de sa nuque s'enrouleront autour de mes doigts tels des anneaux d'argent.

Une nuit, j'ouvre la porte qui grince légèrement, notre lit double est presque vide, il est couché tout au bord, comme poussé par des coups de pied, une de ses jambes pend à l'extérieur, son visage nocturne est tourmenté, il a l'air tellement abandonné dans ce grand lit, enfermé dans son mal comme un bébé pris en otage, ses paupières frémissent, son sourire se profile sous la lune amère, Naama, pardonne-moi, murmure-t-il, je ne comprends pas ce qui m'arrive, je ne sais pas quoi faire, j'ai besoin d'aide. Je m'allonge à ses côtés, caresse les poils transparents de son torse, Oudigui, si seulement je pouvais t'aider, si nous luttions ensemble nous pourrions nous débarrasser de cette maladie mais elle nous dresse l'un contre l'autre, elle te fait me haïr et me fait te haïr. Je sais, chuchote-t-il, il vaudrait déjà mieux pour toi que je sois mort. Je ne prends pas la peine de nier, de toute façon ses paroles, baignées dans l'aube naissante, ne vont pas tarder à être balayées par le sommeil, et moi aussi j'aurai oublié ce qui a été dit lorsque au matin je me hâterai, fatiguée et soucieuse, vers ma voiture, et qu'un tintement de cloche m'accueillera, comme si un troupeau de moutons paissait entre les immeubles. J'apercevrai alors, revenant de l'épicerie avec des paniers remplis, la fille des voisins, celle qui a fait un séjour en Inde et qui se balade avec des clochettes aux chevilles, aux poignets et dans les cheveux, je la regarderai avec un intérêt inexpliqué et, soudain, ses mots me reviendront à l'esprit, tu ne m'as pas un jour parlé d'une doctoresse indienne ? Pas indienne, répondra-t-elle en riant, tibétaine. Peu importe, le principal c'est qu'elle soit efficace, efficace, répétera-t-elle, elle est extraordinaire, elle peut ressusciter les morts. Donne-moi son numéro de téléphone, lui lancerai-je, conquise, je vais l'essayer, c'est pour votre mari, n'est-ce pas, demandera-t-elle, ça fait longtemps que je ne l'ai pas vu dehors. Oui, il ne remonte pas la pente, tu penses qu'elle pourra faire quelque chose ? Bien sûr, elle le tirera de là, mais prenez garde. De quoi, demanderai-je, étonnée, d'elle ? Non, pas d'elle, simplement, prenez garde, parce qu'on dit chez nous qu'il est toujours dangereux de mettre un terme à la souffrance.

CHAPITRE 10

Lorsque je vois sur le seuil cette jeune femme maigrichonne au visage hâlé et affamé, qui tient un grand panier à la main, je la prends pour une mendiante et je me détourne déjà pour aller chercher mon porte-monnaie quand elle me dit, je suis Zohara. Au même moment son panier se met à couiner, elle en extirpe un bébé et le fait téter, comme ça, debout, tenant avec assurance entre ses bras squelettiques le petit corps qui émet des roucoulements de plaisir, moi, incrédule, je fixe ce sein ratatiné en me demandant comment il peut produire autant de lait, puis je la scrute, déçue, quoi, ce petit bout de femme nous aidera alors que c'est elle qui semble avoir besoin d'aide ? Elle a exactement la même allure que les filles qui frappent à la porte du centre d'hébergement complètement paumées, avec un panier trop lourd, non, pas la peine d'essayer, quand je pense combien ça a été dur de convaincre Oudi, j'ai discuté avec lui des heures et des heures, pourquoi ne pas tenter le coup, de toute façon tu n'as rien à perdre. Mais rien à y gagner non plus, maugréait-il, je déteste les croyances impies, oublie le côté religieux, ai-je protesté, il s'agit d'une médecine antique et naturelle, tu peux essayer. Comment vais-je maintenant introduire dans sa chambre cette gamine noiraude, il la jettera dehors et après refusera de voir qui que ce soit. Furieuse, je compte ses pas, elle se promène sans la moindre gêne dans le salon, elle va et vient en silence entre les fauteuils, ça y est, le bébé s'est endormi sur son épaule, elle le pose dans le couffin et s'adresse alors à moi avec une autorité inattendue, bon, quel est le problème ?

Le problème, il est là-bas, je lui réponds en indiquant la porte fermée, ça fait des semaines qu'il ne fait plus rien, et, sans conviction, je lui retrace l'évolution de la maladie, à quoi bon, de toute façon, elle ne pourra pas l'aider, mais elle m'écoute avec un incommensurable sérieux et hoche la tête sans me quitter des yeux. Bon, je vais aller le voir, déclare-t-elle, puis elle se lève, contourne le couffin qu'elle laisse au milieu du tapis comme Moïse sur les flots, et sans hésitation pousse la porte qui se referme aussitôt derrière elle. Je m'assieds par terre à côté du bébé endormi, j'examine son visage, clair et grassouillet, c'est une petite fille qui ne ressemble absolument pas à sa mère, je me penche sur elle avec curiosité, ça fait longtemps que je n'ai pas détaillé un bébé d'aussi près. C'est donc ça, un vrai nouveau-né, je chuchote, excitée comme une espionne qui aurait réussi à s'introduire en terrain ennemi, et je me rends compte que, malgré les discours que je rabâche à nos pensionnaires, un bébé est un être vivant avec des besoins, ou plutôt constitue à lui tout seul un immense besoin, je me suis mise moi aussi à considérer les minuscules créatures lovées dans leur ventre comme des entités abstraites, surnaturelles, diaboliques ou messianiques, des sortes de coups de poing célestes qui font voler leur jeunesse en éclats. Je soulève la petite avec une précaution infinie, elle est tellement légère, une tige souple relie sa tête à un corpuscule sans poids, comme si elle était encore un spermatozoïde fugace, je la renifle, cherche ce fameux parfum de bébé si apaisant, mais ce que je sens, c'est une odeur âcre, profonde, une odeur qui vient du dedans et me révulse comme si je m'étais humée de l'intérieur. Comment est-ce possible, je m'étonne, qu'elle garde encore les traces du désagréable parcours de sa naissance. Et, à nouveau, je sens que j'en veux à cette jeune mère, comment s'occuperait-elle correctement d'Oudi si elle ne prend même pas la peine de laver sa petite.

Je la repose en vitesse dans son couffin, avant qu'elle ne se casse entre mes mains, par chance elle continue à dormir tranquillement comme si elle n'était pas encore née, je vais sur la terrasse, aujourd'hui il fait un peu moins chaud, de gracieux nuages tempèrent l'ardeur du soleil, comme si l'été, après s'être fait quelques frayeurs, avait décidé de se calmer un peu, je pose un regard inquiet sur la rue étroite, d'en bas, le mélia m'adresse une excuse fanée, je lui réponds par un sourire, ne t'inquiète pas, moi non plus, je n'ai pas grand-chose à proposer. Il y a quelques semaines à peine, il était paré de guirlandes de fleurs étoilées, le feuillage brodé de fils violets et odorants dont il ne reste rien, il a été abandonné à une humiliation jaunissante, offert en pâture aux rayons du soleil, ces mêmes rayons qui me chassent à l'intérieur, je passe sur la pointe des pieds devant la porte fermée sur un étrange silence, se seraient-ils tous les deux endormis, la colère sourd en moi, c'est mon Oudi là-dedans, mon mari, il fut un temps où j'inscrivais mon nom sur ses lobes d'oreilles, de quel droit s'isole-t-elle avec lui et me laisse-t-elle dehors à garder son bébé. Je me mets à tousser comme si j'avais avalé de la fumée, la fumée d'une jalousie mal placée qui m'embrase soudain, je dois briser leur communion et pour ça il n'y a qu'un moyen, je regagne le salon et secoue le couffin jusqu'à ce que la bouche rouge s'ouvre et qu'une faible plainte s'en échappe, alors je me rue vers la chambre, ouvre la porte sans frapper... et la vois assise au bord du lit, elle lui entoure les poignets de ses doigts tels des bracelets de velours, quant à lui, il est assis tout droit, les jambes tendues et les bras piqués de fines aiguilles comme s'il s'était transformé en hérisson, avec, au sommet du crâne, juste à l'endroit où les cheveux se raréfient, une petite corne fumante, un bâton d'encens odorant qui se consume tranquillement.

Elle lui lâche les mains, sort rapidement en me faisant signe de sortir avec elle, moi j'obéis mais j'enrage, c'est mon mari, ma maison, au nom de quoi me donnerait-elle des ordres, pourtant je la suis, tête basse, jusqu'au panier qui entre-temps s'est tu, elle a pleuré, je bégaie dans son dos, j'ai cru qu'elle avait faim, oh, j'enrage de plus en plus, comment une femme aussi jeune peut-elle m'embarrasser à ce point, chez moi de surcroît. Alors, qu'en pensez-vous, je lui demande avec impatience, quand retrouvera-t-il enfin la santé ? Pas dans l'immédiat, j'espère, me répond-elle avec un calme sourire. Pardon ? je la dévisage totalement stupéfaite, et elle répète, j'espère que cette maladie ne va pas l'abandonner trop vite, d'ailleurs si son équilibre vous importe, vous devez espérer la même chose. Mais pourquoi ? je demande presque dans un cri, c'est complètement absurde ce que vous me racontez, Naama, se met-elle alors à m'expliquer, lentement, en appuyant sur chaque mot, toute maladie est une opportunité et votre mari n'a pas encore commencé à tirer profit de la chance qui lui était donnée, il ne faudrait surtout pas qu'il la gâche, cette maladie, parce qu'une telle occasion ne se représentera pas de sitôt. Je la fixe, abasourdie, incapable d'avaler ses inepties, de quel droit renverse-t-elle tout, depuis quand est-ce positif d'être malade et négatif de guérir, tout à coup elle me semble monstrueuse avec son visage anguleux, son menton qui pointe en avant, pourquoi l'ai-je introduite chez nous, pourtant je la supplie, comme si cela dépendait d'elle, écoutez, Zohara, nous ne pouvons pas continuer de la sorte, cette étrange maladie mine toute notre vie, notre fille va très mal, je suis au bout du rouleau, je n'arrive plus à travailler, je vous jure qu'on ne peut pas continuer comme ça, mais déjà ma voix se brise, comme j'ai honte de me répandre devant cette étrangère qui m'écoute avec son incommensurable sérieux, remue les lèvres comme si sa langue lui servait d'étalon pour mesurer mes mots et finit par déclarer d'une voix ferme, c'est vraiment dommage, vous devez absolument changer votre perception des choses, pour vous et pour votre fille, cette maladie vous offre la possibilité d'évoluer, elle peut devenir source d'inspiration et vous aider à vous libérer de vos souffrances. C'est n'importe quoi, j'explose, comment voulez-vous trouver de l'inspiration devant un être qui se laisse pourrir au lit depuis des jours, qui passe son temps à se plaindre et à accuser. Il faut que vous compreniez, répond-elle en me couvant d'un regard indulgent, que vous vous agrippez trop fort l'un à l'autre. Vous devez lâcher du lest afin de tirer bénéfice de cette situation, vous devez prendre vos distances, pensez à deux mottes de terre dans le creux de la main, si le poing se referme trop fort, elles s'écrasent, il n'en reste rien. C'est à peine si nous nous parlons, je proteste, c'est ça que vous appelez s'agripper trop fort ? Évidemment, dit-elle, regardez à quel point vous le prenez mal, sachez que c'est vous qui choisissez de réagir comme ça. J'hésite entre rejeter ses propos ou continuer à m'en étonner, et je lui demande, qu'est-ce que ça veut dire que je le prends mal, n'importe quelle femme aurait réagi de même si son mari se comportait comme lui. En êtes-vous sûre ? réplique-t-elle en berçant son bébé. Cette question abrupte me fait soudain douter, eh bien, c'est du moins ce qu'il me semble, je dis, quoi, vous ne l'auriez pas mal pris, vous auriez dansé la *hora* si c'était arrivé chez vous ?

Je ne parle pas de danser la *hora*, mais pourquoi ne pas continuer comme d'habitude, il ne faut pas se disloquer mais accepter ce qui arrive, sans se mettre en colère, sans se culpabiliser, comprendre que chaque épreuve est destinée à nous renforcer. C'est inhumain, ce que vous me proposez, je maugrée, comment ne pas se révolter quand toute votre vie bascule ? Les Tibétains pensent que celui qui vous blesse est votre plus grand maître, déclare-t-elle en regardant sa petite fille d'un air sentencieux, comme si elle parlait pour elle et non pour moi, puis elle ajoute sur un ton plus gai, parfois nous nous accrochons à un train-train quotidien malsain et, quand vient le changement, nous tremblons de peur et ne nous rendons pas compte que c'est notre seule chance. Belles paroles, je réplique, certains changements sont bons, d'autres mauvais, vous ne me convaincrez pas que toute mauvaise chose est en réalité une bonne chose, ça dépend des circonstances.

Les circonstances, Naama, s'exclame-t-elle comme si elle attendait exactement que je prononce ces mots, doivent-elles nous dominer, sommes-nous les esclaves des circonstances, aujourd'hui tant que tout va bien vous êtes heureuse mais demain vous serez malheureuse parce que quelque chose se sera mal passé et transformera le bonheur en vague souvenir. Où donc est notre caractère fondamental, notre nature véritable, comment vivre alors que tout change, comme la lumière, d'instant en instant ? Bon, alors qu'est-ce que vous proposez ? De cheminer vers l'élément qui, en vous, ne change pas, répond-elle prestement, qui ne dépend justement pas des circonstances, et d'y puiser la force. Il faut refuser d'être l'esclave servile d'une réalité versatile et chercher ce qui, en vous, est immuable. Qu'est-ce qui, en moi, est immuable, je lui demande, j'ai l'impression de ne rien avoir de tel, mais elle écarquille les yeux, bien sûr que si, c'est votre moi fondamental, votre vraie nature, parfaite et éclairée. Ah bon, je m'étonne, et où la trouve-t-on ?

Je vous l'expliquerai la prochaine fois. Elle sourit et je suis ravie d'apprendre qu'il y aura une prochaine fois, qu'elle ne nous abandonne pas, pas encore, elle et ses informations, certes surprenantes mais qui au moins m'offrent quelque chose à attendre, c'est avec plaisir que je lui demande combien je lui dois, rien pour l'instant, dit-elle, on en reparlera à la fin, la fin de quoi, je continue, j'ai l'impression que cette femme a l'intention de s'installer longtemps dans notre vie. La fin de la maladie ? je tente encore avec un espoir non dissimulé, la fin du processus, me corrige-t-elle, comme s'il ne s'agissait là que de nuances linguistiques. Elle regagne la chambre d'Oudi avec son bébé dans les bras, préférant apparemment renoncer à mes talents de baby-sitter, au bout de quelques minutes elle en émerge et lâche un soupir de soulagement comme une sage-femme après l'issue heureuse d'un accouchement difficile. Je serai ici demain au lever du soleil, m'annonce-t-elle, je veux contrôler certaines choses avec vous trois, et moi, encore une fois perplexe, qu'est-ce que ça veut dire au lever du soleil, exactement au moment où le soleil apparaît, ou alors simplement tôt le matin ? Exactement au moment où le soleil se lève, répond-elle, c'est le moment où les énergies sont les plus fortes dans le canal central. C'est à quelle heure ? Elle hausse sévèrement les épaules, je n'en ai pas la moindre idée, tend vers moi son fin poignet dénué de montre, comme si on n'avait pas encore inventé l'horlogerie, et poursuit, je sens le soleil se réveiller, c'est tout, moi je l'écoute, perdue et éperdue, me voilà en un instant devenue le porte-drapeau d'un progrès grossier et insensible, affolé et impuissant devant les mystères de la nature.

Éhoud saura quand vous réveiller, dit-elle. Bon, je ne peux que constater qu'ils se sont déjà mis d'accord, qu'ils se comprennent apparemment très bien. Elle repose doucement la petite dans son couffin, je ne peux pas me retenir de lui poser la question, quel âge a-t-elle ? Trente jours exactement, répond Zohara avec fierté, moi je m'étonne de l'entendre compter en jours, comme s'il s'agissait d'une période de deuil. Et vous avez déjà repris le travail, je lui demande, une nuance critique dans la voix. Pas vraiment, je refuse la majorité des patients mais, quand vous m'avez appelée, je n'ai pas pu. Gênée, je continue, ce qui veut dire que, en ce moment, vous ne vous occupez que de mon mari ? Oui, que de lui. Accablée par un malaise indéfini, je la raccompagne jusqu'à la porte, elle ne sent rien de tout cela, en descendant les escaliers elle m'envoie encore un sourire débordant de bonnes intentions, il est très important de bien dormir la nuit qui précède l'examen, de ne manger que légèrement et d'éviter les tensions. Au moins cette nuit, essayez de vous détendre, arrêtez de vouloir tant retenir ce qui, de toute façon, ne peut être retenu.

Je me précipite dans la chambre d'Oudi tout en me répétant ses instructions, me détendre, me détendre, on dirait que lui aussi a des instructions à se répéter, il a l'air plus calme, comment te sens-tu, je lui demande, et il répond simplement, beaucoup mieux. Qu'est-ce qu'elle t'a fait ? Je ne sais pas exactement, elle m'a pris le pouls un peu partout, a regardé ma langue, a posé des aiguilles et des espèces de ventouses à des points précis de mon corps, il se palpe le sommet du crâne, et ce bâton d'encens, c'était très apaisant.

Quand je pense à tout ce que j'ai fait pour l'aider, tant de tentatives aussi affligées qu'affligeantes, alors que, elle, il lui aura suffi de débarquer avec ses vapeurs étrangères pour qu'il se sente soudain requinqué. Qu'a-t-elle encore fait, je reprends avec acidité, elle t'a parlé de ta véritable nature ? Non, elle m'a surtout posé des questions et n'a pas dit grand-chose. Comprenant qu'il n'a pas envie d'entrer dans les détails, je vais m'asseoir en silence au bord du lit, là où elle s'est assise, afin de reprendre possession du territoire qu'elle a occupé, d'ailleurs, j'ai l'impression que quelque chose a changé dans la chambre, une odeur douceâtre émane des murs et brouille les effluves de négligence qui s'en échappaient, jusqu'à son corps sec qui dégage soudain un agréable parfum, comme s'il n'était lui-même qu'un fin bâton d'encens en train de se consumer dans le calme et la sérénité.

Le soir, je lui demande de m'avertir au lever du soleil, mais je règle tout de même le réveil, avec quelle fierté elle a exhibé son poignet sans montre, comme si c'était moi la primitive et pas elle, j'ouvre le canapé du salon, à nouveau un papillon vient griller sur l'ampoule halogène, autel impitoyable qui exige chaque soir son lot de cadavres, encore une victime ajoutée au tas calciné de ses aïeuls, la pièce se remplit d'une odeur de viande brûlée qu'aucun vent ne balaie et qui stagne dans l'air suffocant, pèse encore sur moi comme une chape de mauvaises pensées au moment où je m'endors, je suis en train de me tortiller en dessous quand le réveil sonne, quoi, déjà cinq heures du matin, je glapis de rage mais bondis hors du lit comme une élève studieuse qui ne veut pas rater sa première heure de cours. L'appartement est encore plongé dans une totale obscurité, mais sur la terrasse je suis accueillie par la caresse fraîche d'un ciel bleu un peu couvert, je m'assieds sur une chaise, café à la main, qui aurait cru que les lourdes journées de *hamsin* commençaient ainsi, comme un bébé superbe à sa naissance et laid deux heures plus tard. Rendus plus sombres par la couleur du ciel, les arbres bougent sous le vent, chacun selon son tempérament, comme des êtres humains, les cyprès avec une lourdeur sinistre, les peupliers en arabesques de demoiselles excitées et, avant que le soleil n'apparaisse à l'horizon, la pénombre recule pour ne s'attarder qu'à l'intérieur des maisons, elle est encore visible à travers les fenêtres, là où un lourd sommeil recouvre les paupières de voiles noirs. Je lève les yeux vers l'est, quelques branches frémissent comme les bras d'un noyé dans l'air pâlot qui fait des vagues, sur les toits se balancent les croix des antennes semées avec prodigalité, elles dominent le royaume de béton endormi, emprisonnent la lune, ballon blanchâtre qui retient encore une lumière usurpée, ses compagnes les étoiles se brouillent déjà, fondent jusqu'au bout dans la bouche du ciel comme des bonbons acidulés tandis que seul un dernier éclat, telle une minuscule cicatrice, se devine encore.

D'ailleurs, il fait déjà jour, mais de soleil, point. Il se fait vraiment désirer, ce père irremplaçable malgré sa cruauté, les arbres s'éclaircissent, les oiseaux entament leurs bruyantes conversations, je tourne les yeux vers l'est avec une inquiétude croissante, quelques rayons chauds s'enroulent autour des boucles dorées du peuplier, mais l'astre n'est toujours pas là, embusqué derrière les arbres comme un œil de cyclope caché par des mèches de cheveux. J'attends pour rien, qu'est-ce que je m'étais imaginé, que je le verrais monter, ici, en pleine ville, que je verrais son cercle rouge apparaître, comme quand j'étais petite, au-dessus de la ligne des collines que j'aimais tant, dans le village désert, là où rien ne nous séparait lui et moi, excepté les caresses transparentes de l'air, ça y est, j'enrage, pourquoi me suis-je réveillée si tôt, on ne peut pas voir le lever du soleil de chez nous, pourquoi ne m'a-t-elle pas donné d'heure précise, j'attends ici toute seule sur la terrasse comme une imbécile, j'attends le soleil, j'attends cette doctoresse qui encense la maladie, je les déteste, elle et lui, j'ai besoin d'elle et de lui, et c'est alors que je la vois en bas, elle court essoufflée dans la rue, une fiancée en retard pour sa noce, une fille tout de blanc vêtue, ses cheveux épars lui adoucissent le visage, elle porte son panier d'osier comme si elle se hâtait au marché, il ne doit pas y avoir de père dans les parages pour s'occuper de ce nouveau bébé, et une vague de compassion m'envahit, regarde-la, au lieu de se concentrer sur ses propres problèmes, elle vient nous aider, prends-en de la graine, toi qui regardes de travers les filles du centre, je me recule pour qu'elle ne me voie pas en train de surveiller sa course, elle a un corps compact, fait d'une seule pièce, pas comme le mien, où chaque membre revendique son indépendance.

C'est raté pour le lever du soleil, je lui lance d'un ton accusateur, mais elle sourit avec sérénité, encore essoufflée, ne vous inquiétez pas, c'est exactement l'heure adéquate. Quand le soleil apparaît enfin au-dessus des toits de la rue, il est déjà très haut, on ne peut pas le voir se lever d'ici, je me lamente, faites-moi confiance, Naama, elle pose son couffin sur le tapis et me dévisage d'un air peiné, comme si c'était moi la malade, elle ne s'enquiert pas de l'état d'Oudi, d'ailleurs je n'ai aucune hâte à le voir réveillé, je m'assieds en face d'elle et la laisse me toucher de ses longs doigts hâlés qui cherchent un trésor sous ma peau, s'attardent sur un poignet, puis sur l'autre, puis sur les deux, elle croise les mains, et enfin me palpe derrière les oreilles, pression, relâchement, pression, relâchement.

Qu'est-ce que vous faites, je lui demande, j'écoute votre

pouls, m'explique-t-elle volontiers, le sang coule dans le corps et, à l'aide du pouls, raconte tout ce qui s'y passe, mais enfin, Zohara, moi, je ne suis pas malade, je vais bien, c'est lui que vous êtes venue examiner, je proteste mais elle continue, le pouls de la femme renseigne aussi sur l'état du mari, les Tibétains croient que d'après le pouls de l'épouse on peut déterminer si son mari vivra ou mourra. Vraiment, nous vivons dans une telle osmose ? L'idée m'affole, elle a un sourire mystérieux, comme si cela dépendait d'elle, puis reprend, oui, d'ailleurs d'après le pouls de l'enfant on peut avoir des informations sur l'état des parents. Soudain son regard s'aiguise, elle scrute rapidement mon visage, m'ouvre grand les yeux et les examine, écarte mes paupières, tire ma langue, sans que ses belles lèvres se départent de leur sourire mystérieux, maintenant que je les vois de près j'en remarque la beauté, Oudi les a vues d'aussi près hier, il a senti son odeur d'aussi près, une odeur bizarre, plutôt désagréable, une odeur de dedans qui ressemble à celle de sa petite fille. Et que vous dit mon pouls, je finis par lui demander, irritée, mais elle ne me répond pas, appuie sur mes doigts, écoute et soudain elle me demande, avez-vous bien dormi cette nuit ? La question me surprend, ça fait longtemps qu'on ne m'a pas posé une question aussi gentille, oui, j'ai bien dormi, à part que j'avais peur de louper le lever du soleil. Elle continue à m'interroger tandis que ses mains effleurent mes doigts, elle pose des questions simples, tellement simples que j'en ai oublié les réponses, comme on oublie des amis d'enfance dispersés de par le monde, perdus dans la trépidation de la vie, des questions qui font resurgir un passé lointain, une époque où je m'étais encore inconnue, quelles sont mes couleurs préférées, qu'est-ce que j'aime manger et boire, de quelles épices je me sers, quelle saison j'apprécie le plus, de quoi est-ce que je souffre le plus, du chaud ou du froid, mes réponses semblent la passionner, elle ne note rien, pourtant je suis persuadée qu'elle se souviendra jusqu'à son dernier jour de ce qui a été dit dans cette pièce, et alors elle me demande, et qu'est-ce que vous aimez faire ? Je reste un instant interdite, comme si je ne comprenais pas le sens de ses paroles.

Elle tourne vers moi des yeux interrogateurs, des yeux de velours noir cernés de cils drus, je ricane d'embarras, qu'est-ce que j'aime faire, je me suis tellement habituée à penser en termes de devoir que j'en ai oublié ce que j'aimais, je hausse les épaules et dis, j'aime être avec eux, en indiquant du menton les portes fermées sur le sommeil d'Oudi et de Noga, mais ma réponse hypocrite ne la satisfait pas, essayez de vous concentrer, insiste-t-elle, c'est très important, qu'est-ce que vous aimez faire, vous, indépendamment de votre famille, quelque chose qui n'a de rapport qu'avec vous-même. Sa question éveille en moi une mélancolie émue, comme quelqu'un qui, orphelin depuis des années, se souvient que, à une époque, il avait de vrais parents. Elle essaie de m'aider, qu'est-ce que vous aimiez faire quand vous étiez petite ? Je fouille dans ma mémoire, feuillette mon album de famille jaunissant, Oudi a surgi si tôt dans ma vie, avec ses désirs toujours plus forts que les miens, ses amours, ses haines, qu'y avait-il avant lui, et soudain ça me revient, un souvenir s'approche comme le premier souffle du vent qui brise le *hamsin*, et je dis avec hésitation, presque honteusement, quand j'étais petite, j'aimais m'allonger dans l'herbe et regarder les nuages.

Ma réponse la comble de joie, elle me contemple, aussi émerveillée que si j'étais la réincarnation de Bouddha, c'est bien, dit-elle, et ça vous apaisait ? Je retrouve un peu d'assurance, oui, il me semble que oui. Et quand vous êtes-vous allongée dans l'herbe pour la dernière fois, s'enquiert-elle. J'ai un sourire contraint, ça fait des années, avant le divorce de mes parents, parce que après ça ne me disait plus rien. Elle hoche la tête avec une extrême compassion et soudain je n'ai qu'une envie, poser mon front sur son épaule et pleurer, pleurer tout mon soûl, car je sais maintenant qu'elle me comprend, même Anath ne me perçait pas avec une telle acuité, tantôt j'ai envie d'être sa fille, tantôt d'être sa mère, ce qui compte, c'est qu'elle ne me quitte jamais, comme si la mise en quarantaine de notre maison venait d'être levée grâce à elle.

Quand vous contempliez les nuages, continue-t-elle, pensiez-vous aussi au ciel ? Je m'étonne, qu'est-ce que ça veut dire, penser au ciel ? Vous êtes-vous demandé si le ciel aimait les nuages, moi je bégaie, je n'en ai pas la moindre idée, je n'y ai jamais pensé. Que fait le ciel lorsque les nuages passent les uns après les autres, certains s'évaporant à tout jamais, d'autres changeant de forme ? Rien, je réponds, que peut-il faire, les nuages passent, c'est tout, elle opine avec satisfaction, c'est exactement ça, vous n'avez jamais pensé que vous aviez un enseignement à tirer du ciel ? Je sens déjà un début de moquerie me picoter la gorge, mais je l'entends déclarer calmement, avec un grand sérieux, comme si elle m'annonçait une importante découverte, c'est ainsi que nous devons vivre, Naama, nous sommes le ciel qui regarde passer les nuages sans essayer de les retenir, sans essayer de les arrêter. De toute façon, même s'il le voulait, il ne pourrait pas les retenir, je réplique, c'est vrai, dit-elle, exactement comme nous, qui ne pouvons retenir ni notre conjoint, ni nos amis, ni même nos enfants. Ses yeux sombres s'attardent sur son bébé plongé dans un profond sommeil, puis sur les meubles qui encombrent le salon, le sol tapissé de serpentins de poussière, nous devons être aussi libres qu'une goutte de mercure qui tombe par terre et qui, jamais, ne se mélangera à la poussière, reprend-elle, avez-vous déjà vu une goutte de mercure tomber par terre ? Oui, je chuchote, oui, j'ai eu la malchance d'en voir.

Que se passera-t-il si vous relâchez la pression, continue-t-elle, de quoi avez-vous peur, et je marmonne, c'est évident, non ? J'ai peur de perdre le contrôle, de rester totalement démunie, ce ne sont pas les angoisses qui manquent, elle hoche la tête avec une expression railleuse, oui, c'est ainsi qu'on réagit en Occident, mais les grands maîtres tibétains pensent que celui qui lâche tout reçoit en retour la liberté réelle et que, alors, la grâce rayonne en lui comme le soleil qui, aujourd'hui, a rayonné au-dessus de votre tête. On ne peut pas dire qu'il ait vraiment rayonné, je rumine encore ma déception matinale mais elle me chapitre, vous avez tout de même vu la nuit devenir jour ? Oui, je revois la voûte céleste, foncée et fraîche, qui m'a accueillie sur la terrasse, eh bien, moi, je préfère la nuit, je trouve le soleil trop agressif. Elle me regarde avec sérieux, vite, me presse-t-elle sur un ton de supplique, vous devez m'écouter avant que les autres se réveillent, effectivement je me souviens que tout le monde dort ici, son bébé, ma fille, Oudi, un sort a été jeté sur cette maison, d'ailleurs il n'est plus si tôt que ça, presque sept heures du matin, mais on dirait que toute la ville dort encore et que nous sommes les seules à être debout, à nouveau je m'étonne, qu'avez-vous de si urgent à me faire, c'est lui que vous êtes venue guérir, oui, mais si je voyais quelqu'un se tordre de douleur sur le trottoir, je ne m'en approcherais pas ? Cette comparaison m'alarme, n'exagérez pas, mais elle réplique toujours avec le même sérieux, je n'exagère pas,

Naama, j'ai vu votre mari, je vous vois, vous, je peux vous aider tous les deux, en fin de compte, Éhoud va beaucoup mieux qu'il en a l'air alors que vous, vous n'essayez même pas de vous soigner. Quoi, je lâche un rire jaune, vous avez appris par le pouls de mon mari que j'allais mourir ? Naama, écoutez-moi, me coupe-t-elle sans douceur, mais je n'ai pas envie de l'écouter et je poursuis, j'ai toujours pensé que la médecine tibétaine était fondée sur d'antiques remèdes venus de l'Himalaya, des plantes médicinales, des aiguilles d'acupuncture. Elle contient la colère qui monte en elle et rétorque, presque vexée, j'ai ici un sac plein de médicaments à utiliser le moment venu, mais je veux d'abord discuter avec vous, croyez-moi, si vous m'écoutez, vous ne le regretterez pas, vite, avant que les autres se réveillent et que la journée commence.

Je vais vous expliquer, elle approche ses lèvres de mon oreille pour m'instiller son secret matinal, il y a différents niveaux de conscience, celui dont nous nous servons habituellement est comme la flamme d'une bougie posée sur le seuil d'une porte ouverte et qui est à la merci de n'importe quel courant d'air, qui dépend de tout un tas de facteurs et de pressions extérieures et se laisse submerger par des sentiments négatifs, alors que la vraie nature de l'homme est enfouie en lui-même, pensez à nouveau au ciel et aux nuages, le ciel est notre véritable forme, alors que les nuages ne sont que notre forme fugitive, ils ne font pas partie du ciel et n'y laissent aucune trace, jamais. Je l'écoute, hypnotisée, je sens autour de nous des portes fermées, comme si, derrière, les dormeurs avaient rendu l'âme, ce qui ne m'attriste aucunement, l'idée que nous restions seules au monde, elle et moi, met un baume sur mon cœur, d'un seul coup ses paroles m'ont fait renouer avec une sérénité antique, tellement profonde que, en comparaison, la mort n'est rien.

Observez cette maison, dit-elle. Je lui obéis et englobe dans un même regard les fauteuils usés, les rayonnages de livres, les murs gris, mouchetés de nos traces de doigts. Depuis combien de temps y habitez-vous ? Presque dix ans, nous nous y sommes installés avant la naissance de Noga, mais ce n'est pas votre vraie maison, poursuit-elle, et je la contemple, interloquée, qu'est-ce que ça veut dire, bien sûr que si, je n'en ai pas d'autre, sans doute, renchérit-elle, mais cette maison-là peut brûler en cinq minutes, elle peut s'écrouler dans un tremblement de terre, votre maison, c'est votre nature véritable, ce n'est que là que vous pouvez vivre en toute sécurité, que vous êtes maître de votre bonheur, indépendamment des aléas de la vie.

C'est alors qu'un grincement de porte familier s'immisce dans notre silence, Noga surgit de sa chambre comme si la maison brûlait, elle regarde autour d'elle, son visage rond est gonflé, que se passe-t-il, me demande-t-elle, je me lève et la prend dans mes bras, rien, il ne se passe rien, je suis juste en train de discuter avec le docteur de ton père. Elle dévisage Zohara d'un air méfiant, mais aussitôt un sourire naïf, plein d'espoir, l'illumine, vous êtes son docteur ? Qu'est-ce que je suis contente qu'il ait un docteur, puis elle lance avec son manque de retenue habituel, vous allez guérir mon père ? J'envoie à la jeune femme une supplique muette, pourvu qu'elle ne commence pas à lui raconter qu'il n'a pas encore tiré profit de sa maladie, mais non, elle sourit, ne t'inquiète pas, dit-elle d'une voix rassurante, bien sûr qu'il va guérir, la guérison est en lui, il ne lui reste qu'à la trouver.

Noga s'étire, soulagée, et vient s'installer sur mes genoux, lourde et chaude, encore toute bouffie de sommeil. Puisqu'on se croise, reprend Zohara en s'approchant, je vais en profiter pour effectuer quelques petits examens, et Noga s'affole, pourquoi, c'est contagieux, la maladie de papa ? Non, ne t'inquiète pas, je veux juste voir si ça a des répercussions sur toi, et elle recommence sa gestuelle que je trouve déjà familière, pression, relâchement, pression, relâchement, ses lèvres remuent comme si elle priait, ma fille, très inquiète, se laisse faire, jusqu'à ce que, enfin, ce rituel tactile se transforme en douces caresses sur les cheveux, tu vas bien, ma mignonne, ne t'inquiète pas, tout ira bien, et Noga ne cache pas sa joie, elle exprime un soulagement grossier, aussi exagéré que l'était son inquiétude, tout ce que j'essaie de dissimuler, elle l'exhibe au grand jour, j'ai parfois l'impression qu'elle est vraiment ma caricature, et je la houspille, va t'habiller, il est déjà huit heures moins le quart. Elle court s'enfermer dans les toilettes et je sursaute en croisant le regard inquiet que m'envoie Zohara. Elle ne va pas bien du tout, me chuchote-t-elle, elle est beaucoup trop tendue, trop fragile, elle ne peut ni se concentrer, ni travailler correctement à l'école, ni avoir de bons rapports avec les autres enfants, au bout de mon cou ma tête est prise dans un tourbillon, voilà, la mauvaise nouvelle qui s'acheminait vers moi a fini par me rattraper, elle est pire que celle que j'attendais, et je murmure, qu'est-ce que je peux faire ? pour ajouter aussitôt, je vous avais bien dit que sa maladie nous avait détruits, alors que vous, vous me parliez d'une chance.

Je ne reviens pas sur mes paroles, réplique-t-elle tout bas, je ne pense pas que votre fille allait tellement bien avant cette maladie, il s'agit de problèmes profonds que la situation actuelle n'a fait qu'accentuer, cela peut être une bonne chose mais vous devez retrouver vos forces, pour elle, dès qu'elle sentira que vous avez changé, son état s'améliorera.

Moi, je panique tellement que je suis prête à changer tout de suite, maintenant, dites-moi juste ce que je dois faire et je le ferai, s'il vous plaît, dites-le-moi, mais elle m'interrompt avec autorité, je vous en ai assez dit pour un seul jour, pensez à tout ce dont nous avons discuté. Non, je ne peux pas m'en contenter, qu'adviendra-t-il de nous, il faut que je change, maintenant, tout de suite, avant que Noga sorte des cabinets, je suis prête à me transformer en grenouille si ça peut servir à quelque chose, tout ce temps je garde les yeux rivés sur la porte des toilettes et remarque pour la énième fois le verre opaque de la fenêtre, cassé lors d'une ancienne dispute et recollé avec des bandes de scotch brun comme en temps de guerre. Mais qu'est-ce que je peux faire, je bredouille, et si je n'allais pas travailler et passais ma journée à contempler les nuages, mais le ciel est tellement brûlant qu'aucun nuage n'ose s'y aventurer et qu'on ne peut même pas regarder vers le haut. Elle se lève et pose une main sur mon épaule, calmez-vous, Naama, essayez de vous détendre, essayez de trouver le chemin qui mène à la sérénité intérieure, ne craignez pas les changements, ce sont eux qui nous façonnent, comme les vagues façonnent les rochers, faites un effort parce que vous n'avez pas le choix, et ça y est, Noga sort, ses paupières gonflées me persuadent qu'elle a pleuré dans les toilettes, je ne peux pas détacher les yeux de ses mouvements gauches, elle traîne son cartable, toujours vêtue d'un immense tee-shirt, et je lui dis, comme tous les matins, Nogui, mets autre chose, tu ne peux pas aller à l'école comme ça, c'est ridicule, bien sûr que si, me lance-t-elle dans un défi avant d'expliquer au docteur, je ne mets que les tee-shirts de mon père parce qu'il adore les voir sur moi. Étonnée par cette explication totalement infondée, je détaille avec mécontentement sa silhouette, immense tee-shirt sur deux pattes, avec en dessous des pieds tout blancs en chaussures de sport et au-dessus un éventail de boucles blondes, rien d'étonnant à ce qu'elle n'ait pas d'amis, à ce qu'on la rejette, et à nouveau l'angoisse familière monte le long de ma colonne vertébrale, mais les doigts de Zohara grimpent derrière, mon dos devient le théâtre d'une course poursuite, je reste figée à écouter ses doigts qui me massent, vertèbre après vertèbre. Rappelez-vous, me chuchote-t-elle, pas de culpabilité, pas de colère, pas de sentiments négatifs, rien qu'une infinie sérénité, comme le ciel, et je n'arrive plus à me retenir, je me tourne vers elle et l'étreins, presse contre elle mon corps massif et alourdi, encore imprégné de toutes ses odeurs nocturnes, je n'ai pas honte, ne veux que me coller à sa maigreur forte et miséricordieuse, et elle, tronc d'arbre sombre solidement enraciné dans la terre, m'entoure de ses bras, je ne suis plus seule, elle va m'aider, me protéger, ses mains caressent mes cheveux, oui, elle est arrivée dans le soleil levant pour me sauver, elle s'est mise à briller dans ma vie obscure et tordue et va tout réparer. La tête enfouie entre ses bras, je bafouille, s'il vous plaît, dites-moi que ce n'est pas trop tard, ce n'est jamais trop tard, chuchote-t-elle, il y a toujours un espoir, même un jour avant la mort il n'est pas trop tard, et moi je suis prête à me contenter de cette maigre consolation quand soudain des chaussures s'approchent de nous, des pas maladroits viennent se glisser dans notre étreinte, les mains toutes moites de Noga s'agrippent à nos hanches et Zohara continue à chuchoter, pas de colère, pas de culpabilité, il n'est jamais trop tard, il y a toujours de l'espoir, je fais entrer ma petite fille dans le cercle comme à l'école maternelle, quand les parents étaient invités à faire une ronde avec les enfants, Oudi ne décollait pas de sa chaise, mais moi je me précipitais pour pallier son indifférence et allais me dandiner, malgré ses yeux que je sentais braqués dans mon dos, sur le rythme des comptines, nous n'irons plus au bois, nous n'irons plus au bois. Je tourne la tête, il est là, adossé au mur, pâle et squelettique, nous ne l'avons pas entendu sortir de sa chambre, il observe notre ronde rapprochée, qui se défait instantanément, nous le regardons toutes trois avec embarras, ça lui va tellement bien de nous dévisager de la sorte, de ne pas se mêler à cette rare harmonie mais de la faire voler en éclats, non, je me répète, pas de colère, pas de culpabilité, et je vais en hâte verser des corn-flakes dans un bol, viens manger, Nogui, mais elle dit, je n'ai pas faim, et va se pendre au cou de son père avec un enthousiasme exagéré qui le fait presque tomber, papa, le docteur dit que tu vas guérir, d'une main faible il lui ébouriffe les cheveux, en voilà une bonne nouvelle.

J'en profite pour aller dans la chambre m'habiller, je tire de l'armoire une robe à fleurs imbécile, tous mes beaux habits, les minces, ont été repoussés au fond des rayonnages, il faut vraiment faire des efforts pour les attraper, seules quelques larges robes me proposent honteusement leurs services, je suis prête, j'entraîne Noga dehors, viens, je t'emmène en voiture, ça t'évitera d'être en retard, sur le seuil je les regarde une dernière fois, elle est penchée sur son bébé endormi, ses cheveux tombent dans le couffin, noirs et ondulés, sa robe enveloppe son corps, Oudi baisse les yeux, il évite mon regard, je lance, merci Zohara, à bientôt, j'ai du mal à trouver les mots qui exprimeraient l'élan d'amour que je ressens pour elle, téléphonez-moi ce soir, me dit-elle en souriant afin de me faire comprendre qu'elle n'a pas oublié le pacte secret que nous avons scellé, mais, tandis que nous descendons les escaliers, je suis assaillie par une désagréable sensation d'exclusion, comme si ceux que j'ai laissés derrière moi, lui, elle et le bébé, étaient les vrais habitants de l'appartement, et nous, Noga et moi, les intruses, un couple d'invitées anxieuses et indésirables, dont le départ est accueilli par les propriétaires du lieu avec un réel soulagement.

CHAPITRE 11

J'oublie de compter avec appréhension les feux rouges qui rythment mon trajet quotidien, j'oublie tout à coup la peur qui m'a escortée chaque matin durant ces dernières semaines, peur de retrouver Hava, la directrice, peur des lamentations qui s'échappent des chambres, peur de mon incapacité à sauver qui que ce soit. Un nouvel élan me pousse de carrefour en carrefour, fait avancer ma vieille voiture, comme aux premiers jours d'une rencontre, quand le sentiment amoureux qui enveloppe le corps sert de carapace bien huilée contre toutes les agressions extérieures. Ce matin, je ne suis pas seule, elle est à mes côtés, sa présence hâlée et solide veille sur moi, sa voix douce, sa sérénité absolue. Dans mon rétroviseur de gauche rayonne un carré de ciel qui me suit, et je sais que par ce signe elle me rappelle de vivre comme lui, distante et pleine de compassion, car ainsi personne ne me blessera vraiment, de même que l'on ne peut pas blesser le ciel.

Je m'approche à pas rapides de la grille du foyer mais je me sens épiée, je regarde autour de moi au cas où il y aurait, comme cela nous est déjà arrivé, un homme violent qui, planqué dans les parages, guetterait sa petite amie pour la menacer de mort si elle abandonnait l'enfant, ou des parents à l'affût de leur fille évaporée dans la nature après les avoir mis K.-O., mais aujourd'hui il n'y a personne entre les buissons, juste une jeune femme qui traverse la rue non loin de moi. Instinctivement, je regarde son ventre, là où pourraient pointer les signes d'un secret embarrassant, mais non, je ne distingue rien, bien que cela ne veuille pas dire grand-chose, j'ai appris à quel point le corps savait nier, toujours prêt à venir à la rescousse de l'esprit. Mieux vaut que je l'ignore, de toute façon elle doit simplement habiter dans le coin, mais son regard, tourné vers moi, ne faiblit pas, et je fais l'erreur fatale, l'erreur à ne pas faire, toutes les filles qui viennent chez nous doivent franchir le seuil de l'établissement sans aide, en plus je suis en retard pour une réunion, mais la miséricorde céleste me porte et m'emporte, la fille se dirige vers moi, oui, elle est enceinte, ça se voit à la précaution avec laquelle son pied se pose sur le trottoir, à son sourire pleurnichard aussi, un sourire de grossesse non désirée, tellement différent du sourire rassasié de la grossesse voulue, je regarde ma montre, il est déjà huit heures et demie, la réunion commence, Hava lance un coup d'œil sévère à ma chaise vide, mais moi je suis touchée par les petits pas qui s'approchent, elle est moins jeune que la majorité de nos pensionnaires, je lui donnerais au-dessus des vingt-cinq ans, et elle est plutôt chic avec sa robe noire mini et ses sandales à talons assorties, ses cheveux roux coupés court, presque rasés, ses lèvres charnues enduites d'un rouge à lèvres brillant, exactement de la couleur de ses cheveux, qu'est-ce qu'elle cherche chez nous, ce n'est pas un endroit pour elle, elle appartient à une autre planète, j'avance moi aussi vers elle avec naturel, comme si nous devions nous rencontrer, et je l'accoste à mi-chemin, puis-je vous aider ?

Vous êtes de là-dedans, n'est-ce pas, demande-t-elle avec précipitation, indiquant notre grille de ses doux yeux de biche, oui, je travaille dans ce centre, ça fait deux jours que je traîne ici, souffle-t-elle, et je n'arrive pas à me décider, j'ai peur que, dès que j'aurai passé la porte, vous ne me laissiez plus ressortir, quelle drôle d'idée, je m'écrie, nous ne retenons personne de force, ce n'est pas une prison. Et que faites-vous des bébés ? Elle est si tendue que sa voix se crispe, mais je lui réponds calmement, dans la majorité des cas, ils sont confiés à des parents adoptifs, mais nous n'obligeons jamais personne, et celle qui veut élever son enfant, demande-t-elle, elle peut ou vous lui imposez l'abandon ? Je suis habituée à toutes ces questions, cependant aujourd'hui elles me semblent neuves, exactement comme les questions de ce matin, qu'aimez-vous faire, quelle est votre couleur favorite, préférez-vous le chaud ou le froid, si vous voulez élever votre enfant et que nous vous en estimons capable, je lui explique, il n'y a aucun problème, non seulement vous le garderez, mais nous vous aiderons.

Qu'est-ce que ça veut dire m'estimer capable, elle recule soudain, son beau visage se contracte, et si vous estimez que non, vous me le prendrez ? Nous ne faisons qu'émettre un avis, c'est le juge qui décide en fonction de l'intérêt de l'enfant, mais ça ne se passe que dans les cas extrêmes, alors mieux vaut que je n'entre pas, me coupe-t-elle, au moins je reste libre, de quel droit décideriez-vous à ma place, et je reprends, ça dépend de votre situation, la majorité des filles qui viennent ici n'ont pas le choix, elles n'ont ni où aller pendant leur grossesse ni les moyens d'élever leur bébé, si, vous, vous voulez et pouvez le faire, il est évident que c'est préférable pour tout le monde, nous ne nous mettrons pas en travers de votre route, au contraire, et je jette un œil à ma montre, il faut que j'y aille, la réunion va bientôt se terminer et je suis encore dehors, Hava ne me pardonnera pas mon absence.

Je vous propose de rentrer chez vous, de vous calmer un peu, de repenser à ce qui vous arrive, nous sommes toujours là, c'est vous qui devez prendre la décision, mais elle s'agrippe à moi, attendez, ne partez pas, elle m'attrape par la robe, juste sur la couture d'un des chrysanthèmes à la con, s'il vous plaît, je dois décider aujourd'hui, je ne peux plus traîner, vous devez m'aider. Alors venez, continuons à discuter à l'intérieur, mais elle hésite, j'ai peur qu'on ne me laisse pas ressortir, lâche-t-elle, et, à vrai dire, moi aussi je me sens mieux assise là, à l'ombre, sur le trottoir, loin des yeux inquisiteurs de Hava. Elle s'assied à mes côtés, je suis au septième mois, hoquette-t-elle, je n'arrive pas à croire que ça m'arrive à moi, toute ma vie est foutue.

Savez-vous qui est le père ? Bien sûr, pleurniche-t-elle, nous nous fréquentons depuis un an mais il est marié, il a des enfants, c'est un homme beaucoup plus âgé que moi, je travaille dans son cabinet d'architecture. Quand j'ai découvert que j'étais enceinte, je pouvais encore me faire avorter mais j'espérais qu'il quitterait sa femme et viendrait vivre avec moi, pendant longtemps je n'ai pas su sur quel pied danser, un jour il arrivait plein de promesses et choisissait déjà le prénom du bébé, le lendemain il m'ignorait totalement, du coup, on a dépassé le délai, et puis je croyais vraiment que, devant le fait accompli, il se déciderait à quitter sa femme, mais il y a quelques jours il m'a annoncé qu'il ne voulait ni de moi ni du bébé, que c'était définitif, alors voilà, qu'est-ce que je peux faire maintenant, mes parents sont très religieux, il ne faut surtout pas qu'ils apprennent que je suis enceinte, ça les achèverait, ma mère est de toute façon très malade, mais mon ventre est de plus en plus difficile à cacher, si vous saviez comme je le hais, cet homme, je ne comprends pas qu'il ait pu me faire une chose pareille, il a brisé ma vie et s'est tiré, comment vais-je élever un enfant toute seule, j'ai vingt-deux ans à peine, c'est trop jeune pour être mère célibataire, je n'ai même pas de métier, j'ai commencé des études cette année, d'ailleurs je n'ai pas d'argent et personne pour m'aider.

Assise sur le trottoir, j'écoute ses phrases haletantes, m'imprègne de son malheur et me retrouve, une fois de plus, avec sur les épaules la souffrance d'autrui, des tonnes de désespoir et de détresse, son histoire prend forme, se colorie et se sonorise, je peux entendre leurs disputes sèches, voir leurs nuits passionnées, elles montent en moi comme issues de ma propre mémoire, et à nouveau ce violent sentiment d'impuissance qui m'assaille à ces moments-là, comment pourrais-je l'aider, elle est effectivement dans une sale situation, quel que soit l'angle choisi c'est dur, vous savez, je lui propose sans conviction, on peut effectuer un test de paternité et exiger de lui une pension alimentaire pour l'enfant, mais elle secoue la tête en pleurant, je ne veux rien de cette ordure après ce qu'il m'a fait, s'il a été capable de me plaquer dans mon état, je ne veux ni de son argent ni de son enfant. Elle donne des coups de poing dans son ventre qui se rétracte de terreur, je passe un bras autour de ses épaules, la serre contre moi, mon regard ne peut se détacher de ses orteils, j'ai presque sous le nez ses ongles enduits d'un vernis de la même couleur que son rouge à lèvres et ses cheveux, je m'émerveille de la beauté que peuvent avoir des pieds, y trouve un certain réconfort, car si elle accorde autant d'attention aux détails de son apparence c'est que la situation n'est pas si désespérée, essayez de ne pas vous empoisonner l'esprit avec des pensées négatives, je lui dis, ça sapera les forces dont vous avez besoin en ce moment, vous devez vous préparer à l'avenir, quelle que soit la décision que vous prendrez, ce sera difficile mais surmontable, nous vous aiderons.

Non, quoi que je fasse, ce sera insurmontable, gémit-elle, je ne peux me résoudre à aucun des choix possibles, si j'élève ce bébé, ma vie sera brisée, ma famille me rejettera, aucun homme ne voudra de moi avec un gosse, même moi, je ne veux pas de moi avec ce gosse, mais si je l'abandonne, jamais je ne me le pardonnerai, je ne cesserai de penser à la faute que j'aurai commise, abandonner son bébé, je serai punie et jamais je n'aurai d'autres enfants. Certainement pas, je me hâte de renchérir, pourquoi mériteriez-vous un tel châtiment ? Celle qui abandonne son enfant pour lui procurer une vie meilleure fait preuve de responsabilité et de grandeur d'âme, elle ne mérite pas une punition mais au contraire l'estime générale. Je comprends, dit-elle en s'écartant aussitôt, vous pensez que je dois l'abandonner, vous allez m'obliger à l'abandonner. Mais non, c'est vous qui déciderez, vous seule, je ne pourrai que vous aider à voir la situation dans sa globalité, et sur ces mots je me lève lourdement du trottoir, il est déjà neuf heures, la réunion se termine, mais alors l'aube réapparaît à mes yeux, le lever du soleil que je n'ai pas vu, la lumière bleutée, fraîche, les longs cheveux essoufflés sur les épaules de Zohara qui court dans la rue déserte, comment vous appelez-vous, je lui demande, Yaël, murmure-t-elle. Écoutez, Yaël, je la scrute avec le même regard perçant que Zohara quelques heures plus tôt, pourquoi décider aujourd'hui, vous avez encore au moins deux mois devant vous, mais essayez de changer votre attitude, essayez de considérer ce qui arrive comme une chance et non comme une catastrophe, essayez d'en retirer quelque chose de positif. De positif, s'écrie-t-elle sur le même ton que moi hier, qu'est-ce que vous racontez, comment tirer d'une telle situation quelque chose de positif ? Yaël, je ne vous connais pas, mais peut-être que cela vous permettra de vous libérer d'un schéma de relations malsaines que vous entretenez avec les hommes, ou de vous rapprocher de vos parents, de mûrir, c'est encore trop tôt pour le savoir, alors rentrez chez vous, calmez-vous, si vous avez besoin de nous, nous sommes là, mais elle s'agrippe de nouveau à ma robe, roule nerveusement entre ses doigts le chrysanthème imprimé, me noie dans ses épanchements, je n'ai pas où aller, je n'arrive plus à cacher mon état, je ne peux pas rentrer chez moi, si mes colocataires découvrent que je suis enceinte elles en informeront mes parents, je n'en ai parlé à personne, pas même à mes meilleures amies, si j'abandonne l'enfant, personne ne doit le savoir. Je hoche la tête, vous avez raison, moins vous mettrez de gens au courant mieux ce sera, mais, à partir de maintenant, vous allez avoir de plus en plus de mal à dissimuler la situation. Qu'est-ce que je dois faire, continue-t-elle à sangloter, j'ai peur de venir chez vous, j'ai peur de vos pressions, j'ai peur des autres filles, excusez-moi, Yaël, je la coupe, je dois vraiment y aller, réfléchissez encore quelques jours, au lieu de répondre elle plante ses yeux mouillés dans les miens, ses lèvres se tordent dans une prière muette, mais moi je ne peux vraiment plus rester et je compose le code d'entrée, le portail s'ouvre, je lui envoie un dernier sourire pressé, je suis là si vous avez besoin de moi.

Elle me suit d'un regard déçu, encore une qui l'abandonne, mais je ne me retourne pas, bien que je sache qu'au foyer ma présence est en ce moment moins nécessaire qu'auprès d'elle, oui, j'aurais dû rester, de toute façon la réunion est finie, et j'envisage déjà de faire demi-tour quand je vois Anath descendre les escaliers du perron, de loin, avec son jean moulant et ses cheveux grisonnants coupés à ras elle a toujours l'air d'un gamin vieillissant, où étais-tu, me lance-t-elle, Hava te cherche, moi je soupire intérieurement, je me doutais bien que notre directrice ne fermerait pas les yeux sur mon absence. Tu n'as pas oublié qu'Éthy a accouché hier, reprend-elle, il faudrait que tu passes la voir avec les papiers. Je ne réponds pas, pénètre avec appréhension dans le bâtiment, c'est toujours la même surprise en entrant, toutes les filles s'étonnent de la beauté du lieu, moi aussi d'ailleurs, il y a trois étages spacieux et bien aménagés, si seulement j'avais une maison comme ça, s'exclament-elles toutes, moi aussi parfois, mais aujourd'hui je ne m'attarde pas, j'entre directement dans le bureau de Hava que je trouve affalée dans sa chaise longue, une espèce de chaise de plage qu'elle a amenée ici depuis que ses douleurs de dos l'empêchent de rester assise sur un siège normal, ses lunettes de presbyte lui grossissent les yeux mais elle les enlève dès mon arrivée tout en posant sa pile de documents sur les genoux.

Bonjour, lance-t-elle joyeusement, vous êtes tombée du lit ? Non, pas du tout, je réponds en songeant au bleu profond qui a marqué le début de ma journée, combien de saisons se sont succédé depuis, non, je bégaie, mon mari devait faire des examens ce matin, Naama, soupire-t-elle, qu'est-ce que vous proposez, et je commence à me justifier, mais elle m'interrompt sur un ton étonnamment chaleureux, je vois que vous traversez une période difficile en ce moment, pourquoi ne prendriez-vous pas quelques jours de congé, une semaine ou deux, oui, prenez le temps qu'il vous faut, occupez-vous de votre mari jusqu'à ce qu'il guérisse, et revenez-nous après, ça vous évitera d'être sans cesse tiraillée entre lui et nous. Sa prévenance me déstabilise mais je secoue énergiquement la tête, c'est vraiment la dernière chose dont j'ai besoin en ce moment, de rester confinée avec lui toute la journée à la maison, et puis ça veut dire quoi occupez-vous de lui jusqu'à ce qu'il guérisse, je ne sais ni comment m'occuper de lui ni quand il guérira, merci, Hava, je lui réponds, mais je préfère continuer comme ça. Elle rajuste distraitement ses lunettes, m'observe de ses yeux démesurés, comme à la loupe, je sais que vous me trouvez trop sévère, reprend-elle tout bas, peut-être avez-vous raison, mais je n'ai pas le choix, aucune de nous n'a le choix, nous ne pouvons pas nous permettre de nous identifier au malheur que nous côtoyons quotidiennement, même si la tentation est grande, nous devons exprimer notre sensibilité ailleurs, en dehors du travail. Voulez-vous un verre de thé, continue-t-elle en se levant péniblement pour aller préparer son insipide tisane, je contemple son grand corps qui tangue un peu, remarque pour la première fois combien il est vulnérable, qu'est-ce qui lui arrive, à Hava, elle qui vit dans un monde idéal, avec un mari très riche, une belle maison et des enfants parfaitement bien réussis, moi aussi je traverse une période difficile, déclare-t-elle comme si elle avait lu dans mes pensées, j'ai dernièrement été confrontée à tout un tas de problèmes, mais je ne les laisse pas prendre le dessus, Naama, alors que vous, vous vous noyez dedans, non merci, je dis, je ne veux pas de thé, et elle soupire, repousse une boucle de cheveux blancs d'un geste étonnamment féminin et poursuit, je vous demande seulement d'être suffisamment honnête envers moi et envers vous-même pour prendre des vacances dès que vous sentirez que vous ne pouvez plus rien nous apporter, et méfiez-vous de trop vous identifier aux filles, ajoute-t-elle avec sévérité, le malheur de l'un attire le malheur de l'autre comme un aimant, dès que les souffrances se mélangent sachez que l'on court à la catastrophe.

Je sors de son bureau épuisée, regarde autour de moi pour essayer de palper la température ambiante, tout est toujours à fleur de peau ici, chaque accouchement bouleverse un équilibre de toute façon précaire, à chaque formulaire signé, les filles se concertent immédiatement, comment va-t-elle, qu'a-t-elle décidé, il y en a toujours une pour critiquer, si je vivais dans les mêmes conditions qu'elle, moi, je l'aurais gardé c'est sûr, à quoi une autre réplique immanquablement, eh ben, heureusement que tu ne vis pas dans les mêmes conditions, l'enfant que tu aurais élevé, je l'aurais drôlement plaint. Ilana, debout devant l'évier, fait la vaisselle avec des gestes brusques, de l'eau savonneuse gicle un peu partout, Hani est assise à table, des pelotes de laine rose piaffantes entre les bras. Je dois terminer ce pull avant d'accoucher, m'explique-t-elle tout émue, il faut absolument que je laisse quelque chose à ma petite fille. Ilana fait exprès d'entrechoquer bruyamment les assiettes, il faut toujours qu'elle envenime les choses, crois-moi, marmonne-t-elle, ta gamine aura pas besoin de ce pull, elle en aura tellement des pulls, dans sa nouvelle maison, avec ses parents adoptifs qui nagent dans le fric, toi et moi, on n'en verra jamais autant, oui, même que ses pulls sont déjà bien rangés dans sa commode toute neuve décorée avec des Blanche-Neige partout.

Mais je veux lui laisser quelque chose de moi en souvenir, s'entête Hani, ce sera son pull préféré, et Ilana éclate d'un rire dissonant, espèce de débile, ils le jetteront direct à la poubelle, ton pull, ils veulent justement pas garder de souvenir de toi, ce qu'ils veulent, c'est t'oublier, j'ai pas raison ? Elle tourne vers moi ses petits yeux troubles, écoute Ilana, je lui dis, je comprends parfaitement dans quel état tu es, mais tu n'as pas le droit d'empêcher Hani de faire une chose qui l'aide, c'est important pour elle de laisser un souvenir au bébé et je la comprends. Alors pourquoi un pull, qu'elle lui laisse une lettre, c'est ce que je vais faire, moi, quand ma fille ouvrira son dossier d'adoption à dix-huit ans, elle viendra me chercher, c'est comme si je la leur prêtais provisoirement pour qu'ils me l'élèvent. Tu sais, Ilana, je dis, dix-huit ans c'est long, plus long que tout ce que tu as déjà vécu, tu ne peux pas deviner ce que ta fille ressentira, tu ne peux pas savoir si elle voudra te retrouver ou non. Si, je sais, parce que, moi, je vais lui écrire une jolie lettre, qui lui donnera envie de me retrouver, j'écrirai que j'ai plein de sous ou que je suis un mannequin célèbre. Incapable de décider si je dois rire ou pleurer, je souris d'embarras devant ce corps épais et tassé, ce visage renfrogné, puis je reprends, Ilana, son envie de te voir ne dépendra certainement pas d'éléments comme l'argent ou la notoriété, tu dois au contraire fonder vos futures relations sur la vérité, tu dois lui raconter quel âge tu as, lui parler de la situation difficile dans laquelle tu te trouves, une situation qui t'oblige à renoncer à elle pour lui donner une vie meilleure, surtout, n'essaie pas d'enjoliver les choses. Toi, tu vas pas me dire quoi faire, bougonne-t-elle, mais j'ai déjà pris la direction de mon bureau, Hani sur les talons, tu sais ce que je veux, me dit-elle, je veux lui mettre moi-même ce pull après l'accouchement, et je veux que les parents adoptifs la voient avec le pull que je lui ai tricoté quand ils viendront la chercher, et je veux aussi qu'ils lui racontent, quand elle grandira, que sa vraie mère lui a tricoté un pull, d'accord, Hani, je lui réponds avec un sourire, je te le promets, ne t'inquiète pas, mais elle se colle à moi, avec ses aiguilles et sa laine, je veux que ce soit son premier habit, tu comprends ? Bien sûr, Hani, mais tu as intérêt à te dépêcher parce que ton ventre est déjà bien descendu et tu viens à peine de commencer. En la détaillant, je m'étonne une nouvelle fois de la cruauté de la nature, les femmes enceintes m'ont toujours paru respectables, ayant droit à tous les privilèges, véritable élite de l'humanité, mais, depuis que je travaille ici, la stratégie grossière de la nature, qui consiste à enrôler des femmes-enfants dans son armée, presque des bébés elles-mêmes, et à les charger de ce poids supplémentaire, lourd et non désiré, me laisse perplexe, à nouveau j'en veux à Oudi, chaque fois que j'ai des récriminations contre la nature je m'en prends à lui parce qu'il est toujours prêt à plaider sa cause, et au souvenir de son corps sec hérissé d'aiguilles, de son crâne d'où monte des volutes d'encens, j'enrage encore plus.

J'entre dans mon bureau pour prendre les formulaires et suis à nouveau assaillie par les mots imprimés, tranquilles, hérétiques, les mots du terrible renoncement, sèchement alignés comme s'il s'agissait d'un renouvellement de passeport ou d'un changement de nom, je les mets dans mon sac, prends dans l'armoire à cadeaux une savonnette et un tube de crème hydratante, et quand, dans le couloir, je me heurte à Anath, je lui dis, préviens Hava que je vais à la maternité. Déjà ? s'étonne-t-elle, mais tu viens d'arriver. Je veux en finir, je te demande juste de garder un œil sur Ilana, elle est d'une humeur massacrante. Elle n'est pas la seule, lâche ma collègue avec un sourire, mais ce n'est qu'arrivée à la grille que je songe à me demander, de qui parlait-elle, de moi, de Hava, d'elle-même peut-être... d'ailleurs ça n'a pas grande importance, ce qui m'importe, c'est que Yaël a disparu, elle a ramassé son avenir incertain et a fait demi-tour sur ses hauts talons, sans me laisser le moyen de la retrouver, seule l'ombre brûlante du feuillage caresse le trottoir exactement à l'endroit où nous étions assises...

... Jusqu'à ce que ce lieu où la vie commence, avec son couloir éclairé qui ne laisse plus le moindre mystère, ces corps avachis qui ne cachent plus rien et ont adopté une démarche difficile, douloureuse mais fière, comme celle de héros de guerre qui savent que leurs souffrances ne sont pas vaines, ce lieu me prenne violemment dans ses bras, et, lorsque je passe entre les femmes titubantes, un anneau d'évidence comprime ma taille, jamais plus je ne serai comme elles, jamais plus je ne claudiquerai dans ce couloir, courbée et heureuse, jamais plus je n'aurai de bébé. J'ai longtemps cru que ça s'arrangerait, qu'Oudi finirait par en vouloir un autre, mais maintenant c'est clair que non, ça n'arrivera pas, et la sensation d'avoir tout perdu me frappe de plein fouet, oui, jamais je n'aurai de seconde chance. Je me laisse tomber sur une chaise le long du mur, telle une parturiente à bout de force, moi aussi j'ai des points de suture douloureux, une vieille épisiotomie qui s'est infectée, qui refuse de guérir, mais une femme en robe de chambre vient s'asseoir en face de moi, tire à elle un landau en plastique transparent qui me fait bondir instantanément, elle me suit d'un regard dénué de curiosité mais qui me pèse comme s'il avait mis à nu mon imposture. Je me dépêche de rejoindre la chambre d'Éthy au bout du couloir, m'accroche aux lèvres un sourire figé, c'est toujours le moment le plus pénible, de quoi exactement vais-je la féliciter, comment lancer joyeusement je te félicite, alors que, dans ce cas, l'accouchement est le premier acte de la séparation. Alors, Éthy, bravo, je déclare avec hésitation, on m'a dit que tu avais été très courageuse, mais elle me toise d'un regard hargneux, un vrai cauchemar, si tu savais, ce sale morpion est resté collé à mon ventre, oui, je caresse son bras squelettique, c'est effectivement très difficile mais avec le temps on oublie. Comme une sangsue, il s'est agrippé à moi comme une sangsue, continue-t-elle, trente-six heures, il voulait pas sortir, malgré les stimulants et tout leur bazar, j'ai eu tellement mal que j'ai cru que j'allais crever, je ne sais pas ce que je lui ai fait pour qu'il s'accroche à moi comme ça. Tu l'as vu, je demande, tu déconnes ou quoi, s'exclame-t-elle, je veux pas le voir, il me dégoûte.

Écoute, j'essaie de la secouer, c'est ton bébé, il est sorti de toi, et elle lâche avec froideur, c'est bien pour ça qu'il me dégoûte, s'il était sorti de toi il me dégoûterait pas, tu piges, il est aussi nul que moi, il vaut rien, elle étire avec indifférence ses maigres bras et, totalement ailleurs, reprend, je crève d'envie de me tirer d'ici, de me retrouver toute seule, sans personne sur mon dos. Et qu'est-ce que tu feras quand tu seras toute seule, je lui demande bien que je connaisse parfaitement la réponse, elle va se shooter et, vautrée sur son matelas puant, elle se prendra pour la reine du monde. Consternée, je détaille son visage, très sombre, la peau du cou toute ridée, ce n'est pas le premier enfant qu'elle abandonne, dans sa jeunesse elle a abandonné un bébé qui doit aujourd'hui avoir une bonne vingtaine d'années, mais elle clame haut et fort qu'elle ne se prostitue pas, non, elle ne couche avec des hommes que pour se procurer sa dose, donc, dans son cas, se retrouver en cloque n'est que l'effet secondaire d'un médicament indispensable dont il faut se débarrasser au plus vite. Moi qui me croyais enfin trop vieille, ricane-t-elle, je lui prends la main, elle semble sans âge, sans sexe, y a-t-il une brèche dans sa peau rugueuse, un instant de lucidité ? Je lui propose d'aller voir le bébé, il faut que tu saches de qui tu te sépares, c'est important que tu te rendes compte que c'est un petit être, vivant et mignon, pas un monstre, mais elle sursaute, fous-moi la paix, Naama, je ne veux pas voir ce parasite, bon d'accord, alors j'y vais, moi, je rétorque, étonnée par ma proposition saugrenue, je te le décrirai, et elle hausse les épaules, si t'as du temps à perdre.

Le cœur gros, je pénètre dans la pouponnière, ils sont tous là, comme des nouvelles recrues au garde-à-vous, un berceau à côté de l'autre, et je me revois en train de soulever de l'un d'eux ma petite Noga, minuscule visage en forme de cœur avec des lèvres en bouton de rose, une nuit, je me suis trompée et suis restée à m'émerveiller devant un autre visage, ce n'est qu'une fois rassasiée que j'ai jeté un œil sur la pancarte pour découvrir, ahurie, que ce n'était pas du tout mon bébé. Lui, en revanche, c'est bien le bébé d'Éthy, impossible de se tromper tellement il ressemble à sa mère, un nain noiraud et déjà en rage, ses mains tremblent, d'ailleurs tout le corps emmailloté tremble, j'entends l'infirmière soupirer dans mon dos, il est en manque, le pauvre chou, il est né drogué et nous sommes en train de le sevrer. Tout ira bien, petit, je lui murmure en caressant sa joue fripée, nous t'arracherons à ce destin et te planterons dans une autre terre où tu t'épanouiras, un frisson de fierté me traverse soudain, je me redresse, tu vois, je dis à Oudi en chuchotant, tu vois que nous sauvons des vies, cet enfant aura bientôt des parents qui l'élèveront avec amour et veilleront à tous ses besoins, au lieu de voir sa mère coucher avec des étrangers et se shooter à longueur de journée, il regardera des dessins animés, jouera aux legos et écoutera de belles histoires.

Et que feras-tu si, au lycée, il se laisse entraîner par ses copains et commence à se droguer ? j'entends les reparties d'Oudi, imagine qu'il arrive jusqu'au trou pourri de sa mère, peut-être qu'elle sera d'ailleurs son fournisseur, ou le contraire ? Tout peut arriver, je renchéris, énervée, mais, au moins, nous lui donnons une chance, s'il reste avec elle sa vie est déjà tracée, et alors je songe à Noga couchée dans son berceau en plastique, que se serait-il passé si tu avais quitté la maternité avec d'autres parents, peut-être qu'un autre père ne t'aurait pas laissée échapper de ses bras ulcérés, de son cœur vengeur, peut-être qu'une autre mère ne t'aurait pas contaminée de sa culpabilité, t'imposant une vaine quête de pardon, oui, Oudi a raison, toutes les certitudes sont illusoires, des membranes opaques recouvrent les yeux de la chair. Je suis en train de caresser sa toute petite main en guise d'adieu quand soudain ses doigts se referment autour de mon index, le serrent avec une force étonnante, un gémissement monte de ses lèvres, qu'essaie-t-il donc de me dire juste avant que je sorte les formulaires de mon sac, qu'il veut quand même rester avec sa mère qui le déteste ? L'infirmière s'approche de lui avec un biberon, il a faim, le pauvre, m'explique-t-elle, elle le soulève et libère mon doigt, il a les yeux fermés, en fait, il ne les a pas ouverts du tout, alors pourquoi me semble-t-il qu'il me regarde ? Je pars comme une voleuse, retourne au chevet d'Éthy qui m'attend les yeux fermés elle aussi, leur ressemblance est si frappante que, s'ils se trouvent un jour dans le même quartier, personne ne pourra l'ignorer, mais pourquoi se trouveraient-ils un jour dans le même quartier.

Éthy, il est vraiment mignon, je lui dis, il te ressemble comme deux gouttes d'eau. Elle a un geste de mépris, je m'en balance, en ce qui me concerne, il peut te ressembler à toi, alors je lui tends les papiers, je veux que tu les lises, mais elle râle, laisse-moi tranquille, je me fous de ce qu'il y a écrit dessus, j'en veux pas de ce gosse, je te l'ai dit, mais j'insiste, tu dois lire, Éthy, l'abandon n'est pas un acte anodin, tu dois comprendre ce que ça signifie, ça signifie, marmonne-t-elle, que demain à la même heure je serai libre. Ces propos ne m'impressionnent pas et je me mets à lui lire lentement les mots cinglants, qui vont se fracasser sur sa peau sans y laisser la moindre trace. Elle me demande un stylo et signe, les yeux mi-clos, laisse un gribouillis à l'encre bleue au bord de la feuille, voilà, ma tâche est accomplie, même lorsque c'est facile c'est difficile, je soupire, son indifférence me déprime, bien que pour moi ce soit plus aisé que de la voir hésiter, que de devoir expliquer, consoler, rassurer. Elle sort un paquet de cigarettes de sa table de nuit, allez, viens, me presse-t-elle, je t'accompagne jusqu'à l'entrée et on va s'en griller une, lorsque nous passons devant la pouponnière, elle n'a pas le moindre regard pour les bébés au garde-à-vous dans leur couche-culotte, elle n'éprouve ni curiosité ni culpabilité, comme si son petit n'était pas là-bas tout frémissant, avide de son lait, de son amour. Une fois assises, je ne peux m'empêcher de lui demander, franchement Éthy, pourquoi n'essaierais-tu pas de te faire soigner, regarde le prix que tu paies, je t'assure que nous pouvons t'aider, ça ne vaut pas le coup ?

Fous-moi la paix, Naama, souffle-t-elle, j'ai pas envie d'arrêter, rien ne m'intéresse à part mes trips, je ne vis que pour l'héro, mon bébé c'est la dope, il n'y a que ça qui me rende heureuse, tout à coup elle laisse échapper un rire de nicotine rauque, je suis foutue, tu vois pas, je suis la mère de l'héro, tu piges ? Son rire fait trembler les bourrelets de son ventre, vide sous sa robe de chambre, et il résonne encore à mes oreilles tandis que j'attends l'ascenseur, je la regarde avec perplexité, presque avec envie, comment fait-elle pour croiser ainsi ses jambes maigres, pour exhaler la fumée grisâtre de sa cigarette si près du bébé qu'elle laissera ici demain, au fond elle a peut-être raison, demain à cette heure-ci, elle sera couchée sur son matelas puant et se prendra pour la reine du monde.

CHAPITRE 12

Le soleil, ce soleil que j'ai tant désiré à l'aube, me traque à présent dans les rétroviseurs de ma voiture, trois soleils brillants me menacent, trois couteaux tirés qui ne me laissent virer ni à droite ni à gauche, m'empêchent de faire demi-tour, je ne peux ni regagner le foyer ni rentrer à la maison, je dois continuer tout droit comme si j'avais été kidnappée pour être conduite dans un endroit qui n'appartient qu'à moi, là où je ne m'inquiète pour personne, j'accélère avant de changer d'avis et m'imagine déjà le ciel bleu que je verrai par-delà les cimes lorsque je serai allongée sur la pelouse, les membres relâchés, indifférents à la faim ou à la soif, à l'espoir ou à l'humiliation.

Plus je roule, plus la route se rétrécit, les yeux verdoient, même au cœur de l'été les vergers d'ici restent des étendues limpides et rafraîchissantes, qui m'examinent avec curiosité, je ne suis pas revenue au village depuis la mort de mon père, d'ailleurs avant non plus je ne venais pas souvent, la rencontre entre l'âge adulte et l'enfance a toujours éveillé en moi une sensation de catastrophe inéluctable. Les rares fois où je lui ai rendu visite, je me suis mise à boiter, comme si je souffrais d'une fracture du tibia mal ressoudée, mais aujourd'hui j'avance gaiement, tout simplement parce que je n'ai pas d'autre endroit à moi, parce que c'est là que papa et maman m'attendent pour déjeuner, ils sont assis de part et d'autre de la grande table, lancent un regard inquiet vers la pendule, que fait-elle, pourquoi est-elle en retard, me voilà, je rentre de l'école, leur divorce n'a pas encore bouleversé ma vie, il est pour l'instant retenu dans la prison secrète des idées dangereuses, et même s'il beugle parfois la nuit, moi je ne l'entends pas encore, seules les conversations nocturnes des chacals font quelquefois vibrer mes tympans, éveillant en moi une crainte inexpliquée. J'emprunte la route familière qui coupe les vergers et mène à la maison, une route de campagne, noiraude et sans circulation, certains soirs j'y marchais pieds nus, par-delà sa sécheresse et sa dureté je sentais sous l'asphalte les doux courants qui la traversaient, un reste de chaleur remontait des profondeurs de la terre et, lorsque j'arrivais à l'allée bordée de chênes et toujours ombragée, je me reposais sur le bas-côté, ramassais des glands, m'amusais à renfoncer les fruits coriaces dans leur cupule désagrégée.

Je me gare au milieu de la plantation de goyaves qui, depuis, a été goudronnée, j'essaie de me mettre exactement à l'endroit où se trouvait mon arbre préféré, celui dont les fruits rouges et lourds de sucre scintillaient entre les branches, telles des torches allumées, puis je cours vers la maison, papa, maman, attendez-moi, ne commencez pas à manger sans moi, ne débarrassez pas la table, n'enlevez pas les assiettes, ne passez pas l'éponge, j'arrive, je rentre de l'école avec des cahiers impeccables, des livres bien rangés et ce soir je garderai Yotam pour que vous puissiez sortir. Ça a été tellement inattendu, pas un seul instant je ne m'en étais doutée, maman avait l'air si contente de nous, ravie de sa petite famille, elle était si belle, à midi, avec son tablier à carreaux et les perles de sueur qui ornaient sa lèvre supérieure. Nous étions tous les trois amoureux d'elle, le petit Yotam, qui habitait dans les plis de sa robe et pleurait dès qu'elle s'éloignait, moi, qui l'admirais et imitais chacun de ses gestes, et papa, beaucoup plus âgé qu'elle, qui passait sa vie à essayer de la satisfaire. Jamais ils ne se sont disputés, ils ont toujours parlé calmement et très poliment, tout semblait idyllique, jusqu'au jour où il apparut que cette vie-là ne lui suffisait pas, qu'elle ne pouvait se contenter de cuisiner du poulet dans la cocotte et de la purée de pommes de terre, de s'asseoir chaque midi en face d'un homme vieillissant qui n'avait rien d'exaltant. Elle était encore jeune, elle voulait vivre, elle voulait devenir actrice, elle voulait danser, elle voulait chanter, elle ne voulait pas pourrir dans ce trou paumé, elle ne voulait pas habiter cette vieille maison qu'elle qualifiait de logement social, voilà, je m'arrête juste devant, les maisons voisines sont aussi méconnaissables que des enfants devenus adultes qui ont tellement grandi et forci que plus rien n'est pareil, seule la nôtre est restée la même et agonise dans un ascétisme désolé. Et voilà les ruines de notre petit jardin, avec le poinciana solitaire planté au beau milieu, je l'avais baptisé arbre d'anniversaire parce que le jour de mes six ans j'avais couru tout autour, m'agrippant à son tronc rugueux, et j'avais tellement dansé que, prise de vertige, j'avais vu tous les invités s'agglutiner dans un seul sourire hérissé de langues et de dents. Je tenais un petit foulard blanc, cadeau d'un de nos voisins qui m'avait causé un indescriptible bonheur, je ne cessais de l'agiter, tout émue, m'imaginant faire mes adieux, debout sur le pont d'un bateau qui allait effectuer une longue traversée à l'issue hasardeuse.

C'est sous cet arbre que je m'étends, ses branches s'agitent comme des algues et coupent le ciel en morceaux bleu clair qui changent à chaque minute. Comme j'aimais me coucher là dans le noir, avec, en sourdine, le brouhaha de la maison qui m'arrivait tel un bourdonnement apaisant, moi, sous l'arbre, j'écoutais le chœur doux et ombragé des nuages, tout là-haut, leur chant ne contenait ni douleur ni joie, ni bonjour ni au revoir, bien sûr nous passons, chantaient-ils, et pourtant nous demeurerons là après toi, jamais nous ne naîtrons et jamais nous ne mourrons, nous ne nous souviendrons de rien et nous n'oublierons rien. Les voilà qui se grimpent dessus, tendent leurs bras capricieux, s'étirent de plaisir sous le baldaquin céleste, hop, ils ont avalé la lune, ça y est, ils la régurgitent tout entière, aucun mal ne lui a été fait, hop, maintenant ils se collent les uns aux autres, non, les voilà éparpillés à courir sans peur à travers le royaume des cieux, ils ne cessent de se métamorphoser, créent des vallées et des collines, des golfes et des pics enneigés. Presque tous les soirs je sortais dans le jardin, même en hiver, pour m'étendre sur la pelouse et fouiller du regard les profondeurs du ciel, je m'émerveillais de tous les rebondissements auxquels j'assistais et sur lesquels je n'avais aucune prise, comme si j'avais un jour eu prise sur quoi que ce fût en bas sur terre, dans la petite maison aux allures de logement social, je me sentais petit à petit gagnée par une douce sérénité, le repos spirituel du rêve éveillé, magique, sans rapport avec ce qui s'était passé dans la journée ou ce qui se passerait le lendemain, c'est ça apparemment, la conscience éternelle, je me souviens maintenant d'une simplicité nue et évidente, je voudrais bien la retrouver, j'essaie de l'appâter, mais avec quoi, qu'ai-je à lui proposer, et d'ailleurs comment pourrais-je lui faire confiance puisque, au moment où j'en ai eu le plus besoin, elle s'est évaporée, a déserté notre maison exactement comme maman, le même jour et à la même heure. Je tente de me remémorer les paroles entendues ce matin, elle m'a dit de lâcher du lest, de faire comme les nuages et le ciel, de trouver la voie vers ma paix intérieure, ma nature véritable, comme c'est tentant, si seulement je pouvais y arriver, mais il n'y a pas de paix en moi, Zohara, au contraire, parfois j'ai l'impression qu'il y a davantage de paix dans la trépidation extérieure que dans mon for intérieur.

Désolée et impuissante, je me retrouve plantée devant la porte close de notre maison, quelqu'un l'a rachetée il y a des années mais n'y a jamais habité, tant que les chambres ne seront pas investies d'une nouvelle vie notre chagrin continuera à errer sur les dalles bancales, à palper l'empreinte du baromètre sur le mur, la colère du foyer abandonné, et moi, de dehors, je suis ses déambulations qui m'obligent à faire le tour du bâtiment dans lequel a vécu mon enfance. Ici il y avait les deux pruniers, le rouge et le jaune, on disait qu'ils étaient mari et femme parce que avec le temps ils s'étaient rapprochés au point d'entrelacer leurs branches si étroitement que nous ne pouvions les différencier, du coup nous devions attendre l'été pour voir, une fois leurs fruits mûrs, quelle branche appartenait à qui. Nous nous hissions le plus haut possible et cueillions les prunes toutes chaudes qui fondaient dans la bouche comme des bonbons. Là, devant la fenêtre de la chambre que je partageais avec Yotam, il y avait à l'époque un immense acacia qui brillait comme un soleil au printemps et saupoudrait de jaune nos rêves d'enfant. Voilà la terrasse côté est, face aux montagnes bleues imbriquées les unes aux autres comme les saphirs d'un collier, l'après-midi papa venait s'y asseoir, je revois son short kaki sur ses jambes croisées, son dos incliné vers l'arrière, il mâchait des petits raisins noirs et prédisait la météo, ses verres de lunettes scintillaient de bonheur, moi je m'installais à ses pieds, sur ces marches-là, des petits chatons plein les bras. Il en naissait toujours par générations spontanées dans les profondeurs du buisson, je les voyais batifoler dans les fougères, je suivais, assise sur les marches et les sens en éveil, le ballet de leur queue qui passait de l'ombre à la lumière, guettais leurs premiers bonds dans le monde, les appâtais avec des petits bols de crème fraîche et fourrais mon nez dans la tiédeur lactée de leur fourrure poisseuse. Me voilà maintenant devant la terrasse côté ouest, celle où avaient élu domicile des colombes qui bruissaient et roucoulaient sous les tuiles, salissaient les dalles de leur fiente, mais qu'est-ce qu'on va en faire, s'écriait sans cesse ma mère, ça amène des maladies, débarrasse-nous-en avant qu'on soit tous malades, et papa contemplait tristement les nids, déchiré entre sa pitié pour les oiseaux et son désir d'apaiser sa femme. Parfois il prenait son courage à deux mains et en jetait un ou deux, non sans avoir au préalable mis discrètement les œufs à l'abri dans un troisième nid, jamais il n'a réussi à éradiquer les colombes, et ce n'est qu'après qu'elle fut partie, au cours de sa première nuit de solitude, qu'il a piqué une crise, s'est rué sur les nids et les a jetés avec œufs et poussins, il a fait un tel pogrom sur sa terrasse que sa réputation s'est répandue parmi le peuple volatile et que jamais aucun n'a osé revenir, presque trente ans se sont écoulés depuis, et la terrasse est toujours privée de roucoulements.

Tiens, c'est étrange, personne n'habite ici et pourtant la pelouse est verdoyante, comme une sépulture que de fidèles admirateurs entretiendraient en secret, oui, ce fut là le tombeau du restant de ses jours, passés à déambuler entre les pièces vides, portant sans rancune le deuil de son absence, on aurait dit qu'il la justifiait, qu'il pensait que, s'il avait été à sa place, il aurait certainement fait la même chose. Je suis persuadée que si elle l'avait quitté pour un autre homme, ç'aurait été plus facile pour lui que d'être quitté, comme il l'a été, pour tous les hommes de la terre, sans pouvoir focaliser sa colère, de toute façon inoffensive, sur un point précis. Elle l'a laissé vaincu dans un combat qu'il n'avait pas livré, lui qui était à des années-lumière du moindre combat, qui n'aspirait qu'à l'ordre et à la sérénité, et ne désirait que vivre dans la tranquillité. Lui que rien ne surprenait, pas même la météo, eh bien, elle, elle a réussi à le surprendre, justement elle, qui avait été si contente de fuir entre ses bras la dureté matérielle et affective de ses parents et les deux petits frères qu'elle avait été obligée d'élever. Elle a eu une maison à elle, un mari à elle, puis deux enfants à elle, qui aurait pu croire que cela ne lui suffirait pas.

Ma mère une fois partie, un défilé de femmes mûres aux larges hanches commença sur le petit sentier, toutes s'évertuant à le convaincre que pour elles c'était largement suffisant, mais lui ne voulait que sa petite sauvageonne, les autres femmes paraissaient si ternes, à mourir d'ennui comparées à elle, exactement comme lui, et c'est ce qu'il ne voulait pas, il la voulait, elle, il l'aurait reprise n'importe quand, mais elle n'est jamais revenue, pourtant elle a tout loupé, oui, rien n'a marché, ni la danse, ni la chanson, ni le théâtre, elle n'était pas assez jeune ou pas assez attirante, apparemment, elle n'était une star que chez nous, à la maison, cependant, si étrange que cela puisse paraître, elle n'a jamais craqué, elle s'est enfoncée, tête haute, dans son échec, promenant un regard satisfait sur les décombres de sa vie, comme si c'était là sa plus grande réussite, avoir osé l'échec. Depuis des années j'ai l'intention de lui demander comment elle arrive à assumer le poids d'une vie ratée, si cher payée de surcroît, mais elle est tellement différente à présent, sa beauté s'est si vite fanée, ses rêves si vite éteints qu'on dirait une autre personne, comme si cette petite vieille rabougrie au large visage d'argile ignorait tout de la jeune femme qui a brisé ma vie. Alors pourquoi l'importuner avec de vagues rumeurs puisées dans un passé oublié ?

Je retourne me placer devant leur chambre à coucher, j'essaie de voir quelque chose à travers les volets baissés, j'écarte le rideau de fleurs d'hibiscus pâmées de chaleur, j'ai envie de secouer les panneaux de bois jusqu'à ce qu'ils ouvrent enfin la bouche pour me raconter sur quoi ils se refermaient, ce qui se passait dans la plus petite pièce de la maison où ils dormaient l'un en dessous de l'autre, elle dans le large lit à hauteur normale et lui, à ses pieds, sur l'étroit matelas posé par terre et que l'on repoussait au matin sous l'autre pour pouvoir entrer dans leur réduit. Impuissante, je reste plantée devant les volets qui gardent jalousement leurs secrets, cette chambre a toujours éveillé en moi une tristesse feutrée, un mal de gorge gênant, soudain j'entends une plainte, j'ouvre une bouche perplexe, c'est impossible, personne n'habite ici, comment un malheureux animal serait-il entré, et comment sortira-t-il, toutes les fenêtres sont bloquées, les portes verrouillées, je contourne une nouvelle fois la maison, tente un œil à l'intérieur sans arriver à voir quoi que ce soit, de la chambre à coucher s'échappe à nouveau un faible miaulement, ça y est, je suis sûre que c'est ma faute, c'est moi qui, il y a des années, ai oublié un chaton à l'intérieur, par magie il a réussi à survivre jusqu'à présent et, à bout de forces, me supplie de le sauver, j'ai tellement peur que je prends mes jambes à mon cou, je rejoins l'étroit sentier, la main déjà en train de fouiller dans mon sac, où sont mes clés, vite atteindre ma voiture et partir, pourquoi d'ailleurs suis-je venue ici, personne n'a besoin de moi, il n'y a qu'à la maison qu'on a besoin de moi en ce moment précis, Noga est certainement en train de se demander pourquoi je ne suis pas encore rentrée du travail, il est déjà tard, au lieu de la réconforter Oudi la gronde j'en suis sûre, et les imaginer tous les deux seuls dans l'appartement, sans moi, me fait transpirer à grosses gouttes tout le trajet.

L'odeur caractéristique d'oignons frits vient titiller mes narines dans les escaliers, je monte précipitamment les marches, mes muscles me font mal comme si j'avais couru sur tout le chemin du retour, cette satanée voisine d'en face avec ses bons petits plats à vous mettre l'eau à la bouche, mais non, il vient de notre cuisine, ce fumet qui me conduit à une vision que ces derniers temps je n'ai vue qu'en imagination, Oudi tourne une cuiller en bois dans une poêle, quand il est dans la cuisine, il a toujours l'air de se tenir en retrait, debout de travers, un pied délicatement posé sur l'autre, il porte un slip et le tee-shirt bleu ciel déchiré que je lui demande depuis des années de jeter mais dont il refuse obstinément de se débarrasser, à juste titre d'ailleurs, il a l'air d'un gamin dedans, jeune et mince, bien plus jeune que moi tout à coup, et en pleine forme tout à coup, l'antique médecine orientale l'aurait-elle guéri en un clin d'œil ? À côté de lui, Noga, penchée sur le plan de travail, coupe des tomates avec une grimace de concentration, tout lui est difficile, ne pas faire tomber les morceaux, ne pas se couper le doigt, mais la joie lui écarquille les yeux, je les regarde, abasourdie, comme si j'étais par erreur tombée dans une autre famille, ça ressemble tellement à ce que j'appelais de tous mes vœux que j'en reste paralysée de surprise, presque vexée, et au lieu de me réjouir je me sens en trop, à quoi ça rime, je rentre à la maison à bout de souffle, tout ça pour découvrir qu'ils se débrouillent beaucoup mieux sans moi.

Tu es rentrée trop tôt, maman, on est en train de te

préparer une surprise, minaude Noga, moi je m'approche de lui et jette un œil dans la poêle, Oudi, il y a quelque chose qui brûle, je m'exclame, des petits bouts d'ail carbonisés se débattent entre des carrés d'oignon encore durs, combien de fois lui ai-je expliqué qu'il fallait attendre que l'oignon soit doré pour ajouter l'ail écrasé, mais il a toujours refusé de comprendre, persuadé que son entêtement finirait par avoir le dessus, que dans ce cas aussi les éléments se plieraient à sa volonté, comme moi, comme Noga, mais la vue du roussi m'emplit de colère, il n'apprendra jamais rien, ce type avec sa posture de flamant rose qui continue à tourner sa cuiller en bois dans la poêle brûlante, d'ailleurs, au lieu de reconnaître son erreur, il s'en prend à Noga, toujours à accuser les autres, alors ça vient, ces tomates, il t'en faut du temps, tu ne vois pas que tout est en train de cramer ? Penaude, elle lui tend les rondelles juteuses, mais c'est plus fort que moi et je lâche, Oudi, l'oignon n'est pas encore cuit alors que l'ail a déjà brûlé, combien de fois t'ai-je dit qu'il fallait d'abord faire frire les oignons tout seuls, tu ne peux pas mettre l'ail en même temps dans la poêle, tu ne peux pas.

Il se contracte comme s'il venait d'encaisser un coup, sa main se resserre sur le manche de la casserole qui se met à trembler, je sens qu'il va la lever comme une raquette de tennis pour la lancer par terre, toute la mixture graisseuse se répandra sur le sol, je commence à reculer, entraînant Noga avec moi, ouf, le coup s'abat sur la flamme du gaz, tu n'as qu'à faire la cuisine toi-même si tu es si douée, crie-t-il, j'en ai marre de tes reproches, ce que je fais n'est jamais assez bien pour toi, et hop, il a réintégré la chambre à coucher, il claque la porte mais je lui cours après pour ne pas demeurer en reste.

Tu es complètement dérangé, voilà ce que tu es, tu n'es pas capable d'accepter la moindre critique, j'aboie, qu'est-ce que je t'ai dit, simplement qu'il fallait mettre les oignons avant l'ail, est-ce que c'est une raison pour tout foutre en l'air ? Il se glisse dans le lit, remonte la couverture sur son visage, c'est moi qui ai tout foutu en l'air, rétorque-t-il d'une voix qui m'arrive étouffée par la chaude épaisseur, moi, j'ai tout foutu en l'air ? Pour une fois que je me sens un peu mieux, que j'essaie de te faire une surprise en te préparant un repas avec Noga, toi, tu te ramènes avec ton expression angoissée et, au lieu de te réjouir ne serait-ce que de me voir tenir sur mes jambes, il faut que tu me fasses une réflexion sur l'oignon que j'ai mis à frire avant l'ail ! Tu parles d'un crime ! Tu devrais un jour te regarder avec un peu de recul, parce que si tu penses avoir toujours raison et n'être payée que par l'ingratitude d'autrui, eh bien, crois-moi, tu te fourres le doigt dans l'œil !

Déconfite, je contemple la couverture, les petits carreaux noirs et rouges filtrent ses paroles, ils ont raison, ces carreaux, c'était tellement urgent de lui apprendre à cuisiner justement le jour où il émerge enfin de son lit, je me penche vers lui dans l'intention de faire la paix mais à cet instant un cri déchire le silence, maman ça brûle, je me précipite dans la cuisine, le feu lèche déjà les bords de la poêle toute noire, à l'intérieur ce ne sont que des restes carbonisés, au moins maintenant il n'y a plus aucune différence entre l'ail et l'oignon.

Et toi, qu'est-ce qui t'arrive, tu n'es pas capable de fermer le gaz, je hurle, tu vas bientôt avoir dix ans, à ton âge, il y en a qui préparent des repas entiers, elle tend la main pour tourner le bouton avec des doigts maladroits, l'arrache presque, imbécile, tu ne vois pas que je viens d'éteindre, je lance avant de courir me réfugier sur la terrasse, impossible de respirer tant il y a de la fumée à l'intérieur, elle me suit, ses yeux bigarrés lâchent des éclairs de haine verte et bleue mouchetée de taches dorées, et elle ouvre grand la bouche pour m'assener, pourquoi es-tu rentrée, on allait très bien avant que tu arrives. Jamais elle ne m'a dit de telles horreurs, pourtant, à les entendre, une étrange sensation de soulagement monte en moi, de liberté débridée, c'est incontestablement moins gênant que de recevoir un compliment. Tu as raison, je murmure, j'aurais dû rester couchée sur la pelouse à regarder les nuages au lieu de me dépêcher de rentrer, personne n'a besoin de mes sacrifices, à nouveau la culpabilité m'envahit, comme la fumée qui envahit tout l'appartement, je lâche une toux sèche, contemple la chaleur de l'après-midi qui a pris possession de la terrasse, dommage que la nuit soit encore loin, que faire avec le reste de cette journée qui se traîne comme une jambe malade à soigner et à panser, non, moi, c'est fini, je n'ai plus de force.

On dirait que le téléphone sonne un coup puis s'arrête, il a apparemment décroché, je suis agréablement surprise d'entendre sa voix de loin, depuis le jour où il est tombé malade, il a rayé toutes les sonneries de son monde, tiens, il s'approche, se fraie un passage dans la fumée, s'assied à côté de moi, je pose une main conciliante sur ses genoux et demande d'une voix douce, qui était-ce ? Avner, il s'est engagé à emmener un groupe dans le Néguev demain matin mais il a la grippe et m'a demandé de le remplacer. Instantanément je me vexe, ça recommence, il saute sur la première occasion, il se sent à peine mieux qu'il nous fuit déjà.

Mais enfin, papa, tu dois te reposer, le supplie Noga, tu n'es pas encore guéri, justement ça m'aidera, affirme-t-il, je dois sortir un peu, moi je sais que, si nous étions maintenant en train de déguster le repas qu'il voulait cuisiner, il n'aurait même pas répondu à Avner, Noga le sait elle aussi, elle me lance un regard accusateur avant de déclarer, j'ai faim, et si on allait manger quelque chose dehors. Allez-y toutes seules, se défile-t-il, je dois me reposer, mais moi je l'interromps, si tu as la force d'emmener un groupe dans le Néguev, tu peux bien venir avec nous jusqu'au resto d'en face. Il soupire mais se résigne, je sens en lui une retenue toute nouvelle, il ne va pas au bout de sa colère, je devrais m'en réjouir mais, non, je suis gagnée par une sorte de tristesse, comme la mélancolie qui accompagne la fin de l'été, on a beau se plaindre de la chaleur du soleil, comment ne pas se vexer en le sentant rafraîchir ? Super, on va au resto ! s'écrie Noga, mais elle déchante dès qu'elle aperçoit mon expression inquiète. J'entre dans la chambre derrière lui, une question embarrassante au bord des lèvres, tu m'aimes encore, ses cuisses se sont tant ratatinées que les jambes du short qu'il passe sur son slip pendouillent comme deux fanions agités par le vent à chaque pas, moi, tendue, je surveille ses gestes, ça fait des semaines qu'il n'est pas sorti de la maison, je prie pour qu'il ne change pas d'avis, qu'il ne tombe pas, que cette fête de guérison improvisée ne nous glisse pas entre les doigts.

Où sont mes sandales, demande-t-il, moi je commence à chercher dans toute la maison, ça fait longtemps qu'il n'en a pas eu besoin, où peuvent-elles bien être, ni dans le tiroir de l'armoire ni sous le lit, je fouille fiévreusement, comme si toute notre vie en dépendait, de quoi ont-elles l'air, ces sandales ? Deux bandes brunes unies, je ne peux pas sortir pieds nus, s'énerve-t-il déjà, adossé au mur on dirait qu'il a du mal à rester debout, comment pourra-t-il conduire demain ses touristes dans le désert. Si c'est comme ça, je retourne au lit, menace-t-il, je dois me reposer, il passe les doigts dans ses cheveux graisseux, attends, papa, le supplie Noga, attends, elle se précipite dans sa chambre, fouille dans son armoire, moi je la suis, qu'est-ce que tu fais, pourquoi seraient-elles dans ta chambre ? Une nuit, je les ai prises pour les cacher, avoue-t-elle en rougissant, jure-moi que tu ne lui diras rien.

Ses vêtements sont jetés dans tous les sens, ils fuient l'armoire qui se vide, et je chuchote, tu es complètement folle, pourquoi les aurais-tu cachées ? Il y a quelques jours, se lamente-t-elle, j'ai rêvé qu'il nous quittait, alors j'ai pris ses sandales pour être sûre qu'il ne partirait pas sans me le dire, mais je ne me souviens plus où je les ai mises, je me suis levée au milieu de la nuit, j'étais à moitié endormie, moi je fixe, impuissante, les vêtements qui s'amoncellent, rien à faire, une malédiction pèse sur notre trio, voilà, c'est ce que nous sommes, un trio et non une famille, nous n'arrivons même pas à sortir ensemble de la maison, épuisée je m'affale sur le lit, observe ses efforts avec indifférence, moi aussi je me sens moins impétueuse tout à coup, je ne suis pas responsable de tout ce qui se passe sous ce toit, je ne suis qu'un tiers du trio, am-stram-gram, comme nous exultions dans notre enfance en faisant la plouf avec nos mains crasseuses, am-stram-gram, ça peut ne pas tomber sur moi.

Mal à l'aise, je remue sur son lit, essaie d'aplanir le matelas qui présente de drôles de bosses, qu'est-ce qui lui arrive à ton matelas, je m'énerve, il est tout neuf et regarde comment il s'est déjà déformé. Je m'assieds dessus, puis le soulève, non, je n'en crois pas mes yeux, Noga, regarde ce que tu as fait, sur le sommier deux bandes brunes me font un clin d'œil, des semelles épaisses, souples, comment as-tu pu dormir comme ça, sur ses sandales, et elle rougit, s'il te plaît, ne le dis pas à papa, bredouille-t-elle, tu m'as promis, souviens-toi. Ne t'inquiète pas, je la rassure avant d'agiter les sandales avec une joie forcée. On a trouvé, Oudi, je lui annonce, allons-y, mais il me répond par un ronflement rugueux, deux scies métalliques qui se couperaient mutuellement les lames, il n'entend rien, ni ma voix ni la sienne, il s'est tout simplement endormi sur le canapé du salon et nous offre son dos, long et étroit, qui nous observe sans conviction, les pieds nus agrippés l'un à l'autre comme des chatons orphelins.

CHAPITRE 13

Qu'est-ce que je cherche, là, entre les buissons, pourquoi j'hésite, devant la grille, à composer le code, pourquoi est-ce que je reviens sur mes pas, regagne la rue, retourne à ma voiture comme si j'avais oublié quelque chose ? Pour lui offrir la possibilité de m'appeler, de surgir tout à coup de quelque recoin, oui, pas de doute, c'est elle que j'attends, j'ai pensé à elle toute la nuit au lieu de penser à Oudi qui a continué à ronfler sur le canapé du salon, me restituant notre lit commun après m'en avoir si longtemps exclue mais avec, en prime, les effluves acides de sa maladie, et j'ai eu du mal à m'endormir sur ce matelas devenu aussi étranger que si je m'étais retrouvée dans l'appartement d'un célibataire peu ragoûtant. Je n'ai pensé qu'à elle, ni à Oudi ni à Noga, était-ce une manière de les punir, oui, je n'ai pensé qu'à son ventre honteux, à la fragilité de son regard et aux revers de son destin, plus la nuit avançait, plus je comprenais l'ampleur de sa détresse, comment pouvait-elle fermer l'œil alors qu'on lui avait laissé en guise d'adieu des coups de pied qui lui labouraient les entrailles, le lit autour de moi s'est rempli d'une haine féroce contre l'individu qui a été capable de l'abandonner alors que sa vie faisait eau de toutes parts, de la laisser devant le choix le plus cruel qui soit, et je me suis soudain mise à espérer ne plus jamais la revoir car je ne pourrai pas l'aider, pourtant maintenant je l'attends, je contrôle à nouveau la rue vide, torrent d'asphalte bouillant sur les rives duquel sont accroupies des voitures assoiffées, que va-t-elle faire, elle ne peut se tourner ni vers les autres ni vers moi qui l'ai déçue. Je me résigne enfin à entrer, presse à contrecœur les chiffres secrets, les filles sont déjà en train de débarrasser le petit déjeuner, leurs vêtements exhalent une odeur d'omelette graisseuse et de salade au jus de citron, dans la corbeille à pain je trouve un dernier trognon que j'attrape immédiatement et que je trempe discrètement dans une assiette qui n'a pas encore été enlevée, une assiette où stagnent des morceaux de tomate et des petits triangles jaunâtres, je fourre le tout dans ma bouche sans me préoccuper de savoir à qui appartiennent ces restes, comme si toutes les filles du foyer étaient mes propres enfants, je vois soudain le sourire gêné que me lance Hani, elle est encore plus embarrassée que moi de m'avoir prise en flagrant délit de goinfrerie à me jeter sur les reliefs de la table comme un misérable chat de gouttière, du coup je lui demande, c'est ton assiette, elle me répond par un oui hésitant de la tête, je suis sûre qu'elle ment pour me mettre à l'aise et lui souris en retour, je prends entre mes doigts un autre triangle d'omelette froide, pour bien lui montrer que j'assume mes actes, exactement comme je ne cesse de les exhorter à faire, j'ai l'impression de voir luire sur le jaune l'épaisse salive d'Ilana qui bave toujours quand elle mange, mais je suis obligée d'avaler, j'ai déjà un haut-le-cœur et articule péniblement, comment avance ton tricot, je termine dans quelques jours, m'annonce-t-elle en agitant fièrement son petit nuage rose, je n'ai pas le droit d'accoucher avant, bravo, je dis en lui passant une main distraite sur l'épaule.

De loin me parvient la voix d'Anath qui houspille les filles, ne me dis pas que tu as oublié, me lance-t-elle en descendant les escaliers, nous allons toutes à la maternité aujourd'hui, moi, bien sûr, j'avais oublié, de temps en temps, comme des enfants qu'on emmènerait au zoo, nous, on emmène nos pensionnaires voir les salles de travail et les nouveau-nés, elles déambulent dans les couloirs, lourdes et chagrines, frottent leur ventre contre les parois de plexiglas des berceaux, on dirait qu'elles essaient de mettre en contact les bébés sortis à l'air libre avec le mystère de leur utérus.

Comment ça s'est passé hier avec Éthy, me demande ma collègue tandis qu'elle effleure mon visage de son regard d'azur limpide, comme une lettre à la poste, aucun problème, et je tire de mon sac les papiers dûment signés. Va les donner à Hava, s'empresse-t-elle de dire, elle n'a pas apprécié que tu ne sois pas revenue hier. Je me dépêche de gagner le bureau de notre directrice, lui tends avec humilité les formulaires portant la précieuse signature comme on tendrait une offrande à une déesse insatiable, un pitoyable sacrifice humain, un petit d'homme. Des problèmes, s'enquiert-elle sans masquer sa satisfaction, pas le moindre, je réponds, ça a été comme sur des roulettes, et je tourne aussitôt les talons pour m'en aller avant qu'elle ne capte les pensées contradictoires qu'éveille en moi cette douteuse victoire à forte odeur d'échec, je sais que les verres de ses lunettes suivent mes pas avec contrariété tandis que des sillons de sollicitude inattendue se creusent entre ses yeux.

Naama, quelqu'un t'attend à la grille, me crie Anath de l'une des chambres, qui, je demande, essayant de cacher la joie qui tressaille en moi. Je n'en ai pas la moindre idée, on a sonné d'en bas et on a demandé que tu descendes, ne t'attarde pas trop s'il te plaît, nous devons partir. Je dévale les escaliers, c'est Yaël j'en suis sûre, elle est revenue me tester et cette fois je vais l'aider, tout à coup ce qu'elle doit faire m'apparaît comme une évidence que je lui exposerai sans hésiter, parfois, dans le brouillard du doute, surgit un moment lumineux que l'on n'a pas le droit de laisser passer, un moment où l'on sait que l'on peut éviter une catastrophe.

Mais personne ne m'attend à la grille, je regarde autour de moi pleine d'espoir, un homme en tee-shirt bleu est assis au bord du trottoir d'en face, la tête sur les genoux, comme il fait chaud tout d'un coup, j'ai du mal à garder les yeux ouverts et je la cherche en aveugle, Yaël je suis là, je chuchote dans l'espace vide et muet, n'aie pas peur, je t'aiderai, et ce n'est qu'en m'approchant de lui que je le reconnais, d'abord les sandales, deux bandes brunes qu'hier à peine je brandissais comme un trophée, ensuite le tee-shirt que je lui demande de jeter depuis des années, et je m'écrie, Oudi, qu'est-ce que tu fais là, j'essaie de masquer ma déception ainsi que la panique qui me gagne, et ton excursion dans le Néguev ?

Il lève vers moi un visage gris, luisant de sueur, annulée, murmure-t-il, j'ai eu un trou, impossible de me souvenir. Je m'assieds à ses côtés sur le trottoir, de te souvenir de quoi, je lui demande sans comprendre mais avec la nette impression que c'est mauvais puisque jamais il n'a arrêté une excursion au milieu. Je les ai emmenés à Lakhish, grince-t-il, depuis que je suis malade, je pense tous les jours à cette colline du désert, alors j'ai eu envie de leur raconter l'histoire de cette ville, de leur parler des lettres qu'on a retrouvées là-bas, je les connais toutes par cœur, et soudain, le trou, le trou noir.

Mais, Oudi, ça arrive à tout le monde, je lui passe un bras autour des épaules, m'efforçant de ne pas remarquer l'odeur de transpiration qu'il dégage, on attend un peu et ça revient, tu crois que je n'ai pas attendu, dit-il, on a fait une pause, ils ont pique-niqué, moi je me suis promené tout seul sur le site en essayant de raviver mes souvenirs, mais, quand ils se sont regroupés autour de moi, j'avais à nouveau tout oublié, je ne savais plus quoi leur dire, sa tête retombe sur ses genoux, je n'organiserai plus jamais d'excursion, Naama, si tu savais comme c'est humiliant, et je sens l'angoisse contracter mon ventre, que deviendra-t-il, que deviendrons-nous, de quoi vivrons-nous, mais je décrète d'une voix ferme, ce n'est pas le moment de décider quoi que ce soit, Oudi, tu dois retrouver ton calme, tu es sans doute sorti du lit trop tôt, peut-être, mais tu sais ce que c'est que de disperser un groupe, gémit-il, si tu avais vu la manière dont ils m'ont regardé, que deviendrons-nous, Noam, qu'allons-nous faire ?

Je me relève avec lourdeur, lui prends la main, il se traîne derrière moi comme un enfant rétif qui ne veut pas aller à l'école, les restes de l'omelette que j'ai avalée à la dérobée me brûlent le ventre comme si le soleil continuait à les cuire dans les profondeurs de ma chair, la nausée commence à grimper dans ma gorge, cette fois il est vraiment brisé, je sens sa main toute molle dans la mienne, que deviendra-t-il, lui qui s'est toujours tellement vanté de son exceptionnelle mémoire, qui lançait fièrement faits et dates, sites et noms, que lui restera-t-il si elle se délite, à part une amertume de plus en plus violente qui débordera de ses lèvres et nous submergera tous, oui, je nous vois déjà, moi et Noga, en train de nous débattre dans des marais bilieux, d'épaisses lianes s'enroulent à nos pieds et nous tirent vers le bas, à quoi s'agripper, il n'y a rien autour, les boucles de ma fille sont déjà noires de boue, de mes dernières forces j'essaie de retenir sa main dans la mienne, ma chérie, ne t'enfonce pas, mais je n'arrive pas à garder ses doigts glissants qui m'échappent, un à un. Arrête, tu me fais mal, Naama, il retire sa main de la mienne, je me secoue, l'aide à entrer dans la voiture, m'assieds lourdement au volant, je n'ai pas la force de retourner au foyer pour prévenir quelqu'un, d'ailleurs pas la peine, dans un instant Anath se rendra bien compte que j'ai disparu et qu'elle doit se traîner sans moi par cette chaleur avec toutes les filles, encore une journée de travail écourtée, deux journées en fait, celle d'Oudi et la mienne, oui, tous les deux, nous ne faisons plus partie du monde normal, nous sommes hors circuit, de l'autre côté de la barrière. Isolés dans la voiture qui file, nous n'entendons que notre respiration sifflante entre les fenêtres fermées, arriver le plus vite possible à la maison, mais que ferons-nous là-bas, reste-t-il encore une chose que nous n'ayons pas tentée ? Qui pourra nous venir en aide ? Qu'est-ce qu'elle aurait dit, la doctoresse au couffin, est-ce que ce sont des bonnes nouvelles, est-ce que ça aussi c'est une chance à saisir, tout en moi se révolte quand je pense à elle, comme si elle était responsable de ce qui venait de se passer, mais un élan d'espoir balaie ma rancœur, je sais ce que nous allons faire, nous allons lui téléphoner et elle accourra, elle emplira la maison de sa candeur enfumée, ça nous donnera au moins l'impression de réagir, Oudi, quand on sera à la maison, on téléphonera à Zohara, je déclare, persuadée qu'il refusera, mais je me trompe car il acquiesce, j'y pensais justement, et son visage s'éclaire soudain, parce que nous ne voyons plus Azéka, dit-il.

Qui, je demande, Azéka, me répond-il, c'était une importante ville fortifiée de Juda, et c'est la ligne que je préfère dans les lettres de Lakhish, toute la matinée j'ai essayé de m'en souvenir et, ça y est, c'est revenu, que Dieu vous entende, mon Seigneur, nous guettons, comme vous nous l'avez ordonné, mon Seigneur, les feux de Lakhish, car nous ne voyons plus Azéka. Je l'écoute distraitement, à quoi pourraient bien nous servir aujourd'hui d'antiques missives, pourvu qu'elle soit disponible, pourvu qu'elle arrive vite, je la laisserai avec lui et retournerai travailler, je ne peux pas m'absenter comme ça tous les jours, et elle est effectivement disponible, elle ponctue mon compte rendu affolé de courtes approbations rapides, comme si elle s'attendait exactement à cette évolution, qu'elle en retirait même une entière satisfaction, puis elle me promet d'arriver le plus vite possible, Oudi, pour sa part, fonce sous la douche, marmonnant encore et encore les phrases qui lui sont enfin revenues, on dirait un gamin répétant son verset de bar-mitsva, il lave à l'eau chaude son humiliant trou de mémoire, j'entre dans la salle de bains, le trouve assis dans la baignoire les genoux relevés, les os ramassés sur eux-mêmes, et, lorsqu'il ouvre les yeux et remarque ma présence, un sourire embarrassé et impuissant se dessine sur son visage. Il lui manque quelque chose mais je ne sais pas quoi, je le scrute avec inquiétude des pieds à la tête, comme on scrute une maison qui vient d'être cambriolée, que lui a-t-on dérobé, peu d'indices extérieurs, le principal se cache à l'intérieur, sous l'épiderme fané. Non, tout y est, bien en place, pourtant il lui manque quelque chose, quelque chose qui faisait de tous ses membres une seule entité, le sexe, voilà ce qui manque. La libido, qui cristallisait tout son être en une volonté têtue et exigeante, s'est soudain évaporée, elle a perdu le pouvoir sur son corps, et, sans elle, il n'est plus qu'une créature presque banale, inutile. Que veut-il en ce moment, chaque fois que je le suivais dans la salle de bains, ses muscles vibraient, comme traversés par un courant, alors que maintenant il me regarde me déshabiller, impassible, immobile, je sors tout de suite, dit-il, mais je plonge dans l'eau d'abord un pied puis m'assieds en face de lui, il y a de la place pour nous deux, Oudi, tu as oublié ?

Mes hanches blanches se sont tellement élargies qu'elles touchent les parois de la baignoire, forment un barrage à l'eau qui reste bloquée derrière mon dos à narguer mes bourrelets, il aimait justement quand je grossissais, mais à présent on dirait qu'il ne le remarque même pas, que veut-il, quelle est l'envie qui ferait tendre tous ses muscles vers un seul et unique but, peut-être l'envie de guérir, peut-être autre chose, un désir caché qui me menace parce que je n'en fais pas partie, oui, il ne dépend plus de moi, et comment combler maintenant le vide qu'il a laissé.

Il se savonne avec soin, s'étale de la mousse sur tout le corps, se penche vers ses pieds et frotte chaque orteil, entre ses orteils aussi, comme s'il s'était vautré dans du purin, et, de temps en temps, il marmonne des propos incompréhensibles, totalement concentré sur ce dialogue entre lui et lui-même, ça y est, m'annonce-t-il sur un ton triomphal, maintenant je me souviens exactement de tout, à l'intention du Seigneur Yaoush, que Dieu vous entende, car le cœur de votre esclave est triste depuis que vous l'avez envoyé, et sachez que nous guettons, comme vous nous l'avez ordonné, mon Seigneur, les feux de Lakhish, car nous ne voyons plus Azéka.

Quand je pense que je me souvenais de ce qu'il y avait écrit sur chaque ostracon, maintenant tout se mélange dans ma tête, il a un petit sourire contraint, des ostraquoi ? je lui demande. Les ostraca de Lakhish, il s'agit du premier corpus de documents personnels écrits en hébreu qui ont été retrouvés en Israël, on le date à peu près de l'époque du prophète Jérémie. Et pourquoi ne voient-ils plus Azéka ? je continue, essayant de faire preuve d'un minimum d'intérêt, Azéka, m'explique-t-il avec un plaisir évident, était une ville fortifiée non loin de Lakhish, sur la route de Jérusalem, elle venait apparemment d'être prise par les Babyloniens, et donc, personne ne pouvait plus envoyer des messages en allumant des feux, ce qui a obligé l'auteur des lettres à guetter les feux de Lakhish, Oudi agite les bras avec enthousiasme, dessine une carte géographique sur la mousse clairsemée qui nous sépare, tu vois, là c'est Lakhish et là Azéka, ici se trouve la petite forteresse d'où sont parties les lettres, et là, c'est Jérusalem, qui elle aussi ne va pas tarder à tomber. Assis dans le bain qui se refroidit, il s'est lancé dans une conférence enflammée, comme s'il était au sommet de cette colline antique, c'est moi qui récupère ce que ses touristes ont loupé ce matin, j'ai droit à une visite guidée privée que je n'ai pas demandée, je dois faire un effort pour l'écouter car je n'en ai pas la moindre envie, il y a des questions beaucoup plus pressantes auxquelles je dois réfléchir, qui urgent plus qu'une vague bataille vieille de deux mille cinq cents ans, mais il ne remarque pas mon ennui et continue à me raconter avec le même enthousiasme l'histoire d'un prophète de Kyriat Yéarim, qui ne cessait de prévenir contre la catastrophe et a été accusé d'affaiblir le peuple et l'armée au cours des derniers mois du règne de Juda, alors tu vois, m'explique-t-il, le roi a voulu le tuer mais, lui, il a réussi à s'échapper, et, pendant ce temps, l'auteur des lettres suppliait son maître de tout faire pour empêcher la catastrophe. L'eau s'est complètement refroidie, dehors il fait chaud mais dans la baignoire je grelotte comme si je couvais une maladie, que lui est-il finalement arrivé, à ce prophète, je demande sans entrain, on dit qu'il s'est réfugié en Égypte, me répond-il, mais a finalement été retrouvé et ramené dans le royaume de Juda où il a été tué, figure-toi qu'ils ont cru que, en le tuant, ils annulaient ses oracles. Alors il est mort sans savoir qu'il avait vu juste, que sa prophétie s'était réalisée, je dis, et Oudi hoche la tête, eh oui, ce n'est qu'après la destruction du royaume de Juda que l'on a pu faire la différence entre les vrais et les faux prophètes, tous ceux qui avaient prédit la paix et la sérénité se sont trompés, seuls Jérémie et ce fameux prophète que personne n'a cru se sont révélés *a posteriori* être les vrais messagers de Dieu.

Pourquoi t'intéresses-tu tant aux prophètes morts, je lui lance dans un reproche, je m'intéresse au passé, réplique-t-il, et le passé est jonché de morts, vrais ou faux prophètes meurent et leurs os s'entremêlent, se cimentent les uns aux autres, tu te souviens de l'histoire de cet homme de Dieu venu de Juda et qui est tombé dans le piège du vieux prophète de Samarie ?

Je claque des dents mais il ne le remarque pas, l'histoire ancienne lui chauffe le sang, oui, l'histoire ancienne mais pas mes seins, offerts, qui flottent dans l'eau comme deux gros poissons crevés gardant ouvert leur œil unique, dire qu'il pourchassait ma nudité à travers tout l'appartement, lançait ses doigts par dizaines pour l'attraper, chaque fois que je me lavais il fallait qu'il entre et tente sa chance, moi, ça m'agaçait, quoi, on ne peut pas se déshabiller dans cette maison sans que cela soit interprété comme une invite. Sois contente, susurrait-il d'un ton vexé, tu préférerais que je reste indifférent ? Et moi, dans mon for intérieur, je répondais oui, peut-être, mais maintenant je ne sais plus ce qui est préférable, mes dents claquent bruyamment, non, ce martèlement ne vient pas de ma bouche mais de la porte, ça a l'air si près qu'on croirait que quelqu'un frappe à la porte de la salle de bains. Je bondis et enfile un peignoir, j'ai l'impression qu'un étranger se balade dans l'appartement et nous a pris en flagrante vulnérabilité, mais soudain la porte d'entrée grince et une silhouette sombre apparaît dans l'embrasure, j'avais complètement oublié que je lui avais demandé de venir, eh oui, moi aussi, j'ai la mémoire qui flanche. Je m'étonne de la vitesse à laquelle elle est arrivée, quoi, elle n'a rien d'autre à faire, je m'approche d'elle, venez, entrez, Zohara, merci d'être venue, je l'examine avec jalousie, elle porte une robe en coton qui moule son maigre corps, impossible de deviner qu'elle vient d'accoucher, c'est moi qui ai l'air de me relever de couches, avec mon peignoir négligé et mes bourrelets flasques, pourtant c'est indiscutable, la preuve palpite entre ses bras, un bébé à la peau blanche dont les traits se précisent lentement, comme une écriture antique encore difficilement lisible, je répète, merci d'être venue, moi, par une chaleur pareille, je n'aurais sorti ma fille sous aucun prétexte, je teinte ma gratitude de cette légère critique et ne cesse d'être taraudée par la question, à quoi devons-nous un tel dévouement de sa part, est-il donc si gravement atteint ?

En tout cas, il n'a absolument pas l'air malade quand il débarque dans le salon, la serviette nouée autour des hanches. Elle nous observe avec curiosité, elle a compris qu'elle venait de nous tirer de la baignoire, mais aucune intimité n'émane de nous, ça, c'est sûr, nous ne sommes que très propres, bien savonnés, cheveux lavés, totalement dénués de l'éclat d'une sensualité complice. Ses yeux noirs nous englobent dans une pitié impersonnelle, ample, elle pose son bébé sur le canapé, construit tout autour une muraille de coussins, ses cheveux caressent le petit corps, lianes sombres qui ont poussé jusqu'à ses hanches, aujourd'hui elle est presque belle et, même si elle est toujours trop anguleuse, on peut difficilement détacher le regard de ses mouvements, chaque geste naissant harmonieusement dans celui qui le précède. Elle n'a pas du tout l'air impressionnée par ma critique sous-entendue, pas plus que par mes remerciements d'ailleurs, c'est alors que je comprends, elle ne pense pas à elle, elle ne se demande pas ce que mes mots disent sur elle, mais ce que mes mots disent sur moi-même, elle n'est pas venue pour être jugée, elle est venue pour aider.

Ce n'est pas un échec, Éhoud, déclare-t-elle posément avant de farfouiller dans son grand fourre-tout pour en retirer des petits sacs en tissu qu'elle aligne soigneusement sur la table, vous ne devez pas considérer cela comme un échec ou une punition, tout ce qui vous arrive en ce moment ne reflète que votre vie d'avant, qu'est-ce que ça signifie, demande-t-il avec un sourire gêné en passant une main songeuse dans ses cheveux. Ce que vous êtes aujourd'hui n'est que la conséquence de ce que vous étiez hier, répond-elle, et ce que vous serez demain sera la conséquence de ce que vous faites aujourd'hui, vous comprenez ? Le résultat de nos actions mûrit lentement et peut nous rattraper bien longtemps après, alors que nous avons oublié ce que nous avons fait, si vous avez un karma négatif, il entraînera un dégoût de soi, mais cela appartient au passé, Éhoud, tandis que la souffrance que vous endurez en ce moment marque l'aboutissement, la maturation du fruit, et quoi de plus rassurant que de savoir que le processus touche à sa fin.

Qu'est-ce que ça veut dire, que le processus touche à sa fin, demande-t-il, et si nous n'en étions qu'au début, elle sourit, ça, ça ne dépend que de vous, si vous changez votre comportement dans le présent, vous pourrez changer votre avenir. Regardez votre corps, dit-elle tandis que ses yeux scrutent le torse nu d'Oudi et s'attardent sur la serviette rouge, les sentiments négatifs sont concentrés sur différents chakras du corps, les germes de l'enfer se situent dans la plante des pieds, siège de la colère, les germes des esprits affamés se trouvent à la base de la colonne vertébrale, siège de la cupidité, les germes de la jalousie se cachent dans la gorge, ce qui fait que nous allons travailler à la purification de ces endroits-là, lui promet-elle avant d'ajouter, habituellement cet exercice ne se pratique qu'après la mort, mais rien ne nous empêche de mettre la charrue avant les bœufs.

Comment, j'explose, j'ai l'impression de ne pas avoir ouvert la bouche depuis des heures, ma voix sort de ma gorge par à-coups, comment se purifie-t-on, comment change-t-on, ce ne sont que des mots, mais elle me couve de son regard serein, par la souffrance, on change grâce à la souffrance, c'est elle qui galvanise nos vertus spirituelles, elle qui nous éveille et nous oblige à libérer le miracle enfoui au fond de nous. Plus nous avançons sur la voie spirituelle, plus nos anciennes visions du monde et de nous-mêmes se dissolvent, ce qui permet à une autre conscience, totalement nouvelle, de se développer. Vous avez peut-être commencé à guérir mais vous n'avez pas encore changé, lui déclare-t-elle avec un délicat reproche, et ce matin, ce sont des sentiments négatifs qui vous ont poussé à partir en excursion, il faut que vous changiez, maintenant, sinon vous en paierez le prix plus tard. Vous n'exagérez pas un peu, lâche-t-il dans un gloussement, tout le monde a des sentiments négatifs, mais elle écarquille les yeux dans un étonnement forcé, moi, j'exagère ? Savez-vous que chaque pensée que vous avez un jour conçue, chaque mot que vous avez prononcé, chaque sentiment se répercutent sur le temps qu'il fait, la faune et la flore, la terre et l'air, pas seulement sur vos proches. Il se tait, désorienté, sa bouche reste entrouverte, ses mains lâchent la serviette qui lui entoure les hanches, je fixe, inquiète, le tissu éponge qui se détend, dans un instant il va tomber, mais je détourne bien vite le regard pour ne contempler que Zohara, de toute façon, nous sommes nus devant elle.

J'ai entendu de la colère dans votre voix, Naama, ça y est, elle s'en prend à moi maintenant, vous lui en avez voulu de venir vous déranger aujourd'hui en plein travail, vous êtes en colère à cause de toutes ces semaines où il ne fait rien, mais vous devez vous purger de cette colère pour aller chercher la compassion qui est en vous, je ne parle pas de pitié, qui est un sentiment violent et méprisant issu de la peur, mais bien de compassion, non, ce n'est pas ça, je contre-attaque immédiatement non sans lancer à Oudi un regard gêné, c'est simplement que j'ai eu très peur ce matin en le voyant tout à coup là-bas, si vous croyez que c'est facile de continuer alors que quasiment chaque jour il y a quelque chose qui foire.

Écoutez, Naama, vous devez comprendre que justement votre colère n'est absolument pas fondée, vous devriez au contraire le remercier, poursuit-elle, parce que, grâce à sa souffrance, il appelle votre compassion, et donc vous fait le cadeau le plus précieux, savez-vous qu'au Tibet on dit que le mendiant qui vous demande l'aumône ou la vieille femme malade qui a besoin d'aide peuvent être le Bouddha déguisé, venu à votre rencontre pour éveiller votre compassion et vous faire un grand cadeau spirituel.

Je tourne vers Oudi un visage dubitatif, maigre Bouddha hostile avec sa jupe rouge en éponge, Bouddha sans rayonnement qui fuit mon regard, il fut un temps où nous communiquions du coin de l'œil, taisions nos réticences derrière des sourires pleins de sous-entendus, aujourd'hui plus aucune connivence, comme si nous ne nous étions jamais rencontrés, deux élèves qui se retrouvent par hasard à suivre un cours privé chez le même professeur et n'ont en commun que ses doctorales remontrances.

Bon d'accord, alors comment je fais pour éveiller la compassion en moi ? Essayez de le considérer, lui, commence-t-elle aussitôt, elle a vraiment des réponses toutes prêtes qui ne requièrent pas même une seconde de réflexion, comme vous vous considérez vous-même, c'est-à-dire non pas dans son rôle de mari ou de père, mais en tant qu'individu libre, identique à ce que vous êtes, avec la même aspiration au bonheur et la même peur de souffrir. Essayez d'imaginer quelqu'un qui vous est particulièrement cher et mettez-le dans la même situation qu'Oudi, votre fille par exemple, imaginez ce que vous ressentiriez pour elle, prenez ce sentiment et reportez-le sur lui, mais moi je repousse ses paroles, certainement pas, mon Dieu, je ne veux même pas oser imaginer Noga dans cette situation, vous vous trompez complètement, Naama, continue-t-elle de sa voix rassurante, cette démarche ne peut que la libérer et l'aider, vous n'avez pas encore saisi combien l'acte de compassion était grand et merveilleux, il amène la bénédiction sur tous ceux qui y participent, celui qui éveille la compassion, celui par qui elle a été éveillée, et celui qui la reçoit.

Je la scrute à nouveau avec une perplexité réticente, elle est assise toute droite et doit lever la tête vers nous qui sommes restés debout, elle a posé une main sur le dos du bébé, ses cheveux, soulevés par le vent chaud de midi qui nous arrive de la terrasse, virevoltent autour de son visage, sa voix sort de sa gorge, épanouie, fraîche et revivifiante, je sens que je pourrais l'écouter jusqu'à la fin de ma vie. Ainsi, à n'en pas douter, les habitants inquiets de Juda buvaient les paroles rassurantes et optimistes des faux prophètes, alors quoi d'étonnant à ce qu'ils aient voulu faire taire le sinistre homme de Dieu qui, par ses visions effrayantes, les privait du bonheur, fille de mon peuple ceins-toi d'un sac roule-toi dans la cendre organise un deuil comme pour un fils unique une lamentation pleine d'amertume car la mort est montée par nos fenêtres elle est entrée dans nos palais, oui, je dois faire ça pour elle, je dois m'emplir de compassion, et j'essaie d'imaginer Noga paralysée, gisant sur un lit, rongée par quelque mal étrange... seulement ce n'est pas la compassion qui m'envahit mais la terreur, mes yeux cherchent ma montre, aujourd'hui elle rentre tôt, il ne faudrait pas qu'elle voie Oudi ici et comprenne que son excursion a tourné court, elle était tellement contente ce matin de retrouver notre routine honnie, je dois la coincer avant qu'elle n'arrive et l'emmener faire un tour. Soudain le doute me gagne, et, comme le soleil qui en apparaissant et disparaissant entre les nuages en hiver fait varier la luminosité d'un paysage, ce doute se promène dans mon for intérieur et en modifie la couleur, du coup, c'est avec hargne que je regarde les petits sacs qu'elle tient à la main et d'où elle tire des billes brunes, on dirait des crottes de bique, le Dalaï-Lama a béni ces cachets, lui révèle-t-elle, et il les contemple avec des yeux écarquillés d'émerveillement. Je leur tourne un dos méfiant et vais m'habiller dans la chambre, leur conversation m'arrive de loin, je sens un pouls ennemi battre très fort en vous, le prévient-elle, ce qui veut dire que vous allez bientôt rencontrer un ennemi, c'est peut-être d'ailleurs déjà fait, on est toujours entourés d'ennemis, réplique-t-il, le problème est de les identifier, ce n'est qu'*a posteriori* que l'on a pu savoir qui, des Babyloniens ou des Égyptiens, menaçaient réellement le royaume de Juda.

Je vais chercher Noga à l'école et l'emmener manger quelque chose, je ne veux pas qu'elle te trouve à la maison avec ton docteur, ça l'inquiétera trop, je lui lance, il me regarde en plissant le front, se défie de moi comme si j'étais une ennemie, si vous voulez je peux m'en aller, propose Zohara, bien que, si vous me demandez mon avis, je pense que ce n'est pas positif de passer son temps à tout cacher, tiens, voilà qu'elle me renvoie la pique, moi qui croyais qu'elle ne l'avait pas sentie, je ne passe pas mon temps à tout cacher, je proteste, je veux simplement éviter de l'inquiéter, ça aussi, c'est une sorte de compassion, non ?

La grille les expulse par grappes, en flots sauvages et tumultueux, leur brouhaha arrive à passer à travers les fenêtres fermées de ma voiture, ici et là je reconnais des visages familiers, des enfants que j'ai vus à une époque traîner à la maison, il y a un an, peut-être deux, ils s'enfermaient avec elle dans la chambre, s'affalaient devant la télévision, émergeaient de temps en temps pour se servir à boire, laissaient derrière eux des flaques collantes de grenadine, et j'ai envie de les arrêter et de leur demander, pourquoi ne venez-vous plus chez nous, pourquoi l'avez-vous exclue, revenez-nous, je vous apporterai des plateaux entiers de grenadine, de glaces, de Coca, de bonbons, tout ce que vous voudrez, s'il vous plaît, revenez. Ils ne me reconnaissent pas, leur monde est en ébullition permanente, je pourrais être en train d'agoniser sur le trottoir qu'ils ne me remarqueraient pas, ils se font déjà plus rares, le flux se tarit, tiens, voilà Shira et Meirav, les deux inséparables, elles portent des robes ultra-courtes, presque identiques, mais où donc est Noga, elle seule manque à l'appel. Peut-être est-elle sortie avant tout le monde, peut-être l'ai-je loupée, je m'apprête à rentrer à la maison lorsque soudain je la vois, au loin, je pousse un soupir de soulagement, me sens presque heureuse, elle n'est pas seule, elle parle avec quelqu'un, oui, il y a quelqu'un qui s'intéresse à ce qui lui sort de la bouche, un peu plus grand qu'elle, avec des lunettes rondes et peu de cheveux, mais qui c'est celui-là avec son allure d'adulte, c'est un adulte, avec qui traîne-t-elle ! Il n'arrête pas de parler, remue les mains avec enthousiasme, elle se tait, paupières baissées, ils s'arrêtent non loin de moi, elle lui lance un sourire en guise d'au revoir, il entre dans une voiture garée tout à côté, je la suis du regard, un pas après l'autre, jusqu'à ce que je me ressaisisse, ouvre la fenêtre et crie, Nogui.

Sa volte-face fait sauter le cartable sur son dos, maman, me lance-t-elle dans un reproche étonné, qu'est-ce que qui t'arrive, tu n'es pas au boulot ? Je reconnais le ton sur lequel je me suis moi-même adressée à Oudi il y a à peine quelques heures, c'est la journée des surprises, aujourd'hui, il est venu me surprendre et moi je surprends Noga, c'est comme ça dans la famille, chaque événement provoque une réaction en chaîne, j'ai terminé tôt, je lui réponds avec une gaieté forcée, alors j'ai eu envie de passer te prendre pour qu'on aille manger quelque chose au centre commercial, on pourrait peut-être aussi t'acheter une robe, tu ne peux plus traîner avec ces horribles loques. Elle ne se laisse pas gagner par mon entrain, il s'est passé quelque chose, pourquoi as-tu terminé plus tôt, insiste-t-elle en me toisant d'un regard sceptique, non, rien du tout, je poursuis, c'est simplement qu'Anath a emmené les filles à la maternité voir des bébés et qu'elle n'avait pas besoin de moi. Elle s'installe dans la voiture et je ne peux pas m'empêcher de lui demander, c'était qui ? Rami, le prof d'histoire, me répond-elle, je t'ai parlé de lui, et je hoche la tête, oui, elle m'en a parlé, comme de tant de choses que je n'ai pas écoutées, c'est tellement dur de les écouter. Si jeune, je m'étonne, il a l'air d'avoir presque ton âge, qu'est-ce qu'il te voulait ? Rien, rien de particulier, dit-elle en remuant sur son siège, mais moi qui ai vu ses mouvements enflammés, c'est à mon tour de ne pas la croire et d'insister, qu'avait-il à te raconter de si exaltant ?

Mais rien, maugrée-t-elle, il a l'impression que je ne m'intéresse pas à ses cours, alors il a essayé de m'expliquer que l'Histoire, c'est génial, genre, il veut me prouver que tout ce qu'il nous raconte a un rapport avec notre vie. Ah oui, comment exactement ? je lui demande, repensant à la conférence enfiévrée d'Oudi au-dessus de la mousse pâlissante du bain, mais Noga se dérobe, je n'en ai pas la moindre idée, je n'ai rien compris à son blabla. Je la scrute, dubitative, aucune de nous deux ne croit vraiment l'autre, et il ne me reste qu'à prier pour qu'elle ne s'amourache pas de son jeune professeur d'histoire, lorsque le père fait défaut, allez savoir ce qui peut arriver. Bon, qu'est-ce que tu as envie de manger ? Je n'ai pas faim, je veux rentrer à la maison, sa réponse m'agace et je lance, mais, moi, j'ai faim, je suis aussi un être humain, non ? J'entends le trémolo geignard qui termine ma question, je me suis moi-même tendu ce piège imbécile, Zohara a raison, pourquoi vouloir cacher ce que de toute façon elle sent, mais maintenant impossible de reculer, alors j'accélère en lui lançant des regards obliques, elle garde la tête baissée, ses lèvres se tordent comme si elle allait vomir, mais je ne cède pas, je me gare à coups de volant énergiques devant l'entrée du centre commercial et je l'entends traîner les pieds derrière moi.

Il fut un temps où elle aimait venir ici et me soutirer toutes sortes de petits cadeaux, que lui arrive-t-il, ce n'est tout de même pas encore la crise d'adolescence alors c'est quoi, j'essaie de lui passer un bras autour des épaules, mais son corps refuse mon contact, Nogui, que se passe-t-il ? Rien, je suis crevée, je veux rentrer à la maison, mais moi je me fraie opiniâtrement un chemin parmi la foule qui a fui la chaleur dans l'air conditionné de la galerie marchande, lui attrape la main pour ne pas la perdre, devant les fast-foods en tout genre s'étirent des queues désespérément longues, il n'y a de la place qu'à la pizzeria du bout, je me laisse tomber, épuisée, sur une chaise en plastique, en rapproche une autre pour

Noga, me retrouve à mâcher une pizza dure et tiède, c'est pour ça évidemment qu'il n'y a pas de queue ici, rien n'est fortuit, rien, et certainement pas le silence hostile de ma fille. Alors, comment ça s'est passé aujourd'hui à l'école, je lui demande, bien, me répond-elle mécaniquement, mais j'insiste, que fais-tu pendant les récréations ? Rien de particulier, elle baisse les yeux, prend une gorgée de Coca, je descends dans la cour ou je reste dans la classe, ça dépend. J'ai vu Shira et Meirav, je continue, et elle, d'une voix blanche, oui, comment vont-elles ? Vous étiez un vrai trio, je murmure, tu te souviens, qu'est-ce qui s'est passé ? Elle hausse les épaules, feint l'indifférence, je ne me rappelle plus, lâche-t-elle, j'en ai eu marre, elles ne m'intéressent plus. Bien sûr je préfère entendre que l'initiative lui revient même si j'ai du mal à la croire, vous vous êtes disputées ou bien ça s'est passé progressivement ? Je ne m'en souviens plus, elle baisse à nouveau les yeux et me laisse sous la surveillance de ses épais sourcils, tu as d'autres amies, j'insiste, oui, un peu, plusieurs, et je ne sais pas si elle me ment ou se ment à elle-même mais un pincement de tristesse consternée me ferme soudain la bouche, je n'ai rien à dire, je ne veux que pleurer, poser ma tête sur la table et me répandre en sanglots incompréhensibles et injustifiés, qu'est-ce en comparaison des vrais soucis, des catastrophes, rien, ce n'est que ma Nogui, ma fille unique, qui mâchouille sa pizza avec ennui, elle a la peau du visage douce et lactée, quelques nouvelles taches de rousseur se sont installées sur son nez retroussé, ses boucles d'or, de plus en plus fournies, forment une auréole autour de sa tête, Nogui qui n'a rien à me dire, qui me cache sa solitude, qui ne me laisse pas l'approcher, comme si j'avais une maladie contagieuse, à moins que ce soit elle. Il fut un temps où nous étions si proches, elle ne pensait qu'à me ressembler, elle voulait parler comme moi, s'habiller comme moi, un vrai petit clone, main dans la main nous nous baladions ici même, dans ce centre commercial, faisions du lèche-vitrines, elle choisissait ce que je devais essayer, parfois je les emmenais toutes les trois, elle, Shira et Meirav, j'adorais dépenser de l'argent pour elles, leur acheter des autocollants ou des rubans pour les cheveux, des glaces, j'adorais les voir déborder d'enthousiasme, maintenant elle ne déborde que de silence, un silence qui se propage dans toutes les galeries de marbre, on dirait que chaque recoin où elle pose les yeux lui répond par un mutisme tendu.

Tout à coup, une sirène hurlante nous agresse, très près, on dirait une ambulance terrifiée qui cavale dans le hall du centre commercial, détruisant les magasins, écrasant la foule au passage, je bondis pour essayer de me mettre à l'abri mais un instant plus tard les hurlements décroissent, s'éloignent sur l'autoroute, et Noga tourne les yeux vers moi, c'est vrai que j'ai été hospitalisée quand j'étais petite ? Oui, il y a longtemps, je dis avec un calme appliqué, tu avais deux ans, tu t'en souviens ? Je me souviens de quelque chose de très vague, c'était sur une pelouse, vous m'avez acheté un esquimau et j'ai tout vomi. Peut-être, peut-être que ça s'est effectivement passé, je lui réponds distraitement, en faisant semblant de ne pas me souvenir de cette maudite journée dans ses moindres détails, je ricane mais elle poursuit, qu'est-ce que j'avais, rien de particulier, vraiment rien de grave. Alors pourquoi m'avez-vous hospitalisée si ce n'était pas grave ? Parce que, au début, ça avait l'air grave, j'improvise en bredouillant, on a pensé à une méningite, mais ensuite les médecins ont constaté que ce n'était qu'un virus, viens rentrons à la maison, dit-elle en me lançant un regard déçu, j'ai plein de devoirs en histoire.

Noga, attends, je crie à son dos qui s'éloigne, et si on t'achetait une robe, je hais les robes, aboie-t-elle, mais je suis déjà dans le magasin à farfouiller entre les cintres, qu'est-ce que ça peut te faire, essaie, tu auras l'air un peu moins différente de tes copines, regarde, je décroche une robe bleue ornée de chrysanthèmes jaunes, ça va à merveille avec tes yeux, tu dois l'essayer. Tiens, c'est exactement comme ta robe, remarque-t-elle, et pourquoi ne jouerions-nous pas aux jumelles, je lui réponds pour la titiller un peu, avant tu aimais me ressembler, elle grimace mais s'approche à pas lourds, m'arrache presque la robe des mains dans un dégoût affiché mais entre dans une cabine d'essayage. Je ne peux la suivre que des yeux, avant j'entrais avec elle, je l'aidais à se déshabiller, mais maintenant je n'ose pas, oui, je comprends soudain qu'elle me fait peur, comme si des bombes étaient cachées sous sa peau et risquaient d'exploser si j'approchais, la porte s'ouvre et je la contemple, désolée, c'est tellement moche sur elle, pourquoi l'ai-je obligée à essayer un truc qui ne lui va pas du tout, elle a les jambes trop épaisses, les épaules tombantes, rien à voir avec Shira et Meirav, qui a cru qu'il suffirait de lui passer une robe pour qu'elle leur ressemble.

C'est comment, demande-t-elle d'une voix ravie, mue soudain par le besoin d'être gentille, tu es superbe, je m'empresse de répondre, mais devant le miroir elle tape du pied, j'ai l'air débile, je suis grosse et moche. Elle court se réfugier dans la cabine d'essayage, la vendeuse s'approche de moi, ça lui va parfaitement bien, commente-t-elle, moi, je la contemple désespérée, je ne crois pas un mot de ce qu'elle vient de dire et Noga ne croit pas un mot de ce que je lui dis, j'en suis donc arrivée là, à mentir à ma fille comme une vendeuse de prêt-à-porter et, quand je la vois émerger de la cabine, penaude et humiliée, cachée sous le tee-shirt d'Oudi, je lui dis, c'est vrai que ça ne t'allait pas du tout, rien ne me va, explose-t-elle, mon corps me dégoûte. Je la serre contre moi, tu ne fais que commencer à grandir, tu n'es pas encore développée, ça peut prendre des années pour que tu sois définitivement formée. Pourtant, comme elle, je ne peux m'empêcher de penser avec convoitise à Shira et Meirav, toutes minces et bronzées avec leurs cheveux lisses et leurs boucles d'oreilles qui brillent comme de doux secrets chuchotés.

Moi aussi je veux rentrer à la maison maintenant, je crève d'envie de rentrer, ne peux plus attendre, nous sommes trop vulnérables ici et ne trouverons refuge que chez nous, mais le centre commercial s'obscurcit subitement, comme si le soleil s'était couché au milieu de l'après-midi, c'est une coupure d'électricité, crie quelqu'un, la surcharge des climatiseurs a provoqué un court-circuit. Les gens se ruent vers les issues avec la même rage que lorsqu'ils s'étaient rués à l'intérieur pour trouver un peu de fraîcheur, ils tentent à présent de s'échapper, un incendie s'est déclaré au premier étage, dans le magasin du bout, le feu lèche les dizaines de paires de chaussures italiennes offertes en pâture, une odeur de cuir brûlé envahit les couloirs, j'attrape le bras de Noga, la tire derrière moi, je suffoque, je pousse, je presse, voilà sous mes yeux la concrétisation de la croyance tibétaine ancestrale, chacune de nos paroles contient une telle force que le moindre petit mensonge peut embraser le monde.

Lorsque nous atteignons la voiture, soulagées et respirant enfin normalement, je lui dis, papa est déjà rentré, son excursion s'est terminée plus tôt que prévu, elle redresse la tête, ne demande pas pourquoi tant elle est sûre de ne pas recevoir de réponse honnête, et murmure avec joie, génial, il va pouvoir m'aider à faire mes devoirs. Faut-il que nous soyons éprouvées par notre périple en tête à tête pour imaginer trouver en lui un réconfort, mais c'est vrai, nous croyons que lorsqu'il ouvrira la porte, la tension accumulée entre nous deux se dissipera d'un coup. Je grimpe les escaliers derrière elle et vois ses jambes se figer sur le seuil comme devant une apparition. Arrivée à sa hauteur, je découvre notre Oudi qui déambule dans le salon, un bébé à la peau claire et aux yeux mi-clos serré contre la poitrine, un bébé qui régurgite sur sa chemise tandis qu'il le berce en murmurant des petits chuuut, chuuuut, chuuuuut...

Elle s'est endormie, j'ai réussi à l'endormir, nous annonce-t-il avec un sourire idiot, fier comme s'il s'agissait de sa plus grande réussite, je regarde autour de moi, où est sa mère, je demande, où est son père, s'écrie Noga, d'ailleurs elle en a un, de père ? Taisez-vous, vous allez la réveiller, nous lance grossièrement Oudi, ça m'a pris une heure pour l'endormir. Je vois les lèvres de Noga trembler, je m'approche d'elle pour la prendre dans mes bras mais elle s'écarte et court dans sa chambre dont elle claque la porte comme si personne ne dormait... pour en resurgir aussitôt en criant, qu'est-ce que c'est que cette baraque, quelqu'un dort dans mon lit !

Je t'ai demandé le silence, non ? l'interpelle Oudi avec rudesse, tu ne peux pas faire attention, quelle égoïste, cette gamine ! Et toi, quel père insensible tu fais, tu ne te rends pas compte comment tu lui parles, j'interviens, dans ses bras le crâne chauve se met à remuer, la petite ouvre la bouche, des appels déchirants jaillissent les uns après les autres de ce corps minuscule, on dirait une corne de brume, il nous lance des regards hargneux, nous avons ruiné son exploit, il se penche sur le bébé et lui murmure des mots apaisants à l'oreille mais c'est trop tard, elle ne se rendormira pas, sa mère non plus d'ailleurs, la voilà, les cheveux en bataille et l'air hagard, sur le seuil du salon, que se passe-t-il, demande-t-elle, c'est la première fois que je la vois départie de son calme olympien, elle s'était endormie dans mes bras, geint Oudi sur un ton plaintif, mais ces deux imbéciles sont rentrées et ça l'a réveillée. Zohara s'approche et lui prend sa fille des bras, c'est gentil mais vous n'auriez pas dû, s'excuse-t-elle, je vous avais dit de m'appeler si elle pleurait, elle a certainement faim, j'aime vaincre leur faim, renchérit-il, avec ma fille je faisais pareil, je me promenais comme ça pendant des heures pour laisser dormir Naama. Noga cherche une confirmation sur mon visage, c'est vrai, maman, bien sûr, je m'empresse de répondre, d'ailleurs toutes ses chemises portaient des taches blanches aux épaules, mais elle baisse les yeux, on dirait que cette information ne fait qu'accroître sa tristesse.

Zohara s'assied lestement sur le canapé, tu as faim, ma petite chérie, elle sort de sa robe un sein lisse et hâlé terminé par un mamelon tout noir, que je fixe exprès, sans la moindre gêne, étonnée qu'un flux si blanc puisse jaillir de ce noir d'ébène, lui aussi regarde, hypnotisé comme s'il n'avait jamais vu de femme allaiter, Noga fait de même, nous sommes trois à nous focaliser sur elle sans honte, exactement comme au théâtre où l'on n'essaie pas de dissimuler son intérêt mais au contraire de le souligner, oui, trois paires d'yeux observent l'amazone en train de faire son numéro sur canapé, la bretelle de sa robe baissée dévoile un unique sein musclé tandis que son regard reste suspendu à la bouche de la petite tétouilleuse, et que son front se couvre de sueur. Vous devez avoir soif, je murmure et lui apporte un verre d'eau froide qu'elle boit goulûment, la pauvre, dire qu'elle avait tellement soif et n'a rien osé demander, je m'en veux, c'est moi qui l'ai convoquée et elle est venue pour nous aider, d'ailleurs elle nous a aidés, Oudi a l'air de s'être totalement ressaisi, elle place la petite contre son épaule, me lance un sourire contraint, le traitement demande une telle énergie que j'ai dû me reposer, je tenais à peine sur mes jambes, moi je compatis immédiatement, toute ma rancune se volatilise, bien sûr, Zohara, vous ne devez pas vous excuser, je vous suis tellement reconnaissante de ce que vous faites pour nous, elle se tourne vers lui, alors, vous vous sentez mieux, Éhoud ? Oh oui, lance-t-il, radieux, beaucoup mieux.

En la voyant sur le pas de la porte, son sac sur l'épaule, j'ai peur qu'elle ne soit déjà en train de sortir de notre vie et j'essaie de la retenir, restez dîner, je propose, bien que le repas du soir soit encore loin, non, je suis pressée, répond-elle, une autre fois peut-être, Oudi s'approche lui aussi du perron et la couve d'un regard doux, plein de reconnaissance. Ne vous hâtez pas tant de guérir, lui sourit-elle, souvenez-vous, votre maladie a sa raison d'être, ne la poussez surtout pas dehors. En la voyant descendre les marches je ne peux me retenir de lui demander, alors quand revenez-vous ? La semaine prochaine, lance-t-elle, mais une semaine passe et elle ne vient pas, puis une autre, et un malaise inexpliqué m'assaille chaque fois que je songe à son absence, comme si on me narguait en me mettant sous le nez une charade indéchiffrable.

CHAPITRE 14

Chaque matin, lorsque je sors de chez moi, la chaleur qui se colle à ma peau comme un manteau de fourrure moulant et inamovible me rappelle le déguisement de lapin qu'on avait confectionné pour Noga à l'occasion d'une des fêtes de Pourim, les poils synthétiques la couvraient de la tête aux pieds et quand après le défilé je m'étais penchée sur elle pour l'aider à se déshabiller, la fermeture Éclair s'était coincée, la condamnant à rester petit lapin toute sa vie. Elle avait trépigné en hurlant, je ne suis pas un lapin, je suis une petite fille, je veux redevenir une petite fille, ses boucles s'étaient couvertes de transpiration, finalement j'ai été obligée de tailler dans le déguisement bien-aimé qui s'est amoncelé à nos pieds, lambeau par lambeau, tel un lapin dépecé. Malheureusement, impossible de tailler dans l'air moite qui m'enveloppe, j'étends le linge la nuit et le décroche bouillant au matin, les slips d'Oudi me brûlent les mains, ses chemises, ses pantalons aussi, soudain je remarque que la majorité de la lessive lui appartient, après des semaines passées sans se changer ni me permettre de laver ses draps, il fait une crise d'hygiène aiguë et la machine se remplit chaque jour, comme s'il y avait un nouveau bébé à la maison, moi je suis ravie de faire toutes ces lessives, quoi de plus rassérénant que le ronron d'une machine à laver qui psalmodie la propreté et la purification en essorant les bonnes intentions.

Je me sens quelque peu rassurée par le bon fonctionnement du métabolisme sonore de notre foyer, corps régi par un organe à trois valves palpitantes, la nuit je m'assieds sur la terrasse au milieu du linge qui sèche, un drap lisse ou le pan d'une robe me caressent parfois les cheveux sous la brise et meublent ma solitude, car, en ces heures-là, Oudi dort déjà, tous les soirs il va se coucher tôt, juste après Noga, tous deux ramassent leurs problèmes et vont sans un mot se mettre au lit pour rejoindre les ventilateurs zélés, dont la transpiration électrique bruisse dans les chambres.

Nous prenons notre dîner en silence, une soupe de yaourt froide, une salade de crudités et des œufs durs que je refroidis dans le réfrigérateur, j'ai même renoncé à mes toasts adorés pour ne pas accroître la température ambiante. Comment peut-on avaler quelque chose par une telle chaleur, ronchonne Oudi, qui veille cependant à s'asseoir avec nous. Le front plissé, il nous observe avec une grande concentration, semble fort intéressé par la manière dont nous épluchons nos œufs durs ou par l'appétit avec lequel nous avalons notre soupe, on dirait qu'il se destine à une mystérieuse étude scientifique pour laquelle il rassemble un maximum de données, Noga lui lance des regards circonspects, lui demande parfois de l'aide pour ses devoirs, moi, bien sûr, j'essaie de capter ce qu'ils se disent, je m'attarde devant la porte de sa chambre, quelque chose de plus sera-t-il lâché entre les livres et les cahiers, quelque chose que j'attends depuis des années, mais non, leur conversation ne dépasse pas le strict nécessaire, tout entre nous est devenu sec et fonctionnel, comme si plus personne n'osait ressentir quoi que ce soit.

Bon, et alors, je me console, pourquoi ne pas s'en contenter, ça pourrait être pire, nous nous sommes suffisamment frottés les uns aux autres, mieux vaut garder ses distances, pourtant certaines nuits, quand je me retrouve assise toute seule sur la terrasse, il me faut bien admettre que plus rien ne nous unit excepté la peur d'un danger limité dans le temps, comme des gens coincés dans un abri en pleine guerre, qui savent que, dès que les hostilités seront terminées, chacun reprendra sa route et que, si un jour ils se recroisent, ils voudront tellement effacer le souvenir de ces jours sombres et humiliants qu'ils n'auront pas même un cillement. Les liens du sang semblent eux aussi s'évaporer par une telle chaleur, portés à ébullition, ils bouillonnent sous l'épiderme, parfois j'en arrive à regarder Noga avec perplexité, qu'avons-nous en commun elle et moi, elle ne me ressemble pas, on dirait qu'elle fait exprès de changer de plus en plus, sous mes yeux je vois son corps métamorphosé par une croissance incontrôlée, secrète, et une nuit elle m'appelle, affolée, j'ai mal là, sous le mamelon. Je me lève lourde de sommeil, palpe sa poitrine de mes doigts endormis, qu'est-ce que c'est, cette petite noix que je sens, cachée là, ronde et dure, une noix terrifiante, Nogui, ce n'est rien, je lui chuchote, dors, j'essaie de lui dissimuler mon inquiétude, mais moi je ne me rendors pas, ma gorge s'est remplie de noix douloureuses, j'ai du mal à avaler, chez nous une catastrophe chasse l'autre. Serait-ce cette chose dont je n'ose pas prononcer le nom, une tumeur peut-elle se développer dans un sein qui n'est pas encore un sein, je dois l'emmener chez le médecin, à l'aube je n'en peux plus et je vais réveiller Oudi, m'assieds toute tremblante au bord de son lit, des conneries, marmonne-t-il dans son sommeil, c'est sûrement le début de la puberté. Je palpe mes seins, même s'ils ont commencé par une noix, elle n'y est plus, d'ailleurs je ne me souviens pas avoir eu mal, et au matin je lui saute dessus dès qu'elle ouvre les yeux, la palpe fiévreusement, oui, il a peut-être raison, je respire de soulagement, il me semble que de l'autre côté aussi se cache une noix minuscule, le mamelon est gonflé, Nogui, ce n'est rien, je déclare avec entrain, tu n'as pas à t'inquiéter, ce ne sont que tes seins qui commencent à pousser. À ma grande surprise, elle éclate en sanglots comme si je venais de lui annoncer une nouvelle terrible, pire que n'importe quelle maladie incurable, elle donne des coups de pied inconsolables dans le lit, je ne veux pas avoir les seins qui poussent, personne n'en a dans ma classe, tu crois que j'ai besoin de ça en ce moment, ils vont encore plus se moquer de moi, et je la caresse, désolée, c'est vrai que ça vient un peu tôt, moi, à son âge, j'étais encore plate comme une planche à laver, maintenant elle aura quelque chose de plus à cacher sous ses tee-shirts, ma joie aura été de courte durée malgré le soulagement, j'appelle Oudi à la rescousse, dis-lui que c'est naturel, dis-lui que c'est beau d'avoir de la poitrine, je le presse, bien sûr que c'est beau, déclare-t-il avec froideur, et moi je sais que nous pensons tous les deux en ce moment à la même chose, au sein musclé et lisse terminé par son téton de charbon.

Cependant les jours passent et elle ne revient pas, je l'attends avec une nostalgie inexpliquée, un doux espoir, en face à face elle éveillait surtout ma colère, mais en pensée je l'aime presque, elle, la compassion incarnée, chaleureuse et intelligente, je la vois en train d'allaiter, les bruits de succion de son bébé se mêlent aux pépiements des oiseaux et aux miaulements des chats, comme partie intégrante des voix cosmiques. Lorsque je songe à elle, je me sens envahie par un agréable sentiment de sécurité, persuadée que si à nouveau nos vies déraillaient elle reviendrait nous sauver, mais, devant son absence qui s'éternise, je commence à m'inquiéter, peut-être l'avons-nous heurtée, peut-être lui est-il arrivé un accident, j'ignorais à quel point j'étais sous sa dépendance.

Tu as des nouvelles de Zohara, je demande un soir à Oudi, oui, elle a téléphoné il y a quelques jours et je lui ai dit que tout allait bien. Alors on ne la reverra plus, je continue sans masquer ma déception, non, je ne pense pas, elle doit s'occuper de son bébé, et ici nous n'avons plus besoin d'elle. C'est vrai, je soupire, on n'a plus du tout besoin d'elle, pourtant je me sens trahie, comme si on m'avait abandonnée, et je lui demande sur un ton offensé qui m'étonne moi-même, dis donc, cette petite, elle a un père dans les environs ? Je n'en ai pas la moindre idée, réplique-t-il en haussant les épaules avec indifférence, qu'est-ce que ça change ? Pour moi rien, c'est pour elle que ça change. À ta place, je n'en serais pas si sûr, relève-t-il, tu as toujours eu une conception de la famille totalement dépassée, moi, je sens ma vieille rancœur remonter mais je me domine, impossible de se bagarrer avec lui ces derniers temps, on dirait qu'il n'a ni la fougue, ni l'intérêt, ni peut-être l'amour nécessaires à alimenter une dispute. Il ne fait pas de bruit, veille à garder un profil bas, ne se plaint de rien, ne demande rien, nos gestes sont tous sous le signe de la prudence, totalement à l'opposé de ce que nous avions l'habitude de vivre avant, de nos réactions à fleur de peau qui se gargarisaient d'offenses et de frustration, et moi qui ai toujours été la plus facile à contenter j'essaie de faire bonne figure, bien que de temps en temps une crainte m'effleure, une crainte que je balaie aussitôt en me convainquant qu'il essaie tout simplement de changer, de se nettoyer de ses anciennes habitudes et de ses sentiments négatifs, oui, peut-être le processus passe-t-il, comme dans les greffes, par une phase où l'on ne ressent rien. Il suffit peut-être d'attendre que les sentiments positifs prennent racine pour que tout rentre dans l'ordre.

Le flou m'enveloppe moi aussi tous les matins à mon arrivée au centre d'hébergement, je trouve les filles affalées dans les canapés, jambes gonflées tendues en avant, regard indifférent, et seule Hani m'accueille un matin par un cri enthousiaste, ça y est, j'ai terminé le pull, elle me brandit sous le nez son petit nuage rose que je contemple d'un air émerveillé, c'est génial, je lui dis, vraiment parfait, elle se caresse le ventre, ma petite fille aussi est parfaite, ça lui ira bien, n'oublie pas qu'après l'accouchement c'est moi qui le lui enfile, elle sort de sa poche un ruban en velours rose, et je lui ferai aussi une queue de cheval avec ce ruban. Ilana, qui s'était tue jusqu'à présent, éclate de rire, quelle débile celle-là, elle sait même pas que les bébés naissent presque sans cheveux, le chignon tu peux te le foutre où je pense, quant à toi, Naama, tu ferais mieux de lui acheter une poupée, dit-elle en se tournant vers moi, c'est ça qu'il lui faut, une poupée à coiffer et à habiller, pas un vrai bébé. Ilana, s'il te plaît, ne la vexe pas, chacun choisit sa manière de laisser une trace, je la sermonne, c'est vrai, renchérit Hani qui vient se coller à moi, comme ça je pourrai la reconnaître, à cause du pull, chaque bébé que je verrai dans la rue, je lui chercherai le pull. Elle en aura des milliers, de pulls, graille Ilana d'un ton ostensiblement moqueur, ta fille aura plein de fric, ce sera son pull le plus minable, et Hani pleure presque, c'est minable, ça ? Tu trouves ça minable ? Elle agite son cadeau rose au-dessus de sa tête comme les poulets que l'on égorge la veille de Kippour, si seulement j'avais eu un pull comme ça, moi, quand j'étais bébé, mais on m'a jamais acheté de vêtements, je récupérais que les loques de mes sœurs, cet argument n'impressionne pas Ilana qui renchérit, t'es toi-même qu'un bébé, faut que t'amènes ta fille chez ta mère, qu'elle l'élève comme si c'était ta sœur. Arrête de dire des conneries, sursaute Hani, ma mère supporte personne, elle a pas de patience, elle sait que crier et taper. Non, moi, je veux que ma fille soit élevée par quelqu'un de bien.

Comment tu sais que sa mère adoptive sera quelqu'un de bien, la défie Ilana, impitoyable, tu crois que si elle a de l'argent, elle a aussi du cœur ? Là, j'interviens, ne t'inquiète pas, Hani, les parents sont choisis avec le plus grand soin, ce sont des gens qui n'attendent que ça, un bébé, ils ont des tonnes de patience et d'amour à donner, mais Ilana grimace en signe d'incrédulité, ils font semblant, en vrai, vous savez pas comment qu'ils sont. Alors pourquoi, toi, tu abandonnes ton bébé, si t'as pas confiance, demande Hani, parce que moi, lance l'autre sur un ton triomphal, je m'en fous de cette petite, voilà pourquoi, elle s'est fourrée dans mon ventre sans me demander mon avis, elle m'a déformée, maintenant, à cause d'elle, je peux plus devenir mannequin. Je refoule un rire, elle a trouvé qui incriminer, mais Hani ne la loupe pas, toi, mannequin, avec ta dégaine et ta gueule de travers ? Elle s'étrangle presque tant elle trouve ça drôle, se tape sur les cuisses, tandis qu'Ilana crie, ferme-la, espèce d'épouvantail, tu vas le regretter, de t'être foutue de moi.

Je les presse de monter à l'étage pour le cours de préparation à l'accouchement et me mets en quête de la nouvelle arrivée, une fille couverte d'ecchymoses amenée hier par ses parents, ils n'arrêtaient pas de hurler qu'ils ne voulaient plus entendre parler d'elle ni du bâtard arabe qu'elle avait dans le ventre. Je la trouve endormie dans son lit, l'examine avec tristesse, les premiers jours ici sont toujours les plus pénibles parce qu'ils marquent la coupure avec le milieu familier, la fin de la terrible négation, elle a raison, mieux vaut dormir, je monte dans mon bureau remplir quelques formulaires, lentement je sens tomber sur moi les flocons d'une sérénité toute neuve, oui, la tourmente semble s'être apaisée, je peux enfin me détendre, j'arrive à me concentrer, à garder mes distances, quelle chance que Yaël ait disparu, elle me touchait de trop près, qui sait ce qu'elle est devenue, peut-être s'est-elle remise avec son homme et ont-ils décidé d'élever ensemble leur bébé, j'en ai les larmes aux yeux rien que d'y penser, je sens même la morsure d'une jalousie déplacée, comme ils vont être heureux, comme nous étions heureux, dans notre grand lit avec Noga gazouillant entre nous, nous nous penchions sur son corps blanc, lui grignotions les pieds, ils étaient aussi tendres et parfumés que deux petites brioches identiques, et elle nous les envoyait au visage avec un rire réjouissant. Quand j'arrive à la maison je contemple avec ressentiment ses pieds fourrés dans d'épaisses chaussettes et des chaussures de sport, mais elle ne me laisse pas ouvrir la bouche, où est papa ? Je n'en ai pas la moindre idée, il est sûrement sorti faire un tour, je hausse les épaules, ces derniers temps il se promène un peu pour réapprendre la marche à ses jambes, nous revient songeur mais en pleine forme, ne se plaint d'aucune douleur, et je me dis que je dois vraiment téléphoner à Zohara, elle l'a sauvé. Quand il rentre, je lui propose de le faire, pour la remercier, ce n'est pas sympa de ne l'appeler que quand on a besoin d'elle, mais il plisse le front, la remercier de quoi ? Comment ça de quoi, je ne peux réprimer mon étonnement, regarde, elle t'a guéri, tu arrives à marcher sans problème, tu as déjà oublié les semaines où tu étais cloué au lit ? Ce n'est pas elle qui m'a guéri, réplique-t-il avec froideur, tu crois vraiment que c'est ça qui m'a aidé, ses sermons pontifiants et les bénédictions du Dalaï-Lama ?

Écœurée par tant d'ingratitude je m'approche du téléphone à pas provocateurs, où est son numéro, il était là sur le réfrigérateur, je crois que je m'en souviens par cœur, je presse les boutons d'un doigt hésitant, Zohara, c'est Naama. Comment allez-vous, me répond-elle d'une voix impatiente, figée, maintenant je suis sûre qu'elle est vexée que je ne l'aie pas appelée plus tôt. Nous allons très bien, je lui annonce tout émue, je voulais vous remercier, Oudi est vraiment redevenu lui-même, zut, ces paroles m'ont échappé et je m'attends qu'elle me reprenne pour m'expliquer qu'il ne doit pas redevenir lui-même mais changer, pourtant, non, elle se tait, à l'évidence, elle n'a aucune envie d'alimenter notre conversation, moi j'insiste, incapable de renoncer à elle si vite, et comment va votre bébé ? Très bien, répond-elle et j'en profite pour lui proposer avec embarras, pourquoi ne passeriez-vous pas chez nous avec elle un de ces jours, vous nous avez promis de venir dîner, mais elle me coupe presque, n'attend même pas la fin de ma phrase, d'accord, on passera à l'occasion. Déçue, je me sépare du combiné, incapable de m'expliquer sa froideur.

Je t'avais dit de ne pas lui téléphoner, me susurre Oudi sur un ton qui m'agace instantanément, si tu crois que tu es ma référence en matière de relations humaines, je réplique, j'ai ressenti le besoin de la remercier, si ça la met mal à l'aise c'est son problème, pas le mien, j'ouvre le réfrigérateur d'un geste furieux, à nouveau il n'y a plus de légumes, il traîne toute la journée à la maison mais n'a pas l'idée de remplir le frigo, il n'y a que moi qui dois m'occuper de tout en sortant du boulot, pourquoi n'as-tu pas fait les courses puisque tu t'es baladé pendant des heures, je lui lance dans un reproche, on n'a rien pour le dîner, de toute façon, je n'ai pas faim, me répond-il, alors là trop c'est trop, j'explose, super que tu n'aies pas faim, et nous ? Tu ne peux pas ne penser qu'à toi, tu fais partie d'une famille que tu le veuilles ou non, ce qui veut dire, me lance-t-il d'un air candide, que je dois avoir faim en même temps que vous ?

Que tu dois penser aux besoins collectifs, je crie, au repas du soir par exemple, ce n'est pas si compliqué que ça. Oh, toi, maugrée-t-il, toi avec tes conceptions de petite-bourgeoise, et moi je suis déjà quasiment en train de hurler, tu n'as qu'à bâtir une famille sur d'autres conceptions, figure-toi que les enfants doivent manger le soir, que les gens qui travaillent toute la journée ont faim en rentrant, alors il se met lui aussi à crier, mais mangez-le votre repas de merde, qui vous en empêche ? Sur ce, il sort en claquant la porte, je m'assieds abasourdie dans la cuisine, qu'ai-je dit de si grave, quoi, c'est trop demander ? J'espère que Noga ne nous a pas entendus, elle est enfermée dans sa chambre avec la télé à fond, moi, maintenant, je n'ai plus envie de manger, d'ailleurs on peut se passer de dîner, on peut se passer de crudités, de pain, on peut aussi se passer de lui, je m'adosse au réfrigérateur qui me ronronne dans le dos, combien de temps reste-t-il avant qu'elle ne surgisse dans la cuisine pour demander à quelle heure on mange, pas beaucoup, mais j'ai besoin de ces quelques minutes d'inaction, assise à écouter calmement ce bruit de moteur régulier, et, quand il rentre quelques minutes plus tard avec les sacs, j'en suis aussi émue que si j'avais reçu un cadeau hors de prix et je suis prête à faire la paix immédiatement, finalement il n'est pas si mal, il était apparemment énervé par autre chose, peut-être ma conversation avec Zohara, il ne voulait pas que je l'appelle, inutile de lui demander pourquoi, le principal c'est qu'il soit en train de couper les crudités en guise d'excuse. Heureusement qu'il est revenu, heureusement que je ne dois pas m'attabler seule en face d'une Noga attristée, ce qu'elle est tout de même, alors que lui continue de dégager une sourde tension, ses mâchoires montent et descendent en émettant un désagréable grincement, ils me stressent tant tous les deux que j'attends avec impatience le moment où ils seront au lit et où j'irai m'asseoir sur la terrasse, entre les odorants buissons de lessive, à recevoir les caresses lascives d'une manche, car il fourre aussi ses vêtements d'hiver dans la machine, ses pantalons en velours côtelé, ses chemises à manches longues et même ses pulls.

Je me détends enfin entre les vapeurs humides, quel plaisir, ce silence nocturne que rien ne vient déranger, dénué d'expectative donc de déceptions, mais soudain je vois s'approcher de moi un tee-shirt et un pantalon à qui il a soudain poussé des bras et des jambes, ce sont ses bras et ses jambes, il s'est mis dans ses vêtements, je me suis tellement habituée à ne côtoyer en soirée que du linge vide que je le regarde comme une apparition, mais le téléphone sonne avant que j'aie le temps de lui demander pourquoi il ne dort pas, des pleurs juvéniles s'échappent du combiné, Naama, sanglote-t-elle, Naama. Hani, que se passe-t-il ? Ça y est, j'ai accouché, gémit-elle, on m'a emmenée à l'hôpital après ton départ, moi je m'écrie aussitôt, félicitations, comment ça s'est passé ? Mais elle ne me répond pas, comme si cela n'avait aucune importance et lâche entre deux hoquets, y a plus de pull, Ilana me l'a défait. Tu es sûre ? je lui demande, horrifiée, comment le sais-tu ? Je voulais le sortir du sac pour le mettre à ma petite chérie, mais il restait plus rien, que des bouts de laine coupée, je vais la tuer, cette salope, et je lui dis, Hani, calme-toi, demain je t'apporte un pull exactement pareil, je vais faire tous les magasins jusqu'à ce que j'en trouve un qui lui ressemble, rien ne peut ressembler à ce que j'ai tricoté moi-même, hurle-t-elle, je ne donne pas ma fille sans son pull, je ne la donne pas, jamais je n'aurai quelque chose à moi, alors je la garde, je ne l'abandonne pas, calme-toi, Hani, je la supplie, j'arrive, on va en parler, on trouvera une solution, le principal c'est que tu ailles bien et que ton accouchement se soit bien passé. Je lance un regard embarrassé à Oudi qui est debout devant moi, décide de lui résumer le drame en quelques mots, une des filles a défait un pull qu'une autre avait tricoté, cette sacrée Ilana, je savais bien qu'il fallait la surveiller, je me lève d'un bond, je vais à la maternité, je lui annonce, mais il reste planté là à me barrer le passage, une agréable odeur émane de lui, ne t'en va pas, me dit-il, je dois te parler.

Un bonheur étonné s'approche de moi à petits bonds hésitants, s'il doit me parler c'est qu'il a encore quelque chose à me dire, je me suis sentie tellement inutile tous les soirs devant sa porte close, nous allons peut-être enfin pouvoir nous rasseoir sur la terrasse, prendre une bière glacée et fumer des cigarettes, il me caressera les cuisses, glissera subrepticement ses doigts frais sous ma robe, j'embrasserai son beau front, les palmiers de ses yeux, comme tu m'as manqué, Oudi, je lui chuchoterai dans la bouche et mes mots sucreront sa langue avant de me revenir mouillés, toi aussi tu m'as manquée, toi aussi, pourtant je dis, excuse-moi il faut que j'y aille, je rentrerai vite, dans moins d'une heure. Il ne bouge pas, je ne vais pas tarder à partir, dit-il, alors on parlera quand tu rentreras, je t'attendrai, je réponds, mais il murmure, je ne rentrerai pas.

Pourquoi, tu dois aller faire une guerre d'où on ne revient pas ? je lui demande en jouant les naïves et en arrondissant les yeux comme une gamine qui voit son père enrôlé au beau milieu de la nuit, Naama, continue-t-il, c'est fini, moi, je reste à le contempler sans comprendre, quoi, qu'est-ce qui est fini ? Tout, la maison, toi, je ne peux plus continuer comme ça. Je dois commencer à trembler car il m'attrape par les épaules et me serre fort, calme-toi, Naama, ça sera mieux pour toi aussi, tu verras que ce sera mieux, on se fait trop de mal, et je bafouille, mais pourquoi, c'est à cause des tomates ? Du dîner ? Alors tant pis, on n'a qu'à laisser tomber les dîners. Ce n'est pas à cause des tomates, il va chercher une chaise en plastique et s'assied en face de moi, j'ai un instant l'impression qu'il tremble lui aussi, mais non, il est en pleine possession de ses moyens, pâle mais déterminé, jamais je ne lui ai vu cette expression, je le connais depuis plus de vingt ans mais je ne lui ai jamais vu ce visage-là, à la fois délicat et mauvais, celui d'un criminel particulièrement dangereux, ses mâchoires grincent quand il parle, qu'est-ce qu'il dit, j'entends à peine, il me sert un discours préparé à l'avance, il a dû y travailler longtemps, le répéter devant le miroir de sa chambre fermée, mais moi je m'enfonce dans le nuage du pull réduit à néant par une méchanceté innommable, des brins de laine s'enroulent autour de mon cou, comment cette peau de vache a-t-elle osé lui faire ça, des semaines de travail, Hani avait tricoté toute sa détresse avec la laine rose, maintenant c'est foutu, irréversiblement, oui, irréversiblement foutu, Naama, tu m'entends, crie-t-il, écoute-moi, et j'essaie de lever les yeux vers lui mais ma tête retombe comme si j'avais le cou brisé et je ne vois plus que mes genoux, deux grosses noix rondes, qui se collent l'un à l'autre. Pourquoi veut-il que je l'entende, il n'a qu'à aller faire son discours à quelqu'un d'autre, oui, qu'il aille dans les rues désertes invectiver les arbres et les pierres, Naama, écoute-moi, insiste-t-il, quelque chose doit changer, il me soulève délicatement le menton, ma tête est pleine de clous d'acier, comment ses mains si fines arrivent-elles à la soulever, je sais que cette maladie est un signe d'une grande importance, continue-t-il, un avertissement qui m'a été envoyé, j'ai mis du temps à en comprendre toute la profondeur mais maintenant je suis sûr que je dois changer quelque chose dans ma vie.

Mais comment sais-tu quoi changer, je chuchote, ou plutôt j'ai l'impression de chuchoter car il dit, ne crie pas, puis lâche mon menton qui retombe immédiatement, me laissant nez à nez avec mes genoux blancs, pourquoi justement choisir ce changement-là, je marmonne, peut-être dois-tu faire exactement le contraire, écoute, reprend-il, j'y réfléchis depuis des mois, je n'ai pas le choix, je le sais, notre cadre de vie est malsain, il n'y a que des tensions entre nous, que des sentiments négatifs, je ne peux plus vivre dans cette ambiance, je ne peux plus supporter de te décevoir systématiquement, de décevoir Noga, je ne peux pas continuer comme ça, je ne suis pas capable de tenir encore quarante ans étouffé par ta colère. Je relève la tête brusquement, comme si un ressort s'était soudain tendu dans mon cou et je crie, alors pour ne pas supporter de nous décevoir, tu pars, c'est ce que tu as trouvé au lieu d'essayer de réparer ce qui doit l'être ? C'est comme ça que tu assumes ?

Il y a des choses qu'on ne peut pas réparer, il faut l'accepter, il ne s'agit pas d'un pull défait que l'on peut retricoter, il y a entre nous un dysfonctionnement fondamental que nous n'avons pas réussi à surmonter, je ne t'accuse pas, nous avons tous les deux notre part de responsabilité, mais, toi, tu peux continuer comme ça et pas moi, soudain il ouvre la bouche et bâille, dévoilant des dents aussi pointues qu'une barrière de barbelés, je regarde les mouvements de ses lèvres qui sont en train de broyer ma vie, et c'est justement à cause de ce bâillement que je commence à pleurer, comment peut-il bâiller en un tel moment, par cette attitude vexante il m'indique la place que j'occupe pour lui, moi qui ai été le centre de sa vie pendant vingt-cinq ans, un quart de siècle. Tu ne m'aimes plus, je sanglote, je n'aime plus notre vie, répond-il, je n'aime plus ma vie, je dois changer quelque chose, mais moi je continue, qu'en est-il de ton amour pour moi ? Je ne le sens plus, chuchote-t-il, depuis que je suis tombé malade je ne le sens plus, et moi, ces mots m'achèvent, que ferai-je sans son amour, comment pourrai-je continuer à vivre, je ne veux pas y renoncer, je suis prête à tout pour le raviver. Mais pourquoi faire le choix de t'en aller, et si nous partions toi, Noga et moi, on laisse tout et on recommence ailleurs, voilà le changement qu'il te faut, Oudigui, on va vendre l'appartement et se tirer, tu ne devras plus guider des touristes, tu pourras terminer ton doctorat en paix, déjà je me laisse emporter par ce bonheur illusoire qui me redonne confiance, il ne refusera pas, je réussirai à le convaincre. Oudi, tu ne comprends pas, je déclare avec fermeté car j'ai presque retrouvé mon sang-froid, c'est comme avec les prophéties, tu entends des voix, mais comment savoir laquelle croire, quel chemin prendre, ce n'est qu'*a posteriori* qu'on peut distinguer le vrai prophète du faux, je ne nie pas que nous ayons des problèmes, mais comment peux-tu envisager que la solution est de tout abandonner et de t'en aller ? Fuir, c'est le pire, c'est minable, et, en tout cas, ce n'est pas comme ça qu'on règle quoi que ce soit. En plus, comment peux-tu croire que tu es libre de partir, est-ce que je suis libre, moi, jamais je n'ai envisagé une telle possibilité, j'ai toujours su clairement qu'on ne pouvait reconstruire que de l'intérieur, toi aussi, tu vas voir que c'est la seule chose à faire et c'est ça qui te guérira. Jamais tu n'as regardé en face ce qui s'est passé avec Noga, je continue pleine de fougue, de plus en plus persuadée de la justesse de mes propos, tu as préféré te vautrer dans la culpabilité et le reproche au lieu d'essayer de rebâtir ta relation avec elle, avec moi aussi, parce que c'est ce que tu dois faire maintenant, Oudi, crois-moi, je te connais mieux que quiconque, ne te laisse pas duper par une illusion destructrice qui ne mènera qu'à la catastrophe, Noga ne le supportera pas, je n'ose même pas imaginer sa réaction, et je m'agrippe à sa main, peu m'importe de le supplier, de m'humilier, Oudi, c'est tellement évident que tu te trompes, essaie d'écouter ce que je te propose, le changement ne peut venir que de la famille, donne-nous une chance encore quelques mois, partir c'est toujours possible, mais il se dégage de l'emprise de mes doigts et je sens qu'il perd son calme, tu vois pourquoi je ne peux plus vivre avec toi, explose-t-il, j'en ai marre de ton autoritarisme, tu es la seule à savoir ce qu'il faut faire, tu crois toujours avoir raison, les autres ont toujours tort, ils se trompent toujours, alors, il se peut que je me trompe, crie-t-il, mais, au moins, ce sera mon erreur et je la paierai.

Toi ! je crie en retour, si seulement c'était toi qui la payais, mais ce sera moi aussi, et Noga, tu n'as pas encore pigé ce qu'était une famille ? On paie tous, on est tous dans la même galère, tu crois vraiment que tu peux te dégager des liens familiaux ? Arrête d'essayer de m'éduquer, susurre-t-il, et arrête de te servir de Noga pour me punir, tu ne me retiendras pas en me passant au cou la corde de la culpabilité, je refuse de sacrifier ma vie sur l'autel de cette déesse affamée que tu appelles famille, rester là à souffrir ne fera de bien à personne, et certainement pas à toi ou à Noga, je suis en danger, je dois sauver ma peau, pourquoi crois-tu que j'ai attrapé cette maladie ? Rien n'arrive par hasard, c'est à force de t'en vouloir que je suis tombé malade, c'est parce que je n'ai pas osé m'en prendre à toi que je m'en suis pris à moi-même, je me suis puni, moi, car comment en vouloir à une femme aussi parfaite que toi ? Alors là, je n'en crois pas mes oreilles, quoi, tu m'en veux, à moi ? Tu as encore le culot de m'en vouloir ? Mais j'ai donné ma vie pour toi et pour Noga, ça fait des années que je passe mon temps à pallier tes défaillances, si la colère rend malade, eh bien, moi, je devrais être morte depuis belle lurette. Jamais je ne t'ai demandé de pallier quoi que ce soit, glapit-il, ni de sacrifier pour moi quoi que ce soit, et tu ne m'obligeras pas à sacrifier le restant de mes jours pour toi, à pourrir ici derrière ces barreaux de culpabilité, je dois m'évader, couper les ponts, sinon je vais crever, et je hurle la gorge sèche, couper les ponts ? Comment peux-tu couper les ponts avec ton enfant ? Ça fait des années qu'à cause de toi je n'ai plus de langage commun avec ma fille, tu es toujours là à me surveiller, à vérifier le moindre de mes gestes, tu n'as pas idée du mal que tu as fait à notre relation, et je m'écrie, moi, j'ai fait du mal ? J'ai juste essayé de sauver les meubles !

Je ne doute pas de tes bonnes intentions, soupire-t-il, mais elles n'ont eu qu'un effet dévastateur et je ne sais pas comment réparer la casse, Noga est grande, elle n'a plus besoin de moi quotidiennement, il me faut du temps pour réfléchir à la manière de m'y prendre avec elle. Je braque sur lui un regard tendu, je suis soudain à court d'arguments mais j'ai peur de me taire, j'ai peur qu'il en profite pour se lever et partir, tant qu'il est là j'ai encore un espoir, oui, je dois l'épuiser à force de paroles pour qu'il reste dormir ici, alors je m'allongerai à ses côtés, le serrerai fort, peut-être arriverai-je à coucher avec lui pendant son sommeil, comme le jour où nous sommes revenus de l'hôpital, au matin il comprendra que sa place est avec nous et nulle part ailleurs. Ses pupilles s'agitent comme des lions en cage dans la fente blanche de ses yeux, ses lèvres blêmes se serrent, s'agrippent l'une à l'autre, je remarque avec satisfaction que j'ai réussi à le déstabiliser, soudain il se lève, commence à décrocher la lessive avec précipitation, cet acte familier me réconforte, laisse, je lui dis, on fera ça demain, les vêtements ne sont pas encore secs, mais alors je me rends compte qu'il ne décroche que ses habits, ses pulls et ses chemises, il se prépare pour l'hiver, il ne reviendra pas, un sang épais et aussi violent que de la lave envahit mon visage, mes yeux, mes joues, mes lèvres, mon nez, tout tremblote au milieu de lacs incandescents, j'arrache ses vêtements encore humides et les lui lance à la figure, maintenant je comprends, je me mets à hurler au risque de réveiller tout le quartier, ce dont je me fiche complètement, tu as attendu que je termine ta lessive pour partir, salaud, lâche, minable, je t'ai lavé tout ce qu'il y avait dans l'armoire et maintenant que j'ai fini tu t'en vas, il siffle tout bas sans même entrouvrir les lèvres, ferme-la, qu'est-ce que tu peux être mesquine, c'est ce qui te préoccupe maintenant, que j'aie usé la machine à laver ? Ce qui me préoccupe, je hurle, c'est que tu m'aies usée moi, c'est toutes les années que j'ai gâchées pour toi, on est ensemble depuis l'âge de douze ans, c'est seulement maintenant que tu te souviens qu'il est temps de partir alors que j'ai presque quarante ans ? Quand j'étais jeune et belle, tu n'as pas osé, tu as le courage bien tardif, espèce de sale égoïste, de profiteur, je crie tout en continuant à arracher la lessive des cordes, je piétine ce qui tombe par terre, comment peux-tu me faire ça, de quel droit, tout à coup monsieur veut se payer une nouvelle vie ? Tu te crois peut-être dans un club de vacances à la carte, tu sais le nombre de choses que j'ai voulu faire et que je n'ai pas faites ? Tu sais à quoi j'ai renoncé pour construire notre famille ?

Eh bien, maintenant je te donne l'occasion de te rattraper, me chuchote-t-il avec aigreur, et je hurle, maintenant ? Je te remercie, vraiment ! Pour moi c'est foutu, je n'ai pas la force de recommencer une nouvelle vie, et je te garantis que tu ne recommenceras pas sans moi, tout, on a tout fait ensemble, tu ne peux pas recommencer sans moi, mes doigts escaladent déjà ses épaules, s'approchent de son cou, je pourrais l'étrangler, je suis hors de moi et capable de tout, mais il écarte mes mains, calme-toi, dit-il froidement, et moi je sais que cette scène le dégoûte mais peu m'importe, j'aurais dû rester assise les jambes croisées à écouter poliment son discours préparé à l'avance, me séparer de lui dans le calme et la dignité, peut-être d'ailleurs que ça lui aurait donné envie de revenir, mais non, je me déchaîne comme un animal fulminant, je frappe, j'insulte, je fais exactement ce que font nos pensionnaires quand on leur prend leur bébé, il est à moi il est à moi, hurlent-elles, moi aussi je hurle, tu es mon mari, tu ne peux pas me laisser, soudain, au milieu de mes éclats de voix émerge une image muette, jaunie par le temps, deux enfants aux cheveux courts qui se tiennent par la main dans une petite pièce, je me souviens comment j'écrivais mon nom sur ses lobes d'oreilles, chaque fois que les lettres s'effaçaient je repassais dessus au stylo bleu, tu n'as pas besoin de ça, Noam, riait-il en se laissant poinçonner au stylo, je t'appartiens pour toujours.

Ses doigts me font si mal que je lâche son cou, je laisse retomber mes bras et, comme un bon petit toutou, je me retrouve à suivre les piles de lessive jusqu'à la chambre à coucher, il sort son sac à dos de l'armoire, commence à plier ses vêtements n'importe comment, ça a toujours été comme ça, à la fin je craquais et l'aidais, maintenant aussi je m'approche du lit et commence à plier une chemise et encore une chemise, et encore une chemise, il me regarde, embarrassé, c'était certainement plus facile pour lui quand je criais et l'insultais. Où vas-tu, je lui demande, je ne sais pas encore, d'abord un peu dans le Sud, et ensuite on verra, je dois réfléchir calmement, me retrouver, et j'essaie de me réconforter, ce n'est pas si sérieux que ça, il s'en va juste faire une petite virée solitaire, en reviendra dans un ou deux jours et tout rentrera dans l'ordre, inutile même d'en parler à la petite, mais c'est alors qu'il dit, j'ai laissé une lettre à Noga, j'ai essayé de lui expliquer certaines choses.

Une lettre ? À nouveau je me sens bouillir, mais pourquoi une lettre, pourquoi, tu lui laisses une bombe à retardement et c'est moi qui vais devoir en accuser le choc, ah non, tu dois lui parler et assumer sa réaction, qu'est-ce que ça veut dire, laisser une lettre et s'enfuir ? Je n'en suis pas capable, déclare-t-il, je le fais à ma façon, et je crie, monsieur n'est pas capable, quelle indulgence avec toi-même dis donc, eh bien, rétorque-t-il, le jour où tu partiras, tu le feras dans les règles de l'art, moi, je suis un raté qui ne sait même pas s'en aller correctement. C'est exactement la différence entre nous, j'aboie, moi, je ne serais pas partie, je ne peux pas décider subitement de m'en aller comme si je n'avais aucune obligation, tu ne lui as même pas laissé d'adresse, et comment pourra-t-on te joindre s'il arrive quelque chose ? Ne t'inquiète pas, je te téléphonerai dans quelques jours pour te dire où je suis.

Je vois la gueule du sac à dos engloutir progressivement ses vêtements, voilà le pantalon en velours côtelé que je lui ai acheté l'hiver dernier dans le magasin d'en face, et la belle chemise en jean que nous lui avons offerte, Noga et moi, pour son anniversaire, et le pull à rayures, le pull qu'il portait ce fameux matin où le nuage a éclaté sur sa tête, comment peut-il s'en aller alors que tous ses vêtements sont marqués avec autant de précision, la fureur me submerge à nouveau et je lui lance avec emphase, jamais je ne te le pardonnerai, mais aussitôt mon ridicule me saute aux yeux, il se fiche de ce que je peux ressentir, voilà le problème, je n'ai plus aucun pouvoir sur lui, d'ailleurs s'il ne s'en fichait pas il ne s'en irait pas, et, effectivement, mes mots ne l'impressionnent absolument pas, il continue à nourrir son sac à dos affamé, abandonne ici sa nouvelle Bible, couverte de poussière parce qu'il ne l'a jamais ouverte, nous pourrirons ensemble elle et moi, et j'essaie de réfléchir très vite, que dire d'autre, je dois trouver les arguments qui le feront douter, le retiendront ici encore cette nuit mais je comprends subitement, mes phrases ont perdu leur pouvoir, j'ai perdu mon pouvoir, rien de ce que je dirai ne modifiera sa décision, cruelle et impitoyable, une décision que je n'ai jamais envisagée et jamais crainte. Après tant d'années où un seul de mes mots suffisait à le mettre en rage, à lui faire peur, à le combler, cette nuit je peux menacer, accuser, supplier, rien n'y fera, et ce constat m'assène un coup de fatigue mortelle, je me sens comme un malade incurable qui n'a même plus la force de se lamenter sur son sort, je pousse les vêtements superflus, ceux qui n'ont pas eu la chance d'entrer dans son sac à dos, me recroqueville à côté d'eux, ferme mes yeux gonflés de larmes et il me semble que je m'endors, mais en même temps je guette ses pas, ce bruit si familier que bientôt on n'entendra plus ici, ou qui deviendra aussi rare que les traces d'espèces éteintes, quelqu'un se souvient-il encore du bruit de pas des dinosaures sur les glaciers déserts, quoi, bientôt on n'entendra ici que mes talons et ceux de Noga, non, ça dépasse tellement mon entendement que j'ai envie de lui en faire part, je relève la tête et murmure, Oudi, mais il me répond par un tour de clé, je me redresse, haletante, il ne peut pas s'en aller comme ça, sans un baiser, sans une étreinte, quand il partait pour une semaine nous nous séparions avec un baiser, alors *a fortiori* maintenant qu'il part pour toujours, je me rue sur la porte d'entrée, essaie de l'ouvrir mais elle est verrouillée, ma clé doit traîner au fond de mon sac, je ne peux pas lui courir après dans les escaliers, le tirer de force à la maison comme je le faisais parfois quand nous nous disputions, alors je me précipite sur la terrasse, attends, j'essaie de crier mais ce n'est qu'un chuchotement rauque qui sort de ma gorge, attends, je ne t'ai pas encore dit l'essentiel.

Il a déjà atteint le haut de la rue, grand et déterminé avec son énorme sac sur le dos, touriste infatigable, dans un instant je ne le verrai plus, même s'il arrivait quelque chose de terrible je ne pourrai pas le joindre, non, il faut que je l'arrête, mais ma voix graillonne alors que j'essaie de hurler en direction du barda qui s'éloigne avec tous ses vêtements, je prends soudain conscience de l'ampleur du désastre, comment Noga va-t-elle s'habiller, elle qui ne veut mettre que les tee-shirts de son père, et je crie, laisse quelques tee-shirts pour Noga, comment n'y ai-je pas pensé plus tôt, trop tard car la rue est vide de sa présence, de ses pas résolus, seuls les arbres se dressent devant moi, l'ombre des cyprès, du mélia, des peupliers, tous respirent d'aise pendant la nuit, jouissent de ces instants comptés où ils sont débarrassés du joug d'un soleil qui, dans quelques heures, recommencera à les tyranniser, ils profitent de ce laps de temps pour comploter derrière son dos, je contemple la chaussée déserte, elle se creuse dans mon cœur, soudain une terrible douleur me transperce, où se hâte-t-il à une heure pareille, comment pourra-t-il descendre dans le Sud, voilà que j'ignore les choses les plus simples, que je ne sais plus rien de lui, moi qui étais habituée à tout savoir, quel bouleversement, violent, inattendu, j'ai l'impression qu'on m'a vidée de mon sang, je m'appuie à la balustrade, des sanglots secs me déchirent la gorge, des jappements de chien écrasé, Oudi, ne t'en va pas, je lance dans la rue déserte, reviens, je ne peux pas vivre sans toi, mon Oudi, Oudigui, reviens.

C'est précisément là que je m'étais assise pour attendre le lever du soleil, là que j'ai vu Zohara arriver en courant dans sa robe blanche, elle se hâtait de nous venir en aide, pourquoi me suis-je tant acharnée à le soigner, j'aurais mieux fait de le laisser prisonnier de sa maladie, et quand je pense au lever inéluctable du soleil je sursaute, que vais-je dire à Noga quand elle se réveillera, comment l'affronter, je dois trouver la lettre qu'il lui a laissée, ne pas la lui montrer avant d'être capable de gérer la situation, j'avance chancelante et courbée comme l'homme de Cro-Magnon jusqu'à sa chambre, je me suis tellement penchée sur la balustrade que j'ai du mal à me redresser, je m'introduis dans son domaine sur la pointe des pieds, je marche sur des vêtements entassés, sur des cahiers éparpillés, où est cette maudite lettre. Je l'entends soupirer, elle se retourne dans son sommeil, m'offre son visage, qu'il est beau, serein, ses superbes yeux sont fermés, ses lèvres ouvertes dans un sourire rêveur. Le visage de l'ignorance. Oui, elle ignore encore que demain matin son monde va s'écrouler, et, lorsque je prends conscience que je détiens l'ignoble vérité sur sa vie alors qu'elle n'en sait rien, j'en suis bouleversée, je me penche sur son lit comme le bon Dieu sur ses créatures, non seulement je détiens la connaissance, mais, en plus, je suis coupable, j'aurais pu éviter le drame, les doigts tremblants je m'approche de son bureau, il y a tellement de papiers dessus, où est cette maudite lettre, je dois la cacher, je veux qu'elle se lève et aille à l'école comme d'habitude, j'arriverai à tenir au moins une semaine sans qu'elle se rende compte de quoi que ce soit, peut-être qu'entre-temps il changera d'avis, mais on ne voit rien dans cette obscurité, je retourne dans la cuisine chercher une torche ou une bougie mais aujourd'hui je suis vouée à ne rien trouver et, comme je ne mets la main que sur une boîte d'allumettes, j'en suis réduite à les gratter une par une, elles lèchent mes doigts et tombent noires, légères, sur le tapis, je vais bientôt enflammer toute la pièce, peu importe, le principal c'est que la lettre brûle, qu'elle disparaisse à tout jamais. Non, elle n'est pas sur le bureau, alors peut-être la guette-t-elle sur le tapis, cachée sous le tas de vêtements, a-t-il fait l'effort de la mettre dans une enveloppe ou bien a-t-il griffonné quelques mots sur un simple bout de papier, je tâtonne à quatre pattes quand soudain elle se dresse sur son séant, qu'est-ce qui se passe, maman, moi je bondis aussitôt sur mes pieds, rien, Nogui, dors. Qu'est-ce que tu fais là ? Rien, je suis juste venue te couvrir, elle se rallonge, je sens une odeur de brûlé, murmure-t-elle, j'ai rêvé que la maison brûlait, dors, dors, je marmonne en ramassant mes allumettes.

Rien à faire sinon attendre le lever du soleil, à la première lueur, je pénétrerai à nouveau dans sa chambre et trouverai facilement la lettre, cette pensée me rassure, comme si cela avait le pouvoir d'annuler la sentence, je regagne mon lit, me pelotonne entre les vêtements qu'il a dédaignés, je tremble comme une écorchée vive, me consume de froid, allumette carbonisée qui se désagrège sous les pieds, je cherche à l'aveuglette le long squelette d'Oudi couché à mes côtés, ses cheveux agités par le souffle du ventilateur, pendant des jours il a mariné entre ces draps, la tête posée sur cet oreiller, à tramer ses sombres desseins. Épuisée de haine, je me défoule sur le matelas, comment as-tu pu me faire ça, te haïr c'est haïr ma vie, haïr Noga, me haïr moi-même, nous sommes tous les trois totalement imbriqués l'un à l'autre, unis par des liens que l'on ne peut défaire, mais voilà que tu t'acharnes sur nous avec des ciseaux affûtés et que tu jettes à tous les vents des pans entiers de notre vie, comme des cadavres tellement démantelés après un accident que l'on n'arrive plus à identifier quel membre appartient à quel corps, voilà le carnage que tu as laissé derrière toi, sur ce lit où tu as été malade, avec rage j'attrape l'oreiller, y plante mes dents qui claquent de froid mais c'est l'odeur de ses joues et de ses cheveux qui m'assaille, l'odeur de la salive qui lui coulait de la bouche pendant son sommeil, et soudain apparaît l'image du petit Daniel de Guéoula, comment avons-nous pu le séparer de sa mère et le mettre à l'assistance publique, tous les matins, il nous suppliait de lui amener l'oreiller sur lequel elle avait dormi, et il se roulait dessus tel un chaton, le suçait comme si la mousse était imprégnée de lait. Soudain, je me sens tenaillée par la faim, par une faim insatiable, je me rue dans la cuisine, me plante devant le frigo pour tomber sur les légumes qu'il m'a laissés en souvenir, des tomates, du concombre et des poivrons, mais aucun d'eux n'est solidaire de notre tragédie, ils prennent tous position pour lui. Je cherche quelque chose de tendre, de gentil, qui m'enlacera de l'intérieur et finis par sortir le lait et les flocons d'avoine. Je commence à me préparer du porridge malgré ma fatigue, je tourne la cuiller dans la casserole qui chauffe, je me sens épuisée mais la haine ne me laissera pas dormir, elle me réveillera, tel un bébé insupportable, chaque fois que je m'endormirai, je sais maintenant que jamais plus je n'aurai de repos, jamais plus je ne pourrai fermer les yeux et que je me traînerai ainsi, jour après jour, pour le restant de ma vie.

Plantée au-dessus de la bouillie frémissante, j'essaie de compter combien de temps il me reste jusqu'à ce que je puisse dire adieu à cette vie devenue un boulet, une punition à subir, au moins dix ans, je me dis, dépitée, jusqu'à ce que Noga ait vingt ans, une fois de plus j'enrage contre elle parce que c'est sa faute si je dois continuer, nuit d'insomnie après nuit d'insomnie, si elle n'était pas là je pourrais me remplir l'estomac de cachets et en finir avec cette torture, comment peut-on vivre dépouillée d'amour, parce que c'est exactement ce qu'il a fait, il m'a arraché la peau de son amour, un amour que peut-être je ne sentais pas mais qui était enraciné dans ma conscience, ce n'est pas parce qu'on ne sent pas la rotation de la terre que la terre ne tourne pas.

L'odeur d'allumettes grillées frappe à nouveau mes narines, peut-être en ai-je laissé une dans la chambre de Noga, mais non, c'est la casserole qui brûle, je ne suis même plus capable de faire du porridge, je goûte le magma pâteux, c'est aussi noir et écœurant que si je mangeais des charbons ardents mais je m'en fiche, le principal c'est de me remplir la panse, je mange directement dans la casserole, inhale les effluves amers, ma bouche n'est plus que brûlure intense, ça fait tellement mal que je ne ressens plus aucune douleur et n'en ressentirai que si je m'arrête, mais je ne m'arrête pas, je racle le fond jusqu'à ce qu'il n'y ait plus rien et me traîne au lit dans l'espoir d'être suffisamment bourrée pour m'endormir d'un coup, je dois dormir, mes mains descendent avec hésitation vers mon entrejambe, peut-être que ça me calmera un peu et me permettra de dormir, mais un dégoût me submerge au moment où je touche mon enchevêtrement pubien, une sorte de barbichette frisée, un animal à fourrure délaissé et qui baisse les lèvres dans une moue vexée, il appartient à Oudi, il me rappelle Oudi, les doigts, la langue d'Oudi, qu'ai-je en commun avec lui, et je me précipite aux toilettes, me penche au-dessus de la cuvette et lâche un torrent de bouillie fumante, tel un dragon crachant le feu de sa haine à la face des chevaliers venus l'exterminer.

CHAPITRE 15

Il ne pissera plus ici, je communique l'information à la cuvette béante qui, jour après jour, année après année, a fidèlement ingurgité ses déjections, l'a contemplé avec soumission chaque fois qu'il se plantait devant elle, sortait son membre et lui fouettait la gueule de jets jaunâtres, eh oui, il ira pisser dans d'autres chiottes, l'humiliation de la cuvette se mêle à ma propre humiliation, impossible de les différencier, c'est l'humiliation des carreaux qui entourent le lavabo, de la fenêtre cassée au cours d'une dispute et raccommodée au scotch, des serviettes pendues sur les cintres au long cou, l'humiliation de tout l'appartement abandonné, des meubles que j'ai l'intention de changer depuis des années, des tapis poussiéreux, de toute une infinité d'objets, utiles ou inutiles, accumulés au fil du temps, et, sur toutes ces humiliations mêlées, règne en maître l'humiliation de Noga. Tels des musiciens à l'affût du moindre geste d'un chef d'orchestre exigeant, nous épions sa chambre obscure d'où se dégage toujours une odeur de brûlé, comme si un ours portant le deuil de sa progéniture s'y était réfugié et menaçait de se dresser contre nous de toute la hauteur de son désespoir et de faire des ravages.

Les yeux presque fermés je regarde ma montre, à peine une heure s'est écoulée depuis son départ, si ça prend autant de temps, comment passera la nuit entière, comment passeront les nuits suivantes, toute ma vie, je me mets péniblement debout, comment raccourcir cette nuit-là, comment amener à moi un sommeil réparateur, peut-être qu'une douche chaude m'aiderait, mais le jet puissant me repousse, j'ai du mal à tenir debout, chancelante je m'agrippe au rideau en plastique, comme j'aimais me doucher ici dans le noir après l'amour, il me rejoignait avec un sourire que je ne pouvais pas voir de mes yeux mais dont s'imprégnait ma nudité mouillée, maintenant je lave avec répulsion ce corps qui a été abandonné, avec qui je n'ai rien en commun, Oudi faisait le lien entre lui et moi, Oudi l'aimait, sans son intermédiaire il m'est tellement étranger que le savonner me dégoûte, l'aisselle piquante dégouline vers un sein trop lourd, le ventre qui fut un jour plat et qui est maintenant avachi, les hanches pleines avec leur gouffre terrifiant au milieu, et finalement les pieds, aplatis comme des pattes de canard, perpétuelle source de conflit entre nous parce que moi je marchais lentement et que lui courait devant, je dirige vers eux la douche presque bouillante, ils sautillent l'un après l'autre comme sur du sable brûlant, bien fait pour eux, moi je m'en fiche, leur douleur n'est pas la mienne, de même que l'inflammation appartient à ma gorge, pas à moi, entre la douleur de la base et celle du sommet il n'y a qu'un échafaudage branlant et dangereux, des clous rouillés, un affront crasseux qu'aucun savon ne pourra laver, comment a-t-il pu me quitter, simplement se lever et partir avec son sac à dos, comme s'il était libre, comme si j'étais un site perdu sur une carte géographique poussiéreuse, un wadi desséché qu'il vaut mieux abandonner pour aller en chercher un meilleur, il est parti et a pris tout ce que j'avais, tout ce que je croyais avoir. Si seulement je savais où il était j'irais le trouver sur-le-champ, même sans m'essuyer, je le convaincrais ou le menacerais, de toute façon c'est illégal ce qu'il a fait, quitter une femme et une fille au bout de tant d'années, on a envoyé des gens en prison pour moins que ça.

Parfois il m'attendait avec une serviette à la main, m'enveloppait comme un bébé, jamais je n'ai envisagé que cela pouvait un jour s'arrêter, que je serais privée même de ce petit luxe-là, et à nouveau les sanglots jaillissent de ma gorge blessée, ils reviennent quand on les croit partis, se terrent sous les couvertures, prêts à se jeter sur moi puisque je me retrouve seule, sans protecteur ni sauveur, une proie facile, un escargot sans maison, une graine nue, tendre et résineuse, je me couvre de la serviette mouillée, non, le sommeil ne viendra pas, il ne me donnera pas même un instant de répit, il ne viendra pas, mais apparemment il finit par m'écraser et s'attarde trop longtemps, car le visage blême de Noga se penche sur moi, maman, il est tard, me chuchote-t-elle, moi je me redresse si brusquement que je lui cogne presque la tête.

La lettre, je songe, affolée, je n'ai pas eu le temps de la subtiliser, je scrute son visage, que sait-elle, elle a l'air inquiète mais elle a cet air-là depuis un certain temps déjà, ses yeux s'écartent l'un de l'autre, deux raisins oubliés dans une assiette et que rien ne relie plus, des yeux qu'elle détourne de moi pour regagner sa chambre, je me lève péniblement, j'ai mal partout comme si j'avais passé la nuit à me battre, mon visage est bouffi, ma bouche sèche et amère, je n'ai qu'une envie, c'est de continuer à dormir, de l'envoyer à l'école et de me recoucher, mais elle n'est pas encore habillée, je la trouve assise sur son lit en pyjama, une fille qui a trop vite poussé mais reste couverte de nounours et de clowns, alors je tente avec circonspection, tout va bien, Nogui ? Mais elle ne répond pas, elle sait, pas de doute, elle a trouvé la maudite lettre avant moi, je titube jusqu'à la cuisine pour me préparer un café, mon regard erre dans la maison vide, Oudi n'est pas là, impossible de nier l'évidence, le soleil a déjà envahi la terrasse, l'embrase de ses rayons ardents qui éclairent tous les recoins de l'appartement et clament la nouvelle de son absence.

Noga, viens manger, je lâche dans un grincement avant de poser une assiette vide devant sa chaise, elle arrive, encore pieds nus, tu sais bien que non, murmure-t-elle, et je dis, quoi, non ? Non, ça ne va pas, montre-moi la lettre, je lui demande sans arriver à dissimuler mon impatience, mais elle remue la tête et me lance dans un défi, je l'ai jetée. Qu'est-ce qu'il t'a écrit ? Les mains tremblantes, je me verse du café tandis qu'elle bredouille, je n'ai pas bien compris, qu'il ne pourrait guérir qu'ailleurs, qu'il devait changer sa vie, qu'il m'aimait, et d'un coup le grand avantage qu'elle a sur moi me saute aux yeux, une violente jalousie m'assaille, elle, il l'aime, de sa manière tordue et pleine de trous, mais il l'aime alors que moi, moi, il ne m'aime plus, et je ne peux pas contenir ma révolte, alors pourquoi as-tu jeté la lettre si tu n'as pas compris, je te l'aurais expliquée ! Exprès, pour ne pas te la montrer. Mais pourquoi, je crie, qu'est-ce que ça pouvait te faire de me la montrer ? Elle est pour moi, lâche-t-elle entre les dents avec la même fierté misérable, la même assurance pitoyable que j'arborais hier soir quand il m'a demandé de ne pas m'en aller parce qu'il voulait me parler, et moi, comme une idiote, qui lui ai répondu, on parlera plus tard, décidément je n'ai rien compris, elle non plus apparemment ne comprend rien, mais elle m'envoie des ondes d'hostilité toute neuve, au lieu d'être solidaires dans notre malheur, nous nous disputons comme des mendiantes pour une dernière tranche de pain, oui, mais, si étrange que cela puisse paraître, force m'est d'avouer que je suis plus à l'aise avec son animosité qu'avec son amour. Mange, il est tard, je la presse, renonçant déjà à une explication franche, elle mâche son pain avec un appétit inattendu, se verse du lait à plusieurs reprises, tout ce qu'elle fait ce matin me surprend mais je ne m'y arrête pas, je n'attends qu'une chose, qu'elle s'en aille et me donne quelques heures pour me ressaisir. Il doit aller ailleurs pour guérir, répètent ses lèvres blanches de lait, le principal c'est qu'il guérisse, non ? Bien sûr, je lui réponds, remerciant presque Oudi pour ses formulations vagues, enfin elle ouvre la porte, me lance un *bye bye*, maman, rigide, j'effleure son front de mes lèvres et verrouille précipitamment la porte derrière elle, trois tours de clé bruyants, pourvu qu'elle ne change pas d'avis, qu'elle continue son chemin, qu'elle me laisse enfin seule.

Je baisse rapidement les volets, j'efface les rais de lumière entêtés et me jette sur le lit où un creux humide et noir m'attend, oui, je ne peux me reposer que dans ses profondeurs, y plaquer ma carcasse douloureuse et rester là toute la journée, sans me préoccuper de quiconque, je n'en demande pas plus, là est mon bac à sable à moi, le seul endroit où je me sens en sécurité, la rue dehors est dangereuse si je sors du jardin, de toute façon papa et maman m'interdisent de m'éloigner du bac à sable parce qu'il n'y a personne pour me surveiller, personne ne me surveille, et une terreur monstrueuse s'abat sur moi, m'enfonce les poignets dans le lit, m'écrase de tout son poids et me souffle son haleine puante dans la bouche. Que vais-je devenir, je ne me suis jamais retrouvée seule, j'ai toujours vécu avec lui, contre lui, pour lui, face à lui, en dessous, au-dessus de lui, devant et derrière lui, je me suis toujours jugée à son aune, maintenant qu'il s'est mis hors jeu, c'est tout le terrain qui bascule et qui va dans un instant se briser sous mes yeux, ma vie entière ne suffira pas à en rassembler les morceaux, comme le précieux baromètre de papa, je me revois encore le jour de mon mariage à plat ventre sous les lits en train de pourchasser les bébés mercure argentés. J'aurais dû annuler la noce, c'était un signe, j'aurais dû épouser quelqu'un qui ne m'aurait pas plaquée juste au milieu de ma vie, plus assez jeune pour fonder une nouvelle famille et pas assez vieille pour mourir.

J'essaie en vain de me remémorer d'autres hommes, mais seules des silhouettes imprécises se dessinent, je n'ai jamais osé regarder vraiment un autre homme, je n'ai promené sur l'existence qu'un œil peureux tandis que l'autre restait fermé par le pus jaunâtre d'une conjonctivite effrayée. Qu'avais-je tellement peur de voir, le rayonnement du monde ou sa froideur, j'ai renoncé aux copains et aux copines, à un deuxième enfant, soudain je comprends que si je l'avais eu, ce deuxième enfant, tout aurait été différent, nous nous serions retrouvés à trois, Noga, moi, et le petit dernier, trois c'est une famille alors que deux ce n'est qu'un pis-aller stérile, oui, je le sens, il est couché à côté de moi, cet enfant pas né, il agite ses membres charnus de bébé, s'accroche à moi de toutes ses forces, me caresse les cheveux, se prélasse sur mes seins, et je me retourne dans le lit, j'ai l'impression d'être étendue sur la plage, tout entière recouverte de sable chaud, Oudi sort de l'eau, m'asperge de ses cheveux salés, regarde, dit-il en riant et en tendant les mains, regarde ce que je t'ai ramené, mais moi, à cause du soleil, je n'arrive pas à voir ce qu'il tient et je lui demande, complètement aveuglée, qu'est-ce que c'est ? Tu ne vois pas, tu ne vois pas combien je t'aime, réplique-t-il, mais je m'écrie, le bébé, surveille le bébé, il ne doit pas s'approcher de l'eau, il n'a aucune conscience du danger, Oudi éclate de rire, de quel bébé parles-tu, il n'y a que nous deux, toi et moi, je t'aime tellement, sache que je t'aimerai toujours, ne me crois pas si un jour je t'affirme le contraire. Alors moi j'étouffe de bonheur, je me roule dans le sable comme une chatte géante, peu m'importe d'être devenue aveugle, le principal c'est qu'on m'aime pour l'éternité. Comme c'est bon d'entendre ces mots, je lui chuchote la bouche pleine de sable, dire que je viens de rêver que tu ne m'aimais plus, ça m'a fait pleurer, si tu savais, j'ai tellement pleuré que la mer a débordé, il balaie mes paroles d'un éclat de rire, un rire qui tinte bruyamment à mes oreilles. Arrête de rire comme ça, ce n'est vraiment pas drôle, je lui lance, mais il continue, il tinte par-delà la porte fermée, et je me réveille en sursaut, il est déjà midi, c'est le téléphone qui sonne, j'ai oublié de prévenir le centre d'hébergement, elles sont sans doute en train de me chercher, mieux vaut ne pas répondre, mais si c'était Oudi sorti tout droit de mon rêve, comment as-tu pu croire que je ne t'aimais plus, me dira-t-il en riant. Je décroche et attends, pleine d'espoir, jusqu'à ce qu'une voix stridente et inconnue en jaillisse, Madame, votre fille est malade, venez vite la chercher. Qui est-ce, qu'est-il arrivé à Noga ? J'en mords presque le combiné, l'autre hurle, je suis la secrétaire de l'école, elle a presque quarante de fièvre, je lui ai donné un Doliprane mais la température ne baisse pas, ça fait une heure que nous essayons de vous joindre, j'enfile une robe d'intérieur usée et sors ainsi, sans me coiffer ni me laver le visage, ruisselante d'une transpiration iodée, je conduis les yeux presque fermés, aveuglée par la réverbération de la chaussée.

Je la trouve affalée dans un fauteuil du secrétariat, les joues rouges et les yeux brillants, comme atteinte de la maladie d'amour, son corps trop grand semble soudain s'être ratatiné, je la serre contre moi, embrasse son front brûlant, je lui ai donné un autre Doliprane, m'informe la secrétaire toute retournée, mais ça n'a servi à rien, un emplâtre sur une jambe de bois, susurre-t-elle encore entre ses lèvres enduites d'un rouge foncé, presque noir. Quelqu'un l'a-t-il examinée, je lui demande, vous avez une infirmière ici ? Pas de chance, elle n'est pas dans l'établissement aujourd'hui, me répond la femme en me détaillant d'un air suspicieux, nous vous avons cherchée partout, au travail on nous a dit que vous n'étiez pas arrivée et à la maison ça ne répondait pas. J'avais des courses à faire, je réplique, mais ses yeux maquillés et avides de potins passent en revue mes cheveux ébouriffés, ma robe loqueteuse, mes yeux gonflés, je me recroqueville sous son regard, c'est tellement évident que j'ai été abandonnée au cours de la nuit, que je suis à présent une femme sans homme, une femme sans justification, à la merci de n'importe quelle avanie.

Viens, Nogui, on rentre, je lui murmure d'une voix encourageante, comme si notre appartement était un havre de paix curative, mais elle lève vers moi des yeux brillants et éclate en sanglots, je ne peux pas marcher, je ne peux pas me tenir debout. Elle s'est vraiment conduite en héros, intervient la secrétaire, elle a été très courageuse, mais dès qu'on voit maman, on ne se retient plus, pas vrai, ma cocotte, on aime bien inquiéter sa maman. Je me penche et la soulève, quitter cet endroit au plus vite, ses bras tout mous entourent mon cou comme les pattes cornées du gibier abattu pendouillent de part et d'autre du cou de son chasseur, j'ai toutes les peines du monde à porter son corps chaud et lourd, j'avance avec difficulté, j'ai l'impression que la surcharge écrase mes vertèbres, les réduit en gravats, et je gémis, Oudi, tu vois où nous en sommes, aide-moi, je vais tomber, je n'en peux plus.

Dans le couloir, les enfants nous regardent passer en silence, ils s'écartent à notre passage avec une solennité effrayante, qu'est-ce qu'ils croient, qu'elle est morte ? Qu'elle ne reviendra plus à l'école ? Et ce couloir qui n'en finit pas, cette solitude qui n'en finit pas, rien que moi, ma fille malade et notre tragédie, nous avançons courbées comme des bêtes de somme, ce désespoir nous a fait perdre toute marque d'humanité, il fut un temps où je me préoccupais de l'allure que j'avais, de la manière dont je parlais, mais maintenant je geins bruyamment, de la morve me coule du nez, je m'en fous, je veux juste atteindre cette fichue voiture, allonger ma malade adorée sur la banquette arrière, mais je n'y arriverai jamais, mes jambes ploient sous notre poids commun, je sens que je vais m'écrouler au milieu du couloir dans un entassement de membres inertes lorsque j'entends des pas précipités derrière moi, un enfant chauve m'a presque rejointe, laissez-moi vous aider, me crie-t-il, je n'ai même pas la force de tourner la tête vers lui, non, ce n'est pas un enfant, il est simplement petit, oui, je me souviens, c'est le prof d'histoire que j'ai vu avec elle. Il m'arrache les jambes de Noga, ça y est, il s'est déjà approprié toute la moitié inférieure de ma fille, il la tient comme une brouette, le soulagement furieux qui m'envahit ne fait que souligner la douleur physique que j'ai contenue en moi jusqu'à cet instant, je serre les doigts autour des bras sans vie et me dépêche de suivre la marche rapide du petit homme pour ne pas qu'un manque de coordination entre nous entraîne le détachement des deux parties de notre charge. Lorsque nous arrivons à la voiture je n'ai plus de souffle, il s'introduit à l'arrière avec agilité en la tirant avec lui, et, à ma grande surprise, reste là, assis sur la banquette avec les jambes de Noga sur les genoux, il me regarde déposer la tête brûlante à côté de lui, je touche à nouveau son front, elle respire lourdement et garde les yeux fermés comme si elle avait perdu tout intérêt au monde extérieur. Merci, je lui dis dans l'attente de le voir partir, sa présence m'est difficilement supportable mais il ne bouge pas, comment la monterez-vous jusqu'à votre appartement, me demande-t-il, et je ne peux que répondre, c'est vrai, merci, je n'y avais pas pensé. En roulant, je m'étonne tout de même, comment sait-il que nous habitons en étage, comment sait-il que je n'ai personne pour m'aider. Il a apparemment senti ma perplexité, car soudain il murmure tout bas, ce matin, Noga m'a raconté, et je lance avec agressivité, que vous a-t-elle raconté ? Que son père avait quitté la maison. En entendant ces mots sortir de la bouche d'un total étranger, je prends conscience de leur validité, comme si je venais de les entendre à la radio, parmi les titres du bulletin d'information, le père de Noga a quitté la maison.

C'est ainsi qu'il la montait quand elle était bébé, elle s'endormait toujours dans la voiture, alors il la tenait serrée contre lui et elle lui entourait le cou avec une fierté somnolente, nous grimpions en silence, nous intimions mutuellement l'ordre de nous taire, ne pas la réveiller dans l'espoir d'avoir enfin un peu de temps à nous, il la déposait dans le lit, je lui enlevais les chaussures, nous refermions immédiatement sa porte, allumions la lumière dans une autre pièce... si de doux pleurs ne s'élevaient pas aussitôt, nous respirions de soulagement comme des esclaves qui auraient droit à une pause inattendue, allions remplir des verres de vin ou de bière et sortions sur la terrasse, ou restions enlacés sur le canapé du salon, elle nous manquait déjà en secret, mais maintenant ce sont des bras glabres et courts qui la portent, ce type semble avoir le même poids qu'elle, mais je ne peux pas pinailler aujourd'hui, je les suis de près au cas où il la laisserait échapper, il continue son ascension sur des jambes vacillantes, l'effort lui rosit le visage, mais il tient le coup. Telle une accompagnatrice froide et efficace, spécialisée dans les excursions les plus brèves, je lui indique la chambre de Noga, il se déleste de sa charge fiévreuse, la dépose sur le lit, s'essuie le front moite d'un doigt où brille une alliance qui a l'air toute neuve, comme s'il s'était marié hier, et moi je me penche sur Noga, on est à la maison, je lui chuchote, j'ai mal à la tête, gémit-elle, laisse-moi dormir.

Oui, c'est ça, dors, j'embrasse sa joue cramoisie, tu te sentiras mieux quand tu te réveilleras, je lui enlève les chaussures, la couvre légèrement, ce n'est qu'une grippe, je me dis pour me rassurer, qu'est-ce que ça pourrait être d'autre, il sort de la chambre à ma suite, va directement dans la cuisine prendre un verre d'eau au robinet, j'ai oublié de lui en proposer un mais il se débrouille tout seul, je n'arrive pas à me débarrasser de l'impression qu'il est déjà venu ici, ses yeux se déplacent dans l'appartement sans la moindre curiosité, des yeux enfantins, ronds et clairs, alors je lui propose de s'asseoir, rester comme ça debout devant lui me met mal à l'aise, surtout que sa petite taille m'oblige à baisser les yeux, non merci, il faut que j'y aille, s'excuse-t-il, j'ai un cours qui va commencer, mais il s'attarde encore, quelque chose le retient, la pitié, je comprends soudain, oui, il a tout simplement pitié de moi, je suis de celles dont on a pitié, et dire que je n'ai même pas la force de faire semblant que non. Ses petits pas rapides le conduisent jusqu'à la porte, il a déjà la main sur la poignée quand il murmure avec l'air de me révéler un grand secret, vous savez, Noga est une enfant hors du commun, merci, je lui réponds avec lassitude, comme si c'était un compliment personnel, mais je me secoue aussitôt, qu'entendez-vous par là ? Elle garde d'immenses trésors cachés dans les profondeurs de son âme, lâche-t-il dans une envolée lyrique, comme ces paquebots de luxe qui ont sombré avec toutes leurs richesses, et il faut l'aider à les faire remonter à la surface. Et si elle ne trouve personne pour l'aider ? Eh bien, dit-il, ils seront définitivement perdus.

C'est ce que vous essayez de faire, je lui demande avec un sourire acide, non, pas vraiment, répond-il, je me contente de discuter avec elle de temps en temps, pendant les récréations, quand je la vois toute seule, j'essaie de la faire parler, j'ai mal au cœur de la sentir si fermée, j'ai l'impression qu'elle est tout le temps sur le qui-vive, peut-être veille-t-elle sur ses trésors, je réplique, de peur qu'on les lui prenne. Mais j'ai beau fanfaronner, ses paroles ne font que renforcer mon angoisse, qu'il se tire déjà, lui et son extrême obligeance, qu'il aille donc s'occuper de sa nouvelle femme et pas de ma fille à moi, merci de m'avoir aidée, je lui dis, et il hoche la tête, si vous avez besoin de quelque chose téléphonez-moi, Noga a mon numéro, et je m'empresse d'acquiescer bien que ça ne me serait jamais venu à l'idée de lui téléphoner, sa présence me dérange, l'impression qu'il connaît ma fille mieux que moi m'emplit à la fois de tristesse et de culpabilité, mais quand il descend les escaliers je me sens à nouveau abandonnée, je reste seule avec une gamine dont le père a quitté la maison, mère indigne qui n'arrive pas à garder le père de son enfant à la maison, qui est responsable de son départ et ne sait même pas où le trouver. Car je n'ai aucun moyen de l'appeler d'urgence pour lui demander de venir s'asseoir au chevet de sa fille malade, de lui toucher le front, de regarder dans sa gorge et de décider avec moi ce qu'il faut faire, je regagne la chambre tête basse, il y a des boucles blondes partout, sur l'oreiller et sur son visage adoré, dors, ma chérie, je murmure, si tu dors bien, tu te réveilleras en pleine forme, mais tout à coup elle se dresse sur son séant, pointe un doigt tremblant vers la porte comme si elle voyait un spectre, c'est qui, hurle-t-elle, sa bouche se tord dans un rictus effrayant, c'est qui ? Je la serre dans mes bras, il n'y a personne, Nogui, qu'est-ce que tu vois ? Elle replonge dans son oreiller en lâchant des syllabes incohérentes comme si elle était retombée en enfance et n'avait pas encore appris à parler.

Elle délire, je m'affole, il faut absolument lui faire tomber la fièvre, et je lui fourre deux cachets de Doliprane dans la bouche, lui fais boire de l'eau qu'elle avale avec obéissance, j'ai la tête qui explose, bredouille-t-elle, je ne vois plus rien. Soudain frappée par un éclair de lucidité je comprends que ce n'est pas une simple grippe, quels sont les symptômes de la méningite, j'essaie de me rappeler, quelque chose avec la nuque, mets la tête en arrière, je lui chuchote en lui palpant le cou, mais elle crie, je ne peux pas, je ne peux pas bouger la tête. Complètement hagarde d'inquiétude je me précipite sur le téléphone, me répète, telle une prière, le numéro de Zohara, je n'ai confiance qu'en elle, elle seule pourra nous aider.

Décroche, mais décroche, je prie intérieurement en étranglant le combiné, et finalement elle répond, mais d'une voix fripée, comme si je l'avais réveillée, rien à voir avec la voix fraîche que je lui connais, Zohara, je hurle dans le téléphone, Noga est malade, s'il vous plaît, venez l'examiner, mais elle hésite, écoutez, Naama, sa réponse me parvient molle et bizarre, à peine audible, je ne peux pas venir maintenant, je l'entends qui se dérobe mais je ne lâche pas prise, les larmes envahissent ma bouche par vagues successives et inondent le combiné, Zohara, j'ai peur qu'elle ait quelque chose de grave, venez, s'il vous plaît, juste pour me dire ce que je dois faire. Pourquoi se tait-elle, elle qui répondait toujours avec un tel enthousiasme, elle qui n'attendait que ça, d'être interpellée, convoquée, bon d'accord, je vais essayer de venir, murmure-t-elle de mauvaise grâce, comme si le chemin entre nos deux maisons s'était soudain allongé et fourmillait de dangers. Penaude, je retourne auprès de Noga, l'effet du Doliprane est à peine perceptible, je pose une serviette humide sur son front, le docteur va bientôt arriver, je lui chuchote, je veux papa, gémit-elle, téléphone-lui. Je sens mon cœur se crisper de détresse, un glacier pointu glisse le long de mon corps, papa est en excursion, on ne peut pas le joindre, je l'assure qu'il téléphonera sûrement un peu plus tard, tandis qu'elle laisse échapper des râles épais dans lesquels s'entrechoquent des bribes de mots.

Je me pelotonne à côté d'elle dans le lit, me colle contre elle, tremblante de désespoir, comment ai-je eu la bêtise de penser qu'elle l'avait bien pris, qu'elle était allée à l'école et que je ne devais pas m'inquiéter, que je pouvais me vautrer dans ma propre douleur et pleurer tout mon soûl, oh, comme je m'en fiche de moi-même, de tout, je suis prête à rester seule et délaissée jusqu'à la fin de mes jours si ça peut la guérir, oui, sa guérison, c'est la seule chose qui m'importe. Sa fièvre me gagne et j'ai l'impression d'être brûlante moi aussi, sous la fine couverture je plaque mes angoisses et mes serments contre sa peau, me recroqueville dans son halo bouillant comme si j'étais vouée au bûcher, nous allons mourir ensemble, deux malheureuses oubliées, oui, nous allons mourir car nous ne pouvons pas vivre sans lui, j'aurais dû le savoir dès le début, nous avons toujours vécu ainsi, dans la certitude de ne pas pouvoir vivre sans lui, oui, nous allons nous embraser l'une l'autre, nous consumer jusqu'à nous éteindre en silence tels ces feux de camp joyeux qui s'éteignent après la dispersion des convives, et je me niche entre ses bras comme si elle était la mère et moi la fille, elle est le soleil et moi la lune, je m'apprête à m'endormir pour ne jamais me réveiller, mais des pas précipités se font soudain entendre dans la maison. Il est rentré, je me dis pleine d'espoir, il a entendu les appels de sa fille et il est rentré, il n'est pas capable de partir pour de bon, lui non plus ne peut pas vivre sans nous, nous sommes tous les trois les organes malades d'un même corps, mais une silhouette maigre s'approche de nous, sa venue me prend toujours au dépourvu, même quand je l'attends.

Comment va Noga, me demande-t-elle sur le même ton réticent qu'au téléphone, moi je sors du lit et chuchote, elle a une forte fièvre et très mal à la tête, sa nuque est rigide, elle ne va pas bien du tout, et à ce résumé de la situation j'ajoute d'une voix cassée, rien ne va plus, Oudi a quitté la maison, elle ne s'en remettra pas, moi non plus d'ailleurs, il s'est simplement levé et a disparu, sans même me dire où il allait, et tout ça à cause de cette maudite maladie, je lâche dans un sanglot, renonçant à tout semblant d'amour-propre, je n'ai envie que d'une seule chose, m'effondrer entre ses bras, m'y tortiller comme sa petite fille, elle me scrute avec une grande concentration mais sans surprise, c'est naturel que vous le preniez de la sorte, murmure-t-elle, mais on peut aussi voir les choses différemment. Comment différemment, ça aussi, vous allez me dire que c'est une chance, la question agressive m'a échappé, bien sûr, réplique-t-elle, c'est évidemment une chance, la perte est un grand soulagement, imaginez qu'un jour vous reveniez chez vous et découvriez que tout a été volé, tout, il ne vous reste rien, il est même inutile de tenter de vous souvenir de ce que vous aviez. D'un seul coup, votre énervement s'évapore, vos pensées négatives se taisent, et vous êtes gagnée par un grand apaisement, c'est presque un instant de grâce parce que vous comprenez soudain que le combat est terminé car il est vain, que vous devez renoncer car vous n'avez pas le choix, vous avez tout perdu mais vous gagnez une extraordinaire sérénité. Ouvrez les yeux, Naama, dit-elle tout bas, certes les murs de la maison se sont écroulés, mais vous pouvez maintenant voir le paysage qu'ils vous cachaient toutes ces années, moi, plus je l'écoute, plus mon désespoir grandit, comment peut-elle, en un tel moment, me débiter ses maximes imbéciles et mécaniques, qu'ai-je à voir avec toutes ces sornettes.

Venez d'abord examiner Noga, je la pousse vers la chambre, j'ai du mal à croire qu'il fut un temps où je buvais ses paroles, elle s'approche du lit moite et suffocant, le considère avec un regard hermétique, dénué de la vibration spirituelle que j'aimais tant, ses mains palpent avec sérieux le corps engourdi. Essaie de te pencher, baisse la tête sans plier les jambes, murmure-t-elle, mais Noga hurle, laissez-moi, vous me faites mal ! Zohara la lâche d'un coup, je ne peux pas faire d'auscultation dans de telles conditions, déclare-t-elle, d'après la rigidité de la nuque, ça pourrait effectivement être une méningite, mais je n'arrive pas à procéder à l'examen requis, emmenez-la à l'hôpital ou dans un centre médical. Je la contemple, désappointée, j'avais tant misé sur elle, j'étais sûre qu'il lui suffirait d'effleurer Noga du bout des doigts pour la guérir, où sont ses forces surnaturelles, sa fumée d'encens, ses certitudes rassurantes, privée de tout cela elle ressemble au commun des mortels, maigrichonne, obscure, impuissante.

Désolée, marmonne-t-elle en s'échappant de la pièce à pas insaisissables, moi je la suis, j'attends par habitude qu'elle dise quelque chose, je suis si proche d'elle que son menton pointu me blesse presque, un être humain naît en même temps que naît sa souffrance, commence-t-elle avec lenteur, si bas que je dois m'approcher pour entendre, je vais vous raconter une vieille histoire tibétaine, une femme traversait le pays portant dans ses bras le corps de son fils unique, mort de maladie. Elle demandait à tous ceux qu'elle croisait de l'aider à le ramener à la vie. À la fin, elle rencontra un sage qui lui dit que le seul être au monde capable d'accomplir ce miracle était Bouddha. Elle s'en fut donc trouver Bouddha, déposa devant lui le cadavre de son fils et lui raconta son histoire. Il l'écouta et déclara, il n'y a qu'un moyen pour vous guérir de votre souffrance, vous allez descendre en ville et me ramener un grain de moutarde d'une maison que la mort n'a jamais frappée. La femme se précipita en ville, alla de maison en maison, mais sans réussir à trouver un foyer où la mort ne l'avait pas devancée. Après être passée par toutes les maisons de la ville, elle comprit qu'elle ne pourrait pas satisfaire Bouddha. Et alors, qu'a-t-elle fait, je demande en proie à une vive appréhension, c'est simple, continue Zohara, elle a dit adieu au corps de son fils, est retournée voir Bouddha et a demandé qu'il lui enseigne la vérité. Elle a compris que la vie n'était qu'une mer de souffrance et que la seule manière de ne pas s'y noyer était de suivre la voie qui menait à la liberté.

Non, mais où voulez-vous en venir avec vos horribles histoires, j'explose, après avoir, dans un silence tendu, naïvement espéré un heureux dénouement, de quelle liberté parlez-vous alors que ma fille est malade et que mon mari nous a quittées. Ce sont les moments les plus importants de votre vie, continue-t-elle, ce sont les moments où s'ouvrent les portes de la lumière, d'accord, vous êtes tombée de très haut, mais vous êtes à présent sur le sol de la vérité, la chute n'est pas une catastrophe mais au contraire la possibilité de trouver refuge en vous-même, de comprendre que, en fin de compte, rien n'est bien ou mal et qu'il est vain d'avoir trop d'émotions. Nous devons vivre sans attaches ni colère, me récite-t-elle, pour atteindre le nirvana, ne pas nous laisser enflammer par les instants de bonheur ni briser par les événements affligeants, ne pas laisser les sentiments violents, bons ou mauvais, avoir de l'emprise sur nous, je l'écoute avec une exaspération et une indignation qui vont croissantes et que je finis par ne plus pouvoir museler, que restera-t-il de moi sans mes sentiments, je l'interromps, je n'ai rien d'autre, vous voulez que je sois hermétique comme un bloc de marbre, que je ne ressente rien ? Eh bien, sachez que ça ne marchera pas, que c'est monstrueux ce que vous racontez, je ne me contiens plus, horrifiée de ne pas m'en être aperçue plus tôt, qu'est-ce que ça veut dire ne rien ressentir, vous voulez que je laisse ma fille mourir, que je contemple les nuages pendant qu'elle souffre ? À quoi bon toute votre sérénité, si elle remplace les sentiments ? Ce n'est qu'un pas de plus vers la mort, voilà pourquoi vous êtes si contents de mourir, vous et vos pareils, parce que, pour vous, rien ne différencie la vie de la mort, mais, moi, je refuse, vous comprenez, et j'accepte de souffrir, d'être triste pour pouvoir aussi être heureuse, je ne veux pas y renoncer, je n'y renoncerai jamais.

Elle m'observe avec une contrariété évidente, ses yeux de velours se sont obscurcis, vous vous trompez totalement, Naama, je ne vous dis pas de négliger votre fille, je vous parle de quelque chose de totalement différent, d'une liberté intérieure, savez-vous par exemple que certaines mères tibétaines envoient leurs enfants étudier en Inde, elles se séparent d'eux pour des années, voire pour toujours, et elles le font sans la moindre hésitation car, elles, c'est la proximité spirituelle et non la présence physique qu'elles considèrent comme essentielle, et, sur un plan spirituel, ils ne se quittent pas. Qu'est-ce que vous essayez de me dire par là, je m'étonne, vous me parlez de Noga ou d'Oudi ? On en discutera une autre fois, déclare-t-elle, vous êtes trop bouleversée et je dois rentrer à la maison pour donner à manger à mon bébé. Je fixe ses seins tout secs qui enflent sous son chemisier, comme je regrette de m'être laissée emporter, j'ai réussi à la faire fuir elle aussi, elle m'abandonne à ma fille malade et se hâte de retrouver la sienne, qui, elle, se porte comme un charme, tiens, je n'avais même pas remarqué qu'elle était venue sans le couffin, tout à coup elle a trouvé quelqu'un pour garder sa petite. Après l'avoir raccompagnée à la porte, je me retourne vers l'appartement, contemple le salon sans bouger du seuil, une vraie fournaise, on dirait que le soleil s'est assis sur notre plafond pour vomir toute la chaleur accumulée depuis ce matin, soudain je nous revois, Noga et moi, clouées sur le pas de la porte à peine quelques semaines auparavant, en train de contempler Oudi qui serre contre lui la petite fille à peau claire et se balade dans la pièce tout en lui murmurant des doux *chuut* à l'oreille, je me souviens aussi du tremblement qui nous a saisies... et c'est alors que je comprends.

CHAPITRE 16

Réveille-toi réveille-toi lève-toi Jérusalem qui a bu de la main du Seigneur le calice de sa colère la lie de la coupe du vertige tu l'as bue tu l'as vidée. Et pas un ne la soutient de tous les fils qu'elle a enfantés pas un ne lui prend la main de tous les enfants qu'elle a élevés. Deux coups t'ont frappée nul ne t'a plainte la dévastation et la ruine la famine et le glaive qui te consolera car telle une femme abandonnée dont l'esprit est affligé l'Éternel t'a rappelée telle la compagne de la jeunesse peut-elle être méprisée ainsi a dit ton Dieu. Je t'ai délaissée un court instant mais je te rassemblerai avec une grande compassion dans un transport de colère je t'ai un instant caché ma face mais désormais je t'aimerai d'une affection sans bornes dit ton libérateur l'Éternel.

Étendue sur le tapis au pied du lit de Noga tel un toutou épuisé, je me repais des versets antiques du livre qu'il a laissé derrière lui, nous sommes, en cette nuit de cauchemar, unis tous les trois par un même destin, personne n'a plus besoin ni du livre courroucé qui passe alternativement de la grâce à la fureur, ni de la fillette malade qui a englouti de luxueux paquebots tout au fond d'elle-même, ni de moi, la compagne de la jeunesse abandonnée. Ils m'ont entouré de mensonges ceux d'Éphraïm et de tromperie ceux de la maison d'Israël, qui aurait cru que notre amour se terminerait ainsi, que cette conclusion, déjà présente au jour du premier jour, en pleine enfance, avançait masquée derrière chaque marque d'amour, d'impétuosité, de jalousie ou de reproche, et s'est terrée sous la couche nuptiale pour guetter le bon moment, non, aucun des garçons d'honneur ni des invités qui ont accompagné notre vie n'aurait pu soupçonner que viendrait une femme étrangère qui arriverait à détourner le fleuve, à changer le cours de l'amour qui m'était réservé. Des légions de lumière cruelle prennent possession du monde et ne laissent plus le moindre recoin d'ombre, maintenant je comprends le sens de ses fréquentes promenades soi-disant sans but, de ses sourcils froncés tous les soirs lorsque nous mangions autour de la table, de ses pupilles agitées qui nous contrôlaient sans cesse tandis qu'il déambulait de pièce en pièce avec le malaise d'un espion en terrain ennemi, je comprends le sens de sa porte qui se refermait si tôt le soir sur sa silhouette fuyante, et un bref instant j'en suis réconfortée, c'est peut-être mieux ainsi, je peux presque accepter cette explication, il était malade, elle l'a sauvé, n'ai-je pas, moi aussi, failli tomber amoureuse d'elle, de son calme hâlé, de son étonnante sagesse, oui, moi aussi, si j'avais eu à choisir entre nous deux, je l'aurais préférée, elle, cette explication est cent fois plus rassurante que le puits d'incompréhension dans lequel j'étais plongée, mais aussitôt je m'insurge, qu'a-t-elle en commun avec lui, c'est une totale étrangère, nous deux, lui et moi, avons grandi ensemble, il n'est pas uniquement mon mari, il représente aussi toute ma famille, tous mes souvenirs, sans lui, je n'ai plus rien. Et pourquoi ne m'a-t-il pas avoué la vérité, il me l'a cachée pendant des semaines, que valent tous les mots que nous avons partagés au fil des années, des millions de mots échangés, comme de l'argent qui passe de la main à la main, que valent-ils, si, au moment crucial, rien n'a été dit. Parce que j'aurais accepté cet état de fait, quoi de plus naturel à ce que, de temps en temps, on ressente un nouvel amour, je lui aurais dit, ça m'est arrivé à moi aussi, même si je l'ai nié toutes ces années, à présent je peux bien le reconnaître, n'empêche qu'à aucun moment je n'ai songé à partir, je savais que je devais renoncer, et je l'ai fait sans grande difficulté d'ailleurs, de plus en ce qui te concerne, je ne te demande pas d'y renoncer mais uniquement de rester avec nous, de ne pas nous priver de ta présence. On pourrait libérer une pièce pour elle et sa petite fille, on vivrait tous ensemble, on élèverait ensemble son bébé, je suis prête à tout sauf à la séparation, mais aussitôt je change d'avis, quoi, c'est vraiment ce que tu veux, tu as passé toutes ces années à renoncer et maintenant tu es prête à renoncer à son amour pour qu'il reste avec toi, ne pleurez pas celui qui est mort et ne le plaignez pas pleurez pleurez celui qui est parti car il ne reviendra plus et ne verra plus son pays natal.

Noga gémit en dormant, je me redresse, lui tâte le front, j'inhale son haleine brûlante, sa maladie m'écrase, lourde et effrayante, au matin je n'aurai pas le choix, une ambulance blanche se garera devant notre immeuble, ses portières s'ouvriront toutes grandes et des hommes en gilets fluo la chargeront sur un brancard, il y a à peine quelques mois c'est avec lui que je faisais ce trajet, l'été se profilait à peine, une sorte de répétition affolée de ce qui m'attend demain matin, mais cette nuit elle est encore à moi, je ne baisse pas encore les bras, je veux la guérir par la force de mon amour, la force de l'amour d'Oudi, il doit revenir avant l'aube, s'il ne revient pas avant l'aube il ne reviendra jamais, cet appartement ne sera plus le sien, cette fille, plus la sienne, mon corps, plus le sien, tous mes recoins qui l'ont aimé se couvriront de cicatrices hideuses, s'il ne revient pas au cours de cette nuit fatidique où elle se bat contre la maladie, des barbelés se dresseront pour toujours entre nous, je pose ma tête sur le lit, pleure dans le creux de la petite épaule bouillante, avant que le coq chante il me reniera trois fois.

Elle tend vers moi une main moite, me palpe le visage, où est papa, murmure-t-elle, déçue, je veux papa, une mauvaise odeur lui sort de la bouche, une odeur de bouillie carbonisée au fond d'une casserole, papa va venir, je lui dis, il viendra dès qu'il le pourra, et je me précipite hors de la pièce, elle va mourir s'il ne vient pas, elle ne tiendra pas le coup, je cherche le téléphone dans le noir, oui, je vais téléphoner là-bas et dire à Zohara que s'il ne vient pas immédiatement Noga va mourir, je suis déjà en train de composer le numéro, pour ma part, le monde entier peut se réveiller, le principal c'est de sauver ma fille, mais dès que j'entends la voix endormie de la jeune mère je coupe, mes mots se débandent à travers tout l'appartement, je ne peux pas obliger Oudi à venir, elle doit guérir sans lui, il ne faut pas qu'elle soit si dépendante de lui, je m'assieds sur la terrasse, des courants d'air frais trouent la pesante chaleur et je comprends soudain que le spectacle est terminé, le rideau déchiré, la scène détruite, mes limites m'apparaissent dans toute leur étroitesse, je n'ai plus le pouvoir d'embellir la réalité pour ma fille. Depuis des années je m'épuise en vaines tentatives, je tire sur mon corps dans tous les sens pour masquer les failles, ça devient plus dur chaque année, me voilà maintenant arrivée au moment que j'ai toujours tant redouté, le moment où on ne peut plus rien cacher parce que la vérité, violente et enragée comme le feu, a anéanti en un seul souffle les sillons que, le cœur serré d'angoisse, je m'étais évertuée à planter. Je me lève avec lourdeur, regagne sa chambre, l'obscurité dense et lourde qui règne dans les profondeurs de la maison caresse son visage luisant et ses boucles inertes, je me penche sur elle et d'une voix brisée murmure à son sommeil, vite avant de le regretter, Noga, il nous a quittées, il viendra au moment qu'il choisira, ne téléphonera que quand ça l'arrangera, il est temps que nous arrêtions de l'attendre.

Mais à l'aube, alors qu'une cape de lumière bleutée et princière recouvre encore la chambre, des coups insistants frappés à la porte me tirent d'un sommeil agité, je veux les ramener du pays du Nord les rassembler des confins de la terre parmi eux l'aveugle et le boiteux la femme enceinte et l'accouchée tous ensemble grande foule qui reviendra ici ils reviendront en pleurs et en supplications je les dirigerai je les conduirai vers des sources abondantes par le droit chemin où ils ne trébucheront pas car je suis un père pour Israël et Éphraïm est mon premier-né. Les versets réconfortants dont je me suis gavée toute la nuit se rassemblent et se dressent devant moi, tels des morts le jour de la résurrection, que ta voix cesse de gémir et tes yeux de pleurer, j'ai du mal à me relever, mon dos est tellement ankylosé que je me précipite pliée en deux vers la porte, mon cœur bat à tout rompre, il m'est revenu, mon Oudi, je savais bien qu'il ne pouvait pas s'en aller pour de bon, nous sommes un seul et même peuple, peut-être scindé en deux royaumes, mais nous allons à présent signer une nouvelle alliance, puisque je pardonnerai sa faute et effacerai jusqu'au souvenir de son péché. Pourquoi frappe-t-il à la porte, il pourrait ouvrir, quoi, une nuit aura suffi pour qu'il passe du statut de propriétaire à celui d'invité, où est sa clé, je m'approche portée par une extase absolue, depuis ma naissance jamais je n'ai eu de désir plus violent que de l'accueillir en ce lever de soleil, son apparition va sauver Noga de sa maladie et moi de ma détresse, va reconstruire notre famille, je fais volontairement traîner ces minutes où il frappe à ma porte, savoure chacun de ces coups, faibles et délicats, que je sens empreints de regret et de tristesse, ouvre-moi ma sœur ma compagne ma colombe ma parfaite car ma tête est couverte de rosée mes boucles sont pleines des gouttes de la nuit, jusqu'à ce qu'ils s'éteignent tout à coup, je tourne vite la clé tellement j'ai peur qu'il ait changé d'avis et s'en aille, qu'il en profite pour se défiler, mes yeux irrités de fatigue se plissent à la vue du vieux dos qui descend lentement les marches, du visage qui se tourne vers moi, hâlé, ridé, masqué par des lunettes de soleil noires, et un long gémissement m'échappe, j'ai l'impression que ma bouche n'en finit pas de s'ouvrir, que mes lèvres vont se déchirer comme pour un accouchement tant est vive la déception qui s'abat sur moi, oui, sa non-venue me bouleverse plus encore que son départ et c'est tout mon corps qui s'écroule dans un cri déchirant, maman, qu'est-ce que tu fais là.

Les escaliers me la ramènent, je suis venue t'aider, déclare-t-elle et je tends les bras dans une chute interminable, j'attrape ses genoux avec toute mon incompréhension d'enfant, maman, ne t'en va pas, reste avec nous, maman, pourquoi tu t'habilles, pourquoi tu mets des chaussures à talons, pourquoi tu te maquilles, ses genoux vont et viennent d'une pièce à l'autre tandis que je suis accrochée entre eux, j'essaie de la faire trébucher, maman, reste, papa est si triste sans toi, nous sommes tous si tristes, s'il te plaît, reste avec nous, non, répond-elle en m'ébouriffant les cheveux de la main, il le faut, je n'ai pas le choix, ne t'inquiète pas, ce sera mieux pour tout le monde, mais ça n'a été mieux pour personne, et certainement pas pour elle. A-t-elle, elle aussi, obéi à l'époque à cette fausse prophétie, à cette voix intérieure qui l'a poussée à se lever et à partir, ses mains m'ébouriffent les cheveux, et j'entends sa voix rauque de cigarettes me dire, tu sais que tu dois commencer à te teindre, ma chérie, tu as plein de cheveux blancs tout à coup.

Ce n'est pas tout à coup, je marmonne, simplement ça fait longtemps que tu ne m'as pas caressé la tête. Je m'agrippe à elle, me soulève péniblement, un bec recourbé fond vers moi avec un sourire affamé, des ailes noires battent devant mes yeux, s'ouvrent et se ferment, mais j'agite les bras pour les chasser, arrêtez, je crie, je ne suis pas encore tout à fait morte, laissez-moi, je n'ai pas le droit de mourir, je n'ai pas encore le droit de mourir. Assez, assez pleuré, chuchote ma mère en me serrant dans ses bras, moi je ne m'étais pas rendu compte que je pleurais, mais soudain un hurlement monte des profondeurs de l'appartement, un hurlement glacial qui dompte les battements d'ailes autour de moi, papa ?

Ce n'est pas papa, j'articule avant de me précipiter dans la chambre d'où émanent des relents de maladie mauvaise, elle est assise sur son séant et fixe le seuil avec un sourire grimaçant, des yeux exorbités, vides comme ceux d'une poupée, papa est revenu, crie-t-elle avant de retomber, comme si sa propre voix l'avait effrayée elle enfonce la tête dans l'oreiller et sombre dans les limbes d'un sommeil ponctué de lourdes respirations. Tu as fait venir le médecin, me demande ma mère d'une voix sévère, pas vraiment, je lui réponds, mais qu'est-ce que tu cherches à prouver, s'alarme-t-elle, pourquoi n'as-tu pas appelé le médecin, tu veux que sa maladie s'aggrave afin de le transformer en assassin ? Je n'ai pas besoin que tu me fasses la morale, je rétorque, j'ai besoin que tu m'aides, tu as dit que tu étais venue m'aider, non, et ce n'est qu'alors que je pense à lui demander, dis donc, comment es-tu au courant ?

Oudi m'a téléphoné, me répond-elle sans arriver à masquer la fierté qui teint sa voix. D'où, d'où téléphonait-il, je demande inquiète, j'ai l'impression qu'il m'a dit qu'il était dans le Sud, dans la vallée du Jourdain me semble-t-il, il m'a demandé de rester avec vous. Savait-il que Noga était malade, je reprends sur un ton à nouveau agressif, il t'en a parlé ? Je n'en ai pas la moindre idée, lâche-t-elle en haussant les épaules, je l'entendais à peine. Je la darde d'un regard méfiant, j'ai l'impression qu'elle me cache quelque chose, je reste plantée devant elle à guetter la moindre bribe d'information, comme un chien affamé qui fait le beau devant une casserole remplie de viande mais dont il n'arrive pas à soulever le couvercle.

Je me traîne derrière elle dans la cuisine, j'inspecte les dalles pour éviter de la regarder, ça fait des années que je ne la regarde plus en face, il y a tant à dissimuler, mon intarissable colère contre elle, ma joie mauvaise devant sa défaite, mes larmes sur sa beauté perdue, sur sa vie perdue, et la peur de leur ressembler, à elle ou à mon père, on dirait que cette nuit le fléau qui, toute ma vie, oscillait au-dessus de ma tête s'est enfin décidé à se prononcer, je suis comme lui, du côté des délaissés, de ceux qui encaissent les coups et pas de ceux qui les donnent, du côté des malheureux et pas des dangereux, voilà, c'est ma place, et j'ai intérêt à m'y habituer. Pourtant, dans notre genèse, ça avait l'air totalement différent, Oudi ne cessait de dénigrer mon hérédité, tu es aussi infidèle que ta mère, lançait-il souvent, je sais que, à la fin, tu me jetteras comme elle a jeté ton père, alors obsédée par ce besoin de justification presque aussi vieux que moi, je n'ai eu de cesse que de lui prouver qu'il se trompait, que j'étais fidèle, et maintenant voilà, la vérité a éclaté, celui qui se plaçait toujours au-dessus de tout soupçon se révèle le traître, et j'ai gagné, ou plutôt j'ai perdu, comment me suis-je laissé gruger de la sorte, j'ai honte devant ma mère, comme je me sens inférieure à elle, une minable au cœur brisé face à la belle briseuse de cœurs, mais je ne peux cacher mon ignominie et je pose la tête sur la table de la cuisine, si tu savais comme j'ai honte, maman, tu dois sûrement me mépriser comme tu méprisais papa. Noam, tu te trompes totalement, dit-elle d'une voix douce, je t'envie presque, sache que mieux vaut être abandonnée. La surprise me relève la tête, des vieilles miettes de pain restent collées à mes joues le long du ruissellement des larmes, tu dis n'importe quoi, maman, si seulement c'était moi qui l'avais quitté, je regrette chaque jour que j'ai passé avec lui, je m'en veux de l'avoir laissé décider pour moi, là est toute la différence, oh non, me coupe-t-elle, tu sais, parfois c'est beaucoup plus pratique de laisser l'autre décider pour soi, et moi je lui lance un regard dubitatif, non, maman, tu dis n'importe quoi.

Crois-moi, Noam, insiste-t-elle avec sollicitude, celui qui n'a pas décidé s'en remet beaucoup plus facilement que l'autre, tu te ressaisiras vite et tu pourras te permettre d'avoir une vie meilleure alors que lui va rester avec le fardeau de la décision, de la culpabilité, des doutes, il ne sait pas encore ce qui l'attend, tu verras que tu t'en remettras bien plus vite que lui. Ses paroles me semblent totalement insensées, d'ailleurs je l'ai vu, je l'ai entendu, il va très bien, froid et rationnel, c'est moi la serpillière, pourtant elle a réussi à me surprendre, et je la regarde à travers la fente de mes paupières baissées, elle a toujours eu le don de bousculer mes certitudes, d'ailleurs j'ai fini par préférer ne plus essayer de la comprendre, elle fait tout à l'envers, elle pense tout à l'envers, quand elle est heureuse elle a l'air malheureuse et inversement, moi qui l'évite depuis des années, pourquoi me l'a-t-il envoyée, justement ce matin, dans cette aurore malade, oui, il continue à téléguider ma vie, c'est lui qui m'a assise en face d'elle dans la cuisine, le visage couvert de taches de rousseur croûteuses, délaissée et rageuse comme une gamine, et c'est lui qui me dicte ces mots que je lance à présent à ma mère, maman, pourquoi m'as-tu fait ça ?

Ses yeux clairs s'accrochent un instant à la porte, comme s'ils espéraient un sauveur, mais elle se ressaisit aussitôt, ce n'est pas à toi que je l'ai fait, dit-elle à contrecœur, ce n'était pas contre toi, c'était pour moi, les mères ont elles aussi le droit de vivre, ce n'est pas un crime. Même si les enfants sont rois, ajoute-t-elle avec un effort évident, comme si elle essayait de se convaincre elle-même, personne n'est obligé de se suicider pour eux. Je me sens blêmir, exactement comme mon père quand elle lui faisait des reproches, et je demande, quoi, rester avec papa, ça revenait à te suicider, tu ne crois pas que tu exagères, comment peut-on quitter un tel mari ? Arrête, Naama, ça ne sert à rien de parler de ton père, mais moi je ne veux pas reculer, maintenant que j'ai enfin osé poser une question, je ne la laisserai pas sans réponse, bien sûr que ça sert, je veux comprendre comment tu as pu quitter un homme qui t'aimait tant, qui ne voulait qu'une chose, te voir heureuse, qui n'aspirait qu'à être avec toi et vos enfants, qui rentrait à la maison du travail avec des paniers pleins et faisait immédiatement la vaisselle, qui préparait à manger, nous lisait des histoires, un homme jamais en colère, qui ne te reprochait jamais rien, un ange, qu'est-ce que tu as cru, que tu méritais plus, qui voulais-tu dans ton lit, le bon Dieu en personne ?

Si tu crois que c'est agréable de vivre avec un ange, susurre-t-elle, contrariée, celle qui vit avec un ange se transforme en monstre, tu ne comprends donc pas ? Il était trop bon, une bonté inhumaine, il cédait toujours sur tout, on ne pouvait jamais lui en vouloir, la seule chose qui le préoccupait, c'était de satisfaire tout le monde, il y a de quoi devenir fou, ça fait froid dans le dos, comme s'il payait pour une terrible faute, tu comprends ? Je secoue la tête, non, je ne comprends pas, pas du tout, pourquoi est-ce si dur d'accepter le bien tel qu'il est, pourquoi penses-tu que seul le mal est crédible, écoute-moi, Naama, reprend-elle d'un ton apaisant, moi aussi, ça m'a pris de nombreuses années à comprendre, au début je ne cessais de remercier ma bonne étoile, mais lentement j'ai senti que je devenais folle, il m'a torturée avec sa gentillesse à toute épreuve. Il t'a torturée, je proteste, qu'est-ce que tu racontes, il n'a jamais fait de mal à une mouche, tu te souviens comme il s'apitoyait sur le sort des pauvres colombes ? Je parle de choses insidieuses, continue-t-elle, un saint a vite fait de devenir un martyr, et il n'a pas échappé à la règle, moi non plus d'ailleurs, je me suis retrouvée bourreau, il était si pur que j'en suis devenue sale, mais moi, je secoue la tête pour réfuter ses paroles, je n'en crois pas mes oreilles, comment peux-tu le lui reprocher, tu fais exactement comme ces salauds de maris qui rejettent sur leur femme la responsabilité de leurs propres défaillances.

Tu sais ce que c'est qu'entrer dans un lit avec un cadavre, faire l'amour avec un cadavre, me lance-t-elle sans cacher son acrimonie, tout était mort en lui, je n'ai pas eu d'autre choix que d'aller chercher la vie hors du foyer, et ça ne l'a même pas mis en colère, au contraire, il me semblait parfois qu'il était ravi de pouvoir vivre à travers moi. C'est parce qu'il t'aimait comme un fou, il était tellement heureux d'être à tes côtés, je l'implore, nous étions heureux tous les quatre jusqu'à ce que tu nous détruises le monde, non, continue-t-elle en m'attrapant la main, elle qui ne voulait pas entamer cette conversation s'y agrippe une fois lancée avec l'énergie de quelqu'un coincé malgré lui dans une pièce très sale mais qui, emporté par son élan, se met à nettoyer de plus en plus frénétiquement, non, comment a-t-il pu être heureux alors que moi j'étais si malheureuse, ça s'appelle de l'autisme, ce bonheur, il ne me voyait pas, et non seulement j'étais malheureuse, mais je me sentais coupable, coupable d'être celle qui gâche tout, qui n'est jamais satisfaite, alors que quoi ? La seule chose que je voulais, c'était vivre, et, pour ça, j'ai été obligée de me sauver, pas pour faire carrière, crois-moi, simplement pour exister en tant qu'être humain. Tu sais ce que c'est, un être humain ? C'est un mélange de bien et de mal, mais, lui, il a pris tout le bien et m'a laissé tout le mal, situation complètement factice d'ailleurs, il n'y avait rien de vrai, ni son rôle ni le mien. Je baisse la tête, ferme les yeux comme si on me racontait une histoire au coucher, une histoire particulièrement adéquate puisqu'elle arrive à m'endormir sans problème, ma tête tombe, j'ai l'impression de me retrouver en face de ma mère, dans la cour de notre vieille maison, je serre contre moi deux chatons qui viennent de naître, ils sont encore aveugles et sales, soudain elle me crie, lâche-les, maintenant la chatte n'en voudra plus, il ne faut jamais toucher des chatons qui viennent de naître, ils vont mourir par ta faute, ils ne passeront pas la journée... alors, moi je les lâche dans un sursaut affolé qui me redresse la tête et je hurle, tes histoires ne tiennent pas debout, maman, pour protéger ses petits, on peut aussi vivre avec un homme trop bon, ce n'est pas si terrible, alors elle baisse les yeux, ses paupières tressaillent, je pensais que vous seriez mieux sans moi, je pensais que je ne pouvais vous faire que du mal, tellement il était merveilleux, votre père.

Peut-être, mais, une fois abandonné, il a cessé d'être notre père, il s'est tellement enfoncé dans sa douleur qu'il en a oublié notre existence, tout son dévouement familial s'est noyé dans une mer de douleur, oui, elle a raison ma mère, l'image était un leurre, et dire que toutes ces années je n'en ai voulu qu'à elle, même maintenant j'ai du mal à me dépouiller de ma colère, c'est comme un manteau que l'on craint d'enlever par temps incertain, je contemple ses doigts squelettiques qui allument une cigarette, les rides au-dessus de sa lèvre supérieure se resserrent et encerclent le filtre jaune, elle a toujours eu des gestes empruntés, à croire que des dizaines d'yeux l'observaient à chaque instant, aujourd'hui encore, d'ailleurs, malgré le sceau de l'âge et les morsures de l'ulcère, elle est superbe dans sa robe brodée, elle était tellement belle à l'époque, elle nous couvrait de bisous mouillés qui nous tombaient dessus comme des rafales hivernales, disparaissait et revenait, toujours en train de tramer je ne sais quels complots.

Peut-être que, moi aussi, j'ai été trop bonne à force de vouloir prouver à Oudi que je ne ressemblais pas à ma mère, à force de vouloir calmer ses angoisses, ce qui, après l'épisode de la mansarde, est de toute façon devenu impossible, une expiation éternelle pour un péché jamais commis, et quand je me remémore soudain les quelques heures de cette matinée-là, la plus belle de ma vie, pour la première fois d'ailleurs j'ose m'arrêter avec plaisir sur ses moindres détails, je ne comprends pas pourquoi je ne suis pas restée là-haut à regarder la première pluie par la fenêtre, pourquoi je me suis lancée à la poursuite d'Oudi, dans une course folle et vaine qui a duré quasiment huit ans, à essayer de le satisfaire et de l'apaiser, bien sûr que j'aurais dû rester dans la mansarde et le laisser lutter seul contre ses démons, le laisser assumer seul ses décisions au lieu de m'offrir immédiatement à lui comme dépotoir à frustrations, pourquoi me suis-je précipitée afin de recevoir ma punition alors que je n'avais pas pris le temps de pécher, lui offrant ainsi sur un plateau d'argent ma culpabilité, ma faiblesse, mon défaitisme, bref, tout ce qui, cette nuit, lui a permis de me quitter. Tu sais qu'il a quelqu'un, je murmure tout bas, tu sais qu'il m'a quittée pour une autre femme ? Elle hausse les épaules, ses yeux bleus scintillent dans son visage hâlé, ça ne change rien au fond, ça ne change rien, il est parti pour lui-même, et je continue, est-ce que tu sais que j'ai voulu le quitter il y a quelques années mais que je ne l'ai pas fait, est-ce que tu sais que quelqu'un m'a aimée ? Elle me caresse les épaules, on va encore t'aimer, Noam, je te le jure, mais tout cela me paraît inconcevable, irréel, quoi, j'ai vraiment un jour rencontré un autre homme, avec des cheveux qui bouclaient sur sa nuque, un autre homme qui m'a suffisamment aimée pour me laisser tranquille ? Je le revois, il se penche sur moi, s'agenouille entre mes cuisses, je lui effleure la nuque, il lève les yeux, il avait un œil bleu et un œil gris, aussi tristes l'un que l'autre, que m'a-t-il promis à cet instant-là, qu'essayait-il de me dire, et je me lamente, imbécile, au lieu de rester avec lui, au lieu de profiter de son amour, j'ai couru apaiser Oudi, récupérer Noga, recoller les morceaux, mais, depuis, tout déraille.

Avant non plus, ce n'était pas idyllique, intervient ma mère, qu'est-ce que tu racontes, je proteste, tu ne te souviens pas comme nous étions heureux à la naissance de Noga, oui, nous étions heureux jusqu'à ce que je gâche tout. C'est ce que tu appelles être heureux, ironise-t-elle, mais enfin, Oudi était jaloux comme un gamin de l'attention que tu donnais à ton bébé, il voulait que tu ne t'occupes que de lui, tu ne te souviens pas comme il a été malade quand elle est née ? N'importe quoi, je réplique ahurie, il a tout de suite été fou d'elle, il la berçait pendant des heures, il lui donnait le bain, se levait au milieu de la nuit. Mais ça aussi, ma chérie, ça faisait partie de son jeu, des rapports de forces qu'il cherchait à instaurer, il voulait t'humilier, te prouver que, même sur ce terrain, il était meilleur que toi. Tu exagères, maman, bon, peut-être que j'exagère un peu, admet-elle, je n'ai pas vécu chez vous, mais tout de même j'étais beaucoup là et j'ai vu que bien avant l'histoire de la chute vous aviez des problèmes, moi, j'accueille ses propos avec un trouble étrange, comme lorsqu'on apprend de bonnes nouvelles auxquelles on ne peut pas vraiment croire parce qu'elles émanent d'une source peu fiable, et soudain j'ai la sensation qu'une boule de feu qui respire la bouche ouverte déambule dans l'appartement, une vague de chaleur s'approche de moi et une voix faible se fait entendre, quelle chute, une voix qui réitère avec insistance, quelle chute ? Le soulagement m'envahit, Noga va beaucoup mieux puisqu'elle a réussi à se mettre debout, elle s'adosse au mur, le regard totalement lucide, depuis combien de temps est-elle là, qu'a-t-elle entendu de nos paroles, ma mère baisse les yeux, je comprends qu'elle l'a vue approcher mais a décidé de poursuivre la conversation, je tends les bras et l'attire à moi, prends sur mes genoux son corps de bébé tout mou, d'agréables picotements me redressent les seins comme si, dedans, des litres de lait salvateur n'attendaient qu'elle, je suis à deux doigts d'enlever ma chemise et de la faire téter, mais non, je la serre contre moi et murmure, tu as glissé des bras de papa, tu avais deux ans, le seau d'eau qu'une femme de ménage avait oublié en bas t'a sauvé la vie.

CHAPITRE 17

Nous nous organisons comme en temps de guerre, lorsque tous les hommes sont au front et que seuls les femmes et les enfants restent à l'arrière, trois femmes sous un même toit, dans l'appartement dont le quotidien a changé du tout au tout, et où, semble-t-il, jamais pied masculin n'a pénétré. La nuit, je laisse à ma mère le grand lit dont l'aspect suffit à me désoler, et j'ouvre pour moi le canapé du salon, le canapé de ma bonne vieille solitude, n'ai-je pas été abandonnée bien avant qu'il ne quitte la maison ? Je m'approche des accoudoirs velus tendus vers moi pour m'inviter à une nouvelle nuit de torture, on dirait que le soleil continue à chauffer à blanc la couche de béton au-dessus de ma tête, ses sombres rayons me brûlent, imprimant sur ma peau des tatouages de jalousie, en ce moment, il est dans le lit de Zohara, le corps qui a grandi entre mes bras, long et étroit comme celui d'un serpent, se tortille à présent de désir contre le corps souple d'une étrangère, Oudi, je tambourine contre son dos, prenez-moi avec vous, ne me laissez pas seule, je vous promets de ne pas regarder, je ne demande que la permission de dormir là à côté de vous, mais il est si concentré sur elle qu'il ne me sent même pas, j'ai du mal à me représenter l'expression qu'il a dans le plaisir, car j'ai toujours été si proche de lui que je fermais les yeux. Que je les fermais trop fort. J'ai du mal à rester à l'écart et à le regarder, à me contenter d'effleurer la délicatesse qui émane de lui dans l'intimité, une étonnante chaleur, aussi précieuse que le contact d'un rayon de soleil par un jour de pluie, comment fait-il l'amour, j'essaie de me souvenir, je tire son corps à moi, sur le canapé, comment fait-on l'amour, comment les mains se tendent-elles, comment les lèvres se fendent-elles, comment un corps crispé et replié sur lui-même peut-il s'offrir, comment ce miracle se produit-il, l'amour est si loin de moi que je n'arrive même plus à l'imaginer, des nuits entières je suis restée couchée là toute seule tandis qu'il se terrait dans la chambre, derrière sa porte close, pourquoi ne me suis-je pas faufilée dans son lit au milieu de la nuit comme une gamine qui rejoint le lit de ses parents après un cauchemar, pourquoi ne me suis-je pas plaquée contre lui comme elle le fait maintenant en lui fourrant son sein noir et gorgé de lait dans la bouche, un sein qu'il tète, qu'il n'arrête pas de téter, je frappe des poings sur le matelas, il est à moi, à moi, il n'a pas le droit de téter une autre femme, mais alors la vision se mue en une autre, pire, chaque fois que je ferme les yeux, je les vois couchés dans un grand lit avec le bébé entre eux, tremblante de colère j'allume vite la lumière, ce n'est pas possible, il ne couchera pas dans un lit avec un bébé qui n'est pas de lui, il ne trompera pas sa propre fille, mais à nouveau je le vois aller et venir dans le salon en murmurant ses *chuut chuut* à l'oreille de la petite fille à la peau d'opaline serrée contre lui.

Mon père déambulait ainsi, labourant de ses talons la terre noire de mes nuits, je l'entendais aller et venir dans toute la maison tandis que j'essayais de m'endormir, de tirer à moi le sommeil par une fine corde, comme on ramène un cerf-volant, viens, descends, et, quand enfin je le sentais tout près, les pas traînants cassaient le fil et m'obligeaient, encore et encore, à récupérer de mes petites mains fatiguées les bouts épars pour essayer de les renouer. Nuit après nuit je maudissais ma mère, lui souhaitant les pires horreurs, qui se sont d'ailleurs intégralement réalisées, qu'elle reste seule jusqu'à la fin de sa vie, qu'elle vieillisse très vite, qu'elle perde sa beauté. Yotam se réveillait et pleurait, je veux maman, alors je lui faisais une place dans mon lit, il y glissait son corps grassouillet qui rétrécissait de jour en jour, à part moi personne n'avait remarqué qu'il ne mangeait plus, qu'il ne souriait plus, et je lui disais, ne pleure pas, demain on va chez maman, mais, quand elle venait nous chercher, je m'enfuyais dans les vergers, incapable de m'habituer à son nouvel appartement en ville, incapable de laisser papa tout seul, même si, totalement accaparé par sa douleur, il ne me remarquait qu'à peine. Le soir, je l'appelais pour qu'il vienne manger, je le voyais tremper du pain sec dans un pot de yaourt, mâcher lentement, comme un somnambule, tu ne vas pas chez ta mère, me demandait-il, et je répondais, non, je reste avec toi, bien qu'il ne me l'eût pas demandé, bien que peut-être ma présence lui fût difficile à supporter. Les fois où je finissais tout de même par débarquer chez elle, ma haine s'était refroidie, j'arrivais plus facilement à la haïr de loin que de près, aujourd'hui encore, le fait qu'elle dorme dans la pièce à côté me procure un étrange apaisement, une tendresse longtemps cachée dans la cave, le colombier ou le grenier, et qui ose soudain poindre. Pendant des années, j'ai résisté et ai refusé de l'aimer, elle, la meurtrière de mon père, quand il est mort j'ai tenu bon, je n'ai accepté de lui donner que Noga, pas moi, j'ai vu avec satisfaction qu'elle s'usait au fil du temps devant ses vieux films de télé, devant ces actrices qui furent un jour, de l'avis de tous, beaucoup moins belles qu'elle, mais voilà, pour la première fois, une brèche s'est ouverte et elle n'a pas hésité une seconde, elle s'y est engouffrée, consolidant son nouveau personnage qui allie tristesse et résignation, fierté et retenue, comme si elle était une veuve mélancolique et respectable et non une dangereuse criminelle. De toute façon ma colère contre elle s'est ratatinée devant celle que j'éprouve contre Oudi, une colère qui était très virulente au début mais qui s'érode, elle aussi, au fil du temps.

Je m'oblige à penser à court terme, non pas au restant de mes jours mais à l'instant d'après, je me concentre uniquement sur la guérison de Noga qui se sépare de sa maladie lentement et péniblement, comme un couple d'amants dont les corps entremêlés refuseraient de se détacher. La plupart du temps elle dort et quand elle se réveille le sommeil reste dans les parages, s'assied à côté d'elle à table, dans la cuisine où elle avale quelques cuillers de bouillon de poule, un peu de thé chaud, puis elle retourne au lit comme une somnambule. Et moi je l'observe, tétanisée par la peur, comme si elle était un paquet suspect déposé à une station de bus, je contemple le lit qui ploie sous le poids de ses muscles tièdes, ses clairs cheveux vaporeux, les draps en désordre, comme si j'attendais qu'un être totalement différent finisse par éclore d'entre les couvertures. J'ai tellement peur qu'elle veuille partager son chagrin avec moi que son silence somnolent me convient parfaitement, et je m'étonne de voir ma mère accueillir ses courts réveils avec chaleur et naturel, mais une nuit, alors que j'étends mon drap sur le canapé, elle s'approche de moi en brandissant sa cigarette, tu fais du mal à Noga, dit-elle, tu dois arrêter de t'apitoyer sur son sort, tu en es arrivée à ne plus pouvoir t'approcher d'elle tellement tu la plains. Je hoche la tête sans un mot, elle a tellement raison que ses paroles m'écrasent, mais que faire, comment arrête-t-on de s'inquiéter, comment arrête-t-on de s'apitoyer, d'ailleurs, si on arrête de s'inquiéter on arrête d'aimer, non, c'est ça l'amour ?

Cette gamine a besoin qu'on l'aime, continue-t-elle, pas qu'on la protège ni qu'on la plaigne, surtout pas qu'on ait peur d'elle, es-tu capable d'aimer simplement ? Je me recroqueville sous son regard inquisiteur, son visage d'argile encercle des yeux encore jeunes et d'une vitalité aussi énervante qu'étonnante, je les fuis en fixant l'antique photo accrochée sur le mur derrière elle, une accolade maladroite nous fige, Yotam et moi, dans un cadre poussiéreux, je suis penchée vers lui, un biscuit à la main, il sourit, derrière nous se dresse la vieille maison, la protection fictive de ses tuiles rouges, et je dis, effectivement, je ne sais peut-être pas aimer, parce que l'amour est un luxe, on ne peut aimer que quand tout va bien, et, ça, ça n'arrive jamais. Je contemple mon petit frère avec tristesse, son visage, aussi expressif que celui de Noga, se rapproche de moi, lui, je l'ai vraiment aimé, il ronronnait dans mes bras comme un ourson sauvage, moi j'étais le loup et lui l'ours, on s'en donnait à cœur joie sur le lit de maman avant qu'il ne devienne le lit de papa et qu'il croule sous son poids. Yotam s'est mis à fondre, personne n'a rien vu, j'ai été la seule à essayer de le sauver, c'est peut-être d'ailleurs à ce moment-là que l'amour s'est transformé chez moi en meuglement de terreur, et j'ai presque envie de lancer tout ça à la figure de ma mère, de lui crier, comme si toi tu savais aimer, mais à quoi bon, c'est la méthode d'Oudi, oui, lui me renvoyait systématiquement la balle comme si elle lui brûlait les mains, sans prendre ne serait-ce qu'une seconde pour voir ce qu'elle contenait, et soudain je pense à lui avec un certain étonnement, quoi, il fut un temps où il y avait ici un dénommé Oudi, hérissé, tendu, avec des yeux étroits qui s'agitaient dans une course poursuite infernale sur un terrain de jeu oblong, maintenant il n'est pas là, et, un bref instant, je me fiche de savoir où il se trouve. À force d'espérer son retour, ma tension épuisante s'est muée en une étrange sérénité, je vis avec ma fille, ma fille que je dois apprendre à aimer loin de la longue silhouette anguleuse, jalouse et exaspérante de son père, je regarde à nouveau la photo, nous ne nous sommes jamais doutés de ce qui se cachait sous les tuiles rouges, mais en fait, quel mal y a-t-il à cela, pourquoi l'illusion serait-elle néfaste, pourquoi faut-il lancer la vérité à la gueule des enfants et ensuite leur dire, débrouillez-vous, assumez.

Les années de mensonge ont été bien meilleures que celles de vérité, je déclare à ma mère, regarde comme nous étions heureux, quoi, tu ne pouvais pas tenir encore dix ans ? Elle baisse la tête, ses cheveux bruns rassemblés en queue de cheval tirent vers l'arrière la peau de son large visage, si tu crois que je n'ai pas essayé, sache que c'est beaucoup plus facile de mentir, mais c'est une erreur, même un enfant ne peut pas vivre éternellement dans une fausse réalité, Yotam pouvait, lui, je proteste, la preuve, c'est que, depuis, il ne fait que ça, il est incapable d'assumer la réalité et traverse le monde comme un vaisseau fantôme, peut-être Noga est-elle comme lui, qui me dit qu'elle s'en relèvera, Noga s'en relèvera, me coupe-t-elle, elle s'en relèvera parce qu'elle a une bonne mère, bien meilleure que la tienne, ce triste compliment me donne la chair de poule, me met mal à l'aise, et je lui dis, maman, allons dormir, mais elle m'attire à elle, me caresse lentement le visage, comme une aveugle, une odeur de parfum et de cigarettes émane de ses doigts. Quand je m'allonge sur le canapé, je me rends compte que jamais il ne m'a caressé le visage avec une telle gravité, dans une écoute aussi totale, et je me demande si je n'ai pas eu tort de me résigner à ce manque-là aussi.

Cette prise de conscience marque le début d'un torrent de ressentiment chaud et glauque qui monte des profondeurs et submerge tout ce que je fais, je tourne dans l'appartement, lourde de tant lui en vouloir, je sens ma rancune qui me donne des coups de pied dans le ventre comme un fœtus trop développé, comment ai-je pu le laisser conquérir chaque parcelle de ma vie, j'ai arrêté mes études à cause de son obsédante jalousie, tu as déjà une licence, m'enquiquinait-il à longueur de temps, pourquoi traînes-tu encore dans les couloirs de la fac comme si tu n'avais pas de bébé à la maison, j'ai laissé tomber mes amies parce qu'il était persuadé qu'elles me montaient contre lui, j'arrivais toujours les yeux pleins de larmes à nos soirées entre filles parce qu'il avait pris soin d'entamer une dispute sur le pas de la porte, lentement je me suis habituée à cet isolement à deux, puis à trois avec Noga, ensuite avec mon travail qu'il n'appréciait guère, une sorte de réclusion volontaire qui m'est devenue presque agréable, une vie dénuée de tentations et d'émois, j'ai même fini par croire que si je me privais de toutes ces choses avec autant de facilité, eh bien, c'est qu'apparemment elles n'étaient pas vraiment importantes pour moi. Pourquoi ai-je trouvé si pratique de renoncer à ma force, de me soumettre à sa volonté, toujours exprimée avec plus de détermination que la mienne, ça a commencé bien avant ma prétendue faute, il a pressé mon sentiment de culpabilité jusqu'à la dernière goutte, comme des oranges dont on veut retirer toutes les vitamines, oui, dès le début j'ai vécu en me justifiant perpétuellement, j'ai refusé ma beauté au lieu d'en tirer du plaisir, et maintenant qu'en reste-t-il, pas grand-chose, pas assez en tout cas pour le temps que j'ai encore à vivre. Mais envisager le temps que j'ai encore devant moi m'emplit d'une telle angoisse que je renvoie cette pensée d'un grossier coup de pied, voilà bien une question qui ne me concerne pas, mon problème à moi c'est de passer correctement l'heure qui suit et qui sera immédiatement effacée par la suivante à l'affût, chaque heure efface celle qui la précède, chaque jour celui qui le précède, c'est d'ailleurs uniquement dans ce but qu'elles s'enchaînent tête basse, ces longues journées qui n'ont pas trouvé preneur, car nous vivons en vase clos, personne n'entre ni ne sort à part ma mère qui descend de temps en temps à l'épicerie. Le martèlement de ses pas dans les escaliers me fait trembler, de même que son tour de clé dans la serrure ou le bruissement des sacs en plastique sur la table de la cuisine, mais je l'observe et me tais, en général nous nous taisons toutes les trois, n'arrivant à tirer que le strict nécessaire de notre bouche sèche, des mots qui sortent aussi péniblement qu'un bouchon d'une bouteille de vin trop étroite, quand le liège préfère se désagréger plutôt que d'offrir sa nudité. Même la machine à laver se tait, quant au téléphone, il reste quasiment muet, et si quelqu'un appelle, principalement du travail, ma mère déclare d'une voix ferme, qui me convainc moi aussi, que Naama est malade, du coup je vais me coucher avec un vague sentiment de maladie imminente qui hésite entre la gorge et le sommet du crâne, entre le ventre et le dos, Oudi, reviens, je bredouille, Oudi, reviens. Au petit matin, il répond toujours à mes suppliques, il entre dans la pièce obscure sur la pointe des pieds, me tire d'un sommeil laborieux et me couvre de paquets, en général il apporte des chaussures, trois paires de sandales totalement identiques et deux paires de pantoufles, tout pour lui et rien pour moi, je lui demande, pourquoi as-tu besoin de trois paires, je viens de t'en acheter, des sandales, mais il rit, il est tellement heureux que je ne veux pas lui gâcher cet instant, alors je ris avec lui de ce drôle de canular, cinq paires en une seule nuit, c'est une sacrée récolte, au matin je me réveille avec une déception qui, elle aussi, s'amenuise au fil du temps, au début j'en étais pleine, elle me tendait la peau comme un ballon trop gonflé, mais lentement elle se dissout dans la maison, s'éclipse par les interstices du volet, et il m'arrive même, pendant quelques instants, de partager la joie du réveille-matin qui carillonne, ah, ah, je ne dérange plus personne maintenant !

Et la nuit où je sens des respirations haletantes me caresser le visage, je me répète à nouveau, il est revenu, il est revenu, je me tourne pourtant de l'autre côté, jamais je n'ai pu m'endormir quand nous étions face à face à nous examiner les yeux fermés, tout à coup j'entends Noga murmurer, maman, je ne peux plus dormir, j'ai trop dormi. Je lui fais de la place dans le lit, elle se blottit contre moi, encore enveloppée d'odeurs fétides bien que son front soit tiède, soudain j'ai l'impression que la terre tremble puis je comprends que c'est son corps qui, plaqué contre le mien, est secoué de violents sanglots, je m'énerve, pourquoi est-elle venue m'embêter, où prendrai-je la force de la consoler, mais étrangement je me sens gagnée par une paix résignée, et si mon rôle était non pas de la calmer mais simplement d'être là ? Je la prends dans mes bras, mes pleurs enserrent les siens, ensemble nous pleurons tout notre soûl, deux orphelines, deux sœurs, dernières survivantes d'une famille décimée.

Si ce n'est que nous avons une mère. Le matin, nous nous réveillons dans une odeur de café bien fort, de salade de crudités et d'omelette, et, nous qui n'avons rien avalé depuis quelques jours, nous nous jetons sur la table, gloussant comme des copines qui se sont révélé leurs secrets les plus intimes pendant la nuit, ma mère nous couve d'un regard satisfait, comme elle le faisait parfois avec Yotam et moi. Noga va se faire câliner dans ses bras, et je vois à quel point elles se ressemblent, pas dans les couleurs mais dans la forme du visage, les traits ouverts et aristocratiques, les pommettes saillantes, les lèvres bien dessinées, comme elle est belle dans son pyjama coloré, avec ses boucles négligemment attachées, quel plaisir d'être sa sœur, délestée du fardeau de la maternité. Après le petit déjeuner je lui remplis la baignoire et viens m'asseoir sur la cuvette des toilettes, j'examine son corps qui s'est totalement transformé en une semaine, la forte fièvre a fait fondre sa graisse enfantine et l'a laissée mince et longue, ses seins tout neufs pointent, fermes et durs au milieu de son torse, elle plonge la tête et mouille ses boucles qui se tendent jusqu'au milieu du dos, viens, entre avec moi, dit-elle. Mais non, quelle drôle d'idée, je me suis lavée hier soir, pourtant déjà j'enlève ma chemise de nuit, me plonge dans le bain, mon corps aussi est devenu plus léger, nous nous retrouvons assises genoux contre genoux, barbotant dans une légère gêne qui n'a rien de désagréable, nous nous touchons à peine, seule l'eau chaude transmet des caresses, des rires et des baisers volés, la sentir si proche m'emplit d'un calme jusqu'alors inconnu, je ne suis pas seule, j'ai une fille, et pour la première fois ce constat émousse ma solitude au lieu de l'aggraver. Je m'abandonne aux courants d'eau qui passent entre nous à chacun de ses gestes, dans la cuisine ma mère fait la vaisselle, comme le samedi matin dans notre vieille maison, dès qu'elle aura fini elle viendra nous envelopper dans de grandes serviettes, je l'entends répondre au téléphone, oui, elle va beaucoup mieux, la voilà dans la salle de bains l'appareil à la main, en grande pompe elle tend le combiné à Noga, je mets la tête sous l'eau jusqu'à totale immersion comme au bain rituel, je n'ai pas envie de recueillir les bribes de leur conversation et ce n'est que de très loin que je l'entends relater sa maladie d'une voix vibrante d'émotion, on dirait qu'elle raconte un acte de bravoure qui prend de l'ampleur à chaque mot.

Dis, papa, quand est-ce qu'on se voit, conclut-elle comme si elle méritait cette récompense, je la vois hocher la tête et elle me tend le combiné mouillé, Naama, dit-il d'une voix douce, je suis désolé, je ne savais pas qu'elle avait été malade, moi je soupire de soulagement, je voulais exactement entendre cette confirmation irréfutable qui annule tous les soupçons, s'il avait su il serait venu, et je suis ravie que sa voix semble nous arriver de très loin, ravie que d'immenses étendues nous séparent, non, il ne nous a pas reniées, il n'était simplement pas dans les parages, il ne nous a pas fuies en allant se cacher chez elle, d'ailleurs il ne nous a peut-être pas quittées pour elle, encore un tour de mon imagination débridée, dangereuse. Le principal c'est qu'elle soit guérie, je dis, et toi, où es-tu ? Toujours dans le Sud, je vais remonter dans quelques jours et je viendrai voir Noga, d'accord, pas de problème, je souris, mais soudain je sursaute et lâche le combiné, je le vois couler comme un petit sous-marin et se retourner sur le fond de la baignoire, derrière sa voix si douce, qui me brûle d'une douloureuse sensation de gâchis, j'ai l'impression d'avoir entendu, lointains et étouffés, des pleurs de bébé.

CHAPITRE 18

Au huitième jour, nous nous relevons de notre deuil pour réintégrer le monde, mais il est méconnaissable, ce monde, comme si un trou béant s'était creusé presque sous nos pieds, comme si une gueule gigantesque, figée dans un effrayant bâillement, nous devançait où que nous allions, encore un petit pas et nous tomberons dedans, disparaîtrons dans le vide. Main dans la main, nous descendons les escaliers, le soleil matinal nous nargue de sa face toute ronde, ma mère agite la main avec des gestes excessifs, comme si nous n'allions pas nous revoir pendant des années, Noga s'appuie sur moi, ses pas sont encore incertains, le seul tee-shirt qu'il lui a laissé flotte autour de son corps comme un drapeau noir mais enveloppe de mille délicates attentions chacun de ses mouvements.

Nous nous séparons devant la grille de l'école, je la serre contre mon cœur battant comme si c'était la rentrée du cours préparatoire, puis je m'en vais, plus je m'éloigne, plus je me sens gagner par la vacuité, on dirait que seuls les contours de mon corps sont restés intacts et masquent un désert intérieur. Je ressemble à la piscine de notre village lorsqu'on la vidait à la fin de l'été, un jour, Yaron, le fils des voisins, s'est jeté tête la première dans le trou de béton trompeur, il a passé toute une année cloué au lit sans bouger, le cou immobilisé, et les gens disaient que seul un miracle le remettrait sur ses jambes. Les nuits de pleine lune, je me hissais subrepticement en haut du portail, de là j'observais la piscine qui n'avait plus du tout le même goût, elle m'apparaissait comme les vestiges d'une antique cité cananéenne ensevelie dans la terre et entourée de cyprès noirs, une cité parée de gloire passée et de mélancolie, à croire que les cris de joie des enfants dans l'eau limpide, les rayons d'or qui glissaient entre leurs doigts, le rouge des pastèques regorgeant de sucre qui éclataient sur ses bords n'avait laissé aucune trace dans la mémoire du bassin. Eh bien, je sais qu'à son instar j'oublierai les doux murmures apaisants de l'intimité juste avant que les yeux ne se ferment, l'agréable paresse du samedi matin dans laquelle s'ébauche le programme familial de la journée, oui, j'oublierai jusqu'aux détails les plus insignifiants, comme le résonnement du pouls masculin sur le matelas, la présence, même hostile, d'un mari faisant écran entre moi et moi-même et qui s'est réduite bien souvent à la seule constatation, certes très précieuse, que si je glissais dans la baignoire au milieu de la nuit quelqu'un entendrait ma chute, oui, je sais que tout cela ne laissera aucune trace dans ma mémoire, s'évanouira progressivement pour me transformer en un marbre froid posé sur la tombe d'une minuscule famille, trois personnes en tout et pour tout, qui fut mais n'est plus.

Une jeune femme passe devant moi en courant, elle tient les mains autour de son cou, son visage est en sueur, j'essaie de deviner si elle vit en couple ou non, j'ai soudain l'impression qu'une femme avec homme est annoncée par une auréole rayonnante, en ce qui me concerne, cette auréole faisait tellement partie de moi que je ne la sentais plus, ce que je sens par contre c'est son absence, je sens qu'on me l'arrache des cheveux, je sens les lambeaux de peau qui partent avec elle. Du bout de mes doigts vexés je me palpe le sommet du crâne, monte les marches du centre d'hébergement en traînant les pieds, dans un instant Hava me convoquera et je devrai tout lui raconter, je sais que malgré mes efforts elle arrivera à me tirer les vers du nez et retournera immédiatement mes aveux contre moi, ça lui fera une raison de plus de me mépriser, moi, la femme délaissée. Je m'introduis comme une voleuse dans notre somptueuse bâtisse, les filles sont en plein petit déjeuner et ne me remarquent pas, certaines d'entre elles me sont inconnues, une semaine dans cet endroit c'est toute une vie, Hani est déjà partie, à ma grande joie Ilana aussi, au moment où je me souviens d'elle, l'ombre de cette fameuse nuit où le pull rose a été défait, où ma vie a été défaite, s'abat sur moi et j'en perds l'équilibre, je dois m'agripper à la rampe, me hisse péniblement jusqu'au deuxième étage, vite, aller me cacher dans mon bureau sans rencontrer âme qui vive, mais un déferlement de hoquets me poursuit, je me palpe les lèvres pour m'assurer que ce n'est pas de ma gorge qu'ils proviennent, ce bruit m'est si familier que j'ai l'impression de m'entendre pleurer de loin, de me déchirer à la vue de la silhouette d'Oudi qui disparaît dans la rue. Perplexe, je vais voir du côté des chambres, j'ouvre les portes une à une, jusqu'à ce que je tombe en arrêt devant un lit en désordre placé sous une fenêtre, des membres nus qui enserrent douloureusement un gros ventre pentu, une tête baissée couverte de courts cheveux roux... et que des yeux de Bambi blessé s'écarquillent de stupeur à ma vue. Bouleversée, je vais m'asseoir à son chevet et murmure, Yaël, qu'est-ce que tu fais ici, quand es-tu arrivée, je ne me doutais absolument pas que nous t'hébergions.

Ça fait une semaine que je suis là, gémit-elle, j'ai cru que j'allais devenir folle, j'avais peur que tu ne reviennes jamais. Je lui prends la main, j'ai beaucoup pensé à toi, je chuchote, je croyais que les choses s'étaient arrangées avec lui, et elle soupire, rien ne s'est arrangé, il ne veut pas quitter sa femme et je ne peux pas élever un bébé toute seule, je refuse d'être mère célibataire à vingt ans, sans personne pour m'aider, et soudain je m'entends chuchoter d'une voix précipitée, Yaël, je t'aiderai, je t'aiderai à l'élever. Elle se redresse lentement, me contemple avec incrédulité, je lui renvoie un sourire embarrassé, je ne peux plus reculer, d'ailleurs pourquoi reculer, si Oudi s'occupe en ce moment d'un petit bébé je peux, moi aussi, venir en aide à cette merveilleuse gamine qui m'a touchée dès notre première rencontre, et je m'imagine déjà le ravissement de Noga, je nous vois nous mobiliser autour de ce nouveau petit être, on poussera son landau, on chauffera toute la maison en hiver rien que pour lui, on l'allongera sur le tapis au milieu du salon, il sourira et agitera ses jambes minuscules, grâce à lui nous ne sentirons plus l'absence d'Oudi, nous ne penserons plus à lui, focalisées sur la vie toute neuve qui s'épanouira sous nos yeux et nous consolera, réjouis-toi femme stérile qui n'a pas enfanté fais éclater ton allégresse et chante tu oublieras la honte de ta jeunesse tu ne te souviendras plus de l'opprobre de ton veuvage, mais Yaël, désorientée, se laisse retomber sur le lit en même temps que la voix autoritaire de Hava envahit le couloir et je me lève précipitamment en m'excusant, j'ai une réunion, on se verra plus tard.

Tendue et muette comme un agent double, j'écoute avec attention l'évaluation de sa situation, de ses capacités, de leurs conséquences sur l'avenir de cet embryon impudent, j'ai l'impression de voir sur la table son avenir avancer sur deux voies parallèles, deux rails, comment savoir quel train arrivera le premier au but, mon doigt glisse sans répit sur la surface en formica, comment se fait-il que personne n'envisage un chemin de traverse, que personne n'imagine que je pourrais élever son enfant avec elle, toujours d'un extrême à l'autre dans ce boulot, jamais d'espoir, comme si l'on ne pouvait choisir qu'entre une maladie incurable et un accident de voiture fatal. Le doigt que je fais glisser sur la table me revient propre, pas le moindre grain de poussière chez Hava, soudain elle se tourne vers moi, me prenant de court, qu'en pensez-vous, Naama ? C'est trop tôt pour se prononcer, je bafouille, je vais travailler avec elle jusqu'à l'accouchement et on verra, j'essaie de parler avec détachement bien que j'aie l'impression d'être soudain devenue folle, ou, plutôt, d'avoir été folle et de n'avoir recouvré la santé mentale que maintenant, mais les yeux de notre directrice ne me lâchent pas, elle voit tout, vous allez bien, me demande-t-elle non sans une certaine impatience, puis elle ajoute, je veux vous voir dans mon bureau après la réunion.

Je marche derrière elle en serrant les lèvres, ne pas pleurer, garder un minimum d'amour-propre, alors que s'est-il passé, s'enquiert-elle, vous avez été mise à rude épreuve, et je dis, Noga a été malade, nous avons craint une méningite, je fais exprès de dire nous, bien que ce pluriel se révolte dans ma bouche et se coagule entre mes dents comme si j'avais usurpé un titre de noblesse, mais elle balaie mes paroles d'un revers de main, que s'est-il passé, Naama ?

Oudi a quitté la maison, je lâche et, étonnamment, je n'éclate pas en sanglots, c'est comme si j'avais dit le fond de l'air est frais, et je la vois qui se lève en grande pompe de la chaise où elle venait de s'asseoir, félicitations, s'exclame-t-elle, radieuse, en me serrant la main comme si je venais de lui annoncer mon mariage, c'est la meilleure chose qui pouvait vous arriver, c'est la meilleure chose qui peut arriver à toutes les femmes en général mais à vous en particulier, j'avais peur qu'il n'ait pas le courage de le faire, franchement, il me surprend positivement, conclut-elle, ravie, avant de regagner sa chaise longue de plus en plus bancale, qu'elle stabilise avec le poids de son corps, moi je la contemple, totalement déconcertée, déboussolée, elle n'est pas assez prévenante pour faire tout ce cinéma à seule fin de me consoler, elle doit apparemment croire en ce qu'elle dit, et je lâche du bout des lèvres, qu'y a-t-il de si réjouissant ? Vous ne voyez pas, s'étonne-t-elle, mais vous pourrez enfin vous occuper de vous-même, devenir le centre de vos préoccupations, ça fait des années que vous ne faites que tourner autour de lui, qu'essayer de ne pas le froisser, qu'assumer ses problèmes, il était temps d'y mettre un terme.

Mais que suis-je sans lui, Hava ? Ma voix tremblante se heurte aux murs du bureau, comment pourrais-je me sentir en paix avec moi-même alors qu'il s'en va, comment pourrais-je me concentrer sur moi-même alors que je me sens rejetée, humiliée, minable ? Elle m'arrête du geste et continue sans une once de manipulation, vous êtes encore en train de vous juger selon ses critères, alors que, franchement, s'il est parti, est-ce que cela signifie que vous ne valez rien ? Et si c'était exactement le contraire ? Et si c'était lui qui avait compris son incapacité à être à la hauteur, lui qui se sentait systématiquement coupable et imparfait face à vous, lui qui vivait perpétuellement dans la peur d'être abandonné ? La manière dont les femmes expliquent une rupture est tellement simpliste, il est parti implique qu'il ne m'aime plus et que je ne vaux rien. Mais la réalité est beaucoup plus complexe, et, croyez-moi, je n'essaie nullement de vous rassurer, vous savez que je n'ai aucun problème à dire les choses en face.

Émue, je contemple le visage de mon interlocutrice, il n'est plus jeune et n'a jamais été beau, comme je l'aime tout à coup cette femme, elle a peut-être raison, mon Dieu, faites qu'elle ait raison, en général elle a raison, Hava, aussi intelligente qu'imprévisible, je m'attendais à sortir de notre entretien deux fois plus humiliée et voilà que je la quitte presque fière, que j'entre à pas légers dans mon bureau, même si je n'y crois qu'un instant par jour, ce sera déjà une révolution, et peut-être qu'il poussera, ce germe qu'elle a planté en moi, peut-être que je finirai par y croire toute la journée, toute la nuit, et que je serai enfin heureuse. Oui, je m'imagine ravie et comblée, mon regard suit un souvenir flou qui volette devant mes yeux et que je dois attraper, je n'ai qu'à tendre la main, dès que je l'aurai piégé il ne m'échappera plus, mes joues s'écrasent contre mes oreilles en un large sourire, un sourire qui s'attarde et reste sur mon visage même lorsque j'entends un coup frappé à ma porte et que, les yeux étonnés, je vois se dresser sur le seuil un homme que je ne connais pas. Rares sont les hommes qui s'aventurent chez nous, quelques pères au cœur brisé ou de jeunes gars blessés qui déboulent tout ébouriffés, mais on n'a jamais vu en ces lieux un homme comme lui, cheveux noirs tirés vers l'arrière et chemise dernier cri, j'essaie de me débarrasser du sourire idiot qui s'accroche obstinément à mes lèvres, cet homme est certainement convaincu qu'il a devant lui une femme comblée, assise à son bureau et bien dans sa peau, je m'apprête à rectifier son erreur lorsque surgit entre nous une erreur plus grossière encore, vous êtes bien Hava ? me demande-t-il avec un regard embarrassé. Mon sourire se mue en rire franc, c'est si drôle qu'on ait pu me prendre pour elle que je m'esclaffe, si seulement j'étais Hava, toute ma vie j'ai rêvé d'être Hava, eh bien, moi, déclare-t-il avec une douceur étonnante, je suis sûr que Hava a toujours rêvé d'être à votre place.

Vous dites n'importe quoi, je réplique toujours aussi amusée, quand vous l'aurez vue, vous comprendrez que vous vous trompez, elle est bien dans sa peau et ne rêve certainement pas de devenir quelqu'un d'autre, si vous me révélez où je peux la trouver, dit-il, je m'engage à vérifier vos dires. Troublée, je l'accompagne jusqu'au bureau qu'il cherche, j'en profite pour lui jeter quelques coups d'œil discrets, de profil il est un peu moins beau, quelque chose d'aquilin lui recourbe légèrement le nez et le menton, pourtant je ne regagne pas mon bureau mais me précipite aux toilettes scruter le miroir avec inquiétude, par chance mon gilet rouge me surprend agréablement, il me va bien, donne à mon visage blême un éclat délicat et lacté, tandis que mes cheveux, lavés ce matin, scintillent comme des fils d'or. Peut-être que Hava a raison, peut-être que c'est la meilleure chose qui ait pu m'arriver, d'ailleurs j'ai déjà plus belle allure que la semaine dernière, soudain j'y pense, elle est maintenant assise en face de lui, que lui veut-elle ou inversement, il est trop jeune pour être le père d'une de nos pensionnaires, que vient-il donc chercher en ce triste lieu, à vrai dire lui aussi a l'air un peu triste, désemparé, il n'est pas là pour rien, je réintègre mon bureau mais laisse la porte ouverte afin de le voir, peut-être réussirai-je à l'intercepter, je le guette en fixant avec indifférence les papiers qui se sont accumulés sur ma table de travail, et, enfin, enfin, je l'entends sortir. Voilà, il passe devant moi, un peu voûté, son profil aquilin a pris une nuance soucieuse comme s'il venait d'apprendre une mauvaise nouvelle, mais lorsqu'il se tourne vers moi son visage s'adoucit et il dit avec un petit sourire, vous pouvez penser ce que vous voulez, mais c'est indubitablement vous que je préfère, moi je le remercie avec trop d'empressement, on dirait que je n'ai jamais reçu de plus beau compliment, heureusement je me ressaisis rapidement et prends la défense de Hava, elle est peut-être dure mais très intelligente, j'insiste car en dehors d'elle nous n'avons pas de sujet de conversation, oui, nous ne pouvons discuter que de cette femme que je connais et qu'il a, je me demande bien pourquoi, rencontrée aujourd'hui pour la première fois.

Être intelligent après coup ne peut pas servir à grand-chose, réplique-t-il, mais je contre-attaque aussitôt, ne sommes-nous pas toujours avant et après coup ? Il ne répond pas, s'adosse lourdement au chambranle comme s'il avait du mal à se tenir debout et je lui lance un qu'est-ce qui vous amène chez nous, déjà prête à prendre sur moi le poids de ses divers problèmes, je suis un camion-benne qui vient de se vider et cherche un nouveau chargement, il soupire, une grosse connerie ou pas de chance, parfois c'est dur de faire la part des choses. Je l'encourage du regard, je suis exactement dans le même cas que lui, incapable de savoir si c'est à une grosse connerie ou à pas-de-chance que je dois de me retrouver abandonnée au beau milieu de ma vie. Il ne s'assied malheureusement pas sur la chaise libre en face de moi, ne mord pas non plus à l'hameçon et se contente de me répondre par une généralité, pourtant il ne s'en va pas non plus, non, il reste là à détailler la pièce d'un air songeur, à scruter l'expression avenante de mon visage, on dirait qu'il est autant étonné que moi par sa présence ici, ça y est, il va ouvrir la bouche et me dire quelque chose, quelque chose qui va changer ma vie, mais à cet instant des sanglots familiers se font entendre des chambres, ils roulent dans les escaliers et se fraient un chemin jusqu'à ses tympans, je vois son visage blêmir comme sous la menace d'un grand danger, et le voilà qui prend ses jambes à son cou sans me dire au revoir, ahurie je m'approche de la fenêtre et le vois surgir par le portail, il court à grandes enjambées et ne s'arrête que devant une voiture argentée. Là, le beau visage qu'il tourne derrière lui n'exprime qu'une peur évidente, comme si tout notre immeuble, chambre après chambre, allait lui tomber dessus.

Incapable de me retenir, je fonce dans le bureau de Hava, y entre sans frapper, referme la porte derrière moi et m'y adosse pour reprendre mon souffle tandis qu'elle enlève ses lunettes de lecture, Naama, articule-t-elle lentement, il vous est arrivé quelque chose, vous avez l'air bouleversée, moi je comprends que ce n'est pas la peine de nier ou de dissimuler quoi que ce soit et c'est avec un sourire d'adolescente que je demande, c'était qui ? Elle soupire, ce n'est pas la peine que je vous le dise, vous avez assez d'ennuis comme ça, non, Hava, j'insiste, vous faites erreur, il faut que je sache. Eh bien, c'est le père de la nouvelle, celle qui n'a cessé de vous demander pendant votre absence, dit-elle, le père de Yaël, je m'étonne, on ne dirait pas le père de Yaël, mais Hava agite une main énervée, je n'ai pas dit que c'était le père de Yaël, j'ai dit que c'était le père de son enfant, étant donné que nous connaissons son identité, nous sommes obligées de lui faire signer les papiers d'abandon à lui aussi, voilà, maintenant vous êtes satisfaite ?

Pas du tout, je réplique en tournant les talons sans prendre la peine de refermer la porte derrière moi, comment serais-je satisfaite alors qu'il m'est doublement perdu, je réintègre mon bureau dépitée, j'essaie de me rappeler tout ce qu'elle m'a raconté sur lui, mais il n'y a qu'une chose qui me revient clairement, il ne quittera pas sa femme, il ne quittera pas sa femme, oui, il n'y a qu'un seul homme qui a quitté sa femme dernièrement et il faut que ce soit justement mon mari, rien n'y fera, pas même les belles théories de notre directrice. Et si j'envoyais Hava dire à ce type de quitter sa femme pour lui rendre, à elle aussi, un grand service ? Quoique, à supposer qu'elle arrive à le convaincre que c'est la plus belle chose qu'il puisse offrir à son épouse, ce sera la vie de Yaël qui s'en trouverait changée, pas la mienne, quoi, plus personne ne peut changer ma vie, je suis maintenant seule aux commandes, pour le meilleur et pour le pire, pourtant les quelques instants où il était adossé contre le mur de mon bureau, il s'est passé quelque chose, je suis sûre de ne pas me tromper, ma tristesse et la sienne se sont embrassées, à mi-chemin, oui, entre la porte et la table, et ce baiser, nous l'avons vu, lui et moi. Nous portons tous deux ce sceau sur le front, le sceau du malheur qui nous est tombé dessus, qui nous a surpris, car, même si nous l'avons attendu toute notre vie, nous pensions secrètement y avoir échappé, croyant être arrivés à le troquer contre des milliers de petits tracas, oui, une telle surprise nous a unis si fort que j'ai senti son souffle troublé dans toute la pièce, et je me relève, m'approche de la fenêtre, me remémore son regard, le serpentin argenté de sa voiture qui s'éloignait, un sentiment de gâchis me mord le cou, lorsque je tourne à nouveau mon regard vers l'intérieur je la découvre, debout, son ventre gigantesque lui cache presque le visage, un visage bouffi par sa fin de grossesse, il était là, murmure-t-elle, il était là, n'est-ce pas ?

Oui, il est passé chez Hava, je confirme, tu sais qu'il faut son accord pour l'adoption, rouge de vexation elle s'assied en soupirant sur la chaise en face de moi, alors pourquoi n'est-il pas monté me voir, il sait bien que je suis ici ! Je t'accorde que c'est un peu blessant, mais j'imagine que c'est dur pour lui, et elle explose, pour lui ! Alors qu'est-ce que je dois dire, moi, moi qui me suis coupée de tout pour venir ici, qui dois me cacher comme une pestiférée, qui me torture depuis des mois avec cette grossesse, c'est lui qui a fait l'erreur et moi qui en paie le prix, c'est trop injuste ! Quelle erreur, je lui demande d'une voix faible, essayant de masquer mon vif intérêt pour chaque détail, tu sais bien quelle erreur, maugrée-t-elle, il m'avait assurée que je ne prenais aucun risque et que je pouvais lui faire confiance, et maintenant il se comporte comme si je l'avais intentionnellement piégé, moi je l'écoute et ne peux m'empêcher de revoir cet homme sombre, l'éclat de ses yeux sous ses sourcils furieux, son visage à l'expression tantôt chaleureuse, tantôt sévère, et avec une convoitise totalement déplacée je songe qu'elle a couché avec lui, qu'elle l'a vu sans sa chemise blanche et son pantalon repassé, qu'il l'a embrassée, caressée, baisée, je suis à deux doigts d'être jalouse de cette fille qui, elle, est en train de s'apitoyer sur son sort et remplit la pièce d'autocompassion.

Elle continue à se lamenter, je ne comprends pas, il m'aimait, je sais qu'il m'aimait, cette grossesse a tout gâché, je ne comprends pas pourquoi il ne vient pas vivre avec moi, pourquoi il ne peut pas aimer ce bébé autant qu'il aime ses autres enfants, il ne cesse de s'inquiéter pour eux, et pourquoi il ne peut pas quitter sa pouffiasse de femme, et moi je me sens atteinte par chacun de ses mots car chacun de ses mots me prouve à quel point cet homme est meilleur que mon Oudi, à quel point sa pouffiasse de femme a plus de chance que moi, elle et moi sommes du même côté, nous sommes la compagne de jeunesse et non la jeune maîtresse. Écoute, je commence d'une voix grave, je n'ai pas le droit de te le dire, si Hava l'apprend je serai immédiatement virée, mais écoute quand même, Yaël, il y a une semaine, mon mari m'a quittée.

Elle se couvre la bouche d'une main, me regarde avec stupeur, soudain prise de court par la complexité d'une situation qui lui apparaît aussi dérangeante qu'une horde de moustiques, elle plaque son autre main sur son ventre, se raccrochant avec un désespoir silencieux aux glouglous de son bébé comme si seul ce petit être était resté avec elle, je m'approche, pose mes mains à côté de la sienne et chuchote, je suis désolée, mon histoire ne change rien, ce n'était que pour te faire comprendre que, à un certain stade de la vie, chaque pas écrase quelque chose. J'en ai marre de passer mon temps à l'épargner, râle-t-elle, j'ai le droit de ne penser qu'à moi, ma vie aussi ne sera plus jamais comme avant, et je dis, c'est vrai mais tu dois être réaliste, il ne quittera apparemment pas sa femme, alors la question est de savoir ce que nous pouvons malgré tout espérer de lui. Elle me lance un regard perplexe, comme si elle n'avait jamais pensé en ces termes, balance la tête dans un mouvement de prière, je veux qu'il soit à mes côtés, murmure-t-elle, qu'on décide ensemble du sort de ce bébé, mais tu vois bien qu'il m'ignore, il ne répond pas à mes coups de fil, il est venu et n'a pas pris la peine de monter me voir ! Moi je me souviens de sa fuite précipitée au moment où il a entendu les sanglots et j'ai honte pour lui, je baisse la tête, ferme les yeux, je suis si près de ce ventre plein de vie qu'une jalousie déprimante monte en moi, et j'entends sa voix, de loin, tu dois m'aider, Naama, s'il te plaît, aide-moi. Je suis là pour ça, mais ça prend du temps, tu sais, je lui réponds, et elle continue tout bas, je veux que tu lui parles, que tu lui expliques qu'il ne peut pas me larguer comme ça, qu'il est aussi responsable de ce qui arrive, je ne tiendrai pas le coup sans lui, c'est la décision la plus dure de ma vie, je ne peux pas la prendre toute seule, tu n'es pas seule, je lui déclame la formule consacrée, nous sommes avec toi, mais elle poursuit, s'il te plaît, Naama, téléphone-lui, je ne te demande que d'essayer, j'ai l'impression que, toi, il t'écoutera. Dans mon for intérieur, je passe de l'incrédulité à l'étonnement, elle est tombée sur la tête, elle me pousse vraiment dans ses bras, d'ailleurs elle se lève avec détermination, prend une feuille sur mon bureau et y inscrit quelque chose avec précipitation, c'est son numéro au travail, s'il te plaît essaie, dit-elle avant de quitter la pièce, me laissant avec une tache blanche au milieu de la table, une tache dont je m'approche, Mikha Bergman, voilà ce qu'elle a écrit, Mikha Bergman, suivi de sept chiffres qui scintillent.

Je ne lui téléphonerai pas, ce n'est pas dans nos usages, je dois l'aider à trouver des forces en elle et pas la pousser à quémander un peu de pitié, pourtant ce nouveau nom m'hypnotise, Mikha, un nom trop clair pour un homme comme lui, un nom qui m'est étranger, je ne connais aucun Mikha. Mikha, mon vieux, tu es dans la merde, je hoche la tête, très compatissante, me répète le numéro, un embryon pernicieux te menace et toi, tu es mort de trouille, j'hésite à prendre le téléphone quand soudain il sonne de lui-même, je décroche et sur le moment ne reconnais pas la voix, une voix que je connais plus que tout, poussiéreuse et sinistre, teintée d'une gêne toute neuve, Naama, c'est moi, dit-il, comment vas-tu ?

Est-il possible que je n'aie pas reconnu Oudi, c'est comme si je ne reconnaissais pas le son de ma propre voix, je suis revenu, dit-il, mais il précise aussitôt, je suis revenu de ma balade dans le Sud, surtout que je ne me leurre pas en croyant qu'il m'est revenu, d'ailleurs je n'ai pas le temps de me leurrer, à mes oreilles bourdonnent les oracles d'espérance que je n'ai cessé de me répéter au chevet de Noga, ton soleil ne se couchera plus ta lune jamais ne s'éclipsera car l'Éternel sera pour toi une lumière perpétuelle et les jours de ton deuil seront révolus, comme je priais alors pour l'entendre, cette voix, mais à présent je suis aussi vide que notre vieille piscine du village, s'il essayait de plonger en moi, il se briserait le cou.

Tu es où, je lui demande, pas loin, répond-il, Avner est parti pour un mois et m'a laissé les clés de son appartement, moi, j'avale ces mots avec soulagement bien que je sache parfaitement qu'il n'y a pas de quoi être soulagée, la vérité, je l'ai découverte le jour où j'ai appelé chez elle, rien n'effacera cet état de fait, même s'il n'habite pas chez elle avec son bébé, il leur appartient. À quelle heure Noga finit-elle aujourd'hui, demande-t-il, je veux aller la chercher à l'école, et je dis, dans pas longtemps, à deux heures moins le quart. Parfait, si tu es d'accord, je te la ramène à la maison ce soir. Bien sûr, je marmonne, aucun problème, je garde le combiné dans la main bien après que sa voix l'a déserté, je m'imagine la joie de Noga quand elle le verra à la sortie de l'école, le sourire qui s'étirera jusqu'à ses boucles, leur étreinte passionnée et incrédule, la joie dont je serai exclue, dire que je leur ai tout donné à ces deux-là, presque toute ma vie, et eux, ils iront au resto, peut-être au cinéma, quand je pense que pendant des années je l'ai tanné pour qu'il l'emmène au cinéma sans moi, lui consacre un peu de temps, je ne me doutais pas que ça allait se concrétiser de la sorte.

Ma tête retombe lourdement sur la table, j'ai un après-midi de libre à ma disposition, personne n'a besoin de moi avant ce soir, pendant des années, elle et lui ont tellement eu besoin de moi que j'en étais déchirée comme un vieux morceau de tissu, voilà que maintenant je suis de trop, j'avais tellement l'habitude d'être indispensable que je ne sais pas quoi faire de ce temps soudain offert, c'est un nouveau domaine que je vais devoir apprivoiser, exactement comme on apprivoise une langue étrangère, tout en me demandant ce que je vais bien pouvoir faire jusqu'à ce soir, je lance à nouveau un regard vers la tache blanche, nuage clair dans le ciel glacial de ma table, et c'est plus fort que moi, je compose le numéro, très vite, pour ne pas avoir le temps de changer d'avis. À ma grande surprise c'est lui qui décroche, je demande, Mikha Bergman ? Lui-même, répond-il avec un brin de fierté dans une voix franche et énergique. Naama, je me présente, nous nous sommes vus ce matin au centre d'hébergement, j'entends avec soulagement le ton ravi qu'il adopte, ah, vous n'êtes donc vraiment pas Hava, rit-il et j'avoue avec un sourire, exact, je ne suis pas Hava, eh bien, reprend-il, en quoi puis-je vous être utile ?

Je souffle d'embarras dans le combiné, m'a-t-il si vite percée à jour, c'est moi qui suis censée lui être utile et pas le contraire, je m'empresse d'adopter un ton plus officiel, je voudrais que nous discutions de la situation, je m'occupe de Yaël, je l'entends lâcher un léger soupir, que ferai-je s'il me dit non, mais il dit, d'accord, vous qui n'êtes pas Hava, je serais enchanté de discuter de la situation avec vous. Quand ? je lâche sans retenue, et il me renvoie immédiatement la balle, êtes-vous libre cet après-midi, moi je réponds immédiatement, oui, c'est tout ce que j'attendais en fait, de me trouver une occupation pour l'après-midi, je ne préfère pas venir au foyer, continue-t-il, retrouvons-nous dans un café, il y a un endroit sympa pas loin de chez vous.

Faisons semblant de travailler sur la maison que je vous construis, lance-t-il dès son arrivée, avant même de s'asseoir en face de moi, il arbore un sourire sombre et coquin, comme si nous étions là pour nous amuser, comme si plusieurs destins n'étaient pas étalés entre nous sur la table, il tire de son sac une grande feuille sur laquelle sont dessinés à la règle des carrés et des rectangles que je regarde avec curiosité, chambre d'ami avec cabinet de toilette, y a-t-il écrit dans l'un, bureau, chambre d'enfants, chambre à coucher, tout y est si clair, si ordonné, apaisant. Quelle belle maison vous me construisez là, je soupire en regrettant intérieurement que ça ne soit pas pour de vrai, oui, pourquoi ne suis-je pas une dame bien organisée qui n'aurait rien d'autre à faire que de se mettre d'accord avec son merveilleux architecte sur la taille du cabinet de toilette attenant à la chambre d'ami ? Elle vous plaît, me demande-t-il joyeusement, beaucoup, je dis en louchant vers la chambre à coucher, lui aussi regarde le même rectangle, il tire un crayon de sa poche, dessine un grand lit dans un coin de la pièce, en face une armoire, il trace des traits comme s'il avait une règle plantée au bout des doigts, à côté du lit il place une petite coiffeuse, jamais je n'ai eu de coiffeuse, mon maigre attirail de maquillage est éparpillé sur la machine à laver et tressaute à chaque essorage. Au-dessus, il met un miroir ovale, est-il assez long pour vous, ce miroir, s'enquiert-il, et je dis, oui, et une fenêtre, continue-t-il, vous aimez certainement les grandes fenêtres, j'opine, alors il troue le mur d'une large fenêtre qui arrive presque jusqu'au lit, examine la pièce avec satisfaction avant de me demander, il vous manque quelque chose, non, rien, je dis, mais soudain je secoue la tête, si, tout, il me manque tout, car je viens de me rappeler que ce n'est qu'un jeu.

À quoi ressemble votre chambre à coucher, embraie-t-il plein de sollicitude, et je songe à la chambre fanée avec son armoire plaquée contre le mur, avec le tapis rouge, mon tapis d'enfance aux cœurs égratignés, décorée par la photo d'une vieille maison au toit de tuiles où des nuages glissent dans le ciel, en dessous le lit que nous avons acheté il y a des années à ce couple qui divorçait et sur lequel Oudi est couché, la bouche fendue par un soupir désespéré, les longues jambes immobiles comme ce fameux matin où elles ont perdu leur motricité, et, au souvenir de ce matin-là, je me sens guérie d'une maladie incurable, oui, ou plutôt, je suis comme une malade en phase terminale qui se sent soudain en pleine forme et qui, bien que sachant son cas désespéré et la rémission uniquement passagère, aide tant son entourage à se leurrer qu'à la fin on oublie qui ment à qui, et la seule chose que je crains, c'est qu'il me demande avec qui je partage ma chambre à coucher, mais non, il se tait, lance un regard indifférent à mes mains, j'ai gardé mon alliance, un anneau fin et sans éclat, mais ce qu'il dit c'est avez-vous un grand miroir dans votre chambre à coucher, non, je réponds, pas même un petit, alors il hoche la tête avec gravité, je vois, ça explique tout. Qu'est-ce que ça explique ? Il sourit, quand je vous ai vue ce matin je me suis dit que vous ne vous rendiez pas compte à quel point vous étiez belle, maintenant je comprends pourquoi, tout simplement parce que vous n'avez pas de miroir, et je lâche un petit rire gêné, c'est exactement ce que me disait mon peintre il y a des années, une fois par décennie un homme englobe ma vie d'un bref regard, m'informe que je suis belle et s'en va. Comme c'est agréable de respirer après avoir reçu un compliment, à croire que mon existence a changé d'un coup de baguette magique, même ma tristesse semble soudain superbe et je me détends sur ma chaise car il n'y a pas de plus beau spectacle qu'une belle femme triste, sauf peut-être un bel homme triste, comme celui qui se trouve assis en face de moi, dire que je suis censée lui en vouloir, que je suis du côté de Yaël, mais je ne lui en veux pas, je le veux, c'est clair, je le sais, il le sait, inutile de dissimuler quoi que ce soit.

Lorsque nos cafés arrivent, nous débarrassons de la table les magnifiques chambres dans lesquelles nous n'habiterons jamais et il dit, je vous écoute, il allume une cigarette, me lance un regard contrit, je me rends compte qu'en fait ses yeux sont foncés, presque noirs, mais qu'un rayonnement feutré les illumine par-derrière, comme si on avait oublié une lampe allumée dans un recoin de son crâne et qu'elle l'éclairait de l'intérieur, une lueur réconfortante fuse même de sa bouche ouverte, il pointe un doigt vers son oreille, je suis tout ouïe, moi je remarque que ses lobes sont étonnamment petits, ils se plaquent à sa tête comme des limaçons affolés, ouf, je lui ai enfin trouvé un défaut. Avec nervosité je prends une cigarette de son paquet, que m'arrive-t-il, je suis incapable de prononcer le moindre mot, que vous arrive-t-il, Naama, me lance-t-il dans un sourire, Hava ne se serait jamais trouvée dans cette situation, je suis sûr qu'elle sait toujours quoi dire, elle, moi je ris d'embarras, voilà, la seule personne que nous connaissons vient à notre rescousse, mais en fait nous en connaissons une autre, celle au nom de qui je suis ici, celle que je dois défendre. Pourtant je ne sais pas quoi lui dire, à cet homme, lui conseiller de faire comme mon mari et de quitter sa femme, de blesser ses enfants comme Oudi a blessé Noga ? Bon, Naama, je vais vous aider, commence-t-il en soupirant, généralement je ne le fais pas mais vous me donnez envie de vous aider alors je vais exposer la situation à votre place. Vous devez me dire que je me comporte comme un vrai salaud, que je ne peux pas abandonner Yaël maintenant, que j'ai ma part de responsabilité, que je dois la soutenir et élever avec elle cet enfant que je n'ai pas désiré, quant à moi, je vous répondrai que vous avez raison mais que je ne peux pas.

Qu'est-ce que ça veut dire ne pas pouvoir, je me raidis

d'un coup, vous, les hommes, vous vous comportez vraiment comme des enfants gâtés, la question n'est pas si vous pouvez ou non, il y a des choses que l'on doit faire sans se demander si on en est capable. Il baisse la tête, j'étais sûre qu'il contre-attaquerait comme le faisait Oudi en guise de défense, mais il n'a pas le même tempérament et je l'entends souffler tout bas, je me sens si coupable que je ne peux même pas la regarder en face, une gamine si belle, vraiment adorable, dont j'ai brisé la vie. Moi je le fixe des yeux mais j'imagine Oudi et Noga à la sortie de l'école, ils se jettent dans les bras l'un de l'autre, derrière mon dos, s'il s'est éloigné d'elle c'est qu'il se sentait trop coupable, dire qu'au lieu de le réconforter je n'ai fait qu'enfoncer encore un peu le clou, et je lui demande avec une curiosité redoublée, dites-moi comment vous pensez vous en tirer, même si vous ne la voyez plus, cette histoire vous poursuivra, et il dit, vous serez surprise d'apprendre qu'on peut tirer un trait. Alors pourquoi est-ce que, moi, je n'arrive jamais à tirer un trait sur rien, je lance avec une naïveté puérile que je refrène aussitôt, je m'empresse de cacher ma rancœur sous une autre question, sérieuse celle-là, expliquez-moi pourquoi vous n'avez pas, tous les deux, opté pour la solution la plus courante, pourquoi ne pas avoir choisi l'avortement, et il soupire, si vous saviez comme je l'ai suppliée, menacée, mais rien n'y a fait, chaque fois que je lui prenais un rendez-vous, elle l'annulait, elle pensait avoir trouvé le moyen de m'obliger à quitter la maison.

Quoi, je m'exclame, incrédule, elle a fait exprès de se retrouver enceinte ? Non, bien sûr que non, mais, une fois la chose faite, elle n'a pas pu se résoudre à laisser passer une si belle occasion, je ne la blâme pas, elle a agi par amour, mais ce n'est pas à vous que je dois raconter quelle calamité peut devenir l'amour. Je souris avec amertume, non parce qu'il semble si bien savoir ce qu'il doit me raconter, mais à cause de la différence entre leurs deux versions, d'après Yaël, c'est vous qui n'avez pas su vous décider, je déclare en pointant vers lui un doigt accusateur, vous qui avez hésité trop longtemps et avez laissé passer le délai. À son tour il me sourit avec amertume, c'est totalement faux, je l'ai avertie dès le début que je ne voulais pas de ce bébé, que je ne quitterai jamais ma femme, je lui ai dit que si elle ne me laissait pas le choix j'étais prêt à reconnaître l'enfant et à lui verser une pension alimentaire, mais que jamais je ne vivrai avec elle, je vous jure que je n'ai pas hésité un seul instant. Vous devez me croire, il me supplie presque, j'ai tout fait pour en finir tant que c'était possible, un jour, nous avions rendez-vous chez le médecin, elle a sauté de la voiture et s'est mise à courir, moi, je l'ai poursuivie en pleine rue, c'était un vrai délire, vous ne pouvez pas vous imaginer, on a failli se faire écraser tous les deux, jamais je n'aurais imaginé en arriver là.

Je l'écoute les yeux fermés, moi qui ai toujours été du côté des femmes, je me sens tellement touchée par son histoire que j'ai du mal à le regarder, on dirait que les frontières se sont brouillées, la douleur est la même, qu'on la porte comme ça ou autrement, c'est tout simplement le pas-de-bol humain, un pas-de-bol qui touche pareillement les hommes et les femmes, à nouveau je pense à Oudi, comment aurait-il réagi dans une telle situation, mais aussitôt ce qu'il a déjà fait me saisit à la gorge, il m'a quittée pour bien moins qu'un bébé, pour une femme avec un bébé qui n'est pas de lui, et, au moment où j'ouvre les yeux, je le vois qui me regarde avec curiosité, il passe sa langue sur ses lèvres et chuchote, à quoi pensez-vous ? À quoi, je commence avec hésitation, eh bien, au fait que tout se rattache, oui, je viens de me rendre compte que nous sommes tous liés les uns aux autres, mais que, au lieu de nous rapprocher, ça nous éloigne. Non, dit-il doucement, moi ça ne m'éloigne pas, je me sens proche de vous depuis l'instant où je vous ai vue assise derrière votre bureau à vous sourire les yeux fermés, et que les choses soient bien claires entre nous, je ne me lie pas facilement aux autres. Je ne parlais pas de vous et moi, je rectifie, je parlais du genre humain en général, ah-ah, le genre humain, lance-t-il avec emphase, c'est vrai que c'est votre domaine, moi, je n'y comprends rien, la seule chose que je sache faire, c'est construire des maisons.

Ou les détruire, je dis mais le regrette aussitôt, il serre les lèvres et d'un geste brusque tire son portefeuille de sa poche, ça y est je l'ai fait fuir, il paie et va s'en aller, mais, au lieu de sortir un billet, il prend une photo et me la tend, une photo de famille très étrange parce que, en général, sur de telles photos, tout le monde est regroupé dans la cour d'une maison ou autour d'une table à regarder par-dessus des assiettes vides, alors que, sur celle-là, ils sont tous en mouvement, comme s'ils jouaient à chat. Un garçon au teint mat avec des fossettes me sourit d'un des bords de la photo, non loin de lui, il y a une gamine en robe à bretelles avec plein de petites tresses sur la tête, tandis qu'à l'autre bout, en short, une femme élancée à l'allure masculine semble essayer de les rattraper, mon attention bien sûr se focalise sur elle, elle tend en avant une jambe bronzée et déterminée, elle a de grands yeux bleus, un beau visage, mais sa carrure et sa coiffure sont tellement dénuées de féminité qu'elles créent une impression désagréable, je ne m'attendais vraiment pas que sa femme ait cette allure-là, j'en tire l'étonnante conclusion que je suis plus belle qu'elle, mais cela ne l'empêche pas, elle, de l'avoir, lui, alors que moi, je n'ai rien. J'examine à nouveau la photo, le mouvement énergique de la jambe qui se tend en vain, jamais elle ne les rattrapera, mais qu'est-ce que ça change, le principal c'est qu'ils aient tous l'air satisfaits, calmes, seul lui, le photographe, semble contrarié, il allume une nouvelle cigarette avec nervosité, vous comprenez, me presse-t-il, et je lui demande, que suis-je exactement censée comprendre ?

Que nous sommes libres, parce que c'est la seule manière possible de vivre ensemble, elle ne me demande jamais où j'étais, je ne la questionne pas non plus, avec les années nous avons appris à évacuer à la fois la vérité et le mensonge, elle sait que si je rentre à la maison, c'est parce que j'ai envie de la voir et de voir les enfants, pas parce que j'y suis obligé, et ça lui suffit, à moi aussi ça me suffit, nous avons appris à nous fier aux actes, oui, c'est notre manière de vivre, sans accuser ni incriminer, sans fouiller perpétuellement dans l'âme de l'autre, c'est ainsi que nous élevons nos enfants, chacun a sa place dans notre famille, et plus il parle, plus je me sens humiliée, comme s'il me tendait un miroir et me montrait ma vie, fondamentalement erronée, tuée dans l'œuf par les reproches, les rancœurs, les boulets traînés aux pieds depuis si longtemps, mi-prison mi-salle de torture, où chacun est à la fois geôlier et prisonnier, victime et bourreau. Un fossé se creuse soudain entre lui et moi, qu'ai-je à voir avec cet homme, qu'ai-je à voir avec sa propagande conjugale si bien léchée, la douleur s'est un instant immiscée dans son quotidien par une brèche que j'ai moi aussi empruntée, mais dans peu de temps elle en sera évacuée et il réintégrera sa vie confortable, intelligemment gérée, tandis que je réintégrerai la mienne, il passe à nouveau sa langue sur ses lèvres, je suis désolé, dit-il, je n'avais pas l'intention de vous blesser, moi je baisse la tête, ce n'est pas vous, c'est la réalité, elle a ce genre de caractéristiques, vous savez. Il tend la main vers mon menton et relève mon visage, l'oriente vers lui comme on oriente un miroir, je ne sais pas quoi faire, continue-t-il, sa langue lisse ses dents, je n'aurais jamais dû me laisser aller, mais elle était tellement mignonne, elle traînait exprès au bureau après le départ des autres, me demandait toutes sortes de conseils, bref, elle m'a provoqué et, moi, c'est vrai, j'ai pris un peu de bon temps avec elle, j'étais loin de me douter jusqu'où ça me mènerait.

Vous avez oublié comment va le monde, je lui lance dans un reproche, et il soupire, arrêtez s'il vous plaît, Naama, si vous saviez... Toutes les nuits je reconstitue cette seule et unique fois de merde, je me maudis de ne pas m'être dominé, une seule fois, toute la journée elle avait tournicoté autour de moi, elle portait une robe courte sans culotte, dès que nous nous sommes retrouvés seuls elle s'est assise sur moi, et alors je fouille dans le tiroir et constate qu'il n'y a plus de préservatifs, je me dis, tant pis, revenons-en aux bonnes vieilles méthodes de ma jeunesse, et bingo ! il a fallu que ça arrive, j'y pense toutes les nuits. Moi je baisse de chastes paupières, pourquoi me raconte-t-il ce genre de détails, je ne suis pas sa confidente, mais le mécanisme s'est mis en branle et, comme lui, je reconstitue les faits, c'est terriblement excitant malgré la regrettable issue, et je comprends que c'est précisément dans cette intention qu'il a jugé bon de me raconter son histoire, je ne suis pas une confidente mais une femme à séduire, oui, ce qu'il suggère, c'est qu'il est disponible, qu'il suffit que je me balade à côté de lui sans culotte pour que ça m'arrive. Non mais, pour qui se prend-il, il m'énerve, s'il croit que c'est ce qui me manque en ce moment, mais en le voyant je suis gagnée par l'indulgence, impossible de lui en vouloir, sa franchise le rend merveilleux, et d'ailleurs pourquoi pas, je suis disponible, oui, je ne suis pas uniquement une femme abandonnée et délaissée, j'ai une autre facette, tumultueuse et insoupçonnée.

Je jette sur ma montre un regard sans ambiguïté, il lâche un petit rire, nous reste-t-il assez de temps pour analyser la situation ? Je hoche la tête sans rien dire, envahie d'un trouble que je n'ai pas ressenti depuis des années, il approche son visage, de près sa peau apparaît grossière et usée, exactement comme le cuir du portefeuille posé entre nous sur la table, voulez-vous analyser la situation ici ou aller le faire ailleurs, poursuit-il, nous pouvons par exemple nous rendre sur les lieux du crime, moi je chuchote, d'accord, je n'ai soudain plus aucune envie d'hésiter ni de tergiverser, hypnotisée je marche derrière lui, pour la première fois de ma vie je ne m'inquiète pas de ce qu'il adviendra, du prix que ça coûtera, je me contente de suivre un homme que j'ai rencontré le matin même pour la première fois, de nouveaux influx se propagent dans mon corps, ce corps qui n'appartenait qu'à mon mari. Qui sait, peut-être qu'à travers un autre homme j'en reprendrai possession, je ne pense ni à Noga, ni à Oudi, ni à Yaël, uniquement au charme irrésistible qui se dégage généreusement de chacun des gestes de cet inconnu, roulez derrière moi, dit-il, c'est tout près. J'entre dans ma voiture et je le suis comme si un câble nous liait, il est le dépanneur, et moi, dans le rôle du véhicule accidenté qu'il traîne derrière, je ne peux plus me permettre de douter.

Nous nous garons devant un petit immeuble propret, dans le hall deux plantes d'intérieur m'accueillent avec un sourire joyeusement coloré, j'entre sur ses talons dans un bureau luxueux et qui a pour principal avantage d'être désert, c'est une courte journée chez nous aujourd'hui, m'explique-t-il, c'était notre rendez-vous hebdomadaire, moi je ris, tout me semble soudain exaltant, ce qui m'a dégoûtée pendant des années m'amuse maintenant, même penser aux bourrelets, aussi embarrassants que des objets volés, qui se révéleront sous mes habits, aux odeurs corporelles trop privées, à tout ce que seul Oudi pouvait aimer, ne me dérange plus, les émotions que l'on vit en général pendant l'adolescence, j'en fais maintenant l'expérience et c'est beaucoup moins effrayant que ce que je pensais, beaucoup plus simple aussi.

Sa main effleure mes épaules, me guide jusqu'à la pièce qui lui sert de bureau, le sol est recouvert d'une moquette rouge et brillante, exactement de la couleur de mon pull, sa voix glisse dans mon oreille, quand je t'ai vue ce matin, tu sais ce que j'ai pensé ? Je hoche la tête, je sais ce qu'il va dire, j'ai pensé que je crevais d'envie de te voir étendue sur cette moquette, tes beaux cheveux blonds défaits, il se plaque contre moi et me lisse les cheveux, il est si près que ses lèvres touchent mes joues et je me referme, dans un instant sa bouche sera sur la mienne, les bribes des aliments que nous avons mangés aujourd'hui et des mots que nous avons prononcés se mélangeront, comme c'est étrange qu'un même petit orifice serve à tant de choses, on aurait dû en créer un spécialement pour embrasser, je n'ai rien en commun avec ses restes de repas, ses restes de syllabes, mais ses lèvres soufflent dans mon oreille, Naama, ne m'échappe pas, ne t'échappe pas, ne t'inquiète pas, si tu as peur on ne fera rien, je veux juste te voir allongée sur la moquette. Très embarrassée je regarde ce rouge qui s'étale en dessous de moi, comment l'atteindre, mais il s'y assied avec légèreté, m'attire à lui, pose chacun de mes membres par terre, ses gestes sont précis, comme quand il dessinait, il m'éparpille les cheveux autour de la tête, rayonne d'une admiration candide qui efface toutes les réticences que j'éprouve envers moi-même, son émerveillement me semble exagéré mais quel apaisement, une volupté de rêve éveillé le recouvre comme de la crème sur un gâteau, il s'agit d'une douceur imaginaire avec laquelle il est inutile de discutailler puisque de toute façon elle n'existe pas, la seule chose à faire est de la lécher jusqu'à ce qu'il n'en reste plus et que le gâteau se retrouve nu et insipide, mais moi je m'en fiche, je me suis suffisamment préoccupée de ce qui allait se passer, j'ai signé avec l'avenir toutes sortes de pactes secrets que j'ai été la seule à respecter, eh bien, maintenant, que l'avenir s'inquiète.

Je ne te demande rien, dit-il en me couvant de ses yeux lumineux, mais tu peux tout me raconter, moi j'essaie de sourire mais une petite larme tache la moquette au moment où je lâche, mon mari m'a quittée il y a exactement une semaine, je n'ai jamais été avec un autre homme, je regrette déjà d'avoir laissé échapper cet aveu désespérant, mais Mikha ne recule pas, il me caresse le visage du bout des doigts, ton mari te reviendra, tu verras, chuchote-t-il, je te jure qu'il te reviendra, et moi je suis prête à le croire, je touche son beau visage, il est beau même de près, bien que moins jeune, je ne m'imaginais pas que les rides entre ses sourcils sévères étaient si profondes, peu importe car son sourire chaud et sensible se plaque sur mes lèvres, laisse-moi t'aimer, il égrène ses mots dans ma bouche, dans l'obscurité qui descend sur la pièce, dans la douceur de ce soir d'été un peu parfumé où monte une odeur de fruits frais, de prunes chaudes à peine cueillies de l'arbre et qui fondent dans la bouche comme des bonbons, et c'est avec une attention toute sucrée qu'il me dépouille de mes vêtements, tu es si blanche, constate-t-il, tu as une peau si douce. Sans sa chemise il a l'air plus lourd, mes mains habituées au corps juvénile d'Oudi s'étonnent de la largeur de son dos, mais son contact est agréable, aucune interférence empoisonnée ne vient me déranger. C'est si simple, je m'émerveille, de faire l'amour avec un parfait étranger, sans le ressentiment ni les récriminations de la vie commune, comment se fait-il que je n'aie pas compris plus tôt qu'on ne pouvait vraiment aimer qu'un étranger. Ses doigts experts se promènent sur mon corps, j'ai l'impression que les racines de mes cheveux se dressent de plaisir, fendent la terre aride de mon crâne, ne te retiens pas, murmure-t-il, montre-toi telle que tu es vraiment, moi je me fais de plus en plus légère, comme si à cet instant précis je m'étais délestée de tout ce que je traînais avec moi, des sacs bourrés de provisions, oui, un instant avant que le bateau ne coule j'ai tout jeté à la mer et je reste seule à bord avec l'assurance de ne plus rien avoir, je me contente de suivre le trajet de son doigt, qui se gare dans ma bouche, je le lèche comme une chatte qui a gagné un os juteux, mais déjà il va se cacher dans les profondeurs de mon corps, sa langue rugueuse glisse le long de mon cou, il est tout nu, se tient devant moi à genoux, on dirait un nain, il m'attire à lui, je me tortille autour de son membre chaud qui grossit par secousses successives, il va se briser je le sais, se casser en mille morceaux comme l'énorme baromètre de mon père qui a éclaté à mes pieds le jour de mon mariage, et je l'entends crier dans un halètement, ne t'enfuie pas, Naama, je te sens partir, moi je dis, non, je suis là, mais déçu il me secoue par les épaules sans masquer sa déception, non tu n'es pas avec moi, tu n'es pas avec moi, si, je me hâte de le satisfaire, de lui prouver que je suis bien là, tout mon corps s'arrondit pour le satisfaire, je ne suis plus que des cercles concentriques, une cible avec sa flèche magnétique plantée en plein dans le mille, voilà qui ne pourra être changé, ni par la douleur de mon père, ni par la trahison d'Oudi, ni par la blessure de Noga, c'est un fait qui en exclut tout autre, mue par une exaltation débridée, je penche la tête en arrière, fais sauter la barrière, les délicieux wagons du plaisir s'engouffrent les uns après les autres, comme le gâteau en forme de petit train que j'avais fait à Noga pour son anniversaire de deux ans, trois somptueux wagons nappés de chocolat qu'elle n'a même pas eu le temps de goûter avant sa chute.

Voici donc ce que j'avais à vous expliquer sur la situation, lance-t-il soudain d'une voix si forte que je sursaute, on dirait qu'un mégaphone s'est mis à fonctionner dans sa gorge, sa chemise blanche est déjà en train de regagner ses épaules, il a sur le visage l'expression mitigée d'un enfant qui vient de recevoir un cadeau à la suite d'une catastrophe et ne sait s'il doit se réjouir du cadeau ou se désoler de la catastrophe. Tu me comprends, n'est-ce pas, continue-t-il en m'écrasant les épaules, j'ai couché avec elle trois fois sur cette moquette, quatre fois sur ce fauteuil, deux ou trois fois sur cette table, soit dit en passant je me ferai un plaisir de t'offrir une petite démonstration, peut-être ai-je oublié encore une ou deux autres fois, et alors ? Qu'est-ce que ça signifie ? Que nous pouvons devenir mari et femme, elle et moi ? Que je dois quitter mes enfants, briser la famille que j'aime tant, dis-le-moi, qu'est-ce que ça signifie ? Quel prix faut-il que je paie pour chacun de mes plaisirs, car je ne l'ai pas violée, pas même séduite, et, quand le problème s'est posé, j'ai tout fait pour nous en débarrasser, c'est elle qui a refusé, je suis prêt à reconnaître l'enfant ou à accepter de le confier pour adoption, que voulez-vous de plus, que je l'aime, elle ? Désolé, mais ça, vous ne pourrez pas me l'imposer, je ne vous laisserai pas le contrôle de mes sentiments. Avec étonnement mais sans aucune inquiétude, je remarque son changement soudain, il a quelque chose de doux, d'inoffensif pour moi, je contemple sa chemise qui se reboutonne sous ses larges doigts, comment reste-t-elle immaculée même en fin de journée, je lui prends les mains, embrasse ses ongles, il me semble que chacun d'eux a un visage qui me sourit avec timidité, tout comme son visage à lui que je vois s'approcher, je le laisse poser sa tête sur ma poitrine, ses cheveux épais et parfumés me couvrent les seins, ne t'inquiète pas, je lui chuchote, ne t'inquiète pas, ça s'arrangera.

Je ris toute seule dans le crépuscule qui me ramène à la maison, juste à côté de la voiture il m'a dit, tu sais que jamais Hava n'aurait fait ça, voilà pourquoi j'ai dit que je te préférais toi, et moi j'ai gloussé en retour, pauvre Hava qui n'a pas la moindre idée de ce qu'elle loupe, ensuite je l'ai vu dans le rétroviseur, debout à me suivre du regard, un grand type, plein de gratitude parce qu'il venait de recevoir une absolution inespérée, mais plus la maison approche, plus j'essaie de penser à cette pauvre Yaël, on ne peut pas dire que je l'aie aidée, la seule personne que j'aie aidée c'est moi, qui l'eût crû, même moi j'ai du mal à y croire, oui, j'ai du mal à croire que j'ai enfin osé achever ce qui avait été interrompu à l'époque, là-haut dans la mansarde, le jour de la première ondée, comme si ma vraie faute, celle pour laquelle j'ai été punie, c'était justement de ne pas être restée avec lui, et que maintenant, puisque j'ai été au bout, cette faute est totalement effacée.

Quand je rentre à la maison, je tombe sur trois blocs de marbre assis dans le salon qui m'attendent en silence, ma mère, Oudi et Noga, si tendus qu'on dirait des parents inquiets pour leur fille indigne. T'étais où, maman ? seule Noga ose me poser la question, et je réponds avec légèreté, j'avais quelques rendez-vous, Oudi me regarde, il a du mal à se retenir de m'interroger comme à son habitude, ça fait une semaine que je ne l'ai pas vu et j'ai l'impression que son corps a rétréci autant que son malaise a pris de l'ampleur, ses yeux sont rouges comme s'il n'avait pas dormi depuis son départ, Naama, tu es radieuse, déclare ma mère en le regardant de travers non sans défi, et j'ai envie de lui répondre, maman, c'est exactement l'air que tu avais quand tu rentrais de tes rendez-vous, que tu nous regardais avec perplexité comme si tu ne savais pas qui nous étions et ce que nous voulions de toi, mais au lieu de cela je les contemple en silence, j'ai l'impression qu'ils se sont ligués pour gâcher ma modeste joie, non, je ne les laisserai pas, je n'ai pas le droit de les laisser gâcher ma joie. Noga, as-tu fait tes devoirs, je l'agresse, déterminée à changer de sujet, elle répond comme prévu par la négative puis va s'enfermer dans sa chambre, ma mère marmonne, je vais préparer à manger et s'éclipse dans la cuisine, Oudi se lève lentement, se plante devant moi, les membres pris dans les rets de ses pensées, tu vois, murmure-t-il sur un ton mielleux, je t'avais bien dit que ce serait une bonne chose pour toi, ses yeux qui s'agitent fouillent mon visage tandis que je jouis de chaque seconde de son impuissance, ça doit être ça le bonheur, dire que pendant des années je l'ai cherché en vain dans les sphères de l'affection et de la miséricorde alors que c'est là qu'il se cache, dans les fissures qui séparent la victoire de la défaite cuisante, dans le fossé entre le vide total et le souvenir tressaillant, c'est ça le bonheur, voir son vieil ennemi bâillonné parce qu'on lui a coupé l'herbe sous les pieds, il ne peut me demander ni où j'étais ni ce que j'ai fait, il n'a pas le droit de chercher de pièces à conviction, et ce ne sont que ses pas rancuniers dans les escaliers qui laissent sa question en suspens, une question où se terre la réponse que j'ai depuis toujours au bord des lèvres.

CHAPITRE 19

Cette nuit-là, elle vient se planter devant mon lit, petite fille sculptée dans la pierre, je l'entends souffler, j'ouvre un œil que je referme aussitôt, me tourne de l'autre côté, mais alors c'est la jambe bronzée de la femme de Mikha qui écarte mes draps, un pied grossier se dirige vers mon entrejambe haletant, voilà ce que font les femmes pour garder leur mari, il n'y a que toi qui renonces, qui n'oses pas te battre pour lui, à moins que tu trouves que le jeu n'en vaut pas la chandelle, c'est exactement ce qu'il disait chaque fois que nous tombions dans le piège des conversations à cœur ouvert, tu ne veux pas vraiment de moi, tu crois que tu as droit à mieux, tu restes avec moi parce que tu as peur de la solitude et non par amour, mais jamais je ne l'ai réellement écouté, je ne faisais qu'attendre mon tour de parler, impatiente d'emporter ses reproches dans les flots tumultueux de mes accusations, maintenant je me souviens du regard vexé qu'il m'a lancé en descendant les escaliers, tu n'as même pas attendu plus d'une semaine pour me tromper, tu as renoncé à moi encore plus vite que je le pensais.

Des souffles d'air frais s'approchent du lit sur la pointe des pieds, hésitent à grimper sur mon corps, comme lorsque l'eau chaude de la douche va se terminer, que la température est encore agréable mais que la peau sent déjà la menace du courant froid. Pour la première fois je peux envisager que ce pénible été s'achèvera un jour, je me redresse pour attraper la couverture et la vois à nouveau, ses yeux sont fermés, elle dort debout, littéralement, elle s'est endormie pendant son tour de garde, sur quoi veille-t-elle donc avec ce mélange de ferveur et de négligence, je la caresse, Nogui, tu es gelée, viens dans le lit, et elle répond, papa ne m'aime pas, viens, j'insiste, tu as froid, les nuits se rafraîchissent. Je sais qu'il ne m'aime pas, poursuit-elle, mais moi je la tire avec rage, pourquoi faut-il qu'elle vienne me tourmenter les rares fois où j'arrive à m'endormir, qu'est-ce que je lui ai fait pour qu'elle me harcèle à ce point, mais soudain je comprends ce qu'elle est en train de dire... et ne peux rien répondre car je n'ai rien à répondre, peut-être a-t-elle raison, je ne sais pas ce qu'il aime ou n'aime pas. Il m'a à peine parlé, continue-t-elle, à peine écoutée, il n'a fait que regarder sa montre comme si on l'attendait. Je dois me forcer pour lui passer un bras autour des épaules, au lieu d'une vague de pitié, c'est un agacement incontrôlable qui m'assaille, contre elle et contre lui, j'ai envie de les planter là tous les deux, ils n'ont qu'à régler leurs comptes tout seuls. Noga, laisse-moi dormir, je râle, je ne peux pas être responsable de ton père, je ne sais plus rien de lui, la seule chose que je peux t'affirmer, c'est que, moi, je t'aime, mais devant son silence penaud je me mets à douter de la sincérité de mes paroles, qu'a-t-il dit cet après-midi en boutonnant sa chemise blanche, vous ne pourrez pas m'imposer de l'aimer, je ne vous laisserai pas contrôler mes sentiments, j'enfouis mon visage dans l'oreiller, j'en ai marre d'aimer, marre, je veux qu'on me donne de l'amour sans rien avoir à payer en échange, *mea culpa*.

Mais au matin lorsque je la trouve endormie à mes côtés, je caresse ses joues salées, les traînées aqueuses laissées par les larmes nocturnes ressemblent à de la bave de limace, elle ouvre ses grands yeux aux longs cils de dentelle, je suis sa fille, dit-elle, il est obligé de m'aimer, mais moi je l'interromps, debout, Nogui, il est déjà tard, arrête de ressasser, pense à autre chose, je la regarde s'éloigner, et malgré sa moue de frustration je respire de soulagement, elle aime ça, me raconter à quel point elle est malheureuse, tant pis, moi je dois la repousser, justement pour pouvoir l'aimer, car me charger de sa douleur m'affaiblit tellement qu'il ne me reste plus que la force de serrer les poings et de l'assommer avec ma pitié. Nous sommes sur le pas de la porte au moment où il téléphone, tu es encore à la maison, demande-t-il d'une voix sèche, comme si nous étions de ceux qui se téléphonent tous les matins et pas de ceux qui, nuit après nuit, se sont allongés face à face dans un même lit, et moi qui allais sortir, je lui réponds, oui, je suis encore là, et fais signe à Noga de se dépêcher parce que, du coup, elle doit aller à pied mais tant pis, j'ai l'impression qu'il veut revenir, je déambule de pièce en pièce avec une sensation de victoire, je souris aux objets qui m'ont vue dans ma honte, d'accord pour que tu reviennes, mais à condition de vivre une tout autre vie, voilà ce que je lui dirai, une vie d'adultes indépendants qui se sont choisis, pas d'enfants affolés qui s'accrochent hargneusement l'un à l'autre, mais au moment où il pénètre dans l'appartement avec sa chemise en jean et son pantalon en velours côtelé brun, les griffes du gâchis se plantent dans ma chair, il était à toi et il ne l'est plus, pleurez pleurez celui qui est parti, il reste debout, distant, et, du haut de sa grande taille, m'offre un visage sculpté avec une précision avare et impitoyable. Je suis venu prendre quelques affaires, m'annonce-t-il, je pars en voyage, moi, je le maudis en serrant les lèvres, tu as de nouveau gagné, tu as toujours été plus téméraire, plus cruel que moi, dire que je pensais avoir pris le dessus en m'offrant une journée de bonheur, mais toi tu vas maintenant m'humilier pendant des semaines, moi qui croyais pouvoir imposer mes conditions, je n'ai même pas à qui en donner lecture, j'ai l'impression que mon visage s'affaisse, une gravitation décuplée agit sur moi, tire de plus en plus bas les commissures de ma bouche, mes épaules, mes seins malgré le soutien-gorge moite qui les retient, mes genoux tremblants, car il me quitte une nouvelle fois alors que je le voyais me revenir, quelle imbécile cette Hava, comment a-t-elle osé me raconter que ce serait un bienfait pour moi, je me retrouve à le suivre de pièce en pièce en claudiquant, mes dents claquent de vexation, ne pleurez pas celui qui est mort et ne le plaignez pas pleurez pleurez celui qui est parti car il ne reviendra plus et ne verra plus son pays natal.

Tu pars où, au Tibet ? J'ai lancé le nom comme ça, une sorte de tâtonnement maladroit, et il murmure, oui plus ou moins, moi je m'étonne, ça t'a pris tout à coup, hier tu n'en as pas parlé. Je me suis décidé cette nuit, je ne peux plus rester ici, me coupe-t-il et j'essaie d'ironiser, vraiment, tu as entendu une voix ? Plus ou moins. Moi je sais qu'en vrai ça ressemble plutôt à une punition, il a senti que j'avais été avec un autre homme et il veut me punir, quel culot, de quel droit fait-il ça, et je lance à son large dos, je sais que tu ne pars pas tout seul mais il ne répond pas, revient de la terrasse avec l'échelle qu'il traîne jusqu'à la chambre à coucher et s'en sert pour atteindre les hauteurs enneigées de l'armoire. Avec animosité, je contemple ses pieds où les orteils, bien rangés les uns à côté des autres, forment une diagonale parfaite, ils pointent sous la lanière de cuir brun, je les ai vraiment sous le nez, un court instant je me convaincs qu'il ne s'en va pas pour de vrai, qu'il ne fait que m'aider à descendre les vêtements d'hiver, nous avons réintégré un cycle apaisant, l'été ne va pas s'éterniser, d'ailleurs j'ai senti cette nuit les signes avant-coureurs de l'automne, nous nous préparons pour l'hiver un peu plus tôt que d'habitude c'est tout, mais il coupe court à ma douce illusion, où as-tu mis mon imperméable bleu ? Il m'interpelle comme si j'avais gardé mon rôle d'aide de camp alors que lui en endossait un nouveau, le rôle de celui qui disparaît sans laisser de traces. Je chuchote aux pieds posés sur le dernier échelon, tu pars avec Zohara, n'est-ce pas ? et vois les orteils se rétracter et se planquer sous la bande de cuir dans un aveu flagrant.

Je pars avec elle mais ce n'est pas ce que tu crois, rectifie-t-il aussitôt du fin fond de l'armoire. Je pose mes mains sur l'échelle, m'imagine déjà en train de la secouer comme un prunier, je le vois atterrir et se casser quelque chose, il ne partira nulle part, il ne partira avec personne, mais à quoi bon, nous avons déjà vécu tout cela, nous l'avons déjà gardé ici, blessé et prisonnier, un martyre pour nous trois, je ne peux que le laisser suivre sa voie, de toute façon je ne fais pas le poids contre lui, ma force se retourne systématiquement contre moi ! Plus vite je sortirai de sa vie, plus vite il pourra voir la réalité telle qu'elle est. Tant d'années j'ai accepté de lui servir d'écran pour qu'il se dupe lui-même, d'être accusée pour qu'il en sorte toujours immaculé, de le laisser transformer chaque détail en conflit personnel pour qu'il puisse me lancer au visage la boue de ses frustrations, surtout ne jamais se remettre en question, c'est fini, je le jure, et afin de sortir de sa vie je sors immédiatement de la pièce, au bout de quelques minutes il apparaît, l'imper bleu, un bonnet de laine et d'épaisses chaussettes à la main, je ne souffle pas un mot, j'ai enfin compris que moins j'en dirai, plus il parlera, je le vois prendre un sac en plastique derrière le frigo et y mettre ses affaires, étrange qu'il se souvienne encore où se trouvent les sacs en plastique, et aussi le robinet, qu'il ouvre sans problème pour se verser à boire avant de venir s'asseoir à côté de moi. Ce n'est pas ce que tu crois, reprend-il, je ne l'aime pas comme je t'ai aimée, c'est quelque chose de totalement différent, simplement, elle, elle me laisse vivre, elle m'accepte tel que je suis, elle n'attend rien de moi et n'essaie pas de m'éduquer.

J'ai du mal à me consoler de ces nuances, surtout de l'emploi du passé qui hurle dans mes oreilles, je t'ai aimée, je t'ai aimée, il tente d'expliquer mais moi je sens que je m'éloigne, je ne suis plus à côté de lui sur le canapé mais je le regarde de très loin, quel chemin ai-je parcouru ces derniers mois sans m'en rendre compte, et je comprends qu'il se trompe à nouveau, il fuit l'obstacle, se laisse séduire par des solutions faciles, c'est ça qu'il appelle un changement ? Il recommence à se juger en fonction de l'autre et recommencera à se punir en punissant l'autre, comme il est faible à bien y réfléchir, ce n'est que par la force de sa faiblesse qu'il m'a dominée jour après jour, mais je n'ai pas le droit de le lui dire, je ne peux pas le sauver et il ne peut pas me sauver, à chacun son destin, malgré toutes les années passées à partager le même toit, le même nom et la même fille, et de très loin je tends la main vers lui et lisse ses cheveux, j'ai l'impression qu'il est mon fils, que je l'ai mis au monde, oui, c'est uniquement par ce biais que je peux l'aimer, car étrangement j'ai envie de l'aimer, je vois soudain comment finira son voyage absurde, plus il fuira, plus il s'éloignera d'un possible salut, mais je suis totalement impuissante à l'aider, comme si, dans une crise de somnambulisme, il marchait sur une poutre étroite et allait tomber si j'essayais de le guider. Je l'examine avec une curiosité toute neuve, il n'est plus mon mari, plus le père de Noga, rien qu'un homme pas très jeune et pas très heureux qui cherche une vie meilleure, ses cheveux ruissellent du sommet de son crâne dans une langueur clairsemée, ses yeux sont baissés, ses lèvres crispées, même ses pommettes saillantes, autour desquelles s'articulait tout son visage, tombent d'épuisement sous la peau tandis que ses doigts enserrent avec une dévotion totale, comme si c'était la dernière chose qui lui restait au monde, le sac en plastique qui contient ses chaussettes, son bonnet et son imper bleu, je contemple ses mains sèches, les vois sur le ventre de Noga bébé, elles lui chatouillent les côtes, Noga s'étrangle de rire, et moi je le sermonne et je lui demande d'arrêter, c'est dangereux de trop faire rire les bébés. Et son bébé, je demande tout bas, je fais ce que je peux, elle est si petite, répond-il, moi je baisse la tête devant son sourire gêné, dès que ce n'est pas une obligation il n'a aucun mal à se montrer généreux, sa résistance s'émousse et puis elle est si petite qu'elle n'a pas encore dans les yeux ce regard accusateur qu'il fuit à l'autre bout du monde. De même que ce n'est qu'avec un homme étranger qu'il est facile de faire l'amour, il semblerait que seul un bébé étranger soit facile à élever, oui, mais alors que deviennent toutes les années où nous avons cru le contraire, hein, qui va venir réclamer réparation pour ce cuisant affront ?

Je décrypte à présent ses paroles avec un étonnant sang-froid, si je n'y suis pas arrivée plus tôt c'était simplement que j'étais en permanence sur la défensive, à me battre contre les jets de mots dont il me lapidait, voilà comment tout à coup l'esprit vient aux filles, juste avec quelques mois de retard, à un moment où ça ne peut plus servir à rien, en tout cas plus à nous deux, et quand il se met debout je fixe les lignes de velours brun qui s'étirent comme si elles se réveillaient d'un profond sommeil et je nous revois, l'hiver dernier, farfouillant tous les trois entre les cintres, c'était son cadeau d'anniversaire, ce pantalon, mais soudain le souvenir d'un autre anniversaire me fait tressaillir, une date toute proche, elle aura dix ans à la fin du mois, j'ouvre la bouche dans l'intention de le lui rappeler, pour qu'il écrive ou téléphone, mais une toux sèche s'échappe de mon gosier, après tout, ça ne me concerne pas, c'est entre elle et lui. Tu as dit quelque chose, demande-t-il, et je murmure, non rien, je te souhaite juste un bon voyage, je lui effleure la joue, une délicate odeur de poussière en émane, comme un feu solitaire dans le désert, il étreint son sac en plastique, me lance un sourire tordu, et tandis que je le regarde descendre les escaliers je m'étonne, comment se fait-il, alors que la vie n'est qu'une lutte de titans entre deux individus, qu'il suffise que l'un abandonne la partie pour que tout se termine dans un râle faiblard, à croire que le combat était fondamentalement vain, sans aucune finalité... dire que moi j'ai toujours pensé qu'il était plus fort que nous, qu'il nous survivrait et que toujours nous serions les mercenaires d'un conflit sans fin !

Juste avant le tournant, j'aperçois encore son dos étroit, j'ai l'impression qu'il s'arrête, hésite un instant, mais je ne l'appelle pas, nous avançons certes sur le même chemin mais à présent, nos vies sont totalement séparées, je ne me bats pas pour lui, je relâche la pression, comme le ciel je regarde avec un étonnement muet les nuages qui s'éloignent, j'ai essayé pendant tant d'années de recoller les lambeaux, mes doigts maladroits les recousaient avec des fils grossiers qui ne faisaient qu'accentuer la déchirure, je comprends maintenant que ce n'est absolument pas vers cela qu'il faut tendre, que le but, au contraire, est d'apprendre à vivre avec les failles, d'apprivoiser le manque, de respirer la laideur à pleins poumons au lieu de s'acharner à la décorer, de jeter un regard distancé sur l'ennui quotidien et d'y trouver de l'intérêt, car que reste-t-il après avoir renoncé au combat, ce qui est plus pénible d'ailleurs que de renoncer à l'amour, que reste-t-il, rien, à part un ennui terrifiant, si vous essayez de le dissiper pendant la nuit il reviendra décuplé au matin, voilà avec quoi il faut vivre, et, au moment où il disparaît au coin de la rue, je retiens mon souffle un instant, voilà c'est fini, comment croire que notre histoire s'est terminée avant notre vie ? Dire que, en plus, ça ne signifie même pas que c'était inévitable, non, inutile de chercher à se consoler en s'en persuadant, si c'est arrivé ça signifie juste que c'est arrivé, que ça aurait pu, comme la plupart des catastrophes, être évité, mais que, de toute façon, maintenant c'est trop tard.

Elle m'attend derrière le portail du foyer, presse son ventre déjà bien bas contre les barreaux, Naama, me crie-t-elle, comment as-tu fait ? Je m'affole, comment ai-je fait quoi, et elle dit, comment as-tu réussi à le convaincre ? À le convaincre de quoi, je continue, toujours aussi inquiète. Il m'est revenu, s'exclame-t-elle, il m'aidera, il a téléphoné ce matin et a promis de passer me voir dans le courant de la journée. C'est génial, Yaëli, je déclare dans un soupir de soulagement, mais ne t'emballe pas trop, tu n'obtiendras jamais de lui tout ce que tu veux, tu dois ne compter que sur toi-même. C'est pas vrai, je suis sûre qu'il va changer, non, je l'interromps en passant une main dans les piques de ses cheveux, tu te trompes, tu n'arriveras pas à le changer, tu ne peux changer que toi-même et, ça aussi, difficilement, elle me regarde, déçue, ça veut dire qu'il ne viendra pas vivre avec moi ? Que nous n'élèverons pas le bébé ensemble ? Et je dis, non, il viendra de temps en temps te rendre visite, il sera si merveilleux que tu ne pourras pas aimer un autre homme, mais ça aussi ne durera qu'un certain laps de temps, tu dois construire ta vie sans lui. Mais aux anniversaires du bébé, il sera quand même là ? Ce mot me renvoie directement à l'anniversaire de Noga, peut-être aurais-je dû en parler à Oudi, mais à quoi bon, mieux vaut qu'il ne fasse rien plutôt que quelque chose qui ne vienne pas de lui, je m'installe à côté d'elle sur les marches du perron, ces maudits anniversaires, à quoi ça sert, même si elle abandonne son enfant, cette date la poursuivra, que fera-t-elle ce jour-là, d'année en année ? Un gâteau qu'elle mangera toute seule, un gâteau en forme de nounours, de lapin, de petit train dont elle soufflera elle-même les bougies, elle vieillira en même temps que son fils, mais pas dans la même maison, pas dans la même ville.

Il m'a donné des coups de pied toute la matinée, marmonne-t-elle en posant une main sur son ventre, il essaie de me dire quelque chose mais je ne sais pas quoi, si seulement je savais ce qui sera le mieux pour lui, alors je dis tout bas, que personne n'entende mes paroles taboues qui m'étonnent moi-même, Yaël, tu sais ce qui est le mieux pour lui, tu dois être forte et l'accepter, ça n'a rien à voir avec Mikha, c'est entre toi et ton bébé, mais sache que si tu l'abandonnes tu ne t'en remettras jamais, je n'arrête pas de tourner et retourner le problème dans ma tête, soupire-t-elle, mais je n'arrive à rien, une chance que j'aie encore deux semaines pour me décider, mais au moment où nous nous levons, elle lâche un cri strident, profond, on dirait que l'embryon hurle de ses entrailles, regarde, je perds les eaux.

Dégoulinante comme si elle s'était baignée tout habillée, elle reste immobile à pleurer tandis que je monte en courant dans le bâtiment, elle a perdu les eaux, je l'emmène à l'hôpital, je lance haletante à Anath qui lui prépare rapidement son sac, tu es sûre que tu veux y aller, demande-t-elle, parce que, en général, c'est son rôle, oui, aucun problème, je réponds en essayant de dissimuler mon émotion anormale et déplacée. Faut-il prévenir quelqu'un ? reprend-elle, je fouille dans mon sac et en sors le bout de papier blanc, oui, téléphone à ce type, je parle le souffle court tant je suis bouleversée, j'ai l'impression que je me recrée subitement une famille, une famille qui va venir remplacer celle qui m'a tant déçue.

Elle s'allonge sur la banquette arrière, exactement comme Noga la semaine dernière, ma petite voiture est devenue une ambulance amateur, tabernacle de maux et de soupirs, derrière, chacun gémit à tour de rôle tandis que, devant, moi je conduis, lentement, presque au pas, mais on avance tout de même, on arrive, ne t'inquiète pas, Yaëli, je lui dis, tout se passera bien, je vais t'aider, mais elle couine, j'ai froid, je suis toute trempée. J'allume le chauffage malgré le soleil tapant, ma voiture doit sûrement avoir l'air d'une boule de feu, pourtant Yaël tremble toujours, je l'entends claquer des dents alors que moi j'ai du mal à respirer, des torrents de sueur bouillante me coulent du front droit dans la bouche, je suis si desséchée que je les avale goulûment, j'ai soif, de plus en plus soif, j'ouvre les lèvres, on dirait que, du ciel, des petits brocs de liquide épais s'y déversent, du liquide amniotique tiède et trouble que j'avale avec reconnaissance, mes yeux fondent de chaleur, j'ai l'impression de voir la ville s'en aller de plus en plus loin, je roule en plein désert à la recherche d'Oudi, c'est là qu'il se cache bien sûr, je dois l'avertir avant qu'il ne soit trop tard, un nouveau bébé frappe aux portes grinçantes de nos cœurs, que lui dirons-nous, comment l'accueillerons-nous, mais tout autour il n'y a pas âme qui vive, rien que des brasiers de part et d'autre de la route, des brasiers d'où s'élèvent, dans cette platitude aride, des fleurs de feu jaunes qui ont le parfum de la chair calcinée, le parfum du sacrifice de doux nouveau-nés.

À moitié évanouies nous entrons dans la maternité, tout à coup je me souviens de l'infirmière qui nous avait demandé, que puis-je faire pour vous, contentez-vous de nous sortir le bébé et nous ne vous dérangerons plus, avait répondu Oudi, mais aujourd'hui les questions sont superflues, tout est clair avec ce ventre bas et ces vêtements mouillés, l'équipe médicale se jette sur elle et m'intime l'ordre d'attendre dehors. Je fais les cent pas dans le couloir, secouée par des frissons de bonheur inattendu, le monde entier retient son souffle pour la naissance de ce petit être, oui, il ouvre les bras justement pour accueillir ce bébé dont personne ne veut. Je m'arrête devant la fenêtre, ferme les yeux, par-delà le paysage urbain, familier à vomir, apparaît à nouveau un désert aride, des reliefs chauves sortent de terre comme des tumeurs, ils ont un long nez aquilin et plein de poussière, à leur pied surgissent des oasis qui ne font que souligner la désolation du lieu. Une main céleste tire violemment sur le sommet de ces collines et les redresse, des collines de sel brillantes comme des glaciers, Oudi, où sommes-nous, où allons-nous, mais le siège du conducteur est vide, le volant s'oriente tout seul et navigue entre les chaînes escarpées qui envahissent toute la vallée du Jourdain, lorsque soudain, entre les pâles buissons de poussière, se dessine sa silhouette, quelle solitude, murmure-t-il, si tu savais à quel point je suis seul, mais tu ne t'en es jamais aperçue.

Une main pesante me secoue les épaules, nous ne nous sommes rencontrés qu'hier mais déjà nous attendons un bébé, me chuchote-t-il à l'oreille, son sourire me chatouille la joue, Mikha, je sursaute, tu es arrivé vite, il prend un air candide, j'ai décidé, déclare-t-il, de t'écouter, et je ris, vraiment, pourquoi ? Pour rien, parce que j'ai envie de te faire plaisir. Écoute Mikha, je le sermonne, tu n'es pas venu pour moi, tu es venu pour Yaël, inutile d'insister si lourdement, me réplique-t-il, d'ailleurs l'un n'empêche pas l'autre, quoi, on ne pourrait pas faire plaisir à deux femmes en même temps ? Et je ris de nouveau, nous sommes si différents que ça a quelque chose de plutôt amusant, il ne laissera personne détruire sa vie alors que moi je n'attends que ça, comme il doit faire bon vivre à ses côtés, mais je me rends soudain compte qu'il ne m'a rien demandé au sujet de Yaël, apparemment il se fout de savoir si, derrière la porte, la femme qu'il a engrossée souffre, il ne peut proposer qu'un amour charmant, impondérable, éphémère, j'en appelle à Oudi, le pose debout à ses côtés, Oudi le sérieux, le tourmenté, mais à l'amour tout aussi éphémère, qu'est-ce que ça change si la flamme s'éteint au bout de deux jours et demi ou de deux décennies et demie.

L'infirmière qui sort de la salle de travail jette un œil curieux au couple que nous formons devant la fenêtre, vous pouvez y aller, me dit-elle, mais je préfère l'envoyer lui, vas-y toi d'abord, ça l'aidera plus. Au moment où il entre dans la pièce en traînant des pieds gênés, le couloir se vide, je m'assieds sur une chaise à la propreté douteuse et me laisse couvrir par leur voix, brins de laine qui se tissent ensemble, elle hoquette de douleur, il essaie de la calmer, et au milieu, bat le pouls rapide du nouveau-né comme un oracle céleste soulevant dans la pièce toute une série de questions, qui va l'élever, qui poussera son landau, qui se réveillera la nuit quand il pleurera, pas moi en tout cas, pourquoi est-ce que je me mêle de leur vie, j'ai fait ce que j'avais à faire, j'ai amené Mikha ici, maintenant je peux m'en aller, je dois m'en aller, j'essaie de me lever mais soudain la fatigue me terrasse, j'ai l'impression de ne pas avoir dormi depuis des années, je m'adosse au mur et ferme les yeux. À sentir cette nouvelle vie si proche, cette nouvelle famille qui se forme là-bas dans la souffrance, je suis envahie d'une assurance puérile, j'ai l'impression que quelqu'un veille sur mon sommeil, et moi qui ai tant de mal à m'endormir la nuit dans mon lit, je sombre sans problème sur cette chaise en plastique, dans ce couloir bruyant. Les bribes de conversations et les cris, les pas précipités et les exclamations de joie, les plaintes et les reproches qui viennent heurter mes tympans ne me dérangent pas autant que le souffle d'Oudi à mes côtés et la lumière de sa lampe de chevet, je suis une petite fille dans une grande maison, je suis la petite dernière d'une famille nombreuse, avec autour de moi des frères et des sœurs à profusion, des pères et des mères, et tous s'agitent fiévreusement, dans une joie de vivre intense et bienfaisante. Un de mes frères chéris s'approche de moi, me caresse les cheveux, plaque ses lèvres sur les miennes, introduit dans ma bouche une langue de massepain amer et sucré dont la suavité se répand dans tout mon palais, je suce lentement pour faire durer éternellement le plaisir, je sens mon corps s'ouvrir, là, sur le banc, devant tout le monde, j'aurais bien couché avec lui, ne constituons-nous pas une seule et même famille, mais des pas s'approchent et il lâche mes lèvres mouillées, s'assied à côté de moi, baisse la tête, je pose ma main sur son épaule, elle va bien, je lui demande comme s'il s'agissait de notre fille, et il me répond, oui, maintenant elle va bien, le bébé est là.

Félicitations, je lance tout émue, il me jette un regard sceptique, si tu y tiens, soupire-t-il, et je demande, combien pèse-t-il, à qui ressemble-t-il, il me ressemble, ricane-t-il, mais il ne fait pas encore le poids, pour l'instant du moins. Je ris de bonheur, toutes les barrières sont tombées, à partir du moment où le noyau de ma petite famille a éclaté, tout me concerne, tout m'appartient, ce bébé est aussi le mien, cet homme est aussi le mien, la jeune femme qui est à l'intérieur est à moi, je suis prête à mettre aussi Noga dans la caisse commune, pour ma part il peut la prendre s'il veut, c'est la seule manière de soulager les souffrances du monde, d'en panser les blessures, d'ailleurs c'est grâce à moi qu'il a assisté à l'accouchement, maintenant comment renoncera-t-il à un bébé qu'il a vu naître. Un instant je sens la morsure du doute, qu'aurait dit Hava devant toutes ces découvertes, mais je la renvoie aussitôt dans ses pénates, qui n'a pas connu la souffrance ne saurait la soulager, je me lève avec difficulté, pose mes doigts sur la tête de Mikha, je lisse ses cheveux dans une agréable intimité, je vais aller voir Yaël et le bébé, d'accord, mais ne t'éternise pas, me susurre-t-il, on a encore beaucoup de travail. Du travail ? je m'étonne, oui, nous n'avons pas encore terminé de regarder les plans de la maison que je te construis, le sourire que je lui adresse pénètre avec moi dans la salle de travail, sourire radieux, surpris de son aptitude au bonheur.

Bravo, Yaëli, toutes mes félicitations, je me penche sur elle et l'embrasse, une odeur de mouillé vient frapper mes narines, une odeur vivante, liquide, de sang et de capiteux organes internes, féminins, me rappelle l'odeur qui émanait de Zohara et qui accompagne maintenant Oudi. Elle me lance un regard fatigué, ton mari est revenu ? Non, pourquoi, je lui réponds, pour rien, lâche-t-elle, c'est juste que tu es radieuse. Je suis simplement contente pour toi, parce que tout s'est bien passé, je m'empresse de déclarer, mais elle gémit, quelle horreur, j'ai cru que j'allais mourir, ça a été pire que tout ce que j'imaginais, écoute, je reprends en caressant son bras encore relié à la perfusion, l'accouchement a été rapide, à peine deux heures, parfois le travail dure des jours entiers. C'est peut-être plus facile à supporter quand on désire le bébé, chuchote-t-elle, je m'en serais vraiment passé. Soudain je regarde autour de moi, il est où, cet enfant, je veux le voir ! Ils l'ont pris pour l'examiner et le ramènent dans un instant. Tu as essayé de l'allaiter, je continue avec enthousiasme en louchant vers ses seins qui pointent dans l'entrebâillement de sa blouse, pas vraiment, ce n'est pas mon truc, répond-elle avant de poser une main protectrice sur sa poitrine. C'est difficile au début, j'insiste, mais tu verras, au bout de quelques jours on s'habitue, tu dois essayer. Elle se contente de soupirer, l'effort lui a rougi les yeux, son visage a pris la même nuance rose que sa tenue d'hôpital, elle me rappelle une fleur que j'ai vue autrefois, une fleur qui ressemblait à un être humain.

Mais comment veux-tu que je sache si c'est le début ou la fin, explose-t-elle soudain, je ne sais pas s'il sera avec moi dans quelques jours, je ne sais pas si je dois commencer à l'allaiter, tu comprends ? Je n'ai pas encore décidé si je le gardais ou pas. Moi je m'affole, je ne la laisserai pas détruire ma nouvelle famille, je balaie d'une main ferme tous les petits points d'interrogation que j'ai été programmée à poser et lui déclare d'une voix autoritaire, presque comme un ordre, qu'est-ce que tu racontes, je pensais que c'était acquis puisque Mikha a assisté à l'accouchement, il sera le père de l'enfant, même s'il n'habite pas avec vous, il t'aidera financièrement, moi aussi je t'aiderai, tu ne seras pas seule, ma fille pourra te le garder de temps en temps, tes parents finiront par s'habituer à l'idée que tu as un enfant, ce sera difficile mais, crois-moi, beaucoup moins que de l'abandonner, parce que si tu l'abandonnes, ça te poursuivra toute ta vie. Je ne sais pas, pleurniche-t-elle, je l'ai à peine vu, je serais incapable de le reconnaître dans la pouponnière, je peux sortir d'ici demain comme si de rien n'était, un petit régime et le tour est joué, continuer mes études, oublier, et peut-être que dans quelques années, lorsque les circonstances le permettront, je fonderai une famille pour de vrai, parce que maintenant je n'ai pas la force d'élever un bébé, ça ne rentre pas dans mes plans, mais moi, incapable de me dominer, je ne lâche pas prise, je sais que je dois empêcher la pire des erreurs, tu penses ne pas avoir la force mais c'est parce que tu es encore affaiblie par ton accouchement, tu verras que le bébé te donnera la force, tu pourras continuer tes études, tu arriveras à te débrouiller, pense à l'autre possibilité, pense que chaque bébé que tu croiseras dans la rue pourra être le tien, ensuite chaque enfant, puis chaque adolescent, ce souvenir te hantera, et quand tu fonderas une famille ce sera encore plus douloureux parce que alors tu comprendras à quoi tu as renoncé et tu ne pourras pas te le pardonner, pense que, à chacun de tes rendez-vous avec Mikha, vous serez tous les deux torturés par le souvenir de ce bébé que vous auriez pu aimer ensemble.

Mais je n'ai pas l'intention de revoir Mikha, me lance-t-elle dans un défi, moi je me sens blêmir, pourquoi, il a fait ce que tu voulais, il a assisté à ton accouchement, il est exclu que je la laisse saper ma réussite, mais elle dit, justement, quand je l'ai vu ici ça m'a ouvert les yeux, j'ai compris qu'en fait il me dégoûte, tout ce qu'il véhicule me dégoûte, j'ai toujours eu du mal à cerner ses sentiments, je viens de comprendre pourquoi, c'est tout simplement parce qu'il n'en a pas, de sentiments, il ne sait que s'amuser, il n'était pas réellement à mes côtés, il faisait semblant, et, moi, j'en ai marre de vivre avec du semblant. Je l'écoute, abasourdie, comme si j'entendais un professeur faire une évaluation négative de mon fils à une réunion de parents d'élèves, comme si je recevais une menace qui me mettait moi aussi en danger, j'ai toujours dans la bouche son goût de massepain, à cet instant un médecin entre dans la pièce et me demande de sortir, je tire un bout de papier de mon sac, y inscris mon numéro de téléphone personnel et lui dis, appelle-moi si tu as besoin de quelque chose, je reviendrai ce soir ou demain.

Je m'esquive, il est là au bout du couloir, debout, un verre de café à la main, merde de merde, jure-t-il, je me suis brûlé, ils versent le café dans des verres en plastique qui fondent, alors moi je tends la main, dans un étrange cérémonial il y dépose le verre bouillant, cette soudaine chaleur m'est particulièrement agréable, elle me rappelle l'intensité dramatique de notre trajet jusqu'ici, j'avale le liquide insipide, viens, laisse tomber, dit-il, allons prendre un vrai café, je le regarde sans conviction, je n'ai pas le temps, Mikha, je dois retourner au boulot il est presque midi, mais à vrai dire c'est la sentence qu'elle a prononcée contre lui que je vois dégouliner de son crâne comme de la fiente de colombe, humide et dégradante. Nous n'avons pas encore fait le tour de la situation, essaie-t-il encore, je te demande une heure de ton temps, pour le bébé. Docile, je lui emboîte le pas en silence, entre elle et lui mon cœur balance, un instant c'est Mikha que je ne supporte pas, l'instant d'après c'est Yaël, Yaël qui ne supporte pas Mikha. De plus en plus troublée, je roule à nouveau derrière lui, avec quelle vitesse l'harmonie de ma nouvelle famille s'est-elle rompue, j'ai l'impression d'avoir perdu sa voiture, j'hésite entre le regret et le soulagement, mais non, au carrefour il m'attend fidèlement, agite la main vers moi et s'engage aussitôt dans une rue toute neuve, on dirait qu'elle vient d'être tracée, des tapis de goudron s'étalent devant nous, un vieillard trempe son pinceau dans une boîte en aluminium et, péniblement, peint les bandes blanches d'un passage pour piétons. Quel est cet endroit, je ne suis jamais venue ici, de part et d'autre il n'y a que de pâles immeubles en construction, certains déjà coiffés de toits rouges mais la plupart encore tête nue, chauves, avec les orbites vides de squelettes malades, qu'est-ce qui lui prend, il a perdu la tête, pourquoi m'emmène-t-il dans ce chantier désert, ouvert à tous les vents, sans ombre ni arbres, rien que de la terre meuble qu'on a exploitée à grand renfort d'échafaudages et d'immenses grues, un terrain cerné de collines sauvages qui, terrorisées, attendent leur tour.

Il s'arrête au bout de cette route qui n'en est pas encore une, devant un immeuble à moitié terminé, j'ouvre la fenêtre, c'est un rapt, je demande, quelque chose comme ça, rit-il en me tirant hors de la voiture pour m'entraîner jusqu'à l'entrée d'où jaillit, dans un concert d'aboiements stridents, un énorme chien, je tressaille, j'ai déjà mal à l'endroit précis de mon mollet où vont se planter ses crocs, bien fait pour toi, je me dis, bien fait, lorsque, par magie, le molosse se transforme en adorable toutou qui se frotte contre les jambes de Mikha dans l'attente de caresses. Du calme, Élie, dit-il en observant du coin de l'œil l'effet que m'a fait sa démonstration de force, comment peut-on appeler un chien Élie, je le suis dans le hall encore brut de décoffrage, des planches étroites font office d'escaliers, pour monter nous nous agrippons à des cordes qui deviendront le jour venu une rampe fixe et rassurante, un instant je me laisse aller à croire que nous sommes un jeune couple venu contrôler l'évolution des travaux de sa nouvelle demeure et qui investit des heures de réflexion dans chaque carrelage. Arrivés en haut, nous nous arrêtons devant une lourde porte, il tire un trousseau de sa poche, enfonce une clé dans la serrure, ouvre en grand et je me fige, interdite, devant le spectacle, dans cette île déserte voilà que fleurit une véritable maison de poupée meublée à la perfection, il y a même un plat de pommes rouges posé sur la table du salon. C'est quoi, je demande, qui habite ici, toi ? Dans quel monde vis-tu, s'esclaffe-t-il, c'est un appartement témoin, tu n'es jamais entrée dans un appartement témoin ? Je secoue négativement la tête, me promène, hypnotisée, entre les pièces qui s'étalent dans toute leur beauté, ici la chambre de Noga, là, notre chambre à coucher, et, à côté, encore une chambre d'enfant déjà meublée, de qui sera-t-il, cet enfant, où est-il, et d'un coup je m'assombris, la présence de l'enfant que je n'ai pas eu rend ma respiration difficile, qu'ai-je à voir avec cet appartement parfait, moi qui n'ai pas même réussi à me mettre sur la voie de ma propre perfection, je regagne le salon dont les fenêtres donnent sur les collines, il est là, assis en train de fumer avec fierté, alors, ça te plaît, c'est mon œuvre, et je hoche la tête en silence, me souviens soudain qu'elle ne veut plus de lui parce qu'il n'a pas de sentiments, parce qu'il ne sait que s'amuser. Alors qu'est-ce que nous faisons ici, je lui demande tandis qu'un caillot progresse dans mes artères, ne crois-tu pas, dit-il, qu'à notre âge, nous avons droit à un peu d'intimité ? À moins que tu ne préfères te faire peloter devant le box des infirmières, et je réplique, je ne sais pas du tout si j'ai envie de me faire peloter et je déteste ce mot. Oublie la sémantique et laisse-moi aimer ton corps, répond-il avant de se lever et de m'entraîner vers l'immense chambre à coucher, l'espace parental comme il l'appelle, quel mot terrifiant, presque de la science-fiction. Tu l'as déjà fait dans un appartement témoin, me demande-t-il, jamais, et ça ne risque pas de m'arriver, mais il ricane, arrête de pérorer, je sais déjà à quoi m'en tenir avec toi, tu ignores encore de quoi tu es capable, reste un mois avec moi et tu ne te reconnaîtras plus, moi je me sens perdue devant ce lit somptueux, recouvert d'une fine couche de poussière qui ressemble à un voile de dentelle et confère à toute la scène une atmosphère fantomatique, même sa chevelure noire est lentement éclaircie par des grains qui ajoutent des années à celles qu'il a déjà vécues.

Mikha, je dis tout bas en lui enlevant les pellicules de poussière, tu viens d'avoir un bébé, est-ce que tu t'en rends compte ? Ai-je le choix, me répond-il avec un gloussement, bien sûr que je m'en rends compte, d'ailleurs tu es mon cadeau, j'ai droit à un cadeau, non ? Ne fais pas l'enfant, s'il te plaît, je réplique, tu n'as droit à rien, c'est maintenant ton tour de donner, pas de recevoir. Mais tout l'accouchement je n'ai pensé qu'à ça, maugrée-t-il, je me suis vu t'emmener ici et j'ai imaginé le beau cadeau que je recevrais de toi, tu sais bien que si je suis venu à la maternité, c'était uniquement pour toi, et je soupire, elle a raison, elle a vraiment raison, Yaël, il n'y a que moi qui me trompe tout le temps. Résignée, je m'assieds au bord du lit, ses épaules deviennent de plus en plus larges, son visage de plus en plus marqué tandis qu'il s'approche de moi, sa bouche se fend en un immense sourire qui dévoile des canines acérées, j'ai l'impression que dans un instant il va se mettre à aboyer, que jailliront de sa gorge les jappements endiablés du chien Élie, arrête ! Que t'arrive-t-il, me lance-t-il, vexé d'avoir été repoussé, je pensais que nous allions fêter l'événement ensemble, avec qui veux-tu que je fête la venue au monde de ce bébé, avec ma femme ? Et le souvenir de la jambe bronzée me laboure aussitôt l'entre-jambe. Pourquoi pleures-tu, s'étonne-t-il, je te garantis que tout se passera pour le mieux, je rendrai visite au bébé, je verserai une pension à Yaël, je suis même prêt à coucher avec elle de temps en temps si tu y tiens, que veux-tu de plus ? Je tourne les yeux vers l'extérieur, le balancement à peine perceptible d'une branche morte me remplit de tristesse, non, ce n'est pas une branche, c'est une tige de fer rouillée, un véritable danger public, je ne sais pas ce que je veux mais je sais que c'est totalement différent de ce que j'ai, une détresse inexplicable s'installe entre nous, la détresse de ce bébé rejeté et de sa trop jeune mère, la détresse de la jambe qui n'arrivera jamais à atteindre le bord de la photo, et je lui dis, tout va de travers, Mikha, tu ne vois pas ? Jamais je n'aurais dû te suivre ici, jamais je n'aurais dû coucher avec toi hier, je ne suis jamais, jamais, tombée si bas.

Il recule, un sillon contrarié se creuse sur son visage, arrête de jouer les saintes nitouches, on peut tout se permettre si on est prêts à payer, en ce qui me concerne, sache que je paierai le jour où mes enfants découvriront qu'ils ont un demi-frère, le jour où ma femme découvrira l'existence de cet enfant, et ce ne sera pas facile mais je ne me plains pas, je préfère vivre de cette manière, le principal pour moi est de ne pas m'ennuyer, quand je t'ai vue hier avec ton sourire insatiable, j'ai cru que tu me ressemblais, je ne pensais pas que tu resterais si vite en rade. Mais, Mikha, je chuchote, je ne sais pas à qui je ressemble, je ne sais même pas si je me ressemble, j'ai vécu si longtemps avec un homme, un seul, je me suis enfermée dans une vie qui a rétréci à vue d'œil, je ne me jugeais qu'en fonction de lui et non en tant qu'entité indépendante, si tu savais le nombre de questions que je n'ai même pas eu l'occasion de me poser ! Eh bien, reprend-il après m'avoir jeté un long regard dubitatif, hier, quand tu m'as raconté que ton mari t'avait quittée, j'ai pensé que c'était un parfait imbécile, mais maintenant je le comprends. Je sens mes joues s'enflammer comme si des dizaines d'allumettes brûlaient dans leur chair, tu le comprends ? Qu'est-ce que ça veut dire ?

Écoute avant de prendre la mouche, me secoue-t-il, moi je suis suspendue à ses lèvres comme si toute ma vie en dépendait, mais il tarde, exprès, ouvre la bouche et la referme aussitôt, retient les mots coincés derrière la muraille de ses dents, regarde, tu passes ton temps à essayer d'imposer tes volontés, finit-il par lâcher à contrecœur en indiquant l'espace autour de lui comme si la preuve se trouvait dans cet appartement où personne n'habite, tu as dans la tête une maquette aseptisée que tu t'entêtes à meubler avec les gens que tu croises, avec moi et Yaël aussi, alors que tu nous connais à peine, tu te prends pour une femme modèle, tu penses que, en contrepartie, tu as droit à une vie modèle, mais c'est erroné et ça le sera toujours, pourtant, nous avons tous le droit de vivre et même de profiter de la vie, moi, toi, ton mari aussi, oui, il a le droit de vivre sans se sentir perpétuellement coupable de ne pas être le mari modèle, le père modèle que tu voulais ou Dieu sait ce que tu peux avoir imaginé, et tu devines pourquoi ? Parce que, toi non plus, tu n'es pas une femme modèle, ce qui a d'ailleurs des avantages car tu as le droit d'être jalouse, de haïr, de tromper et de te tromper, même de faire un instant une entorse à ta sacro-sainte déontologie, tu en as le droit, à condition de rester honnête envers toi-même, de ne pas te prendre pour la perfection incarnée, tu comprends ce que je dis ? Il me regarde et lâche un petit rire, bon, eh bien, c'est génial, nous avons échangé nos rôles, montre-moi maintenant si tu es capable de construire une maison comme celle-là.

Je suis des yeux la poussière qui volette entre nous, elle ne va pas tarder à nous recouvrir comme les vieux meubles d'un château hanté, des meubles qui furent des êtres humains, vivants et imparfaits, le souvenir d'Oudi me submerge soudain d'une telle nostalgie que j'ai du mal à respirer, on dirait que le poing contracté dans les profondeurs de mon corps s'est soudain défait pour décréter l'annulation des dettes, la liste qui s'étendait sur des pages et des pages couvertes d'une écriture serrée s'efface sous mes yeux en cet instant béni et exaltant, je me lève rapidement comme s'il m'attendait à la maison et que je devais lui raconter quelque chose d'important, d'urgent et qui lui fera très plaisir, où ai-je laissé mon sac, mais dès que je le trouve je m'arrête, ma maison est vide, alors les bonnes nouvelles devront attendre, pour l'instant je dois me contenter des mauvaises et de cet inconnu qui remue sur le lit comme un infirme qu'on a fait tomber et qui reste impuissant, les quatre fers en l'air, on dirait Oudi ce fameux matin. Donne-moi la main, demande-t-il, moi je tends la main pour l'aider à se relever mais il m'attire violemment à lui, tu veux une baise modèle ? demande-t-il avec la fraîcheur de quelqu'un qui formulerait ces mots pour la première fois, non, pas vraiment, je réponds, il ricane, je vois que je t'ai vexée, laisse-moi te dédommager, non, jamais tu ne pourras me dédommager, je réplique, mais son haleine chaude me caresse déjà l'oreille qui se met à frissonner de plaisir, je te dédommage en t'obligeant à sauter le pas, tu dois commettre un péché afin de pouvoir te pardonner.

Je l'ai déjà fait hier, je marmonne, hier ne compte pas, réplique-t-il, parce que tu n'en avais pas encore conscience, je m'entends lui répondre par un gloussement, il a un tel charme que la dureté de nos propos n'y résiste pas et se contente de résonner dans cette chambre dénuée d'histoire, nous sommes Adam et Ève, les premiers à rire entre ces murs, un rire qui se transforme en gémissements de plaisir, il enlève ma jupe longue et emprunte cette fois le chemin le plus court, oui, il a juste un petit détail à vérifier, je m'agrippe à sa nuque, je comprends soudain qu'il est de passage dans ma vie, il a juste fait un saut et ne tardera pas à partir, il ne faut pas le retenir, d'ailleurs pourquoi le retiendrais-je. Que se passe-t-il, me demande-t-il en me retournant d'une main puissante, mes yeux courent sur son visage qui devient de plus en plus flou, on ne se reverra plus, je chuchote, pourquoi, s'étonne-t-il, ça ne dépend que de toi, mais je secoue la tête avec insistance, je pleure, je dois avancer seule, aucun homme ne comblera le vide, je ne parle pas du vide que mon mari a laissé derrière lui, mais du vide que j'ai moi-même laissé dans ma vie, moi qui ai choisi Oudi au lieu de me choisir moi-même, qui l'ai choisi à l'aube de l'adolescence pour le charger des forces qui m'habitaient, pour détourner mon attention de ce qui m'arrivait, de tous les épisodes que j'ai enterrés vivants dans mon for intérieur sans écouter leurs suppliques. Quoi d'étonnant à ce qu'il m'ait quittée, puisque je me suis moi-même quittée, bien des années auparavant, un abandon non moins cruel que le sien et qui a d'ailleurs causé son départ, je contemple la bouche ouverte, les dents blanches, les rides qui relient les yeux dans un dessin aussi précis que des caractères d'hébreu antique, jamais je n'essaierai de décrypter mon destin sur ce visage-là, ni de comprendre les turbulences de ma vie à travers les vagues de plaisir qui le traversent, non, je ne tomberai pas dans ce piège-là. Il faut que je te laisse sur ta faim, dit-il en riant, pour que tu reviennes, il s'écarte violemment de moi mais je m'accroche à son corps, lui arrache la chemise, l'éphémère de l'instant fait monter en moi un désir poisseux et explosif, ses épaules de chocolat se désagrègent tout autour de moi, à quoi bon bâtir des empires puisque tous les châteaux finissent par s'écrouler, et plus haut sera leur donjon, plus douloureuse sera la chute, alors je me délecte des petits morceaux fortuits qui fondent dans ma bouche, c'est de toute façon du rab car je ne devrais avoir droit à rien et c'est bien comme ça, quel plaisir d'être débarrassée de la sensation oppressante d'avoir toujours raison, quel plaisir de baisser les bras, d'être en harmonie totale avec les imperfections de la réalité.

Mue par un appétit soudain, je me mets à lui lécher le ventre, ça l'excite, nos dents se heurtent dans une violente morsure, dent pour dent, à quoi bon faire semblant, seule la douleur est consolatrice, ses dents glissent le long de mon corps, et mon mollet, là où j'ai cru sentir les crocs du chien, frissonne de plaisir. Ses mains écartent mes cuisses pour faire de la place à ses doigts, à sa langue, on dirait qu'il essaie de me rompre en deux, pourquoi est-ce que tu couches avec moi, me demande-t-il tout à coup tandis que sa main chatouille l'animal blotti entre mes jambes, dis-le, me presse-t-il, dépêche-toi je n'ai pas que ça à faire, je dois m'occuper de mon nouveau bébé, j'ai une femme et des enfants, alors moi je murmure, pour rien, je couche avec toi pour rien, sans aucune raison valable. Il sourit, très satisfait, enfourne son gros membre dans ma fente qui ronronne de plaisir, je pense que je devrais me répandre en sanglots mais c'est un rire incontrôlable qui jaillit de ma gorge, jamais je ne me suis permis de faire quelque chose comme ça, pour rien, j'ai toujours cru ne pas y avoir droit, il halète au-dessus de moi, tend le visage vers les collines chauves qui lui renvoient l'étrange lumière, faiblarde et dérangeante, d'une lune en plein midi, comme ça, pour rien, il me murmure dans la bouche, comme j'aime ces mots, mais il se fige subitement, la pâleur envahit ses joues, c'est la même pâleur qu'Oudi quand il était malade, mais lui s'écroule sur mes seins dans un gémissement libérateur, pas mal, grogne-t-il, tu apprends vite, Naama, on pourra encore tirer quelque chose de toi.

Dans une minute nous nous lèverons, rassemblerons nos membres écartelés comme on rassemble des objets éparpillés dans la maison, secouerons le couvre-lit témoin, le tirerons à quatre mains, séparerons nos vêtements qui se sont mélangés jusqu'à former une bouillie colorée et laisserons le nouveau quartier aux bons soins des bulldozers, des coups de pioche et de l'ombre filiforme des grues, sur le pas de la porte il me dira, quand ton mari sera revenu vous devriez déménager, je serais ravi de construire votre nouvel appartement, tu verras la chambre à coucher que je te concocterai, et je dirai, il ne reviendra pas, pourquoi voudrais-tu qu'il revienne.

CHAPITRE 20

Est-ce moi qu'elle attend ou se tient-elle par hasard sur le seuil, en cerbère boudiné dans une robe noire très chic, les yeux grossis par ses lunettes, Naama, lâche-t-elle rapidement, comme si elle avait envie de se débarrasser de mon nom, il faut aller faire signer la fille, la nouvelle. Yaël, je m'affole, pourquoi la faire signer, elle a décidé de garder l'enfant !

Vraiment ? La bouche de Hava se tord dans un rictus acide qui feint la surprise, comment le savez-vous ? Elle me l'a dit juste après l'accouchement, je bredouille, c'est moi qui l'ai accompagnée à la maternité, mais à nouveau sa voix m'agresse, m'emprisonne le corps, de ma tête qui fond sous le soleil à mes pieds mal assurés, vraiment ? Elle vous a dit ça ? Elle vous l'a dit ou est-ce vous qui le lui avez dit ?

On l'a évoqué, j'essaie de me dérober, dans son cas c'était assez clair, vous ne pensez pas, mais elle me coupe, ses bajoues tremblotent comme celles d'un bouledogue affamé, ce que je pense ne change rien, Naama, pas plus que ce que vous pensez, notre rôle est d'aider la fille à comprendre ce qu'elle pense, elle, l'avez-vous oublié ?

Non, je ne l'ai pas oublié, mais, pour Yaël, j'ai un peu outrepassé ma fonction, pour l'aider un peu plus, je bafouille, plaquant mes lunettes de soleil sur mes yeux, dans un instant les larmes, mes satanées ennemies, se ligueront contre moi et donneront l'assaut par régiments limpides qui révéleront pernicieusement tout ce que j'essaie désespérément de cacher. En faire plus revient à ne pas en faire assez, m'assène-t-elle, s'identifier sans prendre ensuite de recul ne peut qu'être destructeur, vous avez donc oublié notre rôle ? Il nous faut perpétuellement passer de l'intérieur à l'extérieur, sinon nous ne sommes pas capables de faire correctement notre travail, à vous identifier tellement à cette fille, vous venez de frôler la catastrophe, toute votre attitude découle de mobiles erronés, vous vous servez d'elle pour résoudre vos propres problèmes, vous essayez de vous aider, vous, pas elle.

Estomaquée, je contemple l'étonnant décolleté que révèle la robe noire, j'ai vraiment sous les yeux cette parcelle de peau blanchâtre, piquée de petits points roses, juvéniles, une peau qui a vieilli en secret, sans voir la lumière du soleil, elle n'a pas du tout la même texture que celle, rugueuse, de ses bras, et d'une voix brisée je dis, même si vous avez raison, il ne faut surtout pas qu'elle abandonne son bébé, je dois aller la voir et essayer de réparer les dégâts. D'un geste leste, elle tend une main ferme et me barre le passage, désolée, Naama, elle a explicitement demandé que vous ne veniez pas, elle ne veut plus vous voir, elle a exigé que je me présente seule, bon, elle jette un regard satisfait à sa montre en or qui brille de mille feux, je suis déjà en retard, attendez-moi ici, j'ai encore deux ou trois petites choses à vous dire, et elle passe le portail, me laissant, visage cramoisi, la suivre des yeux avec hargne, quoi, c'est en cet honneur qu'elle a sorti ses atours ? Sur ses hauts talons, elle crapahute comme une oie, engoncée dans sa robe chic au décolleté ridicule, tout ça pour aller assister au spectacle de Yaël, jeune fille instable, commettant l'erreur de sa vie, Yaël qui ne se le pardonnera jamais.

Son démarreur me défie puis elle m'offre le cul de sa voiture dernier cri, et si je la suivais là-bas, de toute façon je n'ai plus rien à perdre, non, je ne permettrai pas à Yaël de signer les formulaires, mais Hava a laissé son bras ici, aussi agressif qu'un barrage de police, à cause de lui je m'effondre sur les marches, c'est moi qui ai fait l'erreur de ma vie, comment ai-je pu lui tenir des propos aussi explicites, j'ai voulu lui imposer mes idées et c'est exactement ce qui l'a poussée à se rebeller, mes paroles et mon attitude, sans compter ce qu'elle ignore encore, lui ont imposé cette réaction. Mes bonnes intentions ont raté leur cible, à moins que je n'en aie jamais eu, de bonnes intentions, oui, peut-être n'ai-je cherché qu'à éveiller sa révolte, justement pour qu'elle se retrouve sans rien, comme moi, j'ai essayé en même temps de vivre sa vie et de la lui vider, je lui ai pris son homme et j'avais des visées sur son bébé, oui, si elle l'abandonne, c'est uniquement à cause de moi, elle va signer les formulaires aujourd'hui, et demain elle réintégrera sa vie d'avant, qu'a-t-elle dit, un petit régime et le tour est joué. Moi aussi, j'aurais été capable d'abandonner Noga, j'en ai tellement bavé les premiers mois, terrassée par la fatigue jour après jour, nuit après nuit, concession après concession, jusqu'à ce qu'il ne reste plus rien de moi, une peau de chagrin, et parfois, du fond de ce cachot d'épuisement, d'ennui, de déprime, j'avais soudain des fantasmes de liberté, des gens à l'expression affable tendaient vers moi des mains suppliantes, donnez-la-nous, vous retrouverez aussitôt votre liberté, nous la rendrons heureuse, et je déposais dans leurs bras le petit corps gigotant, j'attendais le silence, un silence divin, dormir, dormir tout mon soûl maintenant, mais, avant que j'aie eu le temps de le regretter, ses braillements me réveillaient, elle n'est partie nulle part, elle restera là pour l'éternité à peser sur ma poitrine chaque jour un peu plus lourdement, tandis que nos disputes se tressaient en gerbes autour de sa tête. Tu pourrais être un peu plus compréhensif avec elle, je le harcelais, tu pourrais consacrer un peu plus de temps à ta fille, lui se révoltait aussi sec, ne me dis pas ce que je dois faire, si tu te crois assez parfaite pour me donner des leçons tu te goures, quant à Noga, elle en est sortie perdante, petit à petit, elle a été dépouillée des sentiments qui lui revenaient de droit. Tu avais raison, Oudi, je suis loin d'être parfaite, pourquoi ai-je tant insisté pour que tu l'aimes sinon pour combler avec ton amour les failles du mien qui hésitait, qui s'étiolait, car c'est elle que je fuyais à l'époque en grimpant jusqu'à l'atelier sous les toits, elle et ses exigences incessantes, ses petites mains qui s'agrippaient à mon cou, je m'asseyais là-haut, dans le halo admiratif de mon peintre et me gavais de narcissisme, oui, là-haut, j'échappais totalement à la tyrannie de mon bébé. Quelle famille me suis-je construite, des cubes creux et rongés, comment ai-je pu croire que cet échafaudage tiendrait le coup, je me relève péniblement, m'agrippe aux barreaux du portail, c'est ici que j'ai vu Yaël pour la première fois, ses yeux de biche me dardaient de leur regard confiant, je ne voulais pas lui faire de mal, juste l'obliger à aimer son bébé parce que je n'ai pas su aimer le mien. Une voiture passe rapidement sur la chaussée, je soupire de soulagement en constatant que ce n'est pas Hava, pas encore, mais elle va bientôt rentrer, elle franchira le seuil en une seule grande foulée, tenant à la main les formulaires signés qui rendront immensément heureux un couple stérile, attendez-moi, m'a-t-elle dit, j'ai encore deux ou trois choses à vous dire, mais je ne vous attendrai pas Hava, j'ai d'abord deux ou trois choses à me dire, on m'apprend chaque jour des nouvelles éprouvantes qui me pétrifient, comme si je n'étais entourée que de prophètes qui me transmettent la parole divine, trop de vérités jusqu'à présent ignorées me montrent les dents, si seulement je pouvais les calmer comme Mikha a calmé Élie, le chien de garde du chantier désert.

D'une main hésitante j'ouvre la porte du bâtiment, Anath anime un groupe de discussion, les filles qui l'entourent ont toutes l'air calmes ce matin, elle me jette un regard inquiet, l'emploi du temps de la journée est inscrit sur le tableau d'affichage mais je n'ai plus rien à voir avec ces horaires, je traverse la pièce en hâte, monte dans mon bureau pour me retrouver encerclée par des photos de bonheur édulcoré qui me narguent de leur sourire hypocrite, des photos de jolies femmes enceintes soutenant leur ventre de leurs bras, les yeux tournés vers la fenêtre, comment ai-je pu les supporter toutes ces années, dans un profond dégoût je me jette sur le mur et le dénude, je déchire les photos les unes après les autres, et sur un des lambeaux je griffonne pour Hava un mot que je vais immédiatement poser sur son bureau, vite, avant de changer d'avis.

Je déniche un sac en plastique dans une des armoires et y vide le contenu de mes tiroirs, bien peu de choses s'y sont accumulées au fil des années, quelques lettres envoyées par des filles après leur départ, de rares photos de mères tenant fièrement leur bébé dans les bras, au dos de l'une d'elles je lis, c'est grâce à toi que je suis mère, et me mets à paniquer devant cette affirmation noir sur blanc, derrière laquelle, cachée entre les mots, je devine aussi l'affirmation contraire. Je gagne la sortie sans dire au revoir, lance un dernier regard aux filles qui cernent Anath de leur misérable gros ventre, elle est piégée, coincée dans son allure garçonne et sa solitude, soudain je sens avec une intensité décuplée la morsure de ma colère contre elle, tu es la première à m'avoir abandonnée, je susurre, qui es-tu pour t'estimer le droit de me juger avec une telle sévérité, jamais tu n'as été mon amie puisque tu t'es ainsi comportée envers moi, j'ouvre grand le portail, comme Oudi je quitte mon foyer un petit sac en plastique à la main, et me retrouve dehors, après tant d'années, dans le dénuement le plus total. Je m'engouffre dans ma voiture et démarre, je ne sais pas où je vais, me contente de rouler, ravie d'avoir à obéir à une réglementation parfaitement définie, m'arrêter comme tout le monde au feu rouge, ralentir quand je vois des enfants traverser la rue. Je me retrouve sur le chemin de l'hôpital, hier à peine j'empruntais cette route, fébrile et bouleversée, avec Yaël allongée sur la banquette arrière et son bébé qui tambourinait à sa porte, à la porte du monde entier, tandis que moi je me débattais avec la clé comme si j'étais la gardienne, aujourd'hui je n'ai rien à chercher ici, elle est sans doute assise, vêtue d'une robe de chambre rose, et signe des formulaires, elle renonce pour toujours à son bébé, à cause de moi, tout est à cause de moi, à cause de mon désir de retrouver une famille.

Le soleil est de plus en plus ardent, consumé par un incendie qui n'aura jamais raison de lui, on dirait que des flammes en forme de bras et de jambes lui ont poussé, et que de ces membres il me frappe violemment la tête, j'essaie de me protéger, je lâche le volant, derrière moi des voitures klaxonnent avec impatience, alors, pour les fuir, je tourne dans une rue transversale, incroyable, sans m'en rendre compte je suis arrivée devant son bureau, sa voiture est bien amarrée à sa place, des gens sont assis derrière les tables, marchent sur la moquette rouge, planifient leur maison et regardent les dessins pleins de promesses qu'il étale devant eux, il n'est pas préoccupé par le sort de son nouveau bébé, dans quelques jours il l'aura oublié, de même qu'il aura oublié Yaël, qu'il m'aura oubliée moi, je ne m'arrête pas, me contente de ralentir un instant puis je continue mon voyage à travers une ville épuisée aux carrefours aussi familiers et ennuyeux que de vieilles connaissances à qui je n'ai plus rien à dire, devant qui je me hâte de passer pour qu'elles ne me voient pas et ne me lancent pas, ah, tiens, mais c'est Naama. Me voilà soudain dans cette fameuse rue, longue et sinueuse, je ne m'y suis pas risquée depuis des années, pas même au détour d'une pensée, et exactement dans le coude se dresse son immeuble, voûté comme une tour de cubes empilés par des enfants sur un tapis, je m'arrête, contemple les trottoirs noirs, ils ont eu récemment droit à une nouvelle couche de goudron qui a recouvert les traces de ma course désespérée, il n'y a qu'en moi que rien n'a été recouvert, tout s'est figé dans un insupportable état intermédiaire, une interminable agonie qui n'aboutira jamais à l'anéantissement rédempteur de la mort.

Je sors de la voiture et lève les yeux vers le haut de l'immeuble, où donc est la fenêtre par qui le scandale est arrivé, celle qui m'a dévoilée dans ma nudité et ma honte, je ne vois que l'éclat de la ligne brisée d'un rayon de soleil isolé, long et étroit comme une épée céleste, je fixe cette image avec ahurissement, que peut-on voir d'en bas, à peine une ombre floue, des contours non identifiés, qu'a-t-il vu ce fameux matin à part le reflet de son cerveau tortueux, la surface comprise dans l'embrasure de son âme, et moi, comme un animal de cirque bien dressé, j'ai sauté à pieds joints dans le cerceau de sa conscience enflammée pour venir m'agenouiller à ses pieds, pour quémander ma punition comme une récompense. Il n'a rien vu, il n'a rien pu voir, c'est moi qui ai avoué avant même qu'il me questionne, je me suis rendue sans réfléchir, je lui ai armé le bras tellement j'avais peur de mes propres armes.

C'est ainsi que je me souvenais des marches, hautes et profondes, qui rendaient difficile l'ascension sur des jambes émues, je te reviens, mon chéri, les mains vides, j'avais tellement peur de me souvenir de toi que je ne t'ai pas oublié, j'avais tellement peur de t'aimer que j'en ai perdu la force d'aimer. Que lui dirai-je au moment où il ouvrira la porte, pinceaux à la main et yeux plissés pour cacher leur surprise, montre-moi ce fameux tableau, je lui dirai, laisse-moi me voir belle, juste pour un instant.

Arrivée à sa porte, je reprends mon souffle, elle a toujours été lisse, mystérieuse, cette porte, mais maintenant elle a un écriteau planté en travers de la gorge, avec le nom de Naama inscrit dessus en belles lettres rondes, j'écarquille les yeux, je crois un bref instant qu'il s'agit d'un message à mon intention, allez savoir depuis combien d'années il m'attend là, je le palpe avec émotion, j'essaie de l'arracher, mais l'enveloppe résiste, elle est toute plate, ne contient rien, se contente d'arborer mon nom. Il a apparemment déménagé, il n'habite plus ici et une quelconque Naama a pris sa place, a pris ma place, non, je refuse de reconnaître l'existence de cette fille, c'est moi qui devrais être là, sans hésitation je frappe à la porte, mes coups deviennent de plus en plus forts, comme si on m'avait demandé de réveiller quelqu'un d'endormi, mais aucun tressaillement de vie ne se fait entendre de l'intérieur du petit appartement que j'aimais tant, Naama ne vient pas ouvrir, je redescends avec une déception croissante, me rue sur la boîte aux lettres de mon peintre, Naama Korman, voilà le nom écrit dessus, rien à faire, ce n'est pas moi, juste une coïncidence, sans signification.

Je rentre en roulant doucement, les roues de ma voiture

soupirent sous le poids de mon existence vide, qu'est-ce qui pèse le plus lourd, un sac de plumes ou un sac de plomb, il n'y a rien de plus lourd qu'un sac vide, je pénètre dans l'appartement étouffant, vais droit dans la salle de bains comme si je revenais, salie et crottée, d'une expédition harassante, je remplis la baignoire et m'y enfonce, plongeant la tête jusqu'à la racine de mes cheveux. Il ne m'a pas vue, tout aurait pu être évité, c'est moi qui suis responsable de tout, la culpabilité m'a tellement aveuglée que je n'ai pas vu l'évidence, je n'ai pas compris que de la rue il était impossible de distinguer les gens qui se tenaient derrière la fenêtre, j'étais sûre que, puisque je l'avais reconnu, il m'avait lui aussi reconnue, je n'ai pas compris que nous étions deux entités distinctes même en tant que mari et femme, et que ce que je vivais était différent de ce qu'il vivait. Paniquée devant la liberté que j'avais devinée entre les pinceaux multicolores, j'ai préféré vivre sous le règne de la terreur, oui, payer le prix de la terreur plutôt que celui de la liberté, et en contrepartie j'ai figé Oudi dans une colère infinie, comme nous allions bien ensemble en fait, qui aurait pu, aussi bien que lui, m'emprisonner dans son for intérieur, qui aurait pu, aussi bien que moi, contrebalancer sa faiblesse, oui, à quatre mains zélées et avec une extraordinaire harmonie, nous avons détruit nos vies tandis que Noga, en apprentie sorcière déboussolée, nous observait de ses yeux de raisin verts et suivait de loin nos faits et gestes.

Comme j'ai pris plaisir, toutes ces années, à boire jusqu'à la lie le mal qu'il me faisait, je l'ai même encouragé à me blesser encore et encore pour bien en ressentir la puissance expiatrice, je me suis servie de Noga pour lui pourrir l'existence, je l'ai jugé, ai tout fait pour encourager son sentiment de culpabilité, j'ai répondu à ses coups bas par une dictature de mon cru, tout enrobée de bonnes intentions, arrête de me faire la morale, disait-il, arrête de te prendre pour la perfection incarnée ! Si seulement on pouvait se débarrasser à jamais de la culpabilité, cette fausse amie aussi invisible que perfide, si seulement on pouvait éviter de se charger du poids de l'autre et rester chacun à regarder par son bout de la lorgnette, je baisse la tête, m'enfonce dans l'eau les yeux ouverts, des écueils de corail se cachent dans les profondeurs de la baignoire, une profusion infinie, on peut aussi ne pas ressortir la tête, faire taire les poumons, passer outre au besoin physique de la prochaine gorgée d'air, désir fondamental plus fort que le désir sexuel ou maternel, oui, le désir de respirer, sans rien espérer en échange, vivre pour respirer et pas pour aimer, pas pour élever des enfants, pas pour réussir, pas pour concrétiser de grands rêves. J'extirpe ma tête hors de l'eau et prends une grande inspiration, étonnamment heureuse je me gargarise de l'air humide qui me soûle, je lève un pied que je détaille avec indulgence, cinq orteils négligemment écartés viennent à la rencontre de mon visage pour fêter la réunification entre le sommet et la base, je n'ai rien d'autre, rien qu'un corps ravi de respirer, tout le reste est superflu, qu'est-ce que ça change si tel ou tel homme l'a aimé, ce corps, l'a quitté, c'est comme la terre, sent-elle les pas de ceux qui la foulent ? Non, elle n'est à l'écoute que de ce qui se forme dans ses profondeurs, le magma bouillant qui gronde sous sa fine écorce, les lentes oscillations des continents qui, depuis des millénaires, aspirent à se rejoindre.

Enveloppée de ma serviette, je m'approche de l'armoire, en tire sans réfléchir le tailleur-pantalon gris que je n'ai porté qu'une fois, le jour où nous sommes allés à l'hôpital, j'ai l'impression qu'il a gardé l'odeur de ces heures-là, une odeur de peur, de perplexité mais aussi de secret espoir de changement, à ma grande surprise je rentre à nouveau dedans et il officialise mon corps, le transforme en une entité aux contours précis dans laquelle on peut difficilement trouver une faille, je coiffe mes cheveux mouillés et m'asperge de parfum, j'ai l'impression de me préparer pour un rendez-vous déterminant mais sans en subir la désagréable pression. Je me fais belle avec plaisir, ravie de ma silhouette qui se ressemble à nouveau, quand je sors dans la chaleur de midi, je ne sais pas encore où je vais, je me contente de suivre des bribes de conversations restées en suspens dans la rue, des traces de sourire amical, et je me retrouve devant ce fameux café, ça fait des années que je n'ai pas osé y entrer, que je me suis contentée de passer devant en y lançant des regards furtifs, je pousse la porte, comme il a changé, des tables noires et lisses valsent à présent sur un sol de marbre étincelant, il ne reste plus rien de l'ancien mobilier lourd et vieillot dont le charme était de ne pas essayer de charmer, ni des murs lambrissés de bois imprégnés des paroles voluptueuses d'un jeu de séduction révolu. Je commande un verre de vin rouge, bien qu'à première vue je n'aie aucune raison de fêter quoi que ce soit, j'ai perdu mon mari et je viens de perdre mon boulot, des années d'efforts anéanties, pourtant des vagues de joie me transportent, les élans d'une libération à savourer, je commande encore un verre, la tête me tourne, par la vitre le monde semble digne de confiance, le trafic des voitures est aussi fluide que le sang dans les artères et les gens coulent sans heurts dans les veines d'asphalte. L'ordre est descendu sur terre, un ordre sans prétention, un arrangement *ad hoc* où je me prends à croire qu'il y a même une petite place pour moi... jusqu'à ce que je voie s'approcher une silhouette familière dont les pas lents, qui peinent à monter, bouleversent un peu cette nouvelle harmonie, le couple qui marche derrière elle est obligé de ralentir, puis, finalement, se sépare pour la doubler, mais elle, perdue dans ses pensées compliquées, ne remarque rien, elle garde son regard braqué sur le caniveau, on dirait que ses lèvres remuent, mais qu'est-ce qu'elle peut bien se raconter ? Je me lève, plaque mon visage contre la vitre pour essayer de saisir ce qui lui arrive, une gamine élancée, à l'allure négligée et à la beauté encore brute, par distraction ses pieds obliquent vers la chaussée, mais elle redresse aussitôt la barre et rentre dans le droit chemin, je contemple son dos qui s'éloigne, il est un peu voûté, incroyable que nous soyons tellement liées, nous habitons sous le même toit et parfois dormons dans le même lit, et ce n'est que lorsqu'elle s'est éloignée que je songe à l'appeler, un cri alcoolisé s'échappe sans honte de ma gorge, elle se retourne, étonnée, s'approche de moi et demande très inquiète, maman, qu'est-ce que tu fais là ? Tu n'es pas au travail ? Pourquoi tu t'es si bien habillée ?

Je la prends par les épaules et la guide vers ma table, toi aussi, tu as fini plus tôt que d'habitude, non ? Oui, dit-elle, c'était le dernier jour du centre de loisirs, l'école ferme jusqu'à la fin des vacances. Eh bien, moi aussi, je suis en vacances, je lance avec entrain, je viens de démissionner, vraiment, mais pourquoi, s'étonne-t-elle avant de s'affoler, mais, maman, de quoi vivrons-nous, on n'aura pas d'argent. Ne t'inquiète pas, je recevrai des indemnités et ensuite je dégoterai quelque chose. Mais pourquoi, insiste-t-elle, et je soupire, tu vas sans doute trouver ça très banal, mais je dois m'occuper de mes affaires avant de pouvoir m'occuper de celles des autres. Elle coule vers moi un long regard profond, c'est justement très logique, maman, et je ris, oui, on peut faire confiance au bon sens populaire, puis je m'empresse de lui commander une tartine grillée et un Coca, je suis bien, assise en face d'elle à la contempler, son visage bronzé souligne ses yeux qui irradient comme deux bouteilles de sable d'Eilat coloré, son nez si mignon me fait presque rire, tout comme ses lèvres, si belles quand elles sourient. Qu'est-ce qu'on va faire pendant les vacances, me demande-t-elle, moi je me sens aussitôt agressée, qu'ai-je à lui proposer, tous ses copains partent sans doute en famille, quelque part dans le pays ou à l'étranger, comment pourrais-je rivaliser avec eux ? On ira à la piscine, je commence sur un ton hésitant, au cinéma, on lira, peut-être on passera quelques jours dans l'hôtel où j'ai été avec papa, tu sais, dans le nord du pays, c'est très beau là-bas, super, s'exclame-t-elle, on y va ! avant de se taire et de me scruter avec méfiance, la joie des pauvres s'est installée à notre table et nous devons toutes deux en prendre bien soin pour ne pas la faire fuir en parlant trop fort.

Avec un plaisir évident j'observe ses gestes gauches, ça y est, elle a fait tomber sa fourchette et me lance un regard contrit, ensuite c'est un morceau de tomate qui tache son chemisier, ses joues sont couvertes de miettes de pain, je fonds en la regardant manger avec l'assurance naïve que cette nourriture lui est due, qu'elle sera toujours à sa disposition, oui, elle mastique avec le naturel de quelqu'un qui se sent légitimement assis à table. Je termine ce qu'elle a laissé dans son assiette puis nous rentrons à la maison bras dessus, bras dessous, comme un couple après un premier rendez-vous particulièrement réussi, en chemin elle dit, ça va bientôt être mon anniversaire, moi je me crispe instantanément, c'est vrai, comment as-tu envie de le fêter ? Comme d'habitude, déclare-t-elle, je vais inviter tous mes copains, on organisera des jeux, son enthousiasme me rassure, apparemment ça va mieux en classe, mais je n'ose pas poser la question pour ne pas avoir l'air angoissée.

Aucun problème, Nogui, je lui réponds, on a encore du temps devant nous. Mais le temps passe vite, parfois, quand je pense à tout ce que j'arrivais à caser dans une journée, je n'en reviens pas parce que maintenant les heures filent, des anguilles fuyantes et silencieuses qu'on n'arrive pas à attraper. Nous nous réveillons tard, en général je la devance de peu et descends à l'épicerie chercher du pain frais et des crudités, je nous prépare un bon petit déjeuner, Noga s'installe devant la télé, parfois je m'assieds avec elle et contemple pleine d'envie les jolies frimousses qui sourient sur l'écran, à mon avis la célébrité veille sur elles en vrai chien de garde, oui, parce que celui qui est arrivé à faire prendre conscience à tant de gens qu'il existe ne pourra jamais disparaître dans la nature, alors que nous, quelqu'un sentira-t-il notre absence si un beau matin nous ne nous réveillons pas ? Ma mère à la rigueur, elle qui passe ses journées insipides à deux pas d'ici, nous invite de temps en temps à dîner, nous observe en silence, la bouche scellée sous sa coiffe de rides, et nous laisse dans notre intimité, sans nous déranger. Vers midi nous allons à la piscine, plongeons face à face en gardant les yeux ouverts, des étincelles de soleil nous éclaboussent tandis que nous fendons le tapis bleu qui se déroule merveilleusement devant nous, de temps en temps des enfants de sa classe agitent vers elle une main un peu molle, je la vois les rejoindre d'un pas hésitant, essayer de se mêler à leurs jeux, mais peu après, ses plantes de pied nues s'en reviennent vaincues et clapotent autour de moi, je serre les lèvres, ne la laisse pas perturber mon repos, j'ai l'impression que des portes se sont refermées, que la muraille qui m'entoure n'est plus trouée comme une passoire et ne laisse plus la moindre angoisse s'infiltrer jusqu'à mon âme. Je suis devenue quasiment hermétique, et ce n'est qu'à la vue d'un bébé dans son landau que je m'effraie comme si j'avais croisé un fantôme, je scrute le visage poupin, pourrait-il être le petit Mikha, choyé par ses parents adoptifs ? Et alors des voiles de tristesse m'étranglent, je me cache derrière mon journal ou mon livre, que devient-elle, comment surmonte-t-elle cet abandon, et, quand je pense à ma part de responsabilité dans cette catastrophe, je me sens tirée vers quelque chose que je fuis en prenant mes jambes à mon cou, je dois repousser toutes les offensives extérieures, ne plus plonger tête la première mais, au contraire, leur opposer une résistance de l'intérieur, sinon jamais je n'arriverai à exister.

En fait nous parlons peu, tant de mots ont déjà été dits qu'il faut les laisser s'enfoncer avant de lancer de nouveaux cailloux dans l'eau, alors, pour l'heure, nous nous contentons de ce qui se tisse entre nous, une alliance silencieuse et confortable, je sais ses détresses, elle sait les miennes, mais nous passons outre, sans toucher à leur noyau dur, nous ne sautons pas dans le feu à pieds joints comme nous en avions l'habitude, mais restons au contraire au bord du grand brasier en essayant d'éviter les étincelles. Par instants je me dis que ces jours vides, passés en totale autarcie, sont les plus heureux de ma vie, car je ne sens quasiment rien, comme si, allongée sur le fauteuil d'un dentiste la bouche grande ouverte, je venais de recevoir une piqûre anesthésiante, et que, tout en étant parfaitement consciente des drames qui se nouaient entre mes dents, je n'en subissais pas la douleur, me prenant à croire que si je les ignorais, ils me rendraient la pareille.

C'est donc ainsi que vous vivez, tous autant que vous êtes, c'est le grand secret de l'existence, ce que Zohara a essayé de m'indiquer, ce avec quoi Oudi a essayé de s'en sortir, et ainsi vous avancez délicatement sur les chemins de traverse alors que moi j'ai voulu tout ressentir et emprunter, à découvert sur mes pieds plats, la voie royale du cœur à vif, sans éviter la moindre nuance, la moindre racine affective malsaine, je me demande ce qu'Oudi aurait dit de mon évolution, de ma nouvelle attitude somnolente, de ma révolte téméraire contre la tyrannie du sentiment, je pense à tout ce que j'aurais pu lui raconter s'il était à mes côtés, le bébé abandonné à cause de moi, le portail du centre d'hébergement refermé derrière moi, mais bien vite je me souviens qu'il n'aurait pas écouté, car tout devenait polémique entre nous, chacune de mes erreurs lui prouvait qu'il était meilleur que moi, chaque réussite était aussitôt mobilisée pour le combat interne, jamais nous ne nous sommes considérés comme deux personnes indépendantes qui avaient droit à une vie propre, avec des échecs et des sautes d'humeur, tout se réduisait à l'étau suffocant de notre relation, nous nous sommes regardés de si près que nous n'avons rien vu, mais en même temps nous étions très loin l'un de l'autre, dire qu'il a dû partir jusqu'au Tibet pour que je me sente proche de lui, et lorsque Noga me demande, à quoi tu penses, maman, je dis, à rien, à rien de particulier.

Parfois je songe que ce silence, si bénéfique pour moi, ne l'est peut-être pas pour elle, et que je devrais essayer de lui tirer les vers du nez, c'est étrange qu'elle ait arrêté de parler de lui, comme si elle n'avait jamais eu de père, mais je ne peux pas m'y résoudre, je découvre que ça existe ne pas pouvoir, j'ai été persuadée pendant tant d'années que je pouvais tout ce que je devais, eh bien non, notre silence me satisfait pleinement et pour l'heure je m'en contente, mais une nuit je la trouve assise sur son lit en train de lisser sur ses genoux une feuille de papier froissée. Qu'est-ce que c'est, Nogui ? La lettre que papa m'a laissée avant de partir, moi je me tais aussitôt, quand je pense que j'ai failli incendier la maison pour la trouver, cette lettre, maintenant elle me paraît insipide, inutile, je n'éprouve nul besoin de savoir ce qu'elle contient. Tu crois qu'il va bien, demande-t-elle, et je me hâte de la rassurer, oui, bien sûr, pourquoi ? mais elle continue, c'est bizarre qu'il ne téléphone pas, et s'il lui était arrivé quelque chose ? Elle redresse la tête et je pose une main sur son crâne, Nogui, tu préfères t'inquiéter pour lui que de lui en vouloir, mais tu as le droit de lui en vouloir. Il lui est peut-être vraiment arrivé quelque chose, comment tu sais, insiste-t-elle, faisant germer en moi une sourde inquiétude, du coup j'ai du mal à m'endormir, penaude je tends la main vers la Bible qu'il a abandonnée sur sa table de nuit, et s'il m'avait laissé une lettre à moi aussi, une lettre cachée entre les récits antiques, je feuillette le livre, où sont les prophéties consolatrices qui m'ont soutenue tel un chœur de fidèles amies, pourquoi se dérobent-elles maintenant, mais soudain un essaim de mots piquants surgit d'entre les pages et se jette sur moi, ravivant le souvenir d'un impardonnable affront, qu'a-t-il dit au milieu du jardin en fleurs de l'hôtel, dans le dernier instant du printemps, instant de bonheur si rare entre nous, et encore, à supposer que l'on puisse qualifier de bonheur cette sensation à la fois fragile et pesante. Je n'ai pas le droit de remonter avec toi dans la chambre, voilà ce qu'il a dit, je n'ai le droit ni de manger, ni de boire, ni d'emprunter le même chemin qu'à l'aller, je dois fuir cet endroit avant que quelqu'un ne me tende un piège comme le pauvre prophète, et maintenant, cet épisode qui l'a empli d'épouvante m'apparaît dans toute sa cruauté, l'histoire de l'homme de Dieu venu de Juda à Béthel prédire l'incendie de l'autel et la destruction de la ville impure, à qui Dieu avait interdit de manger du pain, de boire de l'eau et d'emprunter le même chemin qu'à l'aller, mais qu'un vieux prophète croisé sur place avait intentionnellement trompé, je suis, moi aussi, un prophète, lui avait-il assuré, l'ange de Dieu est venu m'ordonner de te conduire chez moi pour te faire manger et boire. L'homme de Dieu, qui avait faim et soif, s'est laissé convaincre, les deux hommes se sont installés à table, ils ont commencé à manger et à boire quand soudain la voix divine s'est élevée et a dit, ta dépouille n'entrera pas dans le tombeau de tes pères car tu as désobéi à Dieu, et effectivement, en quittant la ville, l'homme rencontra un lion qui le tua. Le vieux prophète l'enterra à Béthel et demanda à ses fils de l'ensevelir dans la même tombe le jour venu, placez mes ossements auprès des siens.

Je repose le livre, hors de moi, révoltée par le triste sort de cet homme qui a été pernicieusement mis en échec, comment aurait-il pu savoir qu'on lui tendait un piège, comment faire la différence entre la parole de Dieu et la parole du mensonge, soudain l'image d'Oudi agenouillé entre les arbres se précise de plus en plus, il est habité, il prédit la destruction de sa petite famille sans savoir que la fausse prophétesse à la chevelure de serpents venimeux l'attend déjà sur le pas de notre porte, elle va l'embobiner avec ses paroles consolatrices et apaisantes, vous l'étouffez, m'a-t-elle dit, vous le désagrégez entre vos doigts comme une motte de terre, lâchez un peu de lest, mais, au moment où j'ai lâché du lest, elle lui a sauté dessus et l'a entraîné avec elle, nous effritant tous en tristes grumeaux gris. Je tâte le drap à côté de moi, un court instant j'ai l'impression de le sentir, avec ses longs os profondément endormis qui creusent le matelas, je n'ai pas le droit de les réveiller, mais soudain ils se redressent, exécutent un ballet d'adieu qui se termine dans un grincement creux par une révérence, j'étouffe un cri, il va mourir là-bas, dans ce Tibet lointain, sa dépouille n'entrera pas dans le tombeau de ses pères, nous ne le reverrons plus, une fausse prophétie, menteuse et perfide, l'a fait quitter son foyer, je dois changer ma vie, a-t-il dit, cette maladie est un avertissement, comment pouvait-il savoir que c'était une épreuve, je bondis hors du lit et sors sur la terrasse, en dessous s'étale la rue déserte, au-dessus nos maillots de bain gouttent sur le sol, créant une odeur trompeuse de poussière mouillée qui ressemble à celle de la première ondée.

C'est penchée là que je l'ai vu s'éloigner, le sac sur le dos, là que, la gorge sèche, j'ai essayé de l'arrêter et que je l'ai lapidé de jets de colère et de vexation, comment est-il soudain devenu mon ennemi juré, ce matin-là dans le jardin en fleurs de l'hôtel, il a tué dans l'œuf notre timide bonheur, mais une autre certitude, rassurante, descend lentement sur la terrasse, il n'a pas péché, il ne sera pas puni car il n'a pas péché, il n'a ni bu ni mangé, et il n'est pas retourné dans la superbe chambre, dans l'immense lit voluptueux, il a obéi à Dieu, pour nous tous, pour la purification de notre petit royaume, c'était peut-être ça l'épreuve et il en est sorti vainqueur, peu importe que notre escapade se soit terminée en queue de poisson, une logique totalement différente se cachait peut-être sous ces événements qui nous ont tant ébranlés, une logique plus profonde, opposée qui sait, parce que, si jamais il revient, il devra emprunter un autre chemin, devenir quelqu'un d'autre, je retourne dans la chambre, feuillette fiévreusement le livre, j'ai hâte d'en arriver au passage où s'accomplit la prophétie de l'homme de Dieu, sa dépouille gît certes six pieds sous terre mais sa prophétie s'est bel et bien réalisée, voilà, j'y arrive, le roi Josias rassemble les survivants d'Israël, purifie le pays souillé, déclare impur le Tofèth qui se trouve dans la vallée de Ben-Hinnom afin que personne n'y sacrifie plus par le feu son fils ou sa fille en l'honneur du dieu Molokh, ordonne de retirer les ossements des tombeaux et de les brûler sur l'autel de Béthel pour le profaner mais ne touche pas aux ossements de l'homme de Dieu venu de Juda, épargnant du coup les ossements du vieux prophète venu de Samarie.

Je me représente nettement les ruines du royaume d'Israël, un désert jonché de hauts-lieux et d'autels détruits témoignant des péchés commis, et son peuple à la nuque roide qui s'en va en exil, chacun abandonne une maison aussitôt investie par un étranger, comme Oudi, qui traverse des paysages étrangers avec un bébé étranger sur les épaules, et je me demande s'il existe un autre Oudi, que je ne connais pas, à côté de qui j'ai réussi à passer pendant toutes ces années, un Oudi qui s'étiolerait à mes côtés mais s'épanouirait avec Zohara. Un instant, dans un pincement de cœur, je le vois éclore, il tend son cou, la tête en arrière, rit aux éclats, elle le regarde avec émerveillement, mais cette scène n'a rien de réel, de même que rien n'était réel dans le bonheur des fleurs printanières qui entouraient l'hôtel et s'efforçaient de durer le plus longtemps possible, oui, des fleurs qui ne pouvaient accepter de n'exister que pour donner un instant de ravissement avant de se recroqueviller à nouveau dans leur oignon. Un élan de compassion me soulève, tant qu'il se torturait dans son lit je ne ressentais pas la moindre pitié à son égard, mais maintenant qu'il est en pleine forme, que ses jambes musclées et fermes avalent les kilomètres en compagnie d'une nouvelle femme, j'en suis envahie, je vois les vains efforts que fait son cœur pour se tendre entre deux rives qui s'éloignent, pont trop étroit qui va s'effondrer sous peu, dont les débris seront charriés par le courant, et alors la culpabilité se jettera sur lui tel un lion affamé pour se repaître de ce festin imprévu, et ne laissera que de maigres reliefs, souvenirs dérangeants d'un passé définitivement révolu. Tu voulais qu'on t'aime, qu'on te rassure, mais tant que tu fuiras tu ne trouveras pas le repos, tu seras condamné au sommeil agité du prisonnier en cavale, ce n'est que si tu essaies de vaincre les défenses dont tu bardes ton âme que tu pourras être heureux, ou malheureux, peu importe, mais ce sera ton propre malheur ou ton propre bonheur, ni celui de Noga ni le mien, moi je suis hors champ à présent, on ne voit, dans le cadre, pas même le bout du bout de mon pied, et soudain ma pitié englobe aussi cette pauvre Zohara qui ne sait pas encore qu'elle s'agrippe aux restes d'un royaume détruit, qui suis-je pour lui jeter la pierre, moi aussi je me suis trompée, j'ai arraché un nouveau-né des bras de sa mère. Je referme le livre, le pose de son côté, sur l'oreiller qui fut le sien, jamais je ne retrouverai les prophéties consolatrices, apaisantes, mais au moment où enfin je m'endors la dernière prophétie me revient en mémoire, aussi impérieuse et contraignante que les paroles d'un mourant, or je vous enverrai le prophète Élie avant qu'arrive le jour de l'Éternel jour grand et redoutable lui il ramènera le cœur des pères vers les fils le cœur des fils vers leurs pères de peur que je ne vienne frapper le pays d'anathème.

J'ai l'impression de m'être à peine endormie, pourtant la pièce est inondée de lumière, le soleil s'est tout entier faufilé par l'étroite fente du volet, et surtout, Noga bondit sur mon lit, maman, il est temps de te réveiller, c'est demain mon anniversaire et on n'a encore rien préparé. Je me lève et m'habille avec lassitude, méditant, sans arriver à y trouver un sens, sur le triste sort du prophète venu de Juda, comment aurait-il pu savoir qu'on lui mentait puisque la parole de Dieu peut sortir même de la bouche d'un ânon. J'achète distraitement des bonbons, des ballons, de l'argile, toutes sortes de découpages et d'autocollants, plus quelques CD que Noga jure indispensables, une fois rentrées, nous les mettons les uns après les autres, le silence habituel de notre appartement se trouve bousculé par des accords rythmés et discordants qui au début me dérangent mais finissent par me soulager, oui, j'ai l'impression de ne plus être chez moi, de ne plus avoir la responsabilité de ce qui se passe. De temps en temps, elle lance un coup d'œil vers le mutisme du téléphone, tu crois que papa se souviendra de mon anniversaire, demande-t-elle, tu crois qu'il téléphonera demain, et moi je songe à l'homme de Dieu, tu n'emprunteras pas le même chemin qu'à l'aller, changer est un ordre venu d'en haut, mais comment savoir quel changement choisir, quel en sera le prix, une prophétie ne se révèle fausse qu'*a posteriori*, que lorsque les crocs du lion sont déjà plantés dans la chair. Je m'approche de la fenêtre et contemple la rue jonchée de feuilles jaunes qui lui confèrent une densité toute neuve, existe-t-il un autre chemin pour arriver jusqu'ici, pour ne pas passer par cette rue-là, peut-on entrer dans l'appartement autrement que par cette porte, maman, me secoue-t-elle, pourquoi tu ne réponds pas ? Écoute, je maugrée, je ne sais même pas si on peut téléphoner de là-bas, mais elle insiste, tu penses qu'il s'en souviendra, comment je peux faire pour savoir s'il s'en souvient ? Je la considère avec une certaine inquiétude avant de dire, à mon avis, s'il s'en souvient, tu le sauras.

Dans la cuisine je m'entoure de sucre, de cacao, d'œufs, de lait, de farine et je lui prépare en silence son gâteau d'anniversaire, un gâteau au chocolat en forme de cœur, c'est ce qu'elle a demandé, une odeur insistante de vie familiale envahit la maison, et ce n'est qu'en fin de journée que je me rends compte que nous avons oublié d'acheter de quoi le décorer, je fonce au supermarché mais une fois devant le rayon j'hésite, qu'est-ce qui vaut mieux, du massepain, des nounours en sucre ou des cœurs dorés, non, c'est peut-être un peu exagéré de mettre des petits cœurs sur un gâteau en forme de cœur. Quelque chose de dur me heurte avec une telle brusquerie que mon front se cogne contre l'étagère, je me retourne dans l'intention d'invectiver la jeune femme qui m'a heurtée avec son caddie, oh, ce n'est pas un caddie mais un landau avec un bébé qui commence justement à brailler. Je détourne les yeux, je n'ai pas le droit de voir de telles choses, elles me rappellent trop Yaël, mais je me secoue soudain, est-ce une hallucination ou vraiment elle, avec des cheveux d'une autre couleur, un blond vénitien apaisé a remplacé le roux criard, avec un corps méconnaissable tant il a rétréci, est-ce bien elle, est-il possible qu'elle ait changé d'avis, qu'elle ait gardé le tout-petit-petit Mikha et se soit décidée à en être la mère pour toujours ? Je la suis discrètement, me cache derrière les rayons pour l'observer, mon émotion va croissant, j'ai peur d'être repérée, ça y est, je l'ai perdue, je scrute les différents comptoirs mais elle n'y est pas et je suis sur le point de renoncer quand je l'aperçois devant une des caisses, en jean et tee-shirt moulants, aussi mince que si elle n'avait jamais accouché, elle est en train de poser sur le tapis roulant des produits laitiers, puis c'est au tour des biberons, des couches, du lait maternisé, est-ce vraiment elle, j'hésite, mais, au moment où elle regarde dans ma direction, je n'ai plus aucun doute, ces yeux-là n'appartiennent qu'à elle, je reste figée jusqu'à ce qu'elle s'éloigne, et alors je m'enfuis, je cours et je pleure, mes bras battent l'air estival comme des ailes brisées, arrivée dans notre rue je m'assieds sur un banc pour me calmer avant d'entrer à la maison, à ma joie se mêle une indomptable peur, comme si je venais d'éviter un accident et ne me permettais qu'une fois saine et sauve de mesurer à quel point je l'ai échappé belle, elle n'a pas abandonné son bébé, elle l'a gardé, la catastrophe dont j'ai failli être la cause a été évitée, Hava a réussi à réparer mes dégâts, à la faire changer d'avis, pourquoi ne m'en a-t-elle pas informée, dire que j'aurais pu mourir sans le savoir.

Je monte lourdement les escaliers, j'ouvre la porte et tombe sur le visage étonné de Noga, qu'est-ce qui t'est arrivé, me demande-t-elle, et j'ai juste le temps de bredouiller, rien du tout, avant de me jeter sur le canapé le corps secoué de sanglots, il m'est justement arrivé quelque chose de bien, un sauvetage miraculeux, mais elle ne me croit pas, maman, dis-moi la vérité, demain je vais avoir dix ans, tu peux tout me raconter. Je m'y suis mal prise avec une des pensionnaires du centre dont j'avais la responsabilité et j'étais persuadée qu'elle avait abandonné son bébé à cause de moi, or je viens de la voir avec l'enfant. Je ne comprends pas, me coupe Noga dont l'étonnement frise le mépris, comment tu as pu penser que c'était de ta faute, même si elle l'avait abandonné ça n'aurait pas pu être à cause de toi, c'est trop important comme décision, une seule personne ne peut avoir autant d'influence, quelqu'un aurait pu te convaincre de m'abandonner ? Arrête de dire n'importe quoi, Nogui, je redouble de sanglots, mais ça n'a rien à voir, j'étais plus âgée quand tu es née et j'avais ton père. Maintenant que tu n'as plus papa, tu serais capable de m'abandonner, articule-t-elle alors avec un sérieux plein de courage et de maturité, affichant l'expression déterminée de quelqu'un qui est prêt à tout entendre, tu es complètement folle, je lui réponds, qu'est-ce que je deviendrais sans toi ?

C'est à cause de cette histoire que tu as quitté ton travail, demande-t-elle pour continuer aussitôt avec entrain, eh bien, maintenant tu pourras y retourner, mais je secoue la tête, je ne sais pas, Nogui, je ne suis pas sûre que ce soit possible. Où sont les décorations du gâteau, reprend-elle, et moi je lui montre mes mains vides, je les ai oubliées, ça m'a tellement ébranlée que j'ai tout oublié, elle pose sa main sur la mienne, c'est pas grave, on se débrouillera sans. Je la prends dans mes bras, l'écrase contre moi, Nogui, ma chérie à moi, qu'est-ce que je t'aime, et elle dit, moi aussi je t'aime, je suis drôlement contente que tu ne m'aies pas abandonnée.

Je m'isole avec le téléphone dans ma chambre à coucher, une voix énergique et fraîche me répond, elle en a de la force cette femme, comment reste-t-elle pleine de vitalité jusqu'en fin de journée, Hava, je couine dans le combiné, je voulais vous dire merci, j'admire vraiment ce que vous avez fait, vous m'avez sauvé la vie, elle ne cache pas son étonnement, Naama, je pensais justement à vous ! pourtant elle ne me demande pas pourquoi je la remercie et je comprends que nous n'en reparlerons jamais plus. Vous pensiez à moi ? Vraiment ? Oui, Hani vient de téléphoner pour vous parler, elle va très mal et n'arrive toujours pas à s'en remettre, moi je m'étonne que Hava mentionne cet appel car nous n'assurons jamais le suivi des filles après leur départ, nous les adressons aux services sociaux de leur quartier sous prétexte qu'il vaut mieux, pour elles, se couper du centre d'hébergement et de son personnel, incarnation vivante de leur tragédie. Le souvenir de Hani m'attriste, je me souviens de son coup de fil cette fameuse nuit, du pull amoureusement tricoté et dont il ne restait plus une seule maille, je n'ai pas tenu ma promesse, je ne lui en ai pas apporté un neuf, soudain j'éprouve le besoin urgent de la revoir, j'ai tant de choses à lui dire, j'aurais dû l'accompagner aussi après l'accouchement, comment pouvons-nous les renvoyer chez elles, ne plus les revoir, alors que le pire les attend justement au-dehors, qu'elles vont devoir vivre heure après heure sous le signe de ce terrible abandon, oui, nous devrions continuer à les aider et nous assurer qu'elles ne se puniront pas jusqu'à leur dernier souffle en restant stériles ou en faisant un mariage malheureux.

Alors, qu'est-ce que ça vous fait d'être à la maison, me demande Hava, votre fille va bien, moi je m'étonne, comment se fait-il qu'elle, toujours si occupée, essaie justement de prolonger notre conversation. Oui, ma fille va bien, je réponds, elle fête son anniversaire demain. Félicitations, s'exclame-t-elle comme s'il s'agissait d'un exploit, vraiment, bravo, puis elle enchaîne, et que devient Oudi, il est à l'étranger, ça fait longtemps que je n'ai pas eu de ses nouvelles, rappelez-vous, me dit-elle, on a le droit de regarder en arrière seulement si nos pas nous tirent vers l'avant, ne vous inquiétez pas, je lui réponds, il ne reviendra pas.

Là n'est pas la question, me chapitre-t-elle, la question est de savoir si vous allez encore retomber dans ce schéma de relation. Je vais vous dire quelque chose, Hava, si étonnant que cela puisse paraître, ça ne me tracasse presque plus, j'ai parfois l'impression de ne pas m'être encore accomplie. Je savais que vous étiez plus forte que vous ne le pensiez, lance-t-elle sur un ton de grande satisfaction, n'oubliez cependant pas que le changement n'est jamais totalement acquis, que c'est un combat permanent, ne laissez personne régir votre vie, oui, souvenez-vous-en, ajoute-t-elle avec emphase, comme si nous n'allions plus jamais nous revoir, et soudain je sens l'inquiétude me picorer le sommet du crâne, Hava, vous allez bien ?

Je rentre ce soir à l'hôpital pour me faire opérer, m'annonce-t-elle avec calme, je serai absente plusieurs semaines, et moi je crie presque, c'est grave ? Grave, répète-t-elle, vous voulez dire est-ce quelque chose dont on guérit, eh bien, je ne sais pas mais je reste optimiste. Je plaque les lèvres contre le combiné, Hava, je suis désolée, je ne savais pas que vous étiez malade, personne ne le savait, réplique-t-elle, ça fait plusieurs années que ça dure, et je bredouille, est-ce que je peux faire quelque chose pour vous ?

Oui, je veux que vous reveniez, Anath ne s'en sortira pas toute seule, nos pensionnaires ont besoin de vous, de votre personnalité, moi je balaie ces mots par un soupir agacé, ma personnalité ne m'a causé que des ennuis et j'essaie justement de m'en débarrasser, mais elle s'alarme, je vous interdis ne serait-ce que d'y songer, ne méprisez pas le merveilleux cadeau que vous avez en vous, même s'il est lourd à porter. Je garde un moment le silence, sous mes yeux se dessine la belle maison nimbée de tristes secrets où des filles désespérées montent et descendent les escaliers comme des anges, avec deux cœurs dans la poitrine, elles m'ont tellement manqué, ces filles, et je chuchote la gorge sèche, je vais revenir, Hava, bien sûr que je vais revenir.

Le lendemain matin, j'entends un drôle de froissement à côté de moi, comme si quelqu'un émiettait des os secs dans le creux de mon lit, et je vois que le vent a déposé sur mon matelas des feuilles jaunes, friables, qui sont sans doute entrées par la fenêtre. Je les compte avec émotion, incroyable, exactement dix feuilles, une par année, car c'est aussi mon anniversaire, celui de ma maternité, je les place autour de moi et les contemple, une joie triomphante m'envahit, comme si j'avais, de mes propres mains, déposé l'été et donné le pouvoir à l'automne, non pas parce qu'une saison vaut mieux qu'une autre mais parce que ce n'est que dans ce cycle obstinément répété que nous trouverons une consolation, et c'est pleine d'espoir que je réponds à la sonnerie du téléphone pour entendre la voix claire d'Amos me demander de transmettre à Noga, encore endormie, qu'il part avec ses parents à Eilat et ne pourra pas venir à son anniversaire, puis il ajoute que Ron et Assaf ne viendront pas non plus parce qu'ils sont à l'étranger, quand Noga se réveille, c'est Nitzan qui lui annonce qu'elle a la grippe, et nous nous passons les nerfs en gonflant les ballons, les remplissant de notre souffle chaud et irrité, avant de les ligoter les uns aux autres, tels de dangereux forçats.

La tension rend Noga toute pâle, elle effleure un ballon et voilà qu'il éclate, le bruit nous fait sursauter de terreur comme si une voiture piégée venait d'exploser au milieu du salon, et quand soudain un autre éclate de lui-même, tous les ballons colorés se transforment en ennemis et nous évoluons entre eux avec prudence, sans oser respirer. Noga se douche vite fait, me laisse coiffer ses boucles, puis elle se plante devant le miroir, essaie des vêtements les uns après les autres, ça y est, toute son armoire est dehors mais c'est en petite culotte qu'elle vient me trouver, mamelons épanouis comme des fleurs que le soleil aurait réveillées, je n'ai rien à mettre, me dit-elle au bord des larmes, quoi, papa a pris tous ses habits ? Je crains que oui, va voir dans son armoire, et quelques instant plus tard je l'entends claquer rageusement les battants en lançant, pourquoi il a pas pensé à moi, pourquoi il m'a fait ça, elle s'assied par terre en sanglotant, je me penche sur elle, peut-être y a-t-il quand même quelque chose de joli chez toi, je ne peux pas croire que tout est déjà trop petit, mais aussitôt je m'oblige à regagner la cuisine, je n'ai pas le droit d'intervenir, il faut qu'elle se débrouille toute seule, je l'entends se lamenter, je n'aime porter que ses vêtements, elle lance les jambes en avant et donne des coups de pied dans le canapé qui s'empresse de lui répondre par un épais nuage de poussière, quant à moi, je fais semblant d'être occupée, j'ouvre et je referme le réfrigérateur, finalement le silence s'instaure et ce n'est qu'au bout d'une heure qu'elle ressort de sa chambre, vêtue d'un joli haut en velours bleu que je lui ai acheté il y a longtemps, les boucles rebelles maintenues par un élastique. Tu es superbe, je m'exclame, regarde comme cette couleur met tes yeux en valeur, regarde comme tu es belle quand on voit ton visage, je constate qu'elle aussi est satisfaite, ensemble nous effectuons une dernière ronde, vérifions que dans chaque coin il y a bien des ciseaux, de la colle, des papiers colorés, des perles et de l'argile, dans le réfrigérateur un cœur de chocolat noir tout nu attend avec ses dix bougies plantées dans les ventricules tandis que les bouteilles de jus de fruits montent la garde tout autour. Sur la table, les assiettes pleines de bonbons sont joliment disposées, un des nouveaux disques emplit déjà la pièce d'une gaieté bruyante qui couvre presque la sonnerie du téléphone, je serre les lèvres, pourvu que ce ne soit pas une annulation supplémentaire, j'entends Noga qui console le combiné d'une voix éteinte, ça ira, c'est pas grave, une autre fois, à croire qu'elle fête son anniversaire tous les deux jours. Marva a un entraînement de foot qu'elle ne peut pas louper, chuchote-t-elle, tandis que moi je songe à ceux qui ne prennent même pas la peine de s'excuser, ceux qui, persuadés que tous les autres viendront, pensent que leur absence passera inaperçue, plus l'heure approche, plus je serre les lèvres, dois-je dire quelque chose, déballer l'angoisse ou lui tourner le dos, qu'aurait fait Hava dans de telles circonstances, sans doute rien, car je n'ai pas les moyens de réconforter ma grande fille de dix ans, d'ailleurs pour l'instant elle donne le change, bien que je me rende compte à quel point elle est tendue, elle cligne les yeux dans un tic nerveux, regarde sa montre, alors je sors sur la terrasse avec une cigarette et m'assieds malgré la chaleur tout contre la balustrade afin de pouvoir suivre les mouvements de la rue et tout savoir un instant avant elle.

J'entends des rires qui s'approchent, je me penche immédiatement et découvre Shira et Meirav, ses deux meilleures amies, qui marchent sur le trottoir tout en papotant joyeusement, ouf, au moins elles seront là, mais je tressaille en les voyant dépasser notre immeuble et continuer tout droit, je leur crie presque dans le dos, venez à son anniversaire, ne la boycottez pas, mais elles ont déjà disparu en bas de la pente, j'essaie de me réconforter en me disant que peut-être elles vont acheter un cadeau et seront là dans quelques minutes, à nouveau des gazouillis enfantins chatouillent l'asphalte, je me baisse pour mieux voir, non, rien que des bambins qui ne nous seront d'aucun secours et déjà je me sermonne, que croyais-tu, qu'un anniversaire balaierait tous les problèmes ? Ça ne fait que les souligner au contraire, depuis un an personne ne téléphone à la maison pour l'inviter, depuis un an personne ne vient chez nous, que t'es-tu donc figuré, qu'ils viendraient par pitié ? Par politesse ? Ce genre de sentiment n'existe pas chez les enfants, et peut-être est-ce mieux ainsi, je me retourne, elle est là, debout dans l'embrasure de la porte-fenêtre à me surveiller en train de surveiller, personne ne viendra, lâche-t-elle le plus bas possible pour ne pas révéler publiquement sa honte, il est déjà quatre heures et demie.

Pourquoi, Noga, je lui demande avec un triste sourire, elle baisse les yeux, parce qu'ils ne m'aiment pas, mais j'insiste, pourquoi ne t'aiment-ils pas ? Je ne sais pas, ce qui les intéresse ne m'intéresse pas, ce qui les amuse ne m'amuse pas, Nogui, je m'approche d'elle, qu'est-ce qui t'amuse ? Ça, lance-t-elle dans un rire en indiquant la maison rangée, les ballons gonflés d'espoir, les assiettes de bonbons et le matériel de travaux manuels éparpillés dans les pièces, mais rapidement son rire se mue en une toux sèche, qui devient une sorte de jappement, je lui tends un verre d'eau, l'aide à boire car ses mains tremblent, finalement elle s'effondre, je ne me sens pas bien, je vais me coucher. Je la porte en silence jusqu'à son lit, dépose précautionneusement ses bras et ses jambes entre les paires de ciseaux et les rouleaux de scotch, j'embrasse son grand front qui se couvre de sueur, et c'est alors que se fait entendre un coup sur la porte, elle s'affole, se cache sous la couverture, n'ouvre pas, maman, s'il te plaît, je préfère n'avoir personne plutôt que deux ou trois invités qui verront que les autres ne sont pas là.

Pour une fois, je suis tout à fait d'accord avec elle, où trouver la force de faire bonne figure pour un ou deux enfants, mais les coups insistent, persuadés qu'il y a quelqu'un à l'intérieur, viens, allons ouvrir, Nogui, tu n'as pas le choix, tu les as invités, on ne peut plus reculer, elle se soulève à contrecœur, dis que je suis malade, me supplie-t-elle, dis que la fête a été annulée et qu'on n'a pas eu le temps de prévenir tout le monde, qu'est-ce que ça peut te faire, non, Noga, c'est à toi de leur dire que tu es malade, c'est toi qui dois assumer.

Main dans la main, nous marchons vers la porte qu'elle ouvre avec appréhension et nous nous cognons le front aux ballons qui y sont accrochés, on dirait un troupeau de gamins curieux qui se pressent sur le seuil pour voir ce qui se passe chez nous, et au milieu de cette bande bigarrée se dessine un œil étroit couleur de sable, tout autour se rassemblent progressivement les traits d'un visage hâlé, tendu, elle s'approche de lui lentement, incrédule, comme si elle craignait de voir cet ovale-là exploser lui aussi inopinément et se déchirer en lambeaux multicolores, mais soudain je la vois qui sourit, un sourire qui s'élargit, s'élargit... Je regarde l'entrebâillement qu'obstrue sa longue silhouette familière, et je discerne, par-delà les collines de ses épaules anguleuses, par-delà la longue, longue et silencieuse étreinte qui les transforme progressivement en un seul bloc, comme deux poupées de cire imbriquées l'une dans l'autre, oui, je discerne la lumière toute simple d'un après-midi estival, la lumière bénie du quotidien, dénuée de pompe et d'espoirs, qui joue dans les feuilles dorées du peuplier et annonce l'arrivée inexorable du soir avec, dans son sillage, une nuit fraîche, on ne peut pas avoir d'autre certitude que celle-là, d'ailleurs on n'a plus besoin d'aucune promesse, ni du ciel ni de la terre, papa, dit-elle d'une voix ferme et étonnamment adulte, tu n'as pas oublié, je savais que tu n'oublierais pas.

Composition I.G.S. - Charente Photogravure.
Reproduit et achevé d'imprimer
sur Roto-Page
par l'Imprimerie Floch
à Mayenne, le 26 février 2003.
Dépôt légal : février 2003.
1er dépôt légal : décembre 2001.
Numéro d'imprimeur : 56622.
ISBN 2-07-076033-2 / Imprimé en France.